Rotkehlchen – Todkehlchen

Die Handlung dieses Kriminalromans ist frei erfunden. Jede Ähnlichkeit zwischen den Figuren dieses Buches und lebenden oder toten Personen ist Zufall und nicht beabsichtigt.

Zur Autorin:
Ursula Meyer, geboren in Königstein/Taunus, aufgewachsen in Köln, Studium der Romanistik, Geographie und Philosophie in Köln und Wien, lebt mit ihrem Mann und ihren zwei Töchtern in Wien und Münster. Nach ihrer Dissertation über die Gefängnisschriftstellerin Albertine Sarrazin schreibt sie nun Kriminalromane. Mit Hauptkommissarin Sieglinde Züricher sind bisher Endstation Aasee, Münster – Weimar und zurück, Rosen aus Münster, Auf der Promenade wartet der Tod, Das Haus am Maikottenweg, … brenne auf mein Licht, Der Tod kennt keinen Stundenplan, Tod im Spieker, Die Tote vom Hörster Friedhof und Pferd ohne Reiter erschienen. Mit „Nellys Geister“ erschien ihr erster Roman, der Geheimnisse einer Familiengeschichte aufdeckt.

Ursula Meyer

Rotkehlchen Todkehlchen

Ein Medaillon vom Prinzipalmarkt

Sieglinde Zürichers zehnter Fall

Waxmann
Münster / New York

1. Auflage: September 2018

Steinfurter Straße 555, 48159 Münster
www.waxmann.com
info@waxmann.com
Umschlaggestaltung: Pleßmann Design, Ascheberg
unter Verwendung von © asignarts / fotolia.com und
Rotkehlchen © wectorcolor / fotolia.com
Druck: Těšínská tiskárna, a.s., Český Těšín, Czech Republic
Print-ISBN 978-3-8309-3888-0
E-Book-ISBN 978-3-8309-8888-5
Gedruckt auf alterungsbeständigem Papier, säurefrei gemäß ISO 9706

Prolog

Walter Eibenbrinck stand an der Auslage seines Juweliergeschäfts und blickte hinaus in den Regen. Schon den ganzen Tag lang war er aus tief hängenden Wolken gefallen und hatte eine frühe Dämmerung mitgebracht. Es „meimelte“, wie die Münsteraner sagten. Sogar unter den *Bögen* aus Baumberger Sandstein, die die Bürgersteige des Prinzipalmarkts vor Wind und Nässe schützten, blieben die Regenschirme aufgespannt. Es tropfte aus den Blumenampeln mit Geranien, die die spitz- oder rundbogigen Öffnungen dekorierten, und die Reifen der vorbeifahrenden Busse versprühten kleine Fontänen. Die Innenstadt entließ die letzten Passanten wie eine schwach besetzte Fußballarena ihre treuesten Fans. Eibenbrinck verschränkte die Arme auf dem Rücken und seufzte. Um diese Jahreszeit war kaum ein Geschäft zu machen. Die Leute waren noch nicht lange genug aus dem Urlaub zurück, um ihre Reisekosten verschmerzt zu haben, und das Weihnachtsgeschäft begann frühestens in vier Wochen. Warum nicht einfach den Türschlüssel bis zum nächsten Morgen umdrehen? Nur die vage Aussicht, jemand müsse dringend seine Uhrenbatterie auswechseln lassen, hielt ihn fest. Es wäre eine Sache von wenigen Minuten, und er könnte wenigstens einen Menschen glücklich machen.

Sein Geschäft warf gerade genug zum Leben ab, aber er hatte es, solange Hilde noch lebte, gern geführt. Das Haus mit seinem markanten Treppengiebel gehörte ihm, und die Geschichte des Unternehmens reichte zurück auf seinen Urgroßvater. Nachdem sein Großvater im Zweiten Weltkrieg gefallen war, und sein Vater keine rechte Begeisterung für das Uhrmacherhandwerk aufgebracht hatte, war die Tradition schon früh an ihn weitergereicht worden. Und all seine Zweifel an Geschäftssinn und handwerklicher Begabung waren von ihm abgefallen, als er die junge Goldschmiedin Hilde kennenlernte, die das angestaubte, dunkle Ladenlokal sofort umkrempelte und mit ihrer herzlichen Art und einem geschickten Händchen schon bald für eine treue Stammkundschaft sorgte. Als sich ihr Wunsch, eine Familie zu gründen, nicht erfüllte, und eine Adoption an Walters Widerstand scheiterte – es war die einzige heftige Krise in ihrer Ehe –, bündelte sie ihre ganze Kreativität in Schmuck für Kinder. Und da sie auch eine begabte Miniaturmalerin war, und sich im Hinterzimmer des Ladens nicht nur die Werkbank, sondern auch ein Emaillierofen unterbringen ließen, entstanden dort nach der Vorlage kleiner Aquarelle bunte Anhänger mit Schmetterlings- oder Vogelmotiven. Der Wunsch nach einem besonderen Geschenk zum Schulbeginn, zu Geburtstagen oder zur Erstkommunion ließ die Glocke über dem Ladeneingang immer häufiger klingeln. Meistens kamen die Kinder selbst, in Begleitung von Eltern, Paten oder Freunden der Familie, um sich aus dem reichhaltigen Angebot etwas auszusuchen. War die Entscheidung dann gefallen, griff Hilde zu dem Bastkörbchen neben der Kasse, in dem dicht gedrängt kleine, geblümte Stofftaschen steckten, und lächelte beim Einpacken. „Jetzt vergiss mal ganz schnell, wie es aussieht, damit es eine Überraschung bleibt."

Und dann, vor fünf Jahren, dieser mörderische Herzinfarkt, der sie und Walter auseinander riss und den Witwer zu einem verbitterten, eigenbrötlerischen Menschen machte. Es war ein gutes Gefühl, zur münsterschen Kaufmannschaft zu gehören, doch die Stille in seinem jetzt nur noch selten besuchten Geschäft surrte ihm immer öfter in den Ohren wie ein drohender Tinnitus. Und bevor er es so weit kommen ließ und Halluzinationen bekam …

Warum nicht das Licht löschen und ein Stockwerk höher in die Wohnung gehen? Das Ladenlokal hinter sich zu lassen, bedeutete auch, für einen weiteren Abend die Erinnerung an Hilde als Geschäftspartnerin auszublenden. Die wenigen verbliebenen Emailanhänger lagen, liebevoll auf Samt gebettet und in silberfarbenen Pappkästchen aufgereiht, in einem kleinen, abschließbaren Hängeschrank aus weiß lackiertem Metall, der einmal Medikamente beherbergt hatte: feuerfest und diebstahlsicher. Ihr Verlust hätte Eibenbrinck ins Mark getroffen. Trotzdem hielt er sie nicht im Tresor verschlossen, um sie jederzeit in die Hand nehmen und streicheln zu können. Hildes Werkbrett und den Ofen hatte er schon kurz nach ihrem Tod verkauft, nachdem er ein paar Mal das Trugbild erlebt hatte, sie säße dort bei ihrer Arbeit. Oben in der Wohnung erinnerten nur noch Fotos und ihre wunderschönen Aquarellminiaturen an sie.

Gerade wollte er den Schlüssel ins Türschloss stecken und zweimal umdrehen, bevor er die Tageseinnahmen aus der Kasse holte, als Gekicher an sein Ohr drang. Vor dem Schaufenster war ein Pärchen stehen geblieben, und als die junge Frau den Kopf hob, und ihr Blick sich über der halbhohen Abtrennung aus schwarzem Moiré mit Eibenbrincks Augen traf, befiel ihn eine plötzliche Sentimentalität, weil ihre Mundpartie an Hilde erinnerte. Der junge Mann drückte die Eingangstür auf, und die ersten Worte des Mädchens stachen Eibenbrinck gleich wieder ins Herz. „Stellen Sie sich vor, wir haben gerade beschlossen zu heiraten. Und jetzt brauchen wir Trauringe."

Soso! Trauringe! Bei aller Rührung blieb Eibenbrinck Geschäftsmann genug, um sofort Zweifel aufzubauen. Kein seriöses Verlobungspaar kaufte eine halbe Stunde vor Geschäftsschluss Ringe, die es durch sein ganzes Leben begleiten sollten. Selbst Hilde und er hatten, bei aller Stilsicherheit, eine ganze Woche am Zeichenbrett gebrütet. Und gab es nicht Kaufhäuser, die günstigere Ringe im Programm hatten? Er dachte an die Warnungen in der lokalen Presse, dass Überfälle kurz vor Ladenschluss in letzter Zeit massiv zugenommen hätten. Angeblich waren Banden im Spiel, die junge Leute vorausschickten, um das Ladenpersonal durch geheucheltes Kaufinteresse abzulenken.

„Welches Material?", fragte er kühl.

Die Antwort kam umgehend, aber nicht unisono. „Weißgold", verkündete sie strahlend, während ihr Partner nach Edelstahl fragte. Beides hatte Eibenbrinck in seinem Ringsortiment, allerdings nicht unter der Thekenabdeckung. Dort lagen derzeit nur ein paar Ketten aus Zuchtperlen, Sammelarmbänder mit Charms und Damenarmbanduhren aus trendigem Roségold. Und so wandte er sich um, schloss den großen Einbauschrank auf und zog mehrere Tabletts heraus.

Die beiden jungen Leute berieten sich zunächst unter leisem Gemurmel, von dem der Juwelier nur Bruchstücke verstand. Dann zeigten sie auf dieses oder jenes Stück, fragten, wie viel für die Gravur hinzukäme, und Eibenbrinck spürte aus alter Geschäftserfahrung, dass seine Kunden noch völlig unschlüssig waren. Doch als die junge Frau dann nach Gelbgold fragte, erwachte in ihm eine Begeisterung, die er längst für erloschen gehalten hatte. Nicht zuletzt, weil Hilde am liebsten mit dieser Goldvariante gearbeitet hatte. Gelbgold, erklärte er, sei noch immer der große Klassiker bei Trauringen, vielseitig und zeitlos. Ob man bei dem Damenmodell einen kleinen Zirkonia einarbeiten könne, wollte die Kundin wissen. Das habe sie kürzlich bei einer Freundin gesehen. Und ob er dafür vielleicht ein Beispiel zeigen könne? Natürlich konnte er das! Der ersehnte Feierabend war ebenso vergessen wie die Enttäuschung über das flaue Geschäft, Eibenbrinck fühlte sich in seinem Element. Und so irritierte ihn auch nicht das neuerliche Klingeln der Türglocke. Nur flüchtig nahm er zwei dunkel gekleidete Männer wahr, die den Laden betreten hatten und sich jetzt der linken Seitenvitrine gleich bei der Tür widmeten, in der Herrenuhren ausgestellt waren. Das Pärchen in seiner offensichtlichen Verliebtheit hatte ihn nachgiebig gestimmt, er spürte weder seinen Rücken, noch löste das helle Licht der Deckenlampen Kopfschmerzen aus, wie sie ihn häufig nach zehn Stunden hinter der Theke quälten. Beflissen wandte er sich noch einmal ab, um in den Schrankfächern weiter rechts nach dem Gewünschten zu suchen, als er ein Geräusch wahrnahm, das am ehesten dem Knallen eines Sektkorkens ähnelte. An seiner rechten Schläfe schien ein scharfes Rasiermesser entlangzuschürfen, dann spürte er warmes, klebriges Blut. Ihm wurde übel von dem brennenden Schmerz, der Schock fuhr ihm in die Knie, nur mühsam raffte er sich auf. Er musste dringend den Alarmknopf drücken, der sich unterhalb der Theke befand. Aber er verpasste den richtigen Winkel, seine blutverschmierten Finger, die die Schläfe abgetastet hatten, rutschten an der Glasabdeckung ab. Er verlor das Gleichgewicht und stürzte. Ein heißer Stich durch den Unterarm, dann war alles schwarz.

Donnerstag, 22. Oktober

Um neun Uhr war ich im Krankenhaus mit dem Juwelier verabredet, der vor drei Tagen am frühen Abend in seinem Geschäft am Prinzipalmarkt angeschossen und beraubt worden war.

Den Morgen nach dem Überfall hatten mein Kollege Max Lückmann, das Team der Spurensicherung unter Ansgar Schüllers Leitung und ich zunächst in Eibenbrincks Laden, später dann in seiner Wohnung ein Stockwerk höher verbracht, um nach Hinweisen zu suchen. Der vierundsiebzigjährige Juwelier war seit fünf Jahren Witwer und unterhielt kaum soziale Kontakte. Sein handgeschriebenes Telefonbuch wies nur wenige Einträge auf. Auch Post schien er nur selten zu bekommen, und zwischen dem knappen Dutzend Sendungen, die er in den letzten drei Wochen erhalten hatte und in einer Schublade des Garderobenschranks aufbewahrte, befanden sich weder Drohbriefe noch Erpresserschreiben. Also packten wir nur den Computer und die Ordner mit verschiedenen Versicherungspolicen, Geschäftsabrechnungen und Kontoauszügen ein. Außerdem hatten wir im Hinterzimmer des Ladens ein Handy gefunden, so dass über den Anbieter letzte Kontakte überprüft werden konnten. Die Dreizimmerwohnung im ersten Stock des alten Giebelhauses wirkte schmucklos, aber nicht ungemütlich. Schwere Samtvorhänge und gepflegte, alte Möbel im straßenseitigen Wohnzimmer, der Schlafraum gleich daneben mit einem breiten Ehebett, einem Kleiderschrank in stumpf gewordenem Schleiflack und der dazu passenden Frisierkommode, auf der ein silberner Handspiegel, ein Parfumflakon mit Seidentroddel und eine Bürste an seine verstorbene Frau erinnerten. Der dritte Raum war leer bis auf einen Fernseher, ein vollgestopftes Bücherregal und einen moosgrünen Ohrensessel. Küche und Bad waren klein, aber blitzblank und aufgeräumt. Wahrscheinlich sorgte Betsy Bromsma, die im Laden saubermachte, auch für seine Privaträume. Im Flur hatte ich mir eine Serie gerahmter Fotos angesehen: Aufnahmen von Walter und Hilde Eibenbrinck. Sie reichten von einem Hochzeitsfoto vor dem Portal der Dyckburgkirche in Handorf bis in die Zeit kurz vor dem Tod der Frau. Auf dem allerletzten war sie nur noch ein Schatten. Sie saß in dem grünen Ohrensessel, eine Decke auf den Knien, die knochigen Finger auf der Hand ihres Mannes. An die Fotogalerie schloss sich eine Reihe von handtellergroßen, runden Aquarellen an: Vögel und Schmetterlinge, akribisch und in kräftigen Farben gemalt.

Man hatte Eibenbrinck schon von der Intensivstation in die Chirurgische Abteilung verlegt, trotzdem ermahnte mich die Stationsschwester, das Gespräch möglichst „unaufgeregt" zu führen. Er lag am Fenster, mit verbundenem Kopf und eingegipstem Arm. Das zweite Bett war unbenutzt, demnach hatte er niemanden zum Plaudern, und auch die Ablenkungen durch Ärzte oder Pflegepersonal tröpfelten wahrscheinlich, wenn nur ein Kranker im Zimmer untergebracht war. Als er mich sah, wirkte sein Blick sofort wach, fast ungeduldig, und als ich mir den Stuhl aus der Zimmerecke zog und mein Smartphone und einen Schreibblock auf die schwenkbare Ablage am Kopfende legte, erschien auf seinem Gesicht eine Spur von Genugtuung darüber, dass er einer Hauptkommissarin vom Morddezernat seine haarsträubende Geschichte erzählen konnte. Die Vertreter der Lokalpresse hatte man noch nicht zu ihm durchgelassen.

„Stellen Sie mir doch bitte das Kopfteil etwas höher", bat er, „dann redet es sich leichter." Als ich dann auch noch Tee aus einer kleinen Thermoskanne eingeschenkt und ihm den Becher gereicht hatte, fühlte ich mich fast wie eine entfernte Verwandte.

„Es freut mich, dass es Ihnen schon besser geht. Sagen Sie einfach, was Ihnen zu dem Abend einfällt. Und wenn Sie müde werden, geben Sie mir ein Zeichen. In Ordnung?"

Seine Mundwinkel zuckten. „So wie man als Kind den Finger heben durfte, wenn es beim Zahnarzt wehtat?"

„So in etwa!" Das war immerhin ein lockerer Gesprächseinstieg. Ein kurzer Blick in seine Akte hatte mich belehrt, dass Walter Eibenbrinck seit dem Tod seiner Frau allein lebte, keine Kinder hatte und auch niemanden, der ihm im Geschäft aushalf. Nur Betsy Bromsma, die im Dachgeschoss seines Hauses wohnte, kochte gelegentlich für ihn und kam nach Ladenschluss, um den Boden zu wischen. Sie war es auch, die ihn gefunden und den Notarzt gerufen hatte.

„Mein Dachstübchen", setzte er bedeutend nachdenklicher fort, „ist ja noch immer ruhig gestellt. Erst das Blackout nach dem Überfall, dann mussten sie mich operieren und jetzt schlage ich mich mit Beruhigungs- und Schmerztabletten herum. Ich kann ja nachts noch immer nicht schlafen, dann gehen mir diese Bilder wieder durch den Kopf."

„Welche Bilder?"

„Natürlich hat man als Juwelier Angst vor Überfällen, allerdings habe ich sie mir anders vorgestellt. Wirklich überfallsartig. Nicht lange rumstehen, sondern die Waffe raus, das Opfer kaltstellen und alles einsacken. Warum haben die mich angeschossen und dann nur so wenig geraubt?"

„Woher wissen Sie, wie viel weggekommen ist?"

„Betsy war auf der Intensivstation und hat Bescheid gesagt, damit ich mich nicht aufrege, wenn ich wach werde." Er nahm einen Schluck Tee. „Ist es nicht auch schon vorgekommen, dass Banditen mit dem Auto in ein Schaufenster gerast sind?"

„Der Prinzipalmarkt ist Fußgängerzone!", erinnerte ich. „Da müssten die Banditen schon einen Linienbus kapern oder ein Taxi." Er lächelte amüsiert, und ich fragte, wie viel Zeit zwischen dem Auftauchen der Männer und dem Schuss vergangen sei.

„Eine Minute", schätzte er. „Ich hörte die Türglocke in demselben Moment, als die junge Frau den Gelbgoldring mit dem eingearbeiteten Zirkonia sehen wollte. Ich musste ein bisschen überlegen, in welchem Schrankfach er lag. Und als ich mich dann zur Seite drehte, streifte mich die Kugel an der Schläfe. Haben Sie die Waffe ermitteln können?"

„Eine Walther."

Er hob die Augenbrauen. „Vornehm!"

„Kennen Sie jemanden, der eine besitzt?"

„Nein. Heute frage ich mich natürlich, warum die nicht schon an der Tür geschossen haben."

„Der Schütze hätte die jungen Leute treffen können", gab ich zu bedenken. „Als die Männer in der Tür erschienen, stand das Pärchen genau in der Schussrichtung, habe ich Recht?"

„Das spricht nicht dagegen, dass die vier einander kannten. Vielleicht war die Frage nach einem Ring mit Zirkonia abgesprochen. Sie wollten erreichen, dass ich ein paar Schritte nach links gehe."

„Dazu hätten sie sich in Ihrem Laden auskennen müssen. Hat in letzter Zeit öfter mal jemand nach einem Ring mit Zirkonia gefragt?"

Er erinnerte sich nicht. „Die meisten wollen ohnehin nur eine Uhrenbatterie auswechseln oder ein Kettchen auffädeln lassen. Aber neulich wollte eine Kundin wissen, ob unsere schönen Giebelhäuser nicht als Charms zu haben sind.“

Ich lachte, doch meine Gedanken kehrten schnell zu dem Pärchen zurück. War sein Auftauchen Zufall oder Plan gewesen? Waren sie Lockvögel, die Eibenbrinck durch komplizierte Wünsche verwirren sollten? Er hatte Recht: Wer dachte sofort an Ringe, wenn man sich zum Heiraten entschloss? Genauso gut hätten die beiden über ihre Hochzeitsreise nachdenken können. Dass die Täter nicht bis zur Theke vorgegangen waren, konnte aber auch ein Hinweis darauf sein, dass sie von dem Pärchen nicht erkannt werden wollten. Wie man es drehte und wendete, die Beziehung zwischen den jungen Leuten und dem Männerduo blieb unscharf.

„Haben die beiden sich zur Tür umgewandt, als die Männer den Laden betraten?“

„Nein, die waren ganz mit ihren Ringen beschäftigt.“

„Wir werden einen Aufruf drucken lassen und die beiden bitten, sich umgehend bei uns zu melden.“

Eibenbrinck sah mich an, als glaubte ich noch ans Christkind. „Das ist so eine Sache mit den Zeugenaufrufen. Hemmungen gegenüber der Polizei oder Angst vor den Banditen, die sich rächen könnten, wenn man wertvolle Hinweise liefert – was ist schlimmer?“ Er grinste ein wenig zu kokett.

„Einen Versuch ist es immerhin wert. Wir wissen durch Sie, dass es zwei Zeugen gegeben hat, und diese Zeugen müssen wir finden.“ Ich ließ mir die genaue Uhrzeit des Überfalls geben, dann zog ich die Tatortfotos aus der Tasche und schlug Eibenbrinck vor, mit mir einen Grundriss seines Ladens anzufertigen. Er kreuzte jene Stelle vor der Theke an, wo die jungen Leute gestanden hatten, trug den Einbauschrank ein, aus dem er den Zirkoniaring hatte nehmen wollen, markierte auch die Vitrine links von der Eingangstür, vor der die beiden Männer stehen geblieben waren, und wir kamen zu dem Ergebnis, dass sie das Pärchen als Geiseln hätten nehmen müssen, wenn Eibenbrinck seinen Platz nicht verlassen hätte. Es sei denn, die vier gehörten tatsächlich zusammen. Seine Skizze bestätigte, was unsere Ballistiker aus dem Operationsbericht abgelesen hatten. Eine Kugel aus der linken Ecke neben dem Eingang hatte den Juwelier genau in dem Moment an der rechten Schläfe gestreift, als er sich umwandte, um das Tablett herauszunehmen. Das Projektil war in den

Wandschrank eingeschlagen, daher kannten wir die Waffe. Doch falls wir es mit einer organisierten Bande zu tun hatten, half uns das nicht weiter.

Und warum keine größere Beute? Warum war das Bargeld dageblieben und der Tresor nicht geknackt worden? Was hatten wir übersehen?

„Erinnern Sie sich an irgendeine Reaktion der jungen Leute? Haben sie geschrien? Sind sie in Deckung gegangen, als der Schuss fiel?“

Er sah wieder auf die Skizze und schüttelte hilflos den Kopf. Als ihn die Kugel streifte, stand seine junge Kundschaft außerhalb seines Blickfeldes, das ohnehin durch Schock und Schmerz stark eingeschränkt war. Und an Schreie erinnerte er sich nicht. Er seufzte. „Das hätte übel ausgehen können.“

„Sagen Sie das Ihrer resoluten Putzfrau.“ Wahrscheinlich wäre er verblutet, hätte Frau Bromsma nicht um kurz nach sieben den Laden mit Eimer und Wischmopp durch die Hintertür betreten. Sie hatte die Blutung mit einem Handtuch notdürftig gestoppt, bevor sie Polizei und Notarzt anrief. Die Ladentür hatte weit offengestanden, von den Banditen keine Spur. Das Gepolter des Putzeimers hatte sie offenbar verjagt.

„Erzählen Sie, an was Sie sich noch erinnern“, ermunterte ich ihn, „das hilft uns mehr als alle Spekulationen.“

Bei den Männern hatte Eibenbrinck dunkle Anoraks und Handschuhe registriert. Die hatten sie natürlich nur getragen, um Fingerabdrücke zu vermeiden, denn draußen war es nass, aber nicht sehr kalt gewesen. Die junge Frau wiederum hatte ihre Kapuze nicht abgenommen. Als regnete es in seinem Geschäft durch die Decke! Und der junge Mann? „Kein sehr einprägsamer Typ.“

„Dunkelhaarig oder hell?“

„Blond“, entschied er, „so‘n richtiges Milchgesicht.“

Als ich nach einem Bart, einer Brille oder einem auffälligen Tattoo fragte, schüttelte er den Kopf.

„Haben die beiden etwas angefasst? Einen Ring übergestreift?“

„Nein, nur geguckt. Und Augen hinterlassen bekanntlich keinen genetischen Fingerabdruck.“

„Sie hatten die beiden eine ganze Weile vor sich. Gibt es vielleicht eine entfernte Ähnlichkeit mit einer bekannten Person?“

Zu meiner Überraschung lächelte er. „Auf den ersten Blick glich sie ein wenig meiner Frau. Ich meine, als Hilde jung war.“

„Können Sie das genauer definieren?“

„Die Mundpartie“, entschied er. „Aber ihre Stimme klang anders. Irgendwie piepsig. Und als ich das hörte, war ihre Ähnlichkeit mit Hilde auch schon wieder weg. Meine Frau besaß nämlich einen ganz wunderbaren Alt.“

Wenn seine Putzfrau auch seinen Wohnungsschlüssel besaß, war sie sicher bereit, ein Foto seiner Frau ins Präsidium zu bringen. Selbst vage Ähnlichkeiten hatten uns schon weitergebracht.

„Frau Bromsma ist viel unterwegs“, schränkte er ein. „ Aber vielleicht werde ich bald entlassen, dann können Sie es bei mir abholen.“

Ich fragte ihn, ob er sein Schmucksortiment in Fotos dokumentiert habe, und er nickte sichtlich entspannt. Dann brach sein Lächeln so abrupt ab, als hätte er sich gerade an etwas besonders Wertvolles erinnert, das jetzt vielleicht ebenfalls gestohlen, aber nicht dokumentiert war. Doch da er nichts sagte, hakte ich nicht nach. Ich legte meine Visitenkarte auf seinen Nachttisch und wünschte ihm weiter gute Besserung.

An der Tür rief er mich noch einmal zurück. „Wenn ich doch nur wüsste, wie es inzwischen in meinem Laden aussieht! Der Überfall ist ja schon schlimm genug, aber wenn die Spurensicherung alles auseinander genommen hat ...“ Um Schadensbegrenzung bemüht, setzte ich mich noch einmal an sein Bett. Dass ich selbst am Tatort gewesen war, würde ihn nicht beschwichtigen, also zog ich das Protokoll aus der Tasche und überflog den Text. „Die Spurensicherung muss nun mal ihre Arbeit machen. Und ich kenne die zuständigen Kollegen, die gehen mit Samthandschuhen ans Werk.“ Eibenbrinck wackelte skeptisch mit dem Kopf, und ich fuhr schnell fort: „In Ihrer Kasse steckten knapp hundertzwanzig Euro in Scheinen und Münzgeld. Kommt das hin?“ Als er nickte, fuhr ich fort: „Und falls Sie an Vandalismus denken: Auch da kann ich Sie beruhigen. Die Theke wurde zwar aufgebrochen und der Inhalt entwendet, aber sonst ist nichts kaputt gegangen, die Eingangstür ist auch intakt. Nur mit dem Kugeleinschlag in Ihrer Schrankwand müssen Sie sich anfreunden.“

Als sich seine Miene verdüsterte, bereute ich meine flapsige Wortwahl, doch seine Sorge galt nicht dem Loch in der Wand. „Und das Hängeschränkchen in der linken Ecke?“, flüsterte er.

An einen gewaltsam geöffneten Hängeschrank erinnerte ich mich nicht. „Was ist denn drin?“

Er winkte ab. „Das hat nur persönlichen Wert. Erinnerungen an Hilde. Aber so wie es aussieht, ist ja nichts weggekommen außer dem Thekeninhalt.“

„Geben Sie mir am Abend, bevor Sie entlassen werden, Bescheid. Dann sehen wir uns zusammen den Laden an. Wenn mehr gestohlen wurde als bisher angenommen, müssen wir das unbedingt klären.“

* * *

Auf dem Weg zum Krankenhausparkplatz klingelte mein Handy. „Fahr ins Erphoviertel“, sagte Max und nannte mir eine Adresse. „Wir haben eine tote Frau.“

Unterwegs erfuhr ich Näheres durch die Freisprechanlage. Gegen neun Uhr hatte die Rektorin einer Hauptschule im Geistviertel bei der Polizeiwache Julius-Voos-Gasse angerufen und ihre junge Kollegin Susanne Küster als vermisst gemeldet. Dies sei jetzt schon der zweite Tag, an dem sie fehlte. Ihr Handy war abgeschaltet, in dem Mietshaus, in dem sie wohnte, hatte sie seit Dienstagmorgen niemand mehr gesehen, und ihr Fahrrad stand im Hof. Ein Unfall, ein Verbrechen – alles sei möglich, so die aufgeregte Frau. Und so war eine Streife hingeschickt worden, die, nachdem Frau Küster auf ihr Läuten nicht reagierte, die Wohnungstür gewaltsam geöffnet hatte.

Von Max, der neben dem Wohnungseingang einsatzbereit stand und Ansgar Schüller und seinem Team bei der Arbeit zusah, erfuhr ich, dass das Opfer seinen Mörder höchstwahrscheinlich hereingelassen hatte. „Falls sie nicht im Treppenhaus überwältigt und gezwungen wurde, ihre Wohnung aufzuschließen. Die Sicherheitskette war ausgehängt, auf Türknauf und Innenklinke befinden sich nur die Abdrücke der Toten.“ Während Professor Roland Kerner, der Leiter des Instituts für Rechtsmedizin, die vorläufige Leichenschau vornahm und sich unsere Kollegen von der Schutzpolizei bei den Nachbarn durchfragten, blieb Max und mir nur die Rolle der Zaungäste an der Tür zur Küche, in der schon Spuren gesichert waren. Aber ich konnte dieser Position viel abgewinnen, weil sie einen guten Überblick lieferte. Die Frau lag rücklings auf einem beigefarbenen Teppichboden, zwischen ihrem Bettsofa und einem kleinen Esstisch. Ihre Augen waren halb offen, die Arme seitlich ausgestreckt, an Kleidung trug sie lediglich ein hellblaues Unterwäscheset. Bei der dunklen Flüssigkeit, mit der sich der Teppich unter ihr vollgesaugt hatte, handelte es sich, laut vorläufiger Auskunft der Techniker, um eine Mischung aus Urin und Rotwein. Die leere Flasche war an die Zimmerwand unter dem Fenster gerollt. Im Übrigen sah der Raum nicht so aus, als hätte ein Kampf stattgefunden. In der Küche fehlte sogar jeder Hinweis auf einen Besucher – ob ungebeten oder herbestellt. Die Böden im Hängeschrank, auf denen sich Becher, Gläser und Teller reihten, waren staubig. Nur die sauberen Flächen unter einem Set aus Teller, Dessertschälchen und Keramikbecher zeugten von regelmäßiger Benutzung. Auch im Kühlschrank fehlte jedes Anzeichen, dass Frau Küster ihre letzte Mahlzeit mit jemandem geteilt hatte. Natürlich hatte sich Cornelia Hanflang, unsere Chemikerin im Technikerteam und als Frau rollenimmanent für unappetitliche Beweismittel eingeteilt, auch den Abfalleimer vorgenommen, dort aber ebenfalls nichts Verräterisches gefunden. Bis auf eine leere Müslitüte, einen ausgelöffelten Joghurtbecher und ein Stück Alufolie mit dem typischen Geruch und den Anhaftungen einer Pizza, war der Gelbe Sack sauber. Ein zweiter Behälter war Bioabfällen vorbehalten. Dort fanden sich Orangen- und Kiwischalen und ein Apfelkitsch, vorschriftsmäßig in Zeitungspapier gewickelt.

„Demnach hat sie ihrem Mörder nur den Rotwein aufgesetzt", sagte Cornelia, während sie genervt an ihren klebrigen Latexhandschuhen zerrte, „und zwar direkt aus der Flasche."

„Oder der Täter hat die Flasche mitgebracht. Sind denn Fingerabdrücke drauf?"

„Hmm", nickte sie und verzog das Gesicht. „Aber Wein direkt aus der Pulle? Das sind doch Pennerallüren, oder?"

„Vielleicht wollte sie nicht, dass er bei ihr trinkt, weil er dann gewalttätig wird. Da hat er die Flasche einfach an den Mund gesetzt."

Unwillkürlich wandten wir beide den Blick wieder auf die Tote. Ich dachte kurz an die Möglichkeit, dass die junge Lehrerin ihr Gehalt mit käuflichen Streicheleinheiten aufgebessert hatte, doch trotz der knappen Unterwäsche nahm ich ihr das Callgirl nicht ab. Als könnte Cornelia meine Gedanken lesen, sagte sie: „Selbst im Bordell trinkt man den Champagner aus anständigen Gläsern. Wir werden ja demnächst von Kerner erfahren, was der Kerl mit ihr angestellt hat, bevor er sie umbrachte: erzwungener Sex und Alkohol wider Willen. Oder was sonst noch!“

„Vielleicht war es ja ein weiblicher Kerl“, gab ich zu bedenken. „Im Sinne von erbarmungslosem Zickenkrieg. Wenn Küster hier einen Edelpuff betrieben hätte, wäre das ihrer Hausgemeinschaft sicher nicht entgangen. Mal sehen, was unsere Kollegen bei den Nachbarn in Erfahrung bringen.“

„Ich jedenfalls hätte die leere Weinflasche weggeschmissen.“

„Daran hat er in seinem Tötungsrausch vielleicht gar nicht gedacht. Oder es war schon nach zweiundzwanzig Uhr, dann fällt das Klirren von Flaschen unangenehm auf. Irgendein später Gassigeher wird aufmerksam und erinnert sich später an sein Gesicht.“

„Tja, Zufälle gibt's!“ Cornelia blies die Backen auf. „Das würde Aufschluss auf die Tatzeit geben. Aber was spricht deiner Meinung nach für Tötungsrausch? Für mich sieht das eher nach gründlicher Planung aus. Aber lassen wir unseren Doc mal arbeiten. Vielleicht wissen wir morgen schon mehr. Und jetzt muss ich mal dringend an die frische Luft.“ Ich sah ihr nach, wie sie, klein, drall und rothaarig durchs Treppenhaus nach unten hetzte, und wunderte mich über ihre Panik. War sie nicht ziemlich grün im Gesicht gewesen? Andererseits waren auch Tatortspezialisten keine Roboter. Sie wurden manchmal mit unschönen Parallelen zu früheren Fällen konfrontiert oder litten unter belastenden Assoziationen zu ihrem Privatleben. Dann fiel mir ein, dass ich vor zwei, drei Wochen auf dem Weg zu den Büros der Spurensicherung auf dem fünften Stockwerk durch heftiges Würgen in der Damentoilette aufgeschreckt worden war. Eine der beiden Kabinentüren war abgeschlossen gewesen, und auf meine Frage, ob ich helfen könne, war nur ein ablehnendes Gemurmel gekommen, aus dem ich mit Mühe Cornelias Stimme heraushören konnte. Na gut, hatte ich gedacht, ich selbst würde mich auch nicht gern blamieren, wenn sich mein Frühstück zurückmeldet. Und Kotzen ist nur selten lebensgefährlich. Ich beschloss, sie im Lauf des Nachmittags bei einem Kaffee oder Tee auf mögliche Probleme anzusprechen, und wandte mich wieder der Szenerie zu. Ansgars Kollege Berni Wagner gab mir ein Zeichen, ich könne mir jetzt das Badezimmer ansehen. „Da seid ihr Frauen doch die besseren Experten“, sagte er galant.

„Worauf muss ich achten?“ Er zuckte die Schultern. „Jeder Raum kann ein Tatort sein.“

Das Bad beherbergte nur die übliche Sanitäreinrichtung – kein Regal, keinen Handtuchständer, nicht mal einen Spiegelschrank gab es. Trotzdem war es eng. Für einen Täter konnte das von Nutzen sein, weil dem Opfer wenig Raum für Gegenwehr blieb. Außerdem schien das Räumchen schalldicht zu sein, weil es weder an die Nachbarwohnungen noch ans Treppenhaus grenzte; ein Binnenbad mit altmodischer, ziemlich lauter Lüftung. Die Tür öffnete sich aus Platzgründen zum Wohnzimmer hin, und über dem Waschbecken war nur ein kleiner, schwenkbarer Schminkspiegel angebracht. Ich blickte in den Spiegel und versuchte mich in den Kopf des Opfers zu versetzen, als es bemerkte, wie jemand im Türrahmen erschien. In der Küche hätte Susanne Küster vielleicht zu einem Messer greifen können, zumindest aber genügend Bewegungsfreiheit gehabt, um ihren Gegner mit Tritten abzuwehren. Doch mit dem kleinen Parfumzerstäuber, dem Zahnputzglas und der Seifenschale, die auf dem Waschbeckenrand aufgereiht waren, ließ sich nur wenig ausrichten. Mal angenommen, dachte ich, der Mord ist tatsächlich im Bad passiert – was hatte der Täter entsorgen müssen, weil es Spuren von seiner Kleidung oder einen genetischen Fingerabdruck verraten konnte? Wo waren Schuhe und Kleidung der Toten geblieben? Warum war der rätselhafte Besucher so fahrlässig gewesen, Fingerabdrücke an der Weinflasche zurückzulassen? Hatten wir es vielleicht mit zwei Personen zu tun?

Den Inhalt des Abfalleimers hatte Berni mitgenommen, ebenso natürlich alles, was sich für einen DNA-Abgleich eignete: Kamm, Zahnbürste, Handtücher. Die Mülltonnen im Hinterhof würde man im Lauf des Nachmittags ausleeren und jeden Gegenstand, der verdächtig erschien, mitnehmen.

Als ich das Bad verließ, sah ich, dass Roland Kerner sich gerade aus der unbequemen Hockstellung, die ihm die Leichenschau aufzwang, zu seiner imposanten Größe von eins neunzig aufrichtete. Er war ein bulliger Typ mit braunen Bärchenaugen und einem so genannten Henriquatre-Bart, den er sorgfältig trimmte. Er besaß einen trockenen Humor und brachte zu Leichenfundorten eine gewisse Lässigkeit mit, die dem Tod seine Dramatik ließ, ihn aber erträglicher machte. Er winkte mich zu sich.

Erst aus der Nähe fielen mir die langen Haare des Opfers auf. Seidig, weizenblond, sorgfältig um den Kopf ausgebreitet, ein brutaler

Kontrast zu dem aufgedunsenen, blassgrauen Gesicht. Kein Härchen gekrümmt!, fuhr es mir durch den Kopf. Eine massive Venezianerkette schnürte den Hals zu, und die Einblutungen in den Augen und in der Gesichtshaut waren ziemlich sichere Anzeichen für einen Tod durch Ersticken. Auch die mehrtourigen, blutunterlaufenen Drosselmarken unter dem Kehlkopf redeten eine deutliche Sprache. Da sie parallel zueinander und über Kreuz verliefen, hatte der Täter mehrere Versuche unternommen. Die kantige Struktur der Kettenglieder hatte sich an manchen Stellen tief ins Fleisch geschnitten, und zwischen den einzelnen Marken war es zu Zwischenkammblutungen gekommen. Ich beugte mich vor und sah erst jetzt, dass am Karabinerverschluss der Kette ein runder, bunt emaillierter Anhänger eingehakt war, der ein Rotkehlchen zeigte. Er hatte einen Durchmesser von etwa zwei Zentimetern und wirkte seltsam verloren neben den eckigen Gliedern der Kette, die sich, abwechselnd quer und längs ineinander greifend, zu einem groben Maschenbild formierten. Das Rotkehlchen auf dem Anhänger löste in meinem Kopf eine vage Erinnerung aus, doch Kerners Bass verscheuchte sie. „Fällt Ihnen etwas auf?"

„Kette und Anhänger gehören nicht zusammen. Die Anhängeröse passt nur an den Karabinerhaken."

„Eine dünnere Kette wäre wahrscheinlich gerissen", gab Kerner zu bedenken. „Wie beides zusammengehört, müssen Sie herausfinden. Was ich meine, ist: Fällt Ihnen an den Drosselmarken etwas auf?"

„An der rechten Halshälfte wirken sie etwas stärker als an der linken."

„Stimmt! Wahrscheinlich ein Linkshänder. Er hat die Kette über Kreuz zugezogen und konnte mit der linken Hand fester zurren."

„Noch irgendein Hinweis?"

„Sie hat Blut unter den Nägeln. An Zeige-, Mittel- und Ringfinger der rechten Hand."

„Also doch ein Kampf?"

Er zuckte die Schultern. „Außer den Drosselmarken und mehreren Hautabschürfungen sehe ich keine frische Verletzung. Aber der Täter könnte Kratzer haben."

„Hautabschürfungen?"

Statt einer Antwort gab Kerner mir ein Zeichen, die Tote gemeinsam mit ihm auf den Bauch zu drehen. Ihre Haare rutschten zur Seite und gaben den blutunterlaufenen Nacken frei. Die Haut an den Ellbogen wirkte aufgeraut, auch die Waden zeigten einen leichten Abrieb, als hätte jemand sie über einen rauen Untergrund gezerrt. Über den Teppichboden zum Beispiel, der aus einem sisalartigen Material bestand.

„Sie wurde weggeschleift. Können Sie am Verlauf der Abschürfungen die Richtung bestimmen, aus der sie bis hierher gezogen wurde?"

„Ganz bestimmt, sobald wir sie im Institut haben." Sein Blick durchmaß den Raum. Nur das Wohnzimmer trug Teppichboden. Eingangsbereich, Küche und Bad waren gefliest.

„Und der Todeszeitpunkt?"

„Legen Sie meine Worte bitte nicht auf die Goldwaage." So beantwortete Kerner diese Frage jedes Mal, doch er setzte sofort nach: „Die Leichenflecken lassen sich nicht mehr wegdrücken, die Totenstarre hat sich noch nicht vollständig gelöst. Gehen Sie vorläufig von einer Spanne zwischen maximal vierzig und wenigstens zwölf Stunden aus. Eine gleichbleibende Raumtemperatur von zwanzig Grad vorausgesetzt."

An der Wohnungstür traf ich Cornelia. Sie trug einen frischen Overall. „Sorry", sie zog auch neue Latexhandschuhe an. „Was raus muss, muss raus!"

„Tut mir leid. Irgendwas Falsches gegessen?"

Sie starrte auf ihre Schuhe. „Ich habe diese Frau vor drei Wochen kennen gelernt. Sie hat mich um Rat gefragt. Im Präsidium. Wollte wissen, ob Quizspiele im Internet gefährlich werden können."

„Hat sie das ganz generell gemeint oder ging es um einen konkreten Fall?"

„Sie wurde über eine E-Mail zu einer Art Schnitzeljagd quer durch Münster eingeladen."

„Hat sie dir die E-Mail-Adresse genannt?"

„Ich habe sie mir damals aufgeschrieben. Mal sehen, ob ich den Zettel wiederfinde."

„Und deine Meinung?"

„Ich habe ihr gesagt, sie soll aufpassen, wenn es um ihre persönlichen Daten geht. Ich habe nie wieder von ihr gehört … Bis heute eben. Aber Sieglinde, das muss nichts bedeuten!"

„Merkwürdig, dass wir keinen Computer finden konnten. Ihr Handy ist auch nicht da."

Drei Stunden später hatte sich das ganze Team vom Tatort, außer Kerner natürlich, kurz in der Präsidiumskantine eingefunden, um den Grips mit Kaffee oder Tee anzuheizen, sodass mit Cornelia, die immer noch blass und bedrückt wirkte, kein persönlicher Austausch mehr zustandekam. Um achtzehn Uhr erwartete Kriminalrat Dr. Lothar Sonnhagen alle Kollegen, die an dem neuen Mordfall beteiligt waren, in einem der Besprechungsräume. Während Ansgar, Cornelia und Berni einen Überblick über die vorläufige Spurenlage liefern würden, erwartete er von Max und mir die ersten Hintergrundinformationen über die Tote. Und natürlich war auch Hilly beteiligt, um Protokoll zu führen und für starken Kaffee zu sorgen, wie Sonnhagen ihn bevorzugte. Wahrscheinlich hatte er sie längst losgeschickt, damit sie in seiner Lieblingsbäckerei Mandelhörnchen und Zimtschnecken besorgte. „Und bitte nicht zu knapp, Frau Türmer!“

Inzwischen war es halb fünf. Max hatte das Polizeipräsidium in Konstanz angerufen und die Kollegen gebeten, Susanne Küsters Eltern zu benachrichtigen die im Stadtteil Wollmatingen wohnten. Jetzt war er von seinem Gespräch mit der Hauptschulrektorin Edda Wolters zurück, und ich erfuhr, dass es sich bei dem Opfer um eine engagierte, bei Schülern und Kollegen sehr beliebte Lehrerin handelte, die sich, so Wolters‘ Einschätzung, über private Schwierigkeiten garantiert mit ihr ausgetauscht hätte. Daraufhin war Max die Frage nach einer möglichen Nebentätigkeit als Callgirl nicht mehr über die Lippen gekommen. Er hielt es für unwahrscheinlich, dass die Schulleiterin, die sich zu Beginn in schwärmerischen Worten über die „Vertrauenssphäre“ an ihrer Vorzeigeschule ausgelassen hatte, von einer so pikanten Erwerbsquelle ihrer Mitarbeiterin gewusst hätte. Falls Küsters Bankkonto auffallend hohe Summen offenbarte oder sich in ihrer Wohnung ein Adressbuch mit exklusiver Kundschaft fand, mussten wir andere Quellen anzapfen. „Die Wolters scheint sich als Beichtmutter zu fühlen – falls es so etwas überhaupt gibt“, hatte Max geknurrt und mir die Namensliste ihrer Schulmannschaft hinübergeschoben. „Auch wenn in dieser Penne auf den ersten Blick alles hochglanzpoliert wirkt, müssen wir jede einzelne Person durchleuchten.“ Das Kollegium bestand aus einundzwanzig Personen, ihre Befragung und die Überprüfung ihrer Aussagen würden einige Zeit kosten.

Ich fuhr fort, die Gesprächsprotokolle aus Küsters Wohnhaus in den Computer zu tippen. „Am Dienstagabend ist der Hunte wieder aufgekreuzt. Garantiert, um Susanne anzupumpen“, hatte Rita Spengler, die Nachbarin auf der gegenüberliegenden Flurseite erklärt. „Dieser ewige Bummelstudent ist doch ständig blank. Und nach dem Lärm in ihrer Wohnung zu urteilen, kommt eigentlich nur dieser cholerische Totalversager als Täter in Frage.“ Auf die Bitte, den Lärm näher zu beschreiben, hatte sie von „Verbalinjurien“ gesprochen, wie sie bei Patrick Hunte üblich seien, dazu habe es geklirrt und sei mit Möbeln gepoltert worden. Die restliche Hausgemeinschaft äußerte sich ähnlich abfällig. Warum Frau Küster den Krawallbruder überhaupt noch in ihre Wohnung gelassen hatte, konnte niemand nachvollziehen. Und dass er einen Schlüssel besaß, wurde stark bezweifelt. Es sei keine Seltenheit gewesen, dass der junge Mann „stinksauer“ vor der Eingangstür gestanden und Bewohner, die das Haus betreten wollten, bedrängt habe, ihn hereinzulassen. Den Gefallen hatte ihm natürlich niemand getan. Schadenfreude spiegelte sich in den Mienen wider, als sie das sagten. Bei dem sei doch nichts ohne Randale abgegangen.

„Der Hunte hat seit zwei Monaten eine Unterlassungsklage am Hals, die es ihm verbietet, sich diesem Haus auch nur zu nähern!“ Der ältere Herr vom Erdgeschoss hatte so viel Entrüstung in seine Stimme gelegt, dass jeder ihm den ehemaligen Charakterschauspieler sofort abkaufte.

Auf die Frage, ob jemand Huntes Adresse habe, war kollektives Kopfschütteln gefolgt, einmütig, aber auch verwundert. Wen interessierte schon die Bleibe eines solchen Subjekts?

Ich legte die Fotos der ermordeten Lehrerin neben den Aufnahmen vom vermutlichen Tatort und der Tatwaffe auf meiner Schreibtischplatte aus. Ein Gruppenfoto zeigte sie mit ihrer Klasse auf den Stufen vor dem Schulgebäude; vielleicht zum Beginn der letzten Sommerferien gemacht und auf DIN A5 vergrößert. Ansgar hatte es aus ihrem Apartment mitgenommen. Ein schönes Bild in einem silbernen Rahmen. Die Kinder lachten mit ihrer Lehrerin um die Wette, als wäre ihre Schule eine einzige Hüpfburg. Und solch ein offenbar liebenswertes Wesen hatte als Partner nichts Besseres gefunden als einen versoffenen Chaoten? Außer einem großen Sammelrahmen, in dem Ansgar eine Art Familienalbum vermutete, war dies das einzige Foto in Küsters Wohnung gewesen. Erst jetzt wurde mir bewusst, dass es dort weder Wandschmuck noch Nippes oder Topfpflanzen gab, sogar der Jahreskalender auf dem Schreibtisch stammte von einem Bankinstitut. Was hatte da so klirren und poltern können, dass man es im Hausflur hörte? Ich suchte noch einmal Frau Spenglers Aussage heraus und schüttelte unwillkürlich den Kopf.

„Was ist?“, fragte Max, ohne den Blick von seinem Computerschirm zu heben.

„Das klingt jetzt makaber“, sagte ich, „aber hast du jemals erlebt, dass jemand einen Menschen getötet und anschließend dessen Wohnung aufgeräumt hat?“

„Hmm“, machte er nachdenklich. „Falls sich herausstellt, dass es tatsächlich dieser Hunte gewesen ist, konnte er davon ausgehen, dass die Nachbarn während seines Besuchs wie hypnotisierte Kaninchen in ihrem Bau bleiben würden. Sie gingen ihm aus dem Weg, deshalb hatte er Zeit genug, um seine Spuren zu beseitigen. Zumal Frau Küster die Hausgemeinschaft offenbar nie um Hilfe gebeten hat, wenn er sie belästigte.“

„Wie hätten die auch helfen sollen? Gibt es eigentlich schon Ergebnisse von der Mülltonnendurchsuchung?“

„Auf meinem Schreibtisch nicht“, sagte Max ein Quäntchen zu frustriert, und ich fuhr schnell fort: „Das Apartment dürfte von Huntes Prints übersät sein, falls Susanne Küster in den letzten zwei Monaten nicht flächendeckend mit Meister Propper ans Werk gegangen ist. Warum sollte er also aufräumen? Dass er die Rotweinflasche geleert hat, kann ihm höchstens sein Hausarzt zum Vorwurf machen.“ Obwohl ich keine Ahnung hatte, wie dieser junge Mann unter normalen Umständen tickte, von Stresssituationen ganz zu schweigen, versuchte ich, ihn mir beim *Aufräumen* nach dem Mord an Küster vorzustellen. Hatte ihn der Anblick seiner toten Freundin überhaupt nicht gestört? Hatte er keine Reue verspürt? Oder im Gegenteil, keine Angst, dass es noch irgendein Lebenszeichen gab? Oder dass jemand von den Nachbarn schellte? Ich wandte mich wieder den Fotos zu und versuchte das Gesicht der toten Susanne Küster zu ergründen, doch ich kam nicht weit. Wenn ein Mensch starb, erschlaffte die Muskulatur, noch bevor sich die Totenstarre bildete. Dadurch war im Gesicht meist nicht mehr viel erkennbar von Schmerzen, Todesangst oder Todeskampf. Und so wirkten auch Susanne Küsters blasse Gesichtszüge ausdruckslos. Der Blick ihrer halb geschlossenen Augen schien sich auf irgendeinen undefinierbaren Punkt auf halber Wandhöhe zu richten. Hatte dieser optische Verfremdungseffekt bei Hunte, falls er denn an ihrem Tod beteiligt war, alle Emotionen beiseite gewischt, so dass er sich leicht einreden konnte, sie sei gar nicht seine Freundin, was den nächsten Trugschluss nach sich zog, er habe diese Frau auch nicht umgebracht? War er der Illusion aufgesessen, eine Schaufensterpuppe vor sich zu haben? Es gab Täter, die bei ihrem Geständnis zusammenbrachen und das Geschehen nicht mehr nachvollziehen konnten, und solche, die glatt und kalt wie ein Eispickel wirkten. Irgendwo auf dieser Skala mussten wir Küsters Mörder wohl platzieren.

Max unterbrach meine Gedanken. „Nach allem, was wir bisher über Hunte erfahren haben, kann ich mir nur schwer vorstellen, dass er ein Ordnungsfanatiker ist. So viel zum Thema Aufräumen."

„Das werden wir an seiner eigenen Wohnung sehen, falls wir dort tätig werden müssen. Mancher Typ hat sich schon durch ganz banale Fakten verraten."

„Der begeisterte Schrauber", Max hob die Augenbrauen. „Baut die demolierte Einrichtung seines Opfers problemlos wieder zusammen."

„Das beherrschen mehr Menschen, als man denkt. Wenn ich diese ganz jungen Frauen mit ihren Riesenkartons auf dem Ikea-Parkplatz in Kamen sehe, frage ich mich immer, wie die das zu Hause wuppen."

„Sabine und ich fahren neuerdings lieber nach Osnabrück", schwärmte Max, worauf ich vorschlug, doch bitte wieder zu dem vergangenen Dienstagabend zurückzukehren. Das schien mir ergiebiger als ein Qualitätsvergleich schwedischer Möbel-Filialen!

„Küster hat Blutreste unter den Fingernägeln, aber im Wohnraum ist nichts von Kampf zu sehen. Alle Möbel stehen an einem angemessenen Platz, nur der Rotweinfleck auf dem Teppich und die Weinflasche sprechen für Zoff. Wer hat die Möbel wieder gerade gerückt?"

„Und wieso hat keiner aus der Nachbarschaft gehört, wann Hunte das Haus verlassen hat?", stellte Max die Gegenfrage. Von dem zweiunddreißigjährigen Soziologiestudenten, der am Bremer Platz hinter dem Hauptbahnhof gemeldet war, fehlte jede Spur. Dass er sich offenbar in Luft aufgelöst hatte, machte ihn nicht weniger verdächtig. Die Fahndung über Europol lief seit einer Stunde.

„Das Tatmuster", entschied Max, „passt nicht zu einem solchen Berserker. Der sticht zu oder haut drauf. Wozu also diese Erdrosselung mit Hilfe eines Kinderschmuckstücks? Vielleicht war nach ihm noch jemand bei Susanne Küster und hat sie in seine Gewalt gebracht? Die bisher geschätzte Spanne des Todeszeitraums ist ziemlich groß. Fünf Stunden."

„Das Wohnhaus ist hellhörig", überlegte ich. „Wenn Küster überfallen worden wäre, hätte sie sich laut gewehrt, um Hilfe gerufen." In diesem Moment fiel mir ein Punkt ein, den ich unbedingt mit Wagner besprechen musste. „Ich bin noch mal schnell bei Berni."

„Sei pünktlich! Sonnhagen hasst Verspätungen!"

„Weiß ich doch. Es geht um einen Vorschlag von Professor Kerner zum Tathergang. Wenn Küster im Badezimmer erdrosselt wurde, muss der Täter sie ins Wohnzimmer gebracht haben. Also gibt es Schleifspuren auf dem Teppichboden. Außerdem hat die Tote Hautabschürfungen an Waden und Ellbogen, in denen Fasern zurückgeblieben sein müssten."

„Mal ehrlich: Was spräche gegen einen Kampf in der Küche?"

„Der fehlende Überraschungseffekt, Max. Dass dir dein Besucher in die Küche folgt, ist nicht verwunderlich. Welcher Gast wartet schon allein am Esstisch? Selbst wenn du nur eine Kanne Tee aufbrühst, folgen dir deine Freunde meistens. Und dann gibt es noch diese Typen mit dem berüchtigten Helfersyndrom, die auch vorm Zwiebelschneiden nicht zurückschrecken. Wenn du dagegen ins Bad gehst, rechnest du nicht damit, dass dir jemand folgt. Wozu auch?"

„Ein Mord im Bad, und nichts geht zu Bruch?"

„Was sollte schon zu Bruch gehen? Susanne Küster konnte nur ihre Fingernägel ausfahren."

Diese Theorie erklärte ich auch Wagner. Sein Team hatte den Sisalteppich in Küsters Wohnzimmer nicht nur abgeklebt, sondern auch Spuren in den Zwischenräumen gesichert. Die Auswertung und der Abgleich mit den Schürfwunden würden etwas dauern, doch dann bekäme ich eine Antwort. „Es sei denn", er rieb sich müde die Augen, „der Täter hat Küster ins Wohnzimmer *getragen*."

„Und woher dann die Hautabschürfungen?", erinnerte ich. „Außerdem müsste es selbst dann verstärkte Eindrücke von Schuhsohlen im Teppich geben. Auch Sisalgewebe senkt sich unter einem gewissen Körpergewicht."

„Der Kerl ist auf Socken gegangen?"

„Füße hinterlassen immer Abdrücke. Außerdem ziehen Männer ihre Straßenschuhe nie aus. Es sei denn, sie wollen sofort ins Bett."

„Dann lass unseren Doc mal in diese Richtung recherchieren."

Touché! Ein intimes Treffen zwischen Küster und Hunte am Dienstagabend würde ein ganz anderes Licht auf ihren Tod werfen. Nachdem sie sich von ihm getrennt und eine Unterlassungsklage durchgesetzt hatte, wäre das eine überraschende Wende. Die Hausgemeinschaft hatte nur eine männliche Stimme gehört. Und auch nur bis gegen acht. Demnach hatte sich Frau Küster nicht zum Lautwerden hinreißen lassen.

Aber was hieß das schon, wenn nicht einvernehmliches Schweigen? Oder war sie um diese Zeit schon bewusstlos gewesen?

Dann fiel mir die ordentlich zurechtgezupfte Bettcouch wieder ein. Kissen so akkurat wie in einem Luxushotel. Wenn Küster mit ihrem Mörder Sex gehabt hatte, dann kam mir dieser Mensch langsam unheimlich vor.

Freitag, 23. Oktober

Im Lehrerzimmer der Hauptschule zeigte man sich entsetzt über die Todesnachricht und beratschlagte sofort, wie man den Schülern möglichst behutsam erklären könne, warum ihre so sehr geliebte Frau Küster niemals wiederkommen würde. Doch auch diese kollektive Betroffenheit änderte nichts daran, dass wir jedes einzelne Kollegiumsmitglied nach seinem Alibi für die Zeit zwischen einundzwanzig Uhr abends und zwei Uhr morgens fragen mussten. Frau Wolters stellte Max und mir das Computerzimmer zur Verfügung, wo wir uns an zwei Tischen etablierten und nacheinander ihre Kollegen hereinriefen. Die Antworten kamen in der Regel spontan, auch wenn nicht alles leicht überprüfbar wirkte. Etwa, wenn jemand seinen Hund ausgeführt oder ausgiebig und in einsamer Gegend gejoggt hatte. Doch niemand schien etwas verbergen zu wollen, nur einer der beiden Sportlehrer erklärte patzig, sein Nachtleben gehe die Polizei nichts an.

„Sie müssen ja keinen Namen nennen", lockte ich ihn aus seiner bockigen Reserve. „Sagen Sie mir nur den Ort." Worauf er mit roten Ohren einen Nachtclub hinter dem Bahnhof angab. Die zuständige Zeugin zu ermitteln, würde Lückmann ein besonderes Vergnügen sein.

„Susanne hat in letzter Zeit kaum noch über Hunte gesprochen", sagte Vera Jung, die uns anschließend ins Büro der Rektorin gefolgt war, weil sie als engste Vertraute der Toten galt. Jetzt erfuhren wir auch, dass nicht Küster die Unterlassungsklage gegen ihn durchgesetzt hatte, sondern ihr Vater. „Seitdem hatte sie ständig Angst, er könnte ihr auf dem Heimweg auflauern."

„So schlimm war dieser Hunte?" Lückmanns Stimme klang ungläubig. „Sie wird ja wohl nicht nachts durch die Promenade gelaufen sein."

„Natürlich nicht! Aber eine Szene in der Öffentlichkeit wäre ihr wahnsinnig peinlich gewesen. Wenn der angetrunken ist, kennt er keine Hemmungen."

„Ist er mal auf dem Schulgelände aufgetaucht?"

Sie schüttelte energisch den Kopf. „Im Grunde ist er stinkfeige.

Ein Bummelstudent, der kein einziges Praktikum durchhält und vor jeder Prüfung kneift. Aber bekanntlich werden unsichere Menschen ja besonders gern aggressiv."

„Wohnt Herr Hunte allein?"

„Sollte ich das wissen?", konterte sie mit hörbarer Ironie. „Allerdings hat Susanne mal von einer Dreier-WG erzählt. Da fragt man sich natürlich, wie lange zwei normal tickende junge Leute mit einem solchen Chaoten auskommen."

Max wollte wissen, wann sie Frau Küster zuletzt gesehen oder mit ihr geredet habe.

„Gesehen habe ich sie noch am Freitagmittag im Lehrerzimmer. Sie hat sich ganz normal ins Wochenende verabschiedet. Und am Samstagabend haben wir kurz miteinander gechattet."

„Worum ging es dabei?"

„Sie wollte ein Rezept für Soljanka." Als ich die Augenbrauen hochzog, ergänzte sie: „Das ist ein Eintopfgericht aus Osteuropa." Und damit brachte sie mich auf eine neue Frage. „Bewirtete sie öfter Gäste?"

„Glaube ich nicht. Wenn wir beide uns mal zum Essen trafen, sind wir zu einem Billig-Italiener gegangen."

„Dann war sie wohl sehr sparsam?", schaltete sich Lückmann ein.

Jung nickte. „Die legendären 30 Paar Schuhe standen bestimmt nicht in ihrem Schrank. Und ihre Klamotten kaufte sie meistens in Secondhand-Läden. Trotzdem war sie wählerisch."

„Hat sie mal von Einkäufen erzählt, die ihr Konto nicht belasteten?"

„Sie meinen, dass sie mit jemandem losging, der ihr Schmuck, Handtaschen oder Unterwäsche schenkte? Da wüsste ich niemanden. Hunte war als Shoppingcoach völlig ungeeignet. Der kaufte nur schräges Zeug oder lieh sich Sachen von anderen." Sie zuckte die Schultern. „Offen gesagt, hätte ich ihr was Besseres gewünscht als dieses abgewrackte Subjekt. Keine Ahnung, was sie an dem fand. Eigentlich war die Beziehung zu Ende, uneigentlich dann wohl doch nicht, oder?"

„Das wissen wir noch nicht", schränkte Lückmann ein.

Daraufhin dehnte sich in dem mit massigen, nussbaumfarbigen Schränken zugestellten Raum Schweigen aus. Nur das Ticken der Wanduhr mischte sich mit dem ekelhaft kratzigen Brummen einer fetten Fliege, die zwischen den Grünlilien auf der Fensterbank wie rasend einen Weg nach draußen suchte und mir sämtliche Härchen auf den Unterarmen aufstellte. Schließlich begann Frau Wolters wieder zu reden. Susanne Küster habe gern unterrichtet, eine *Berufene* sei sie gewesen, motiviert und einfallsreich. „Als es auf die Sommerferien zuging, dachte sie laut über eine Theatergruppe nach. Sie unterrichtete zwar nur die unteren Klassen, aber sie sah eine Spielschar als große Chance, ältere Schüler von ihren nachmittäglichen Computerspielen wegzulocken. Nur das passende Stück war noch nicht gefunden. Und auch sportlich war sie absolut fit. Sie lernte eine dieser asiatischen Kampfsportarten. Ich weiß nicht mehr, welche."

„Taekwondo", ergänzte Frau Jung leise. Wenn der Täter das wusste, hatte er wahrscheinlich auf eine offene Attacke verzichtet und den Mord hinterrücks verübt. Auch das sprach für unsere Theorie, Frau Küster sei im Bad überfallen worden. Eine so stabile Kette um den Hals zu schlingen und fest zuzuziehen, war eine Sache von Sekunden. Dachte ich! Dann fielen mir die parallel und über Kreuz verlaufenden Strangfolgen ein. Es hatte mehrere Versuche gegeben, und Küster war wahrscheinlich nicht sofort tot gewesen. Max hatte Recht: Das Szenario, das ihre Nachbarn entworfen hatten, war nicht ganz stimmig. Ihren akustischen Eindrücken zufolge hatte Patrick Hunte etwa dreißig Minuten lang in ihrer Wohnung Stunk gemacht. Ob Susanne Küster ihn zu sich eingeladen und den Streit provoziert hatte, oder ob sie von ihm überrumpelt worden war, darüber konnte nur er selbst uns aufklären. Doch wer wusste, wie genau er es mit der Wahrheit nahm. An der Tatsache, dass er die Tür nicht selbst aufgemacht hatte, ließ sich dagegen nicht rütteln. War Küster auf eine tödliche Attacke vorbereitet gewesen? Ich versuchte mich an ihre Nägel zu erinnern, ziemlich lang waren sie gewesen, aber nicht lackiert, was bei jemandem, der viel Sport machte, nicht überraschte.

„Hat sie mal im Kollegium über die Nachbarn in ihrem Haus geredet?"

Nein, hatte sie nicht. Doch Vera Jung wusste zu berichten, dass ihre Freundin das Apartment schon länger bewohnt und zu Beginn der Sommerferien gekauft habe. „Das hätte sie wohl kaum getan, wenn sie mit ihren Nachbarn nicht im Reinen gewesen wäre. Und diesen Hunte mochte von denen keiner. Insofern hatte sie seelischen Rückhalt."

„Niemand aus der Nachbarschaft weiß, wie lange er am Dienstagabend bei ihr geblieben ist.“

„Sie verdächtigen *ihn*? Nur weil der so‘n Pöbel ist? Ach, Gott, nee!“ Sie schüttelte amüsiert den Kopf, und Max fragte prompt: „Können Sie Ihre Einschätzung begründen?“

„Der brauchte Susanne doch! Bei den Eltern rausgeflogen, pennt irgendwo hinterm Bahnhof, aber weiß, dass er Susanne jederzeit anbetteln kann. Und, ach, der kann doch kein Blut sehen. Susanne hat ihm geraten, er solle zum Spenden gehen. Ein gutes Frühstück springt dabei immer heraus. Hat der aber nicht gemacht!“

Natürlich durften wir sie nicht korrigieren, dass es kein Blut gegeben hatte, mal abgesehen von den Drosselmarken, doch ihre abwiegelnden Worte änderten nichts daran, dass wir Hunte ein paar unangenehme Fragen stellen würden. Das Beste war ohnehin, dass er ein Alibi für die Todeszeit nennen konnte. Dann hätten wir den Widerspruch zwischen dem massiven Mordverdacht gegen ihn und der Vermutung, wir hätten es lediglich mit einem geifernden, aber zahnlosen Tiger zu tun, aus dem Weg geräumt. Selbst wenn es nur irgendein Kneipenwirt war, der sich für die fünf Stunden von Dienstagabend bis in den frühen Mittwochmorgen für ihn ins Zeug legte.

Dazu mussten wir Hunte erst einmal finden. Die Recherchen hatten inzwischen ergeben, dass er in der ersten Jahreshälfte mehrmals in einem billigen Hotel im Amsterdamer Bahnhofsviertel abgestiegen war. Jetzt wurden die Bahnverbindungen über die deutsch-niederländische Grenze verstärkt kontrolliert und die Straßen überwacht. Zwar besaß Hunte kein Auto, doch das schloss nicht aus, dass ihn irgendein Kumpel mitgenommen hatte.

„Vielleicht ist das Rotkehlchen symbolisch zu verstehen.“ Inzwischen saßen Max und ich wieder im Büro. Küsters Kontoauszüge aus dem vergangenen halben Jahr klangen nach einem bescheidenen, fast eintönigen Lebensstil. Es gab eine Reihe von Daueraufträgen, auch die Abhebungen am Geldautomaten und die Abbuchungen von Geschäften erfolgten mit beinahe mathematischer Genauigkeit, was den einzelnen Betrag anging. Wie die meisten Berufstätigen hatte sie ihr Geld an Samstagen ausgegeben. Über Lückmanns Spekulation, die Kundschaft ihres Callgirlclubs hätte mit Naturalien gezahlt, konnte ich nur müde lächeln. Jetzt gab er das Protokoll über unsere

Befragungen in Küsters Schule in den Computer, während ich die Personalien ihrer Hausgemeinschaft auf Aktenkundigkeit überprüfte. Doch niemand war bisher auffällig geworden, nicht mal Strafpunkte in Flensburg sprenkelten die weißen Westen dieser gesprächsbereiten Leute. Wie weit konnten wir ihren Aussagen trauen, wo doch keiner von ihnen Hunte am Dienstagabend gesehen hatte? Unsere einzigen Hinweise waren das Tatwerkzeug und die alarmierenden Geräusche in Küsters Wohnung, die, nach allem, was sich angeblich früher dort abgespielt hatte, so ungewöhnlich nun auch wieder nicht waren. Natürlich hatten wir auch in der Hausgemeinschaft nachgefragt, ob jemand die Kette mit dem Vogelanhänger gesehen hatte. Es musste ja niemand erfahren, wozu sie missbraucht worden war. Die Antwort war negativ, und im Schmucksortiment der Toten fand sich auch kein einziges Stück, das zu diesem Kleinmädchen-Outfit gepasst hätte.

„Vielleicht hat es ihr eine Schülerin geschenkt", schlug Max vor. „Beliebte Lehrer bekommen oft Geschenke. Wenn der Wert eine gewisse Summe nicht übersteigt, dürfen sie sie behalten."

„Und was hättest du deiner Lieblingslehrerin verehrt? Ein Gedicht aus Eigenproduktion?"

Er deutete, völlig unpassend, einen „Vogel" an, während bei mir die Vorstellung, einen von Küsters Schülern und seine Eltern mit einem persönlichen Geschenk für ihre Lehrerin zu konfrontieren, großes Unbehagen auslöste. Sie würden wissen wollen, warum die Polizei damit in den Unterricht kam. Aber wozu saß ich dem Vater einer vierjährigen Tochter gegenüber?

„Max, was würde Sabine sagen, wenn die Kripo in Luises Kita mit einem Schmuckstück auftauchte, das sie einer der Erzieherinnen geschenkt hat, und über die in der Zeitung steht, dass sie ermordet wurde?"

Er kitzelte die Mönchstonsur, die sein rotblondes Haar auf der Höhe des Schädels schon gelichtet hatte, als ich ihn an meinem ersten Arbeitstag im münsterschen KK11 zu Gesicht bekam. Über die Jahre war sie nicht kahler geworden, aber auch nicht wieder zugewachsen. Letzteres passte zu seiner grundsätzlichen Ablehnung kosmetischer Hilfsmittel, obwohl Sabine ihm einen ganzen Bauchladen an Produkten präsentieren konnte. Max war ausgesprochen uneitel, was man von unserem Chef Lothar nicht behaupten konnte. Gelegentlich lachte ich noch über unser improvisiertes Treffen im Haus seines Vorgängers Dr. Gross, damals, als dieser es zum Verkauf anbot. Kurz vor seiner Pensionierung hatte er sein langjähriges Team mit der Ankündigung überrascht, er habe in den Niederlanden ein Hausboot erworben, um dort mit einer wiederentdeckten Jugendliebe seinen Lebensabend zu verbringen. Die Maklerin hatte die Immobilie nicht nur mir, sondern irrtümlich auch Sonnhagen für dasselbe Schnupperwochenende vorgeschlagen. Nach gemeinsam verbrachter Nacht – natürlich in verschiedenen Räumen – war sie Lothar jedoch als zu spießig erschienen, während ich mich längst in das verwinkelte Häuschen verliebt hatte. Franz und ich fühlten uns auch jetzt noch wohl darin.

„Sabine", unterbrach Max meinen kurzen Gedankentrip, „würde mich mit Fragen bombardieren, die ich nicht mal im Schlafzimmer beantworten darf. Aber jetzt mal ganz offen: Was versprichst du dir von der Herkunft dieses ominösen Schmuckstücks? Keine Fingerabdrücke drauf, keine Botschaft dran. Das kann von überall her stammen und seit Jahren in Frau Küsters Besitz gewesen sein. Sie hat es am Dienstagabend getragen, und der Täter hat sie damit stranguliert."

„Eine so derbe Kette hätte sie zu dem Anhänger niemals getragen! Das passte doch wirklich nicht."

„Herrgott, die Kette! Liefere mir einen Bauern, dem eine Mistgabel im Hals steckt, und ich krieche um Mitternacht auf allen Vieren durch seinen Stall. Aber lass mich mit diesem Halseisen in Ruhe! Ist ja vielleicht denkbar, dass sie gerade in ihrer Schatulle gekramt hat, als der Täter schellte. Wollte sich schick machen für ihn."

„Okay, dann legen wir den Schalter mal um und lassen den Täter den Vogelanhänger mitbringen. Mitsamt der groben Kette. Soll Hilly mal googeln, ob diese Anhänger im Internet angeboten werden? Das macht sie gern." Hilly Türmer war schon die Chefsekretärin von Hugo Gross gewesen. Sonnhagen hatte sie zur Büroleiterin ernannt. Als Dankeschön für diese rein nominelle Beförderung stand sie der ganzen Etage mit ihrer Recherchierfreude zur Verfügung. Klar, dass sie uns sehr fehlen würde, wenn sie demnächst in Rente ging.

„Vergiss es", winkte Max ab. „Wenn das Ding online bestellt wurde, hat der Täter die Sache garantiert über einen Mittelsmann laufen lassen. Oder besser", korrigierte er sich sofort, „über eine Mittelsfrau. Männer, die sich für Kinderschmuck interessieren, machen sich leicht als *böser Onkel* verdächtig."

„Hilly könnte uns trotzdem einen Gefallen tun", spann ich meinen Gedanken weiter. „Sie könnte nachprüfen, ob jemals Schmuckanhänger mit Vogelmotiven bei einem Mord eine Rolle gespielt haben." Ich stand auf und ging hinüber in Sonnhagens Vorzimmer. Hilly nippte gerade an ihrer Jumbo-Teetasse. Ich setzte mich auf die Schreibtischkante und erklärte ihr mein Anliegen. Und als ich dann die Tür wieder hinter mir schloss, klackerte sie schon emsig auf ihrer Tastatur. Ich überlegte, wie man sie nach ihrer Verrentung weiter einbinden könnte. Als überzeugte Frühaufsteherin würde sie ihren Ruhestand sowieso nur schwer verkraften. Ihre demente Mutter, um die sie sich sehr gekümmert hatte, war längst verstorben, sie hatte weder Mann noch Kinder oder Hund – da blieb für einen so aktiven Menschen wie Hilly wenig Betätigung.

„Der Anhänger könnte eine Anspielung auf Frau Küsters Beruf sein", überlegte ich, wieder am Schreibtisch. „Schließlich unterrichtete sie auch kleine Mädchen. Irgendeine Bedeutung muss dieses knallbunte Dings doch haben!" Lückmann antwortete nicht, und so überflog ich ein weiteres Mal die Protokolle jener Telefonate, die wir mit den wenigen Verwandten der Toten geführt hatten: mit ihren Eltern in Konstanz und ihrer älteren Schwester, die seit sieben Jahren in einer Provinzstadt in New Jersey verheiratet war. Auch hier als Antwort Fassungslosigkeit, Entsetzen, Wut. Vor allem ihr Vater, Richard Küster, hatte sich über Patrick Hunte, an dessen Schuld er – wenn man berücksichtigte, dass er Rechtsanwalt war – bedenklich wenig Zweifel ließ, dermaßen ereifert, dass seine Frau uns bat, das Telefongespräch zu beenden, da sie einen Herzanfall befürchtete. „Ich rufe jetzt unseren Hausarzt an, und wenn mein Mann morgen gut eingestellt ist, können Sie gern mit ihm weiterreden." Ich wünschte ihm gute Besserung, legte den Hörer zurück und dachte darüber nach, wie berechtigt Küsters explosive Reaktion sein mochte. Dummerweise wussten Susannes Eltern nicht, wie die Beziehung ihrer Tochter mit Hunte zustande gekommen war und wie lange sie gedauert hatte.

Auf Lückmanns Seite läutete das Telefon. Es war Professor Kerner, der einen vorläufigen Bericht von Susanne Küsters Obduktion per Fax ankündigte. Sonnhagen hatte daran teilgenommen, und das, obwohl auch Staatsanwältin Renate Rotte angemeldet gewesen war. Sonnhagen nannte sie nur den *Rottweiler,* doch als er Max und mich anschließend in sein Büro rief, hatte nichts in seiner Mimik darauf hingedeutet, dass ihm die Begegnung mit Frau Rotte den Morgen verhagelt hatte. Im Gegenteil, er wirkte für die Verhältnisse überraschend beschwingt und gut gelaunt. Vielleicht hatten sich ihm bei der attraktiven, zweimal geschiedenen Staatsanwältin ja völlig neue Seiten aufgetan. Sonnhagen wechselte seine Partnerinnen wie die Einstecktücher in seinem Sakko.

Aus Kerners Bericht erfuhren wir, dass das Blut unter Küsters Fingernägeln nicht von ihr stammte und durchmischt mit ebenfalls fremden Hautpartikeln war, die derzeit mit der zentralen Täterkartei abgeglichen wurden. In den Hautabschürfungen an Ellbogen und Waden waren Sisalpartikel gesichert worden, und die Anordnung der Gewebeteilchen auf dem Boden ihres Wohnzimmers zeigten eine Schleifrichtung vom Badezimmer bis zu jener Stelle, wo die Kollegen von der Streife sie aufgefunden hatten. Sexualverkehr konnte laut Professor Kerners Ergebnis ausgeschlossen werden, was Hunte nicht unbedingt entlastete. Vielleicht hatte er sie bedrängt und war abgewiesen worden. Der Rest des Befundes besagte, dass Susanne Küster offenbar solide gelebt und sich von den Alkoholeskapaden ihres Freundes nicht hatte anstecken lassen. Der Zustand ihrer Organe war einwandfrei, ihr Hirn gesund. Ihr Mageninhalt deutete darauf hin, dass sie vor ihrem Tod Pizza und einen Apfel gegessen hatte. Während weitere Faxseiten in die Auffangschale glitten, dachte ich mit zunehmender Wut über diese bedauernswerte Frau nach, die in ihrem Beruf als hochmotiviert, in der Nachbarschaft als hilfsbereit, im Bekanntenkreis als liebenswert gegolten hatte. Warum hatte sie sich vor ihrem Mörder, den sie offensichtlich kannte, nicht besser geschützt? Wie dieser Stinkstiefel Hunte überhaupt bei ihr hatte landen können, war nicht nur ihren Eltern, sondern auch sonst niemandem bekannt. Und was, wenn er jede Aussage verweigerte, uns aber kein Alibi unter die Nase halten konnte? Was war passiert, bevor der Mord geschah? Einvernehmliches Schweigen vor dem Fernseher? Hatte Küster den Täter in Unterwäsche hereingelassen? Hatte er Küster ausgezogen? Wenn ja: vor oder nach dem Mord? Warum überhaupt diese fast nuttenhafte Zurschaustellung, wenn es keinen sexuellen Kontakt gegeben hatte? Um sie zu demütigen? Um den kindlichen Vogelanhänger umso drastischer in Szene zu setzen? Max hatte Recht. Ein Gewaltmensch wie Hunte hinterließ keine sentimentalen Botschaften. Ein Anhänger mit Totenkopf hätte besser zu ihm gepasst. Wenn nicht sogar die martialische Silberkette allein genügt hätte. Aber noch hatten wir Hunte nicht, und sobald wir ihn hätten, würde er uns wahrscheinlich über das Treffen in Küsters Apartment Märchen auftischen, die wir so leicht nicht überprüfen konnten.

Das Faxgerät hatte die letzte Seite ausgespuckt, die Ergebnisse lagen vor uns auf dem Tisch. An der Todesursache hatte sich nichts geändert: Erdrosselung mit einer stabilen Gliederkette, wobei die mehrfache Konfiguration rund um den Hals der Toten jener Venezianerkette entsprach, die man bei ihr gefunden hatte. Demnach war der erste Erdrosselungsversuch nicht tödlich gewesen, und Küster hatte sich gegen ihren Feind gewehrt. Ein Linkshänder, wie es schien.

Ich sah mir das vorläufige Ergebnis der Blut- und Gewebeproben an. Kerner hatte Spuren von Ethanol in der Blutprobe aus ihrer Oberschenkelvene gefunden; genauer, so erklärte der Rechtsmediziner, ließe sich nach achtundvierzig Stunden der Promillegehalt nicht mehr bestimmen. Außerdem sei zu berücksichtigen, dass der Alkoholabbau nach Eintritt des Todes ziemlich bald gestoppt wurde, während der Verwesungsprozess noch nicht eingesetzt hatte. Bei der Verwesung bildete sich Fäulnisalkohol, der sich nicht vom Ethanol in Getränken unterschied. Kerner berichtete weiter, dass im Blut der Toten der in Schlafmitteln häufig verwendete Wirkstoff Bromazepam gefunden worden war. Hatte der Täter sie sediert oder sie selbst etwas geschluckt? Ich suchte die Mobiltelefonnummer von Vera Jung heraus und fragte sie, ob ihre Freundin öfter Schlaftabletten genommen habe. „Glaube ich nicht", sagte sie ohne langes Überlegen. „Sie hasste dieses ganze Drogenzeug. Sie glauben ja gar nicht, wie sogar in den Hauptschulen auf diesem Gebiet schon die Post abgeht."

„Bei manifesten Schlafstörungen wird aber schon das eine oder andere Medikament verschrieben", wandte ich ein, worauf sie überraschend schroff erklärte, dazu keine Informationen zu besitzen. Damit war das Gespräch beendet.

Max hob den Kopf. „Da ist noch eine Fax-Seite gelandet." Wir lasen den kurzen Text und schwiegen betroffen. Susanne Küster war etwa im zweiten Monat schwanger gewesen.

„Dann hat sie das Beruhigungsmittel nicht selbst genommen und auch den Wein wahrscheinlich nicht freiwillig getrunken", entschied Max. „So gesund, wie die unterwegs war."

„Kann man jemanden zum Wein Trinken zwingen?"

Er verzog das Gesicht. „Vielleicht zu einem Versöhnungsschluck. Mit der Schwangerschaft haben wir jedenfalls ein ganz massives Motiv für Patrick Hunte."

„Ich dachte, die beiden wären nach Verhängung der Unterlassungsklage nicht mehr zusammen gewesen."

„Das muss er uns wohl selbst erzählen."

„Kerner wird den digitalen Fingerabdruck dieses Winzlings aus dem Fruchtwasser bestimmen lassen. Das dauert acht bis zehn Tage." Bei dem Gedanken, dass dies die einzige Botschaft war, die das Ungeborene seiner Umgebung hinterließ, schnürte sich mir die Kehle zu. „Wenn Hunte nicht der Vater ist, haben wir vielleicht ein ganz anderes Mordmotiv: Eifersucht, weil seine Ex einen neuen Freund hatte. Bisher hat sie ihm regelmäßig Geld zugesteckt, jetzt muss sie für ein Kind sparen, das nicht von ihm ist."

„Ich stelle mir das so vor", überlegte Max, „Susanne Küster bestellt Hunte zu sich, um mit ihm als potenziellem Vater die Zukunft zu regeln. Er versetzt sie mehrmals, sie macht Druck, bis er vor drei Tagen endlich bei ihr auftaucht. Es kommt zum Streit, weil es seiner Meinung nach keine gemeinsame Zukunft gibt, dann wird Küster ermordet."

„Aber erst frühestens anderthalb Stunden nach seinem Aufkreuzen." Eine Weile ging jeder seinen eigenen Gedanken nach, dann sagte ich: „Ich könnte mir gut vorstellen, dass sie auch mit anderen über ihre Schwangerschaft gesprochen hat."

„Wolters als ihre Chefin hätte sie demnächst informieren müssen. Merkwürdig, dass Jung es offenbar nicht gewusst hat. Aber jemand, der bei seinen Freunden beliebt ist, findet schnell auch andere offene Ohren. Leider erreichen wir aus ihrem Freundeskreis so schnell niemanden."

„Aber vielleicht jemanden aus Huntes Umfeld", schlug ich vor. „Wenn mir in der WG morgen früh jemand freiwillig die Tür aufmacht, umso besser. Dann sparen wir uns einen Antrag auf eine Wohnungsdurchsuchung. Einen Kamm oder eine Zahnbürste wird man mir ja wohl aushändigen."

„Und warum nicht gleich heute Abend?" Max, die Nachteule!

„Ich kann mir nicht vorstellen, um sieben Uhr abends in einer Studenten-WG jemanden anzutreffen. Die einen hocken noch in ihren Seminaren, die anderen schon im Kuhviertel oder müssen jobben."

Ich stieß die Ausdrucke aus dem Institut für Rechtsmedizin an der Tischplatte auf, um sie abzuheften. „Außerdem habe ich Karten für eine Lesung im *Literaturcafé Weimar*."

„Während ein frischer Mordfall unsere Schreibtische versengt?"

„Hast du vor, auf unseren Schreibtischen zu übernachten? Bitte sehr, meine Hälfte ist in zwei Minuten frei. Ich muss nur noch eben für kleine Pandabären." Damit stand ich auf und ordnete meine Umhängetasche. Mein Arbeitstag hatte um halb acht begonnen – eben *weil* wir einen frischen Fall auf dem Tisch hatten – ‚doch da war Lückmann schätzungsweise gerade erst unter die Dusche geschlurft. Normalerweise kamen wir gut miteinander aus, kein Wunder nach sechzehn Jahre vis-à-vis am Arbeitsplatz. Doch was unseren Tagesablauf betraf, verhielten wir uns wie Sonne und Mond. Max war ein Abendmensch, der erst in der zweiten Tageshälfte zur vollen Form auflief, während ich gern die frühen Stunden nutzte. „Du musst ja auch keine Tochter an der Kita abliefern", hatte er mal geknurrt, worauf ich ihn daran erinnerte, dass ich, um dieses Problem zu regeln, zwei Jahre lang ein Au-Pair-Mädchen bezahlt hatte. Da hatte ich nicht mal einen Partner an meiner Seite gehabt, während seine Sabine immer erst um zehn in ihrem Kosmetikstudio an der Hammer Straße erscheinen musste, das sie sich mit einer Freundin teilte.

„Sorry. War nicht so gemeint", brummte Max versöhnlich. „Woraus wird im *Weimar* denn vorgelesen?"

„Aus dem frisch erschienenen Krimi von Jenny Harding."

„Du liest doch sonst nie Krimis." Er war in seinen verdrossenen Ton zurückgefallen, und ich setzte mich wieder hin. Max konnte gewaltig nerven, doch dies war für uns beide ein belastender Tag gewesen, nicht nur wegen der großformatigen Tatortfotos, die die Wand hinter seiner Schreibtischhälfte tapezierten und uns daran erinnerten, dass wir noch keinen Schritt vorangekommen waren. Ich wollte unsere Zusammenarbeit nicht in mieser Stimmung enden lassen. „Die Lesung ist ein Geschenk für meine Freundin Constanze. Sie hatte vor zwei Tagen Geburtstag." Die Abendveranstaltung war nicht meine freie Entscheidung gewesen, sondern purer Sachzwang. Wegen mir hätten wir auch ins Kino oder zum Griechen gehen können. Doch Constanze las für ihr Leben gern Krimis, und mit einer Life-Vorstellung von Jenny Harding konnte man ihr eine Riesenfreude machen. Die Lesung war seit Wochen ausverkauft.

„*Die* Harding?“ Im Kopf des begeisterten Theaterbesuchers Max schien es zu klingeln. Vielleicht rauschte auch Applaus durch seine Gehörgänge. Fairerweise musste ich zugeben, dass er, wenn eben möglich, sich meistens Karten fürs Wochenende kaufte, damit seine abendliche, manchmal sogar nächtliche Schürfarbeit am Schreibtisch nicht beeinträchtigt wurde.

„Exakt! Die Schauspielerin Jenny Harding vom *Theater am Zwinger*“, bestätigte ich. „Jetzt hat sie einen Kriminalroman herausgegeben, und angeblich liest sie göttlich.“

Nach dieser Auskunft gab es für ihn nichts mehr zu bemängeln, und so ging ich nur noch schnell zur Toilette. Während ich mir die Hände abtrocknete, betrachtete ich mein Gesicht im Spiegel. Meine schulterlange, dunkle Naturkrause zeigte deutliche Silberfäden. Ich beugte mich vor, zupfte an den Fältchen unterhalb und seitlich der Augen, rubbelte etwas fester an jenen, die sich zwischen Mund und Nase eingegraben hatten. Doch immer wenn ich neue Fältchen entdeckte, hatte ich keine Zeit, über Strategien nachzudenken, und wenn ich Zeit hatte, dachte ich nicht an Fältchen. Ich dachte auch nicht an meinen Heimtrainer, der sich zu Hause langweilte, nicht an die Nordic Walking Stöcke im Keller, sondern machte lieber Zukunftspläne für Reisen mit Franz. Wenn sich dann eine virtuelle Kinderfaust in meine Hand schob, deren kleiner Besitzer von der Oma zur Kita gebracht werden wollte, schaltete ich schnell auf einen anderen Kanal. Kerstin war erst 23 und studierte im fünften Semester Betriebswirtschaft. Zwar hatte sie uns schon den einen oder anderen „Opamacher“ präsentiert, doch ihr ausgeprägtes Qualitätsbewusstsein hatte diese Beziehungskisten schnell in Mottenkisten verwandelt. Ich dachte an Constanze, die zweimal geschieden und kinderlos geblieben war, ob bewusst oder ungewollt, hatte sie unerwähnt gelassen. Gerade war sie dreiundsechzig geworden, dreizehn Jahre älter als ich. Dabei sah sie stets aus wie frisch aus dem Kosmetiksalon. Jede andere Frau von so unbegrenzter Haltbarkeit hätte mir Minderwertigkeitskomplexe eingelöffelt, weil bei mir Make-up und Kleidung ständig vom morgendlichen Stress diktiert wurden – aber nicht Constanze. Sie spielte einfach in einer anderen Liga, so wie jemand, der regelmäßig mit einem smarten Begleiter in Ascot glänzte, während Franz und ich uns von der Hengstparade in Warendorf begeistern ließen. Unsere Synapsen korrespondierten trotzdem wie die Spatzen in der Dachrinne.

Sechs Jahre war es her, dass meine Freundin Marion Vondembusche durch eine feige Giftattacke ums Leben gekommen war, und ich in ein tiefes seelisches Loch fiel. Ich mied den Rosenplatz, wo sie ihre Kunstgalerie geführt hatte, als hauste dort der Teufel. Und wenn es sich einmal nicht vermeiden ließ, wandte ich den Blick ab, um die heruntergelassenen Rollläden nicht sehen zu müssen. Erst als dort ein Tattoostudio eröffnete, fielen mir die Wege leichter, weil die schrille Dekoration den Laden verfremdete. Leider machte die Besitzerin schon bald Pleite, eine Boutique zog ein, die das gleiche Schicksal ereilte, und wieder blieben die Rollos unten. Bis mich eines Abends vor sechs Monaten, als Franz und ich mit Münchner Freunden im nahegelegenen *Pinkus* verabredet waren, der Schreck durchfuhr wie eine scharfe Säure. Die Rollläden waren hochgezogen, die Schaufenster dekorierten gerahmte Zeichnungen und kleine Skulpturen, und im Innenraum hingen Bilder. An dem schmalen Acryltischchen, das Marion als Schreib- und Kassentisch gedient hatte, saß eine Frau und telefonierte. Es war, als hätte jemand jene Szene nachgestellt, als ich Marion kennenlernte. Natürlich war diese Frau keine Reinkarnation meiner Freundin. Die ruhte neben ihrem Friedrich, einem bekannten westfälischen Bildhauer, in der Familiengruft der Vondembusches auf dem Zentralfriedhof.

Die neue Galeriebesitzerin verwickelte mich sofort in ein Gespräch. Constanze Sattler hatte lange Zeit eine Kunsthandlung in Rotenburg an der Wümme geleitet, wo auch Marions Schwester mit ihrem Mann lebte. In einer Kleinstadt kannte natürlich fast jeder jeden, und so war Constanze mit Marions Verwandtschaft gut bekannt. Anfang des Jahres hatten die drei die Familiengruft der Vondembusches besucht und bei einem Rundgang durch die Innenstadt festgestellt, dass die ehemalige Galerie am Rosenplatz zum Verkauf stand. Constanze, die gerade ein beträchtliches Vermögen geerbt hatte, war nicht nur von dem stimmungsvollen Kreuzrippengewölbe des Ladenlokals begeistert, sondern auch von der hübschen Westfalenmetropole. An Schietwetter war sie von Norddeutschland her gewöhnt, und das Fahrrad betrachtete sie ohnehin als das natürlichste Fortbewegungsmittel der Welt. Sie hängte ein paar Urlaubstage dran, um den Kauf zu regeln, und fand durch einen glücklichen Zufall ein Kötterhäuschen in Sprakel, das nicht allzu viel Renovierung erforderte.

Wir hatten einander auf Anhieb gemocht. Constanze war groß und gertenschlank; sie besaß das spröde Naturell, das man den Norddeutschen gern nachsagte, war scharf in ihrem Urteil, witzig, gelegentlich schrill. Das Einzige, was sie und Marion verband, waren ein umwerfender Optimismus, was die Geschäftsaussichten betraf, und die Bereitschaft, lokalen Künstlern eine Anlaufadresse zu bieten. Marions legendäre Vernissagen wurden in Münster schnell wieder zum Gesprächsstoff, als Constanze ihre erste eigene Ausstellung eröffnete.

* * *

Über diesen Erinnerungen hatte ich unser Häuschen an der Gasselstiege erreicht. Am Straßenrand stand Kerstins froschgrüner Skoda, das Heck ein Stück in die Fahrbahn gereckt, die Kühlerhaube so dicht am Zaun, als gäbe es etwas zu verbergen. Frustriert hingegurkt oder „spitze" eingeparkt? Bevor ich das Gartentor aufschloss, warf ich einen Blick zurück und erschrak. Der untere Rand der Motorhaube war stark verzogen und das Glas des linken Scheinwerfers zersplittert. Das sah nach einem dicken Auffahrunfall aus. Ich musste meine Phantasie nicht lange bemühen, um mir die Katastrophenstimmung im Hausinnern vorzustellen, denn auch der Kombi von Franz stand in der Garage. Bei offengelassenem Tor, so als müsse er noch mal weg.

Aus der Küche drang gedämpftes Murmeln. Mein Begrüßungs-„Hallo" blieb mir prompt in der Kehle stecken, als ich die beiden am Tisch entdeckte. Obwohl Franz sofort mit einer lässigen Handbewegung signalisierte: *Alles halb so schlimm,* schien Kerstin die Sache dramatischer zu sehen. Vielleicht war es auch der Schock, der sie noch fest im Griff hatte. Ihre Augen waren rot verquollen und die zerwuselten schwarzen Locken nass von Rotz und Tränen. Ich nahm sie vorsichtig in den Arm und fragte, ob sie Schmerzen habe. Im Nacken, Kopf oder Rücken? Vielleicht Schwindel oder Übelkeit? Als sie energisch verneinte und sich meinem Griff entwand, versuchte ich zu beschwichtigen. „Ein Blechschaden ist doch keine Katastrophe! Du bist nicht verletzt, und dein Auto fährt noch!"

„Aber wie das aussieht!", heulte sie los. „Und der kaputte Scheinwerfer! Eigentlich hätte ich gar nicht mehr fahren dürfen!"

„Das wird morgen in der Werkstatt repariert, fertig aus!" Franz nahm sich ein Bier aus dem Kühlschrank. Demnach musste er nicht mehr weg, sondern nur die Garage zumachen, und wir konnten mit Kerstin einen Schlachtplan für den nächsten Tag entwerfen. Auch als ich nach dem Unfallgegner fragte, erfuhr ich Beruhigendes. Ein Medizinstudent an der Uni Münster, „von Beruf Sohn", wie Franz lapidar erklärte. Denn welcher Studierende könne schon mit einem Nissan SUV spazieren fahren? Kerstin ergänzte schniefend: „Der hat ja auch nur einen Kratzer an der Stoßstange abbekommen. Damit behelligt man keine Versicherung. Sagt er."

Ich atmete auf, weil ich schon das Schlimmste befürchtet hatte: Weinen, bis der Arzt kommt, und bis dahin Beschwichtigungsversuche an Constanzes Adresse. Deren Uralt-Clio wurde ständig mit Blessuren traktiert, weshalb sie einen Blechschaden bestimmt nicht als Begründung toleriert hätte, eine seit langem ausverkaufte Autorenlesung sausen zu lassen. Doch wie ich die Situation inzwischen einschätzte, mussten weder der Hausarzt noch meine allerbeste Freundin benachrichtigt werden.

„Haltet mich bitte nicht für herzlos," sagte ich, „aber ich muss gleich zu dieser Lesung am Prinzipalmarkt. Ihr wisst schon! Ich bin sicher um elf wieder zurück. Dann reden wir weiter." Meine Frage, ob Kerstin bei uns übernachten wolle, wurde von ihr heftig verneint. Schließlich waren Schuld- und Versicherungsfragen geklärt, der Unfallgegner schien ein cooler Typ zu sein, so blieb nur der leidige Papierkram, und der hatte Zeit bis morgen.

Um mich nicht zu verspäten, wechselte ich lediglich die Schuhe, obwohl ich mich lieber umgezogen hätte. Auch wenn meine weiße Bluse längst Falten bekommen hatte wie das Gesicht einer uralten Frau, fand ich mich in dem mokkabraunen Hosenanzug mit Nadelstreifen für eine Krimilesung heillos overdressed. Im Büro herrschte zwar kein Krawattenzwang, den Lückmann auch gnadenlos sabotiert hätte, aber Jeans waren total verpönt, und als ich mich mal im abgewetzten Cordblazer in sein Meeting setzte, hatte Sonnhagen die Augenbrauen hochgezogen, als wäre ich im Pyjama erschienen. Aus diesem Grund befanden sich für Außentermine auch immer dreckresistente Klamotten, eine abgetragene Regenjacke und feste Stiefel im Bürospind. Die Mordopfer machte es nicht wieder lebendig, wenn ich auf Highheels heranstöckelte, um ihnen in die erloschenen Augen zu blicken.

Zehn Minuten später war ich stadteinwärts auf der Steinfurter Straße unterwegs, doch meine Gedanken kamen von Kerstin nicht los. Natürlich war auch ein Blechschaden keine Bagatelle, dass sie dermaßen aus der Spur geraten war, beunruhigte mich trotzdem. Sie hatte einen Vater, der diese lästigen Versicherungsgeschichten zu regeln wusste, und eine Mutter, die … na ja. Ich wischte den Gedanken weg und grübelte, wie der Unfall passiert sein mochte. Einfach nur Pech gehabt? Ein Blackout? Gegen halb drei nachmittags herrschte auf der Grevener Straße normalerweise kein Stop-and-go-Verkehr, und es hatte erst um fünf Uhr zu nieseln begonnen. Die Fahrbahn war also trocken und wahrscheinlich relativ leer gewesen. Kerstin gehörte auch nicht zu jenen Rüpeln, die am Steuer Handygespräche führten. Ich fragte mich, warum sie sich nicht bei ihrer Freundin Greta ausgeweint hatte. An dem leidigen Unfallbericht für die Versicherung allein lag es bestimmt nicht, dass sie zu ihren Eltern geflüchtet war. Greta Hellmann und sie waren von der Schule her beste Freundinnen, teilten Freude und Leid und eine Drei-Zimmer-Wohnung an der Hörsterpromenade. Ach was, Wohnung! Es war eine Luxusimmobilie in Toplage, mit der Gretas Eltern ihre einzige Tochter abgefunden hatten, als sie sich vor sieben Jahren scheiden ließen. Seitdem wohnten die beiden zusammen, Greta studierte am Leonardo-Campus Architektur, Kerstin an der Uni BWL, mit dem Fernziel, in der Altstadt den ultimativen Gourmettempel zu eröffnen. Da ihre Kochkünste derzeit nicht mal für die Mensa gereicht hätten, konnte ich nur hoffen, dass sie sich demnächst einen begnadeten Koch angelte. Warum sie nicht auswärts studieren wollte, wie es ihr von Franz freigestellt worden war, lag wohl weniger an dem unwiderstehlichen Flair ihres Elternhauses als an einem großen Freundeskreis, in dem Greta die Rolle des Alphatierchens spielte.

In der Theater-Garage fand ich schnell einen Platz. Nur noch zehn Minuten bis zum Beginn, doch ich hatte es nicht weit. Das Traditionscafé *Weimar* lag gleich gegenüber dem Westwerk der Lambertikirche, und Constanze würde für gute Plätze sorgen. Ein stürmischer Wind fegte die Neubrückenstraße hoch, wirbelte eine leere Zigarettenschachtel und ein paar verwelkte Blätter über das von kalter Nässe glänzende Pflaster, und für ein paar Sekunden fror ich in meinem dünnen Hosenanzug. Mochten tagsüber auch zweistellige Temperaturen die Winterjacken noch im Schrank halten, die Abende und

Nächte erinnerten daran, dass wir morgen in zwei Monaten Heiligabend feiern würden.

Das alte Giebelhaus, eins der wenigen in Münsters Innenstadt, die die Allierten nicht zerbombt hatten, sah mit seinen rot-weißen, im Stil des Andreaskreuzes lackierten Klappläden festlich aus. Durch die bleiverglasten Fenster im ersten Stock drang warmes Licht, im Erdgeschoss strahlten die Deckenspots, und hinter den ausladenden Theken hielten sich zwei junge Kellnerinnen bereit. Ich bestellte für die Pause eine Tasse Tomatensuppe und nahm mir ein stilles Wasser mit. Am Pfosten des geschwungenen Treppenaufgangs wies ein weißer Papppfeil mit rot glänzenden Lacktropfen den Weg zur Lesung. Heiteres Stimmengewirr drang herunter, Gläser und Besteck klirrten, jemand lachte. Constanze saß nahe der Fensterfront und winkte mir zu. Der Raum war knackevoll, der schmale Vorlesetisch neben dem Treppenpodest wurde von den eng gestellten Tischchen und den blau bezogenen Sesseln im Stil der fünfziger Jahre hart bedrängt. Zwei Bücherstapel lagen an seinen Kanten rechts und links, und natürlich fehlte auch die Flasche Selters nicht.

Die angeregte Unterhaltung ging in Gemurmel über, und das Besteck kam zur Ruhe, als ein Mann auf der obersten Treppenstufe erschien und das Publikum als Inhaber der Literaturagentur Julius Hennkamp begrüßte. Er sah aus wie um die fünfzig, und sein eisengrauer, bis auf die Schultern reichender Lockenschopf verlieh ihm einen leicht femininen Touch, der durch den geschwungenen Mund noch unterstrichen wurde. Dazu besaß er lange, schlanke Hände, die ich mir problemlos auf einem Cembalo vorstellen konnte. Und falls er gut sang, kam wohl nur ein Countertenor in Frage. Ich spürte Constanzes Seitenblick, den ich aber nicht erwiderte, denn gerade gab Herr Hennkamp die Programmabfolge bekannt. Von der Schriftstellerin, die den ersten Teil des Leseabends bestreiten würde, hatte Constanze noch nie etwas gehört, auch hatte in der Vorankündigung nichts von zwei Krimiautorinnen gestanden. Und so war meine Freundin wohl nicht die Einzige im Raum, die sich für Hardings Vortrag mit Geduld wappnen musste. Wahrscheinlich, dachte ich, spielt diese Marie Pohl, die bis zur Pause liest, nur die Rolle einer „Vorband“, wie sie bei Popkonzerten dem Publikum das Warten auf die Headliner verkürzte. Demnach handelte es sich um eine Debütantin, die das Obergeschoss des *Weimar* wohl kaum allein mit Publikum gefüllt hätte, allerdings genügend Selbstbewusstsein aufbrachte, um sich ihrer weitaus bekannteren Kollegin zu stellen.

Marie Pohl, verkündete Hennkamp jetzt, werde aus ihrem historischen Münsterland-Krimi „Weißer Mond" lesen, während Jenny Harding nach der Pause ihr Krimidebüt „Täuferkäfige" vorstellen wolle. Das sei keineswegs als Anspielung auf die münsterschen Wiedertäufer gedacht, sondern eine Abrechnung mit dem aktuellen Kulturleben der Stadt. Hennkamps Heiterkeit klang so bemüht, dass er nur ein paar spöttische Lacher erntete. Gerne hätte ich Constanze nach ihrer Meinung zu dieser Programmkorrektur gefragt, doch da hatte Marie Pohl schon hinter dem Konsoltischchen Platz genommen. Sie wirkte wie Ende zwanzig, hatte mittelbraunes, straff zum Pferdeschwanz gebundenes Haar, starke dunkle Augenbrauen und einen etwas zu breiten Mund mit einem Leberfleck rechts über der Oberlippe. Ein burschikoser Typ, wie man ihn sich vielleicht als Nachbarin wünschte. Dieser Eindruck wurde noch durch die schwarze Latzhose verstärkt, die sie zu einem einfachen, cremefarbenen Sweatshirt trug, und die wohl die handwerklichen Mühen ihrer Schreibtätigkeit unterstreichen sollte. Bei ihrem überraschend nobel gekleideten, fast ausschließlich weiblichen Publikum kam sie wahrscheinlich zu salopp daher. Pohl musterte die geballte Ansammlung von Zuhörern, die ihr Desk förmlich belagerten, mit einer herausfordernden Mimik, die zu besagen schien: *Ihr werdet schon sehen!*

Doch sobald sie ihr Buch aufgeschlagen hatte, schien alles Burschikose von ihr abzufallen. Sie las temporeich und mit geschliffener Betonung, tauchte in ihre Geschichte ein wie eine geschmeidige Schwimmerin und zog ihre Zuhörer mit, wobei ihre raue, kräftige Stimme Gruselatmosphäre heraufbeschwor. Schon die ersten kurzen Kapitel gaben auf plastische Weise Einblick in eine münsterländische Bauerschaft zur Zeit der Französischen Revolution, die jedes Jahr in der Adventszeit von einem mysteriösen, kleinwüchsigen Wesen in Angst versetzt wurde. Abend für Abend blickte der Winzling bei Einbruch der Dunkelheit mit seinen erloschenen Augen durch eins der Hoffenster, und am nächsten Morgen lag einer der Bewohner tot in seinem Bett. Weder erdrosselt noch erstochen, nur bleich, kalt und mit den gleichen blicklosen Augen, wie sie der Übeltäter besaß, der stets dieselbe Botschaft hinterließ: *Nairda.* Pohls Vergleich dieser Vorfälle mit einem letalen Adventkalender löste ein paar Lacher aus, doch die Stimmung schlug schnell wieder in eine bedrückte Anspannung um. Jeder Versuch der Dorfgemeinschaft, dem merkwürdigen Geschöpf aufzulauern, schlug fehl, niemand konnte es genauer beschreiben oder auch nur annähernd sein Alter bestimmen. Es wurden keine Hinweise für Rache oder Strafe erkennbar, denn es kamen auch Unschuldige ums Leben, während so mancher Halunke ungeschoren blieb. Anfangs hatte vielleicht der eine oder andere Zuhörer an die gutmütigen Trolle gedacht, die die Weihnachtsgeschichten seiner Kindheit aufgemischt hatten, doch dieser merkwürdige Wicht, der Klimmzüge an der Fensterbank machen musste, um seine Opferwahl zu treffen, besaß das Zeug, kindliche Alpträume wachzurütteln. Kein Hüsteln oder Räuspern unterbrach Pohls rasanten Vortrag, und als sie ihr Buch zuklappte und ihren Zuhörern mit einem fast schüchternen Lächeln dankte, herrschte sekundenlang beredtes Schweigen, dann prasselte der Beifall wie ein Tropenregen.

In der Pause wurden Getränke und Imbisse serviert, Constanze bekam ihren zweiten Cappuccino und ich meine Suppe. Ich kaufte Pohls Roman und ließ ihn signieren, dann wurde es wieder still, weil Jenny Harding sich hinter das Tischchen setzte. Ihr Auftritt hatte etwas routiniert Glamouröses, als wäre vor ihr ein roter Läufer ausgerollt worden, auf dem die Worte *Atemberaubende Spannung*, *Geschliffener Stil* und *Exzellente Vortragskunst* eingeknüpft waren. Außerdem war sie schön wie Schneewittchen. Langes, seidig schwarzes Haar, eine schmale Nase, Augen wie Tollkirschen. Sie trug einen klassisch geschnittenen schwarzen Hosenanzug zu einer pinkfarbenen Bluse. Doch als sie ihre vollen, im gleichen Pink geschminkten Lippen öffnete und zu lesen begann, zog Constanze scharf die Luft ein. Hardings Stimme klang piepsig und atemlos wie bei einer verschüchterten Schülerin, die ihr erstes Referat vor der Klasse halten musste. Vergeblich machte ich mir klar, dass ich eine talentierte Schauspielerin vor mir hatte, die auf der Bühne toughe Frauen gab. Doch das eigentliche Problem lag darin, dass sie so unkonzentriert las, als würde ihr Hirn von ganz anderen, sehr verstörenden Gedanken besetzt. Und während Pohl ihren Text mit gut platzierten Gesten illustriert hatte, hockte Harding wie festgeleimt. Fast schien es, als umklammere sie ihr Buch. Sie blätterte zurück, dann wieder vor, wodurch die Handlung unnötig hin und her schwenkte, so dass ich, die den Inhalt nicht kannte, mir keinen Reim machen konnte. Als

Harding sich bedankte, wirkte ihr Lächeln so erleichtert, als hätte sie eine Katastrophe überlebt. Auch sie erhielt prasselnden Applaus, aber wenn mich nicht alles täuschte, fiel er kürzer aus als bei Pohl. Und während diese die Pause hatte nutzen können, um von einer jungen Frau mit umgehängter Kamera interviewt und fotografiert zu werden, erhob sich nach dem Ende des Beifalls für Harding die Mehrheit der Zuhörer so hastig, als müsse der letzte Nachtbus erwischt werden. Sie registrierte diesen fast überstürzten Abgang mit steinerner Miene und suchte Augenkontakt mit der Journalistin. Doch die machte nur ein schnelles Foto von ihr, bevor sie sich dem Agenten Julius Hennkamp zuwandte. Ich würde mir sofort am Montagmorgen die Ausgaben der beiden Lokalzeitungen vornehmen, um das Echo auf diesen merkwürdigen Abend zu erfahren. Zwei junge Autorinnen aus derselben Agentur, die offensichtlich nicht befreundet, einander aber auch nicht spinnefeind waren. Andernfalls hätte Harding dieses Leseduett schnöde abgelehnt, während Pohl es sich wahrscheinlich nicht leisten konnte, einen Auftritt im *Weimar* auszuschlagen, selbst wenn sie nur den „Warmleser" spielte.

Wo war sie überhaupt? Ich suchte sie am Rande des sehr überschaubar gewordenen Grüppchens verbliebener Krimifans, die ihre Bücher von Harding signieren ließen. Als Constanze an der Reihe war, sah ich, dass die Hände der jungen Schauspielerin zitterten. Hatte sie im Publikum ihren Erzfeind entdeckt? Gab es jemanden, den sie mit ihrem Krimi unwillentlich lächerlich gemacht hatte? Die vorgelesenen Passagen waren mir so zusammenhanglos erschienen, dass ich die handelnden Personen, überwiegend Männer, kaum auseinander halten konnte. Natürlich hatte sie erfundene Namen benutzt und den Schauplatz – einen alten westfälischen Landgasthof – völlig wertfrei geschildert. Aber konnte ein Autor absolut sichergehen, dass er nicht doch einem Lokalmatador auf den Schlips trat? Oder war Harding vielleicht vor der Lesung mit einer schlimmen Nachricht aus dem Familien- oder Freundeskreis konfrontiert worden? Hatte sie auf dem Weg hierher jemand angepöbelt oder bestohlen? So etwas konnte selbst routinierte Schauspieler aus der Spur bringen. Ich dachte gerade wieder an Kerstin und ihren ärgerlichen Unfall, als Constanze meine Überlegungen unterbrach.

„Was hat sie sich nur dabei gedacht?", polterte sie los, während wir der Neubrückenstraße in Richtung Theater folgten. Es klang, als fühlte sie sich von den Patzern persönlich beleidigt. Dabei hatte Harding vielleicht nur einen schlechten Abend erwischt, mit einer aufziehenden Grippe oder nach einer heftigen Auseinandersetzung mit jemandem, der ihr sehr nahestand. Constanzes Wagen stand jenseits der Promenade am Coerdeplatz, weil sie Parkhäuser hasste. Allein die engen Kurven brachten sie zum Schwitzen. Und dann diese schmalen Abstellplätze! Dabei musste sie ihren Clio nun wirklich nicht mit dem Schuhlöffel einparken.

„Hast du sie schon früher bei einer Lesung erlebt?", wollte ich wissen.

„Nein, aber auf der Bühne. Als Käthchen von Heilbronn und davor als Jeanne d'Arc in Anouilhs ‚Lerche'. Da war sie großartig, hatte sich sogar ihre Mähne gestutzt, damit die Maske für die geschorene Gefangene passte. Sie besitzt Mut und investiert sehr viel in ihre Rollen. Warum war sie heute dermaßen aus der Spur?"

„Vielleicht hat sie im Publikum jemanden entdeckt, den sie dort nicht sehen wollte."

Constanze schnaubte. „Das muss ja ein besonders böser Mensch gewesen sein. Zu einer Lesung kommt man im Allgemeinen als Fan, aber nicht, um den Autor auszubuhen."

„Eine Unterzuckerung?", schlug ich vor, auch das ließ sie nicht gelten. „So etwas passiert niemandem, der bis zu drei Stunden auf der Bühne stehen muss. Dagegen beugt man vor."

„Dann hat sie sich durch die Pohl irritieren lassen? Die hat ja wirklich großartig gelesen. Toll, wie sie die Dialoge mit ganz verschiedenen Stimmen gesprochen hat. Als wäre es ein Hörspiel." Die Vorbands fielen mir wieder ein, die bei Popkonzerten manchmal mehr Zustimmung fanden als die großen Stars, weil sie viel lockerer auftraten. Marie Pohl hatte sich ausrechnen können, dass die Mehrheit der Zuhörer nicht ihr zuliebe gekommen waren, wie viel konnte sie da schon verlieren? Möglicherweise hatte diese Kalkulation sie so weit entspannt, dass sie einen derart makellosen Vortrag zustandebrachte. Lückmanns verklärte Miene fiel mir wieder ein, als ich mit ihm über den Leseabend redete. War es denkbar, dass eine Schauspielerin fremde Texte souverän verkörperte, während sie an den eigenen scheiterte? Weil ihr der eigene Text neben der geschliffenen Bühnenliteratur unbedeutend erschien, sobald sie ihn vor Publikum lesen musste? Dies war Hardings erster Krimi. Ich war neugierig auf ihre Bilanzen beim Internetbuchhandel, was natürlich auch auf Marie Pohl zutraf. Eine Überraschungsdebütantin gegen eine Autorin, die sich bereits auf anderem Terrain mit Lorbeeren schmücken konnte?

An der Apostelkirche trennten wir uns. Ich sah Constanze nach, wie sie im dunstigen Licht der Straßenbeleuchtung verschwand. Nebel war aufgekommen. Auch ohne diesen absolut verzichtbaren London-Effekt hatte die Promenade um den alten Zwinger bei Dunkelheit immer etwas Gespenstisches, daran änderten auch die Radfahrer nichts, die wie Glühwürmchen an den eng stehenden Linden vorbeihuschten. Constanzes Galerie hielt neben aufstrebenden Künstlern auch die eine oder andere ältere Kostbarkeit bereit, und ihr Arbeitstag endete nicht selten erst um Mitternacht. Sie hatte häufig einen einsamen Heimweg. Wie ich sie einschätzte, steckte in ihrer Schultertasche eine Damenpistole. Meine Gedanken streiften Walter Eibenbrinck, und der Verdacht, die Ganoven hätten etwas Spezielles im Visier gehabt und nur zum Schein die Theke ausgeräumt, durchfuhr mich wie ein Stich. Überfälle auf Juweliere waren auch in Münster keine Seltenheit. Aber Eibenbrinck hatte Recht: Normalerweise wurden die Schubladen blitzschnell geleert und die Personen, die sich im Laden aufhielten, in Schach gehalten. Warum dieser Mordversuch an einem wehrlosen alten Mann?

Kerstins Auto stand noch am Gartenzaun. Matt beschienen vom milchweißen Licht der Straßenlaterne und im Nebel feucht glänzend, erinnerte der verbogene Rand der Motorhaube an ein falsch geküsstes Froschmaul. Franz saß allein in unserer winzigen „Bibliothek", nuckelte an seiner kalten Pfeife und las in seinem kürzlich wiederentdeckten Lieblingsbuch „Die Wüste lebt", nach dem alten Film von Walt Disney. Durch die Verbindungstür zum „Spielcasino" perlte ein „Moment musical" von Schubert herüber, so leise, dass man es gerade noch wahrnahm. Unser Haus verfügte im Erdgeschoss außer der Küche, einem kleinen Esszimmer und dem Gästeklo zwar über drei weitere Räume, doch jeder war so winzig, dass er immer nur einen Zweck erfüllte. Und doch konnten wir dank dieser Aufteilung auf ein Wohnzimmer verzichten. Das „Spielkasino" versorgte uns mit Musik und Fernsehprogramm, die „Denkstelle" gegenüber der Küche beherbergte unsere beiden Computer und wurde auch gern für ein Nickerchen auf der verschossenen Couch genutzt, auch die „Bibliothek" wurde ihrem Namen gerecht. Dort hatte mein ehemaliger

Chef über Jahrzehnte so viel juristische Fachliteratur und Material zu historischen Feldherrn gehortet, dass sein Hausboot samt später Jugendliebe garantiert darunter gekentert wäre. Und so hatten Franz und ich die alten Schwarten, die an keinen Antiquar zu vermitteln waren, zuerst in Gross' ehemaligem Schlafzimmer untergebracht, weil wir diesen Raum aus Pietät nicht nutzen wollten. Später, als diese Rücksichtnahme übertrieben schien, und wir dringend ein Gästezimmer brauchten, hatten wir sie in den Keller geschleppt. Jetzt wurde die Bibliothek von unseren eigenen überfrachteten Bücherbrettern gefüllt, nur der Türrahmen und die Fensternische blieben zwangsweise ausgespart. Das warme Licht einer Stehleuchte und das kleine Zweiersofa in altmodischem Bouclé schufen eine gemütliche Höhle, die die raue Wirklichkeit ausblendete, wenn man nur die richtige Lektüre zur Hand nahm.

Als ich im Türrahmen auftauchte, klappte Franz sein Buch bereitwillig zu, und ich erfuhr, dass Kerstin gegen halb zehn von Greta abgeholt worden war. Er wollte wissen, ob mein Abend schön verlaufen sei und ich noch etwas essen wolle, aber ich winkte ab. Lieber kuschelte ich mich neben ihn auf das Sofa, das für zwei Erwachsene eigentlich viel zu schmal war. Doch es tat einfach gut, den Kopf an seine kräftige Schulter zu lehnen und nach dem Heimweg im kalten Auto Körperwärme zu tanken. Constanzes Verärgerung über den verpatzten Krimivortrag hatte mich frustriert, und ich fragte mich, ob der neueste Kinofilm oder das legendäre Stifado beim Griechen nicht einen angenehmeren Nachgeschmack hinterlassen hätten. Sekundenlang überlegte ich auch, ob mir ein Glas Rotwein bekäme, doch sofort stand mir wieder die Leiche auf dem fleckigen Teppichboden vor Augen, stieg mir die Kombination von Harn, Tannin und säuerlich riechendem Sisal in die Nase. Gleichzeitig überkam mich das schlechte Gewissen, weil ich nicht mit Cornelia geredet hatte. Warum war es ihr in Küsters Apartment übel geworden? Das passte nicht zu ihr.

„Findet dieses Schwein", sagte Franz überraschend heftig, „und ihr habt den Schreibtisch wieder frei. Wir machen uns ein langes Wochenende und fahren endlich mal nach Barcelona."

„Mein Job ist es nun mal, Schweine zu finden, ganz egal, wie lang das dauert. Du musst ja nur zu ihnen in den Kofen gehen. Und deine Kunden sind zwar krank, aber nicht durchgeknallt!" Franz lachte, aber es klang nicht sehr froh. Manchmal überkam mich der Eindruck, dass er seiner Landpraxis in Altötting nachtrauerte. Er habe absolut keine Lust, Großstadtpudeln die Krallen zu lackieren, hatte er schon öfter moniert.

„Was hat Kerstin bloß so verstört?“, wechselte ich das Thema. Er legte die Pfeife in den Aschenbecher und rieb sich müde die Augen. „So wie es aussieht, hat sie den Unfall verschuldet, weil sie aufgefahren ist. Der Unfallgegner scheint sehr kulant reagiert zu haben. Er verzichtet auf eine Meldung bei seiner Versicherung, also bleibt nur unsere eigene Abwicklung. Das war zumindest meine erste Einschätzung der Lage, allerdings ...“ Als er bedeutungsvoll schwieg, fragte ich in einem plötzlich aufkeimenden Misstrauen: „Was wissen wir über diesen ...“, ich griff zu dem Protokoll, „Felix Plassen? Wenn er auf eine Meldung bei seiner Versicherung verzichtet, hat sein Auto dann keinen nennenswerten Schaden abbekommen?“ Ich suchte nach dem Wagentyp und setzte fort: „Nur einen Kratzer an der Stoßstange?“

„Stimmt“, sagte Franz, „die Sache bleibt trotzdem dubios.“ Er reichte mir eine Skizze, auf der der junge Mann und unsere Tochter die Unfallsituation festgehalten hatten. Franz hatte sie für Anmerkungen mehrmals kopiert. „Hier“, sein Bleistift umkringelte eine Kreuzung an der Grevener Straße auf der Höhe von Kinderhaus, „schießt Herr Plassen aus einer Seitenfahrbahn, um Kerstin die Vorfahrt abzuschneiden. Er bestreitet das mit dem Argument, sie sei noch fünfzig Meter entfernt und sehr langsam unterwegs gewesen. Aber die Ampeln zeigten auf weite Sicht Grüne Welle, da macht Geschwindigkeitsanpassung einen Sinn. Und Kerstin beteuert fest, die vorgeschriebenen 50 km/h gefahren zu sein. Herr Plassen drängt sich also aus dem schmalen Seitenweg vor“, die Bleistiftspitze tippte auf die entsprechende Stelle, „um nach etwa zwanzig Metern abrupt zu bremsen. Wegen Fußgängern, die die Grevener hätten überqueren wollen. Kerstin, durch sein Vordrängen ohnehin verunsichert, rechnet nicht mit diesem Bremsmanöver, und es kracht.“

„Aber wenn dieser Typ wegen Passanten bremsen musste, gibt es doch Zeugen.“

„Gibt es nicht! Zumindest hat Kerstin niemanden gesehen. Nicht mal eine Katze.“

„Warum wurden keine Fotos gemacht? Kerstin hatte doch sicher ihr Smartphone dabei.“

„Das frage ich mich auch. Vielleicht hat er es ihr ausgeredet. Vergiss nicht: Er war der Geschädigte, und sie stand unter Schock."

„Okay. Und wie ging es am Unfallort weiter?"

Kerstin und Plassen waren an den Bordstein gefahren, hatten den Schaden überprüft und sich geeinigt. Kerstin hatte ihre Schuld zugegeben, Plassen den Unfall als Bagatelle deklariert, nachdem er einmal um den Block gefahren war, um Bremsen und Lenkung zu testen. Franz war aufgestanden und wanderte jetzt vor den Bücherregalen auf und ab. Ich lehnte mich in dem Sofa zurück, aus dessen hohen Ohrenlehnen gelegentlich noch die Stimme seines früheren Besitzers zu raunen schien. Dr. Gross war ein sehr kluger Vorgesetzter gewesen, doch selbst die geheimen Botschaften seiner Sitzmöbel konnten an diesem Abend nicht verhindern, dass mir die Sache mit Kerstin den Kopf total blockierte. „Erstens haben wir also überhöhte Geschwindigkeit" zählte ich auf, „denn dieser Bursche scheint ja wohl zu schnell unterwegs gewesen zu sein, weshalb er auch keine Schadensmeldung einreichen will. Zweitens hat er die Vorfahrt missachtet, das ist weder cool oder geil, sondern gesetzeswidrig. Wie denkst du über eine Anzeige?"

„Aussage steht gegen Aussage", warf er hitzig ein. „Dieser Plassen wird auf seiner Version bestehen. Ärgerlich, aber nicht zu ändern."

Statt einer Antwort zog ich das Pappkärtchen unter dem Unfallprotokoll heraus. Der Medizinstudent Plassen hatte sich eine Visitenkarte drucken lassen, wie sie sich ein eitler Chefarzt nicht besser hätte ausdenken können. Dicker, vanillefarbener Karton, die Aufschrift in Goldprägung, nur der Doktortitel fehlte noch. Nicht mal auf den klischeehaften Äskulapstab hatte der Knabe verzichtet. „Ein Arztsöhnchen?", wollte ich wissen.

„Du darfst weiterraten."

Oh, wie ich es hasste, wenn ich müde aus dem Job oder, wie an diesem Abend, von einer missglückten Einladung kam, und Franz den Quizonkel spielte! „Dann besitzt Plassen senior vielleicht eine Autowerkstatt, und der Sohn muss ihm Blechschäden verschaffen."

„Nein", sagte Franz seltsam nachdrücklich. „Nachdem Kerstin von Greta abgeholt wurde, habe ich gegoogelt. Es gibt im *Theater am Zwinger* einen Schauspieler, der Peter Plassen heißt. Gelegentlich führt er auch Regie. In einem Interview hat er kürzlich seinen Sohn Felix erwähnt."

„Dann sollten wir diesen Felix zum Kaffee einladen und uns für die so *unbürokratische* Abwicklung des Unfalls bedanken. Dabei erfahren wir vielleicht noch mehr über seine Familie."

„Das ist nicht dein Ernst!" Franz trank sein Bier aus und sah auf die Uhr. Zapfenstreich. Sein Sprechstundenbeginn holte ihn morgens früh aus den Federn. Im Türrahmen blieb er stehen. „Wenn du meine Meinung hören willst: Kerstin hat sich in Plassen junior auf Anhieb verknallt. Deshalb will sie die Sache auf sich beruhen lassen. Aber haben jemals Beziehungen eine Chance gehabt, die über einer Karambolage entstanden sind?"

„Denk an uns!"

„Wir beide sind etwas ganz Spezielles!" Er kehrte noch einmal zurück, gab mir einen Kuss und schlappte über die Treppe nach oben. Ich horchte seinen Schritten nach und fragte mich wieder einmal, wie ich es fast zwei Jahre lang ohne diesen Mann in Münster hatte aushalten können. Und mit welchen Versprechungen ich Kerstin immer wieder darüber hinweggetröstet hatte, dass ihr Vater sich über siebenhundert Kilometer von uns entfernt mit fremden Leuten einen verlotterten Bauernhof teilte. Mit einem tiefen Seufzer brachte ich Bierflasche und Glas in die Küche, stellte mich ans Fenster und sah hinaus in die scheckige Mischung aus nebeliger Laternenberieselung und Nachtschwärze. Das feucht glänzende Dach des schief geparkten Skoda war über den Zaunrand deutlich zu erkennen, es löste ein Gedankenkarussell in mir aus. Der Blechschaden ließe sich schnell beheben, die Werkstätten bekamen so etwas hin, doch was war mit den Folgeschäden bei unserer Tochter? Blieben ihr der Knall und das Splittern von Glas ewig in den Ohren? Und in den Knien das Gummigefühl, mit dem sie ausgestiegen war, um sich den Schaden anzusehen? Nach der Reparatur würde das Fahren zur Mutprobe werden. Warum hatten wir nicht stärker darauf gedrängt, sie solle über Nacht bleiben? Ihr Zimmer im Dachgeschoss stand frei. Nur manchmal wanderte ich dorthin aus, wenn Franz im Schlaf *Bäume sägte* und die ganze mittlere Etage zum Beben brachte. An diesem Abend atmete er ganz still; ein Fluchtschläfer, der drängende Probleme auf den nächsten Morgen verschieben konnte. Ich drückte ihm einen Kuss auf die Wange, den er mit einem Grunzen beantwortete, zog mir die eigene Decke über die Ohren und fühlte mich gut gewärmt und dankbar für die Sicherheit, in einem soliden Zweierteam zu leben, in dem auch

Kerstin jederzeit ihr Zuhause haben konnte. Und doch: Obwohl mich akustisch nichts störte, kein Sturm, der gegen die alten Fenster drückte, auch nicht das Keifen der Marder, die im Herbst in unserer Gegend besonders nachtaktiv waren, um Bremskabel durchzubeißen und sich mit Rivalen aufs Blut zu streiten, ich fand keinen Schlaf. Lag Kerstin jetzt ebenso wach in ihrem Bett? Drückte sie das schlechte Gewissen, obwohl sie gar nicht schuld war?

Der Gedanke war anfangs so absurd, dass ich ihn schnell beiseiteschob, doch er drängte sich auf und blieb. Etwas Bestrickendes steckte darin. Und wenn Plassen den Unfall nur deshalb so kulant abgewickelt hatte, weil er beim Austausch der Personalien festgestellt hatte, dass es sich bei seiner Unfallgegnerin um die Tochter einer Kriminalkommissarin handelte? Wer sich für die Arbeit der Polizei interessierte, merkte sich Namen. Und mit Großzügigkeit machte man sich Freunde. Der Haken dabei war: Manche Menschen traten großzügig auf, weil sie etwas zu verbergen hatten. Die protzige Visitenkarte fiel mir wieder ein. Das Aushängeschild eines Hochstaplers? Ich rechnete damit, dass Plassen Kerstin weiter kontaktieren und gemeinsame Treffen vorschlagen würde. Er würde seinen prominenten Vater zur Sprache bringen und nach ihren Eltern fragen. So sehr ich unserer Tochter eine glückliche Beziehung wünschte, dieses seltsame Anbandeln durch Felix Plassen gefiel mir nicht.

Dienstag, 27. Oktober

Drei Tage vergingen, an denen weder jene beiden Zeugen gefunden wurden, die bei Eibenbrinck nach Trauringen gefragt hatten, noch Patrick Hunte. Zwei Mal waren Max und ich zu dem Haus am Bremer Platz gefahren, wo Hunte mit der Medizinstudentin Cosmea und dem Sozialarbeiter Rudi in einer WG lebte. Unser Klingeln verhallte ungehört. In Rudis Dienststelle war von Urlaub die Rede, Huntes enge Freunde, deren Adressen wir nach und nach herausfanden, konnten uns nicht weiterhelfen, auch seine Nachbarn schienen ahnungslos. Daraufhin verdächtigte Lückmann die drei, als Tippgemeinschaft einen fünfstelligen Lottogewinn eingestrichen zu haben, den sie natürlich nicht ausgeplaudert hätten, und der sie auf eine längere Reise geschickt habe. Selbst dieser müde Witz konnte die Stimmung nicht heben. Wir rotierten wie die Hamster im Laufrad.

Dafür meldete sich Eibenbrinck am Dienstagmorgen, kaum dass ich ins Büro gekommen war. Die Stimme des Juweliers explodierte fast vor Tatendrang. „Frau Kommissarin! Ich warte nur noch auf meine Entlassungspapiere. Bleibt es dabei, dass wir uns in meiner Wohnung sehen? So gegen zwei? Dann bekomme ich noch mein Essen auf der Station und kann zu Hause ein Nickerchen machen."

„Einverstanden", entgegnete ich lahm, weil ich ein bisschen sauer war, dass er sich nicht, wie vereinbart, schon am Vorabend gemeldet hatte. Auch mein Frust über die Kulturredaktionen des „Westfälischen Boten" und des „Münsterschen Anzeigers" wirkte noch nach. Ihre Berichte über den Krimiabend im *Weimar* hätten mich brennend interessiert, doch sie erschienen nicht. Wenn in den vergangenen Tagen ein Weltstar in Münster abgestiegen wäre, hätte ich ja verstanden, dass lokale Talente von ihm verdrängt wurden, nur: Es war kein Weltstar vor Ort, und es würde auch demnächst keiner kommen. Als ich dann an Hardings brisanten Krimi dachte, konnte ich mir als Grund für diese mediale Verschwiegenheit durchaus eine Blockade durch einen Stadtpolitiker vorstellen, der sich ans Bein gepinkelt fühlte. Doch um wen handelte es sich?

„Max? Herr Eibenbrinck darf nach Hause. Er hat mich gerade von seinem Handy aus angerufen. Jetzt muss ich mein Versprechen halten und ihn am Nachmittag in seiner Wohnung treffen. Wir machen eine Runde durch den Laden und klären, ob die Banditen mehr geklaut oder demoliert haben, als Frau Bromsma feststellen konnte.“ Das Foto seiner Frau brauchten wir schließlich auch möglichst schnell. Versprach es uns doch eine gewisse Ähnlichkeit mit einer Zeugin, die sich nicht melden wollte oder nicht melden durfte.

„Wie kommt er zurecht? Braucht er keine Reha?“

„Aber hallo! Auch mit vierundsiebzig ist niemand ein Greis. Ich wette, dass er schon in den nächsten Tagen sein Geschäft wieder aufschließt. Der braucht das! Wichtig ist jetzt, dass er sich nicht nur in seinem gewohnten Umfeld sicher fühlt, sondern auch unterwegs. Seine Frau liegt auf Lauheide. Wenn er ihr Grab nicht mehr auf eigene Faust besuchen könnte, würde ihn das hart treffen.“

Lückmann verzog skeptisch das Gesicht. „In den USA würde man ihm einen Therapeuten empfehlen.“

„Wir sind aber nicht in den USA! Es gibt auch keine Anzeichen, dass er diesen Schock nicht verkraftet. Du hättest eben seine Stimme hören sollen! Offenbar hat er nicht viele Freunde, aber ich halte ihn für resolut genug, um so weiterzumachen wie vor dem Überfall.“

Wie konnte ich da so sicher sein? Meine Gedanken schweiften zu Kerstin ab. Den Mietwagen, den Franz ihr angeboten hatte, lehnte sie mit der Begründung ab, sie wolle sich nicht kurzfristig an ein fremdes Auto gewöhnen müssen. Schließlich gebe es Öffis. Ich befürchtete eher, dass ihr die Strecke, auf der der Unfall passiert war, Angst machte, und das sagte ich auch Franz. Schließlich musste sie jetzt noch einmal nach Greven, um sich ihr Praktikum bei der Cateringfirma „Messer&Gabel“ endgültig zu sichern. Die Zusage war an diesem Morgen gekommen und hatte unserer Tochter ein Strahlen entlockt – zum ersten Mal seit dem Unfall.

Dann solle sie eben eine andere Strecke fahren, um ihre Angst loszuwerden, hatte Franz gebrummt. Würde Walter Eibenbrinck ebenso empfinden? Überfiele ihn das Grauen jedes Mal, sobald es dunkel wurde und sich der Prinzipalmarkt zusehends leerte? Natürlich konnte er den Laden mit einfallender Dämmerung schließen und sich für den Rest des Tages in seiner Wohnung verschanzen. Doch dieser restliche Tag würde ständig länger werden, der Winter stand uns erst bevor. Der Mann wäre noch einsamer als bisher und völlig allein mit seinen Dämonen.

Kenne ich ihn so gut?, dachte ich im nächsten Moment. Vielleicht kehrt er ab sofort den Sheriff heraus und beantragt einen Waffenschein. Falls er nicht schon einen besitzt und sich nur noch einen Revolver besorgen muss. Offene Ladentüren boten nun mal keinen Schutz vor Überfällen.

„Trotzdem!“, beharrte Max gutmütig. „Wie können wir zu dieser Sicherheit beitragen? Zumindest fürs Erste?“

„Wenn wir ihm die Täter präsentieren, hat er seine Ruhe“, entschied ich.

„Nachahmer finden sich immer. Ich kenne Leute, bei denen wurde dreimal hintereinander eingebrochen. Die haben zum Schluss im Stehen geschlafen.“

„Manche Schmuckhändler lassen ihre Kundschaft nur auf Klingeln hinein, aber auch das kann ins Auge gehen.“

„Der Einbau einer Drehtür wäre eine Maßnahme“, überlegte Max. „Ein Securitymann wird ihm zu kostspielig sein.“

„Vielleicht hilft es ihm, wenn wir herausfinden, was in seinem Laden so interessant war, dass die Ganoven einen Mord riskierten. Dazu muss ich sein Schmucksortiment sehen. Es klinkt zynisch. Aber soweit wir informiert sind, wurde nichts Wertvolles gestohlen. Nur der Klunker unter der Theke!“

Unser Aufruf in den Printmedien und im lokalen Fernsehstudio hatte die Zeugen entweder nicht erreicht oder eingeschüchtert oder völlig kalt gelassen, aber das bedeutete nicht, dass es keine Rückmeldungen gegeben hatte. Zwei Personen wollten kurz nach neunzehn Uhr mehrere vermummte Männer in der Nähe des Juwelierladens gesehen haben, ein weiterer Anrufer war ihnen angeblich sogar bis zur Aegidiistraße hinterhergerannt. Ein paar gezielte Fragen, und wir konnten diese Leute als Aufschneider enttarnen. Auch mit der bisherigen Spurenlage kamen wir nicht weiter. Außer dem Blut auf dem Boden hinter der Theke und an der Glasabdeckung hatten sich keine verwertbaren Abdrücke finden lassen. Die Räuber hatten Handschuhe getragen und die jungen Leute nichts angefasst außer der Ladentür, und die war ohnehin übersät mit verwischten Fingerprints. Auch die nassen Sohlenabdrücke konnten wir getrost vergessen. Die wackre Frau Bromsma hätte viel zu wischen gehabt, doch Berni Wagner hatte sie mit der Auflage in den Feierabend geschickt, ihren Putztrieb eine Weile zu vergessen und sich für weitere Fragen bereit zu halten.

Die Mittagspause nutzte ich für einen neuen Versuch, jemanden in Huntes WG zu erreichen. Ich drückte den obersten Klingelknopf an dem solide wirkenden Backsteinhaus, Typ sechziger Jahre, wieder rührte sich nichts. „Zu wem wollen Se denn?“ Schleppende Schritte hatten sich genähert, jetzt baute sich neben mir eine schon ältere, sehr korpulente Frau auf und musterte mich aus wässrigen Augen, unter denen Hautfalten wabbelten. Sie setzte mir eine von zwei prall gefüllten Basttaschen auf die Zehen und kramte umständlich einen Schlüsselbund hervor.

„Zu Herrn Hunte. Aber der ist wohl nur selten zu Hause.“

„Kommen Se erstmal mit rein.“ Sie wuchtete sich die Eingangsstufen hoch und hielt dabei die beiden Taschen so, als erwartete sie, dass ich ihr mindestens eine abnehmen würde; ein Wunsch, den ich ihr gern erfüllte. Die Tasche war schwer wie ein Mehlsack und der nächste Supermarkt bestimmt nicht gleich um die Ecke. Im dritten Stock blieb sie schnaufend stehen, nahm mir die Tasche ab und stocherte mit dem Finger in die Luft. „Die WG ist eins höher. Klopfen Se ruhig feste. Die Cosmea ist sicher zu Hause, aber mit Kopfhörern isse quasi taub.“

Und so kam ich doch noch ans Ziel. Cosmea erwies sich als dunkelgelocktes, zum Glück sehr gesprächiges Energiebündel, und ich erfuhr nicht nur eine Menge von ihrem ziemlich erfolgreichen Medizinstudium, sondern auch von Patricks neuestem Trip nach Holland, um frische Kekse und Vla zu besorgen. Am letzten Mittwochmorgen habe ein entsprechender Zettel auf dem Küchentisch gelegen: *Puddings sind alle.* „Kriegt man Vla und leckere holländische Kekse nicht auch auf dem Wochenmarkt am Dom?“, wunderte ich mich, was Cosmea kommentarlos hinnahm. Demnach war diese Botschaft eine Art Code für einschlägige Besorgungen. Auf meine Fragen, ob Patrick per Fernbus oder Bahn oder etwa als geselliger Beifahrer gereist sei, und wann er zurückerwartet werde, präzisierte sie: „Also, Bus eher nicht, der kotzt in jeder Kurve. Deshalb nimmt ihn auch niemand gern im Auto mit, obwohl er motorisierte Freunde hat, die öfter in Holland zu tun haben. Und wann der zurückkommt: null Ahnung. Der kann privat pennen, da kommt es auf eine Nacht mehr nicht an.“ Natürlich hatte Patrick Kamm und Zahnbürste eingesteckt, wie sich das für einen Übernachtungsgast gehörte, dem eine Basiskosmetik nicht gleichgültig war. Oder hatte er die Polizei vielleicht als Überraschungsgast in seinen eigenen vier Wänden befürchtet und alle Beweismittel beiseite geschafft? Dann hatte er bei aller Vorsicht sicher nicht an seine Schmutzwäsche gedacht. Und so bekam ich die seltene Gelegenheit, in einer Tonne aus Lochblech, die zur allgemeinen Benutzung im Badezimmer stand, zwischen sandigen Socken und verschwitzten Sweatern nach einer jener gebrauchten Unterhosen zu angeln, die laut Cosmea nicht zu Rudi gehörten. Der trug nämlich nur Schiesser. Es war eine Grabbelbox der besonderen Note, und als mir Cosmea anschließend einen Cappuccino anbot, wurde mir übel. Ich fuhr nur noch schnell die Handynummern von Patrick und Rudi ein, bevor ich mich verabschiedete. „Aber die Nummer von Patrick", sagte meine Gastgeberin mit wissendem Lächeln, „müssen Sie erst gar nicht strapazieren. Sobald der über die Grenze ist, geht er auf Prepaid." Auch bei Rudi Großkämper würde ich momentan kein Glück haben, er war ebenfalls am Mittwoch, 21. Oktober, zu einem Wandertrip nach Kroatien aufgebrochen. Ohne Handy, wegen der teuren Roaming-Gebühren. Am Dienstagabend sei er aber wieder da.

Könnten Sie sich Hunte als Killer vorstellen?, hätte ich am liebsten gefragt, stattdessen wollte ich wissen, ob sie drei sich gut verständen.

„Hmm", machte sie so kryptisch, als hätte sie sich diese Frage noch nie gestellt. „Ich bin als Letzte hier eingezogen, vor einem Jahr. Also halten sich meine Ansprüche zwangsläufig in Grenzen. So viel einzahlen wie Rudi kann ich sowieso nicht. Rudi ist ein ganz Lieber. Der sorgt dafür, dass wir hier nicht verhungern. Patrick ist nur selten da. Sogar jetzt, nachdem er bei seiner Tussi rausgeflogen ist. Aber wenn er da ist, ist es nicht ganz einfach mit ihm. Deshalb denke ich mal, Rudi wollte für diese Wohnung unbedingt noch ein Mädchen, das mit ausgeflippten Typen kann."

„Inwiefern ist Herr Hunte ausgeflippt?"

„Er lebt nicht gerade gesund", gab die angehende Ärztin zu bedenken. „Und wenn er völlig depri oder zugedröhnt ist, geht er einem mörderisch auf den Wecker!"

„Hat er mal durchblicken lassen, dass er eine neue Freundin hat?"

Sie kratzte sich in den Locken. „Freundin ist vielleicht zu viel gesagt. Ab und zu kommt jemand vorbei, um sich in kompliziertere Computersachen einführen zu lassen. Die beiden verschwinden auch immer gleich in seiner Bude. Aber dass da mehr läuft als gemeinsames Surfen, danach hört es sich eher nicht an." Nach dem Namen der

Frau gefragt, meinte sie, Patrick habe sie Mary genannt.

„Und was reden die beiden so?"

„Halte ich das Ohr an die Tür? Außerdem hört Patrick gerne Rap, wenn er in seinem Zimmer ist. Auch wenn er Besuch hat. Da würde man sowieso nichts verstehen."

„Können Sie diese Frau beschreiben?"

„So sehen viele aus. Aber eigentlich hat sie ein nettes Gesicht, sie könnte mehr aus sich machen."

„Wie, zum Beispiel?"

„Na ja, sie hat Haare auf dem Kopf, aber keine Frisur, und sie kleidet sich immer so unterirdisch."

„Haben Sie Herrn Hunte am Mittwochmorgen noch gesehen?"

Sie verdrehte genervt die Augen. „Ich bin jeden Morgen um halb sieben aus der Tür, sonst kriege ich keinen Platz mehr im Hörsaal. Um die Zeit ist Patrick noch voll bei den Engelchen."

Was für ein Trio!, dachte ich seltsam amüsiert, während ich die Wolbecker Straße stadteinwärts fuhr. Eine angehende Medizinerin, die die Bude offensichtlich in Schuss hielt, ein Sozialarbeiter, der für die finanzielle Rückendeckung sorgte, und ein Chaot, der von dieser Reinlichkeit, Ordnung und dem wohl gefüllten Kühlschrank profitierte, ohne mehr dagegen zu halten als „Puddings" und Haschkekse aus den Niederlanden.

Ich lieferte die Asservatentüte mit der unappetitlichen Unterhose im Labor ab. Es würde zwei, drei Tage dauern, bis der Vergleich der Hautschuppen des potenziellen Vaters mit der Fruchtwasserprobe von Susanne Küster vorlag. Der Gedanke, die Identität eines Ungeborenen über die abgestorbenen Hautzellen aus einer löchrigen Männerunterhose festzustellen, sollte mich noch den ganzen Tag verfolgen.

Bevor ich an der Eingangstür rechts neben Eibenbrincks Laden schellte, sah ich mir die Klingelleiste an. Über der Wohnung des Juweliers war der Name der angrenzenden Boutique vermerkt, demnach befand sich im zweiten Stock ein Lager oder ein Büro. Unter dem Dach wohnte Frau Bromsma, und das beruhigte mich ungemein. Wie es schien, besaß diese Frau Nerven wie Drahtseile. Ich drückte den Knopf für den ersten Stock, und sofort sprang die Haustür auf. Schon am Morgen nach dem Überfall war ich hier gewesen, doch da hatte Lückmanns breites Kreuz die Sicht verstellt, während der chronisch ungeduldige Schüller mir in den Nacken hechelte. Als ich jetzt die schmale Treppe nach oben ging, durchzuckte mich ein eigenartiges Déjà-Vu-Gefühl. Diese steilen Stufen, die abgestandene Luft, weil das enge Treppenhaus kein Fenster besaß – Erinnerungen an meine erste Wohnung, bevor Franz seine Tierarztpraxis in Altötting aufgab, und wir wieder eine richtige Familie wurden.

Eibenbrinck sah mir am Treppenabsatz schon ungeduldig entgegen. Statt eines Verbands hatte er ein großes Pflaster an der rechten Schläfe, sein linker Arm steckte in Gips. „Haben Sie denn überhaupt Zeit für mich?“, wollte er besorgt wissen. „Wo Sie jetzt auch noch dieses schreckliche Tötungsdelikt bearbeiten müssen.“

„Das ändert nichts an der Wichtigkeit Ihres Falls“, beruhigte ich ihn. „Aber bevor wir nach unten gehen: Sie haben mir ein Foto Ihrer Frau versprochen.“ Während er meine Jacke an der Garderobe unterbrachte, erzählte ich ihm von jener Dachgeschosshälfte in einem der Häuser schräg gegenüber, in der Kerstin und ich anfangs gewohnt hatten, und die ich nur deshalb hatte mieten dürfen, weil die Besitzerin glaubte, eine Polizeibeamtin schliefe mit der Dienstwaffe unter dem Kopfkissen.

„Sechzehn Jahre ist das her?“ Eibenbrinck strich sich über das Kinn. „Ja , ich erinnere mich an die Grotherjans. Zu denen kam die noblere Kundschaft, aber irgendwie haben wir uns gegenseitig respektiert. So wie ein Innenstadtbäcker den anderen nicht in den Ruin treibt, weil jeder seine persönlichen Kreationen bereithält. Und da hatte meine Hilde nun mal ein ganz besonderes Talent.“ Er brach ab, als wollte er seiner Frau eine Gedenkminute widmen, doch dann sagte er lediglich: „Ich werde das Gefühl nicht los, dass die Innenstadt abends noch einsamer geworden ist.“

„Zwei Stockwerke höher schläft Ihr Bodyguard“, erinnerte ich, doch er winkte ab. „Frau Bromsma hat viel in den Niederlanden zu tun. Sie bleibt oft über Nacht weg, dann muss ich den Laden selber wischen. Sie ist auch keine sprichwörtliche ‚Perle‘. Was sie für mich tut, ist reine Nachbarschaftsgefälligkeit.“

Er lotste mich weiter, an der Galerie gerahmter Ehefotos entlang, die ich am Morgen nach dem Überfall betrachtet hatte, schon beim nächsten Blick schoss mir Adrenalin durch die Adern. An der Serie von runden Vogel- und Schmetterlingsminiaturen in dunkelbraunen Holzrahmen war ich am Dienstag achtlos vorbeigegangen. Am äußersten Ende fand ich das Rotkehlchen. Eine Vorlage für den Kettenanhänger an Frau Küsters Hals?

„Von wem stammen diese Aquarelle, Herr Eibenbrinck?"

Der Juwelier stand schon auf der Schwelle zum Wohnzimmer. Er wandte sich um und sagte in fast andächtigem Ton: „Ach, die Miniaturen! Die stammen von meiner Frau. Aber kommen Sie doch weiter. Ich habe Tee zubereitet."

Der Tee wurde kalt, weil Eibenbrinck mich schon im nächsten Moment wie von einem Wahn geschüttelt am Arm packte und verlangte, ich solle jetzt sofort mit ihm in den Laden gehen. „Herrgott! Ich bin noch immer ganz durcheinander! Genau das ist es ja, weshalb ich Sie herbestellt habe! Unten im Laden liegen diese Miniaturen als emaillierte Schmuckanhänger. Wenn die ebenfalls gestohlen wurden!"

Er hastete vor mir her die enge Treppe hinunter, und seine Hand zitterte, als er die Tür zum Hinterzimmer des Geschäfts aufschloss. Sein Schritt schlappte, während wir den kleinen Raum durchquerten. Er entriegelte auch die Ladentür und trat dann einen Schritt zurück. „Das Wandschränkchen links", sagte er mit brüchiger Stimme. „Ich halte es immer gut verschlossen, aber an dem Tag, als diese Banditen kamen, um mich zu erschießen, habe ich es mittags aufgemacht, weil ich die kleinen Anhänger mal wieder in die Hand nehmen wollte. Bitte, sehen Sie nach, ob sie noch da sind."

Für jeden, der den Laden von der Straße her betrat, hing das weiß lackierte Metallkästchen gut versteckt, doch von *gut verschlossen* konnte keine Rede sein, weil der Schlüssel steckte. Vergeblich fragte ich mich, warum Eibenbrinck den Schmuck nicht im Safe lagerte, wenn er ihm so viel bedeutete. Auch meine Hand wurde jetzt fahrig, als ich dünne Baumwollhandschuhe überstreifte und enge Latexhandschuhe darüber zog. Meine Hände waren vor Aufregung ganz feucht, und das Plastikzeug war leider nicht immer so undurchlässig, dass sich eigene Prints vermeiden ließen. Ich drehte den Schlüssel um, atmete tief durch und sagte: „Da sind ... acht silberfarbene Pappkästchen. Soll ich reinschauen?"

„Bitte!"

In jedem Kästchen lag auf rotem Samt ein kleiner emaillierter Schmuckanhänger. „Zwei Buchfinken, drei Kohlmeisen und drei Distelfinken", zählte ich auf und hoffte, dass Eibenbrinck mir meinen Schock nicht anmerkte: die Größe von etwa zwei Zentimetern im Durchmesser stimmte, die kräftigen Emailfarben, die schwarzen, leicht erhabenen Knopfaugen. „Ich nehme jedenfalls an, dass es Distelfinken sind“, sagte ich leichthin, „ich kenne mich da nicht so aus.“

„Und die Rotkehlchen?“ Seine Stimme klang beinahe drohend.

„Rotkehlchen sehe ich nicht.“ Ich versuchte weiter, locker zu bleiben. „Wie viele waren am Montagmittag denn noch da?“

„Zwei. Ich mochte sie besonders gern, sie waren Hilde so gut gelungen.“

Als ich die ursprüngliche Stückzahl der Rotkehlchen wissen wollte, schätzte er sie auf zwanzig, und als ich nach dem Wert fragte, winkte er ab. Die Materialkosten waren nicht hoch, lediglich eine Blechscheibe und etwas Emailpulver, Entwurf und Ausführung stammten von seiner Frau. Für Eibenbrinck zählte nur der Erinnerungswert.

„Und die dazu passenden Silberkettchen?“

Er zuckte mit den Schultern. Die suchten sich die Kunden selber aus.

„Sie haben ja noch die anderen Anhänger“, tröstete ich ihn, während mir die Frage durch den Kopf ging, wie viel ich ihm von Susanne Küster erzählen konnte. Die Tatsache, dass eins der Rotkehlchen bei uns im Präsidium lag, durfte ich ihm nicht vorenthalten. Der Verlust hätte ihm das Herz gebrochen, und er bekam es ja zurück, sobald der Fall gelöst war. Auf meine Frage, ob die Emailplättchen signiert seien, nickte er. Auf ihrer Rückseite waren, winzig klein und ineinander verschlungen, die Buchstaben H und E eingeritzt. Auch das Exemplar in der Asservatenkammer trug diese Initialen.

Eine Weile schwiegen wir. Ich überlegte mir die richtigen Worte, um den Juwelier zu trösten, ohne ihm zu viel mitzuteilen, während er noch immer fassungslos auf das offene Schränkchen starrte. Die Strahlen der schon schräg stehenden Sonne füllten den Raum mit unangenehm blendender Helligkeit. Man sah den Schmier auf dem Schaufenster, während sich das Licht in den Kanten der Seitenvitrine regenbogenfarbig brach. „Können wir uns irgendwo hinsetzen?“ Ich musste ihn zum Reden bringen, musste erfahren, warum er diesen Kinderschmuck fast wie eine Reliquie verehrte, denn die Aquarelle in seiner Wohnung schienen mir viel wertvoller. Hillys Nachforschungen bei verschiedenen Internetsuchmaschinen waren ohne Ergebnis geblieben, auch bei eBay wurde zur Zeit nichts Vergleichbares angeboten – weder als Schmuck noch als Aquarell. Aber würde sich Eibenbrinck überhaupt erinnern, wem er im Lauf der Jahre achtzehn Rotkehlchen verkauft hatte? Und was, wenn seine Frau sie in seiner Abwesenheit verkauft oder verschenkt hatte? Jeder in seine Überlegungen versunken, kehrten wir ins Hinterzimmer zurück und setzten uns an einen kleinen Glastisch. Meine Frage, ob ihm weitere Veränderungen im Laden aufgefallen seien, ließ er unbeantwortet und murmelte stattdessen: „Hätte ich nur den Schlüssel abgezogen! Das mache ich doch sonst immer." Seine Verzweiflung wurde mir immer unverständlicher. Sekundenlang ging mir die Möglichkeit durch den Kopf, seine Kassenbücher aus den letzten Jahren durchzuackern, dann verwarf ich den Gedanken. Ich holte tief Luft und sagte: „Herr Eibenbrinck, ich habe eine gute Nachricht für Sie und eine schlechte. Ich beginne mit der guten, in Ordnung?"

Als er zustimmte, fuhr ich fort: „Einer der beiden Rotkehlchenanhänger liegt im Präsidium. Sie bekommen ihn sofort zurück, wenn unsere Arbeit abgeschlossen ist. Er wurde, und das ist jetzt keine so erfreuliche Tatsache, im Umfeld unseres Mordopfers gefunden."

Er schüttelte ungläubig den Kopf. „Aber Sie geben ihn frei, sobald der Fall geklärt ist?"

„Ja, natürlich. Denken Sie in der Zwischenzeit bitte gründlich darüber nach, wer in Ihrer Umgebung – Familie, Freunde, Kundenkreis – in letzter Zeit Interesse an diesem Schmuck gehabt haben könnte. Hat jemand danach gefragt? Können Sie sich vielleicht an einen Käufer erinnern?"

Er rieb nervös den Stoff seiner Cordhose über den Kniescheiben. „Als meine Frau vor fünf Jahren starb, habe ich mir vorgenommen, keinen Vogelanhänger mehr wegzugeben. Ich hatte ja nur noch diese paar. Die mit den Schmetterlingen waren schon seit langem ausverkauft. "

„Zwei wurden am letzten Montag aus Ihrem Laden gestohlen, am Donnerstagmorgen lag einer davon in der Wohnung der ermordeten Lehrerin. Meine Visitenkarte haben Sie. Falls Ihnen noch etwas einfällt, rufen Sie mich an. Und jetzt hätte ich gern noch ein Foto von Ihrer Frau, wegen der Ähnlichkeit mit der Kundin in Ihrem Geschäft." Wir gingen noch einmal nach oben, und um ihn nicht zu kränken, trank ich eine Tasse von dem kalt gewordenen Tee, obwohl mir der ostfriesische schon in heißem Zustand viel zu bitter war. Ich stand schon an der Tür, das Foto sorgfältig in meiner Schultertasche verstaut, als es draußen energisch klopfte.

Und so hatte ich Gelegenheit, noch einmal mit Betsy Bromsma zu reden, einer Frau wie rundum mit Kernseife gewaschen. Natürlich erinnerte sie sich an die schockierende Situation. Die Theke zertrümmert und leer geräumt, das ganze Blut, Herr Eibenbrinck auf dem Boden. Diese Bilder würde sie nie im Leben ausradieren können. Nur meine Frage nach dem weißen Metallschränkchen löste Achselzucken aus. Das sähe sie jetzt zum ersten Mal.

Auf unserem Büroflur kam mir Max entgegen. Seine Mönchstonsur wurde von wirren Haaren eingekreist wie ein geplündertes Amselnest.

„Lass die Jacke gleich an, Sieglinde! Wir haben eine weibliche Leiche in der Aaseestadt. Vor einer halben Stunde in ihrer Wohnung gefunden. Und wieder gibt es einen emaillierten und signierten Rotkehlchenanhänger." Ich rannte ihm durchs Treppenhaus hinterher und ließ mich auf den Beifahrersitz eines der neueren Dienstwagen fallen, während Max den Motor startete. Nach der Auflösung einer früheren Mordserie in Münster hatten wir über den *Todesengel* gelästert, der uns auf die entscheidende Schiene gebracht hatte. Doch bei dem Gedanken, Walter Eibenbrinck könne diese makabre Rolle spielen, revoltierte alles in mir. Trotzdem änderte das nichts daran, dass ich jetzt zum zweiten Mal mit ihm den Überfall auf sein Geschäft besprochen hatte und gleich anschließend zu einem Mordopfer fahren musste. Er war ein einsamer Mann, der einfach nicht aufgeben konnte, obwohl sein Geschäft schlecht lief. Der Überfall war, von dem Streifschuss mal abgesehen, glimpflich gelaufen, wären da nicht die zwei angeblich unersetzlichen Schmuckanhänger. Nun würde er auch den zweiten zurückbekommen. Mein anfangs nur diskret nagender Verdacht wurde stärker, je länger ich über einen möglichen Zusammenhang zwischen den beiden toten Frauen und dem Mordanschlag auf ihn nachdachte. Auch wenn die persönlichen Kontakte, die uns sein Handyanbieter übermittelt hatte, ausschließlich seinen Laden betrafen, würden Max und ich uns Informationen über Eibenbrinck besorgen, über seine entferntere Familie, seinen Freundes- und Kundenkreis und auch nach Verbindungen zur Familie Küster und den Angehörigen dieses neuen zweiten Opfers suchen.

„Wie hast du das neulich noch mal formuliert, Max? Männer, die sich für Kinderschmuck interessieren, machen sich leicht als ‚böser Onkel' verdächtig?"

"So oder ähnlich", nickte er. „Denkst du an jemand Bestimmtes?"

„Nein, nein", wehrte ich ab und wärmte mich kurz an dem Gedanken, Eibenbrinck – Verdacht hin oder her – demnächst zwei Anhänger in die Hand zu drücken. Ihre erschreckende Rolle würde er nie erfahren. Es sei denn, er wusste mehr, als er uns sagte.

Neben der Eingangstür des modernen, vierstöckigen Mehrfamilienhauses mit unverbaubarem Aaseeblick wachte ein Streifenpolizist. Die noch sehr junge Frau neben ihm hatte rot geweinte Augen. Ein Stück weiter am Bordstein parkten der schwarze Kleinbus unserer Spurensicherung und drei Einsatzfahrzeuge. Das Gelände war großräumig abgesperrt, der Verkehr wurde umgeleitet. Trotzdem hatten sich bereits Reporter und Kamerateams eingefunden; neugierige Anrainer natürlich auch.

„Wissen wir schon, wer es ist?", fragte Max den uniformierten Kollegen .

„Angeblich eine Schauspielerin."

„Und wer hat sie gefunden?"

„Zwei Kollegen. Sie", er blickte zu seiner Nachbarin, „hat gegen halb vier bei der Polizeiwache Moltkestraße angerufen."

Die junge Frau nickte schluchzend. „Wir haben Jenny seit Sonntagabend vermisst. Sie war zu einer Geburtstagsparty im Kollegenkreis eingeladen und ist nicht erschienen. Ohne jede Erklärung. Als sie heute Mittag auch nicht zur Theaterprobe kam, habe ich bei ihr geschellt – vergeblich."

Eine Schauspielerin, die Jenny heißt!, dachte ich mit einem Knoten im Magen, während wir den Weg nach oben nahmen. Max fuhr Lift, ich folgte dem Treppenhaus bis in den vierten Stock, ohne auf den ersten Blick irgendeinen Hinweis auf ein Gewaltverbrechen entdecken zu können. In der Zweizimmer-Wohnung herrschte die übliche Mischung aus Raumnot und disziplinierter Arbeitsteilung; weiße Papieranzüge, klickende Kameras, kurze Kommandos. Auch von der Rechtsmedizin war schon jemand da, allerdings nicht Kerner. Für Max und mich hieß es wieder: *draußen warten.* Max knurrte einmal mehr, er fühle sich wie der angeleinte Hund vor der Metzgerei, auch ich hatte Mühe, mir, an den Kollegen von der Spurensicherung vorbei, den so wichtigen ersten Einblick zu verschaffen. Mitten im

Wohnzimmer lag eine junge Frau in Bauchlage, nur mit Unterwäsche bekleidet, die Arme leicht angewinkelt, den Kopf zur linken Seite gedreht. Als einer der Kollegen sich den Weg zur Eingangstür bahnte, tat sich unvermutet eine Gasse auf, und ich hatte die Tote vor mir. Ihr schwarzes, bis auf halbe Rückenhöhe reichendes Haar war wie ein Fächer auf dem Teppich ausgebreitet, als wäre nicht ein einziges gekrümmt worden. In der Nackenpartie öffnete sich eine Schneise. Die Venezianerkette hatte sich tief in die Haut eingeschnitten und blutige Striemen hinterlassen, doch diesmal gab es nur eine einzige Drosselmarke. Am Karabinerverschluss hing der zweite der gestohlenen Rotkehlchenanhänger. Mein Blick schweifte über die spitzen Schulterblätter und die schlanken Hände, die gezittert hatten, als sie für Constanze eine Widmung in ihren Krimi schrieb. Der silberne Schlangenring war mir schon damals aufgefallen … nein, das konnte nicht sein!

„Helfen Sie mir, sie auf den Rücken zu drehen?“ Gemeinsam mit Professor Kerners Stellvertreter lagerten wir die Leiche um, ich sah das Gesicht der Toten, und eine heiße Adrenalinwelle schoss durch meinen Körper, während Max scharf die Luft einzog. Vor uns lag tatsächlich sein Bühnenliebling, Constanzes legendäre Jeanne d‘Arc, Münsters neuer Krimi-Shootingstar. Auf der Rückseite des emaillierten Blechplättchens waren die Initialen H und E eingeritzt. Steckte wirklich Eibenbrinks Vergesslichkeit hinter dem Verlust der Vogelanhänger? Das alles machte keinen Sinn!

„Ich weiß, Ärzte werden so früh nicht gern nach dem annähernden Todeszeitpunkt gefragt, Herr Doktor…“

„Jens Meinertz.“ Der junge Mann zeigte perfekte, weiße Zähne. Sein rundliches Gesicht erinnerte ein wenig an Leonardo di Caprio, obwohl das Tragen eines Henriquatre Barts im Institut Roland Kerner vorbehalten war. Meinertz trug überhaupt keinen Bart und hatte sein schulterlanges blondes Haar zu einem Pferdeschwanz zusammengefasst. „Freut mich, Sie kennenzulernen“, sagte er noch immer lächelnd. „Ich habe letzte Woche meinen Einstand gefeiert. Wir werden uns sicher noch häufiger treffen.“

„Aber dann lieber im Allwetterzoo bei den Flamingos. Für mich ist jede Leiche eine zu viel. Und was den Todeszeitpunkt betrifft: Frau Harding wurde seit Sonntagabend vermisst, angeblich war sie keine von denen, die Drogen einwerfen und ihre Termine vergessen.“ Ich verkniff mir die Sache mit dem katastrophalen Leseabend. Wenn Jenny Harding Drogen geschluckt oder regelmäßig zu viel Alkohol konsumiert hatte, würde Meinertz das bei der Obduktion herausfinden.

„Sie hat eine Party geschwänzt. Demnach hatte sie etwas Wichtigeres vor oder irgendwer, irgendetwas hat sie daran gehindert.“

Prompt runzelte er die Brauen. „Ich dachte, man schwänzt nur die Schule. Herrscht hier in Münster Partyzwang? Ich stamme aus Köln, da gibt es so etwas nicht. Übrigens auch keinen Weinzwang, obwohl die Rheinländer gern für Alkoholiker gehalten werden.“

Ich lachte. „Natürlich wird niemand zum Party Feiern gezwungen. War denn hier in der Wohnung Alkohol im Spiel?“

„Der Teppichboden riecht nach Champagner oder Sekt, vermischt mit Urin.“

Rund um den toten Körper hatte sich ein ovaler Fleck gebildet. Der anthrazitgraue Nadelfilz hatte sich nur unvollständig vollsaugen können, die Feuchtigkeit hatte eine Kruste gebildet.

Manchmal war unsere Position des vor der Tür „angeleinten Hundes“ auch von Vorteil. Die uniformierte Kollegin, die Hardings Wohnungseingang bewachte, hatte mir nämlich eine Information zugesteckt, die unseren smarten Rechtsmediziner zwar nicht am Sektionstisch weiterbringen würde, wohl aber beim Abstecken des Opferprofils. „Laut Aussage der Schauspielerkollegin, die heute Mittag vergeblich bei ihr geschellt hat“, wiederholte ich die Worte der Schutzpolizistin, „sollte Jenny Harding bei der Party in einem Sketch mitspielen. Die Fête begann um neunzehn Uhr dreißig, der Sketch war für einundzwanzig Uhr geplant. Klingt jetzt spekulativ, aber um neunzehn Uhr dreißig ist Patrick Hunte bei Küster aufgetaucht, und der früheste Zeitpunkt ihres Todes liegt ebenfalls bei einundzwanzig Uhr.“

Meinertz nickte: „Ja, wirklich merkwürdig. Vielleicht hat der Täter sie daran gehindert, zu der Party zu gehen. Warum, das werden Sie sicher herausfinden.“ Der letzte Satz hätte von Professor Kerner stammen können. Demnach hatte sich sein neuer Mitarbeiter zumindest sprachlich schon gut in seinem Team eingelebt. „Sie bekommen den Obduktionsbefund, sobald er fertig ist.“ Damit zog er sein Handy heraus und wandte sich ab.

Eine halbe Stunde später erschienen zwei Angestellte eines Beerdigungsinstituts mit dem Sarg, Ansgar und seine Mannschaft schlossen ihre Metallkoffer und gaben die Wohnung frei für „weitere Erkenntnisse“, wie Berni Wagner ziemlich nebulös bemerkte. Ich nahm mir als Erstes das Badezimmer vor. Hatte es etwas von einem Edelpuff, oder war ich durch die knappe Bekleidung des Opfers, die dem Unterwäsche-Outfit von Susanne Küster auf verblüffende Weise ähnelte, jetzt endgültig voreingenommen? Weiß, Gold und Rosa waren die vorherrschenden Farben: Rosenblätter in bauchigen Windlichtern, rosa Wattebäusche in goldgeränderten Glasdosen, eine nudefarbene muschelförmige Schale fürs Toilettenpapier. In diesem durchgestylten Arrangement hatte ein menschlicher Tsunami gewütet. Nur die Muschel, die Windlichter und Glasbehälter hatten seinem Angriff getrotzt, weil sie aus Kunststoff waren. Durch die Ansammlung von Parfumminiaturen hatte eine zerstörerische Hand gefegt und die Frotteetücher aus ihrem Regal gezerrt. Der Duschvorhang aus weißer Seide lag, von seiner Stange heruntergerissen, in der Duschtasse. Mordswut oder Todesangst? Die Frage, ob hier der Mord passiert sein konnte, ließ sich wesentlich schwerer beantworten als bei Küster. Hatte Harding versucht, den Killer abzuwehren? Als Schauspielerin besaß sie dazu sicher die körperliche Kapazität.

Vor der restlichen Wohnung hatte der Tornado Halt gemacht. Oder waren auch hier alle Spuren getilgt worden? Hardings Wohnraum und das Schlafzimmer wirkten aufgeräumt, auch die Küche gab nichts von einem Besucher preis. Im Mülleimer hatte ein frischer Beutel gegähnt, die Abtropftasse der Spüle und die Spülmaschine waren leer, die Espressomaschine hatte keine Kapsel ausgeworfen. Auch der Kühlschrank war frei von den verräterischen Resten einer gemeinsam eingenommenen Mahlzeit. Mehrere verschlossene Joghurtbecher, zwei versiegelte Käsepackungen, noch nicht angeschnittenes Brot – das wars.

„Champagner oder Sekt!“ Unterdessen war Lückmann im Wohnzimmer auf alle Viere gegangen und schnupperte den Teppichboden dort ab, wo die Tote gelegen hatte. „Und Urin. Eine leere Flasche gibt es diesmal nicht.“

„Dafür aber jede Menge Chaos im Bad“, sagte ich. „Sieht entweder nach Zickenkrieg aus oder nach einem Sexualdelikt.“

„Ein Täter, der seine Opfer bis auf die Unterwäsche auszieht …? Oder vielleicht eine Täterin?“

„Was wissen wir über Familienangehörige?“, überlegte ich. Im Fall

Küster hatten die Kollegen vom Bodensee unseren heiklen Part übernommen. Wenn wir Susanne Küsters Familie auf ihrer Beerdigung begegneten, hätte sich die schlimmste Verzweiflung hoffentlich gelegt, würde man vielleicht auch über Ungereimtes reden können. Wenn es darum ging, Eltern vom gewaltsamen Tod ihres Kindes zu benachrichtigen, hasste ich meinen Beruf und wünschte mir einen Notfallseelsorger an meine Seite. Max war da keine Hilfe, er hockte still dabei und überließ mir den Part des Unglücksboten. Wenn es doch nur Bühnenrollen wären, aber die versteinerten Mienen meiner Zuhörer oder, schlimmer noch, ihr seelischer Zusammenbruch, waren Realität.

* * *

„Mein armes Mädchen. Ich verstehe das einfach nicht. Sie hatte doch nur Freunde." Marianne Harding saß uns in einem abgewetzten Backensessel gegenüber und versuchte vergeblich, ihre Tränen zu trocknen. Sie war eine kleine, mollige Frau um die sechzig mit blonden Löckchen, die nicht viel Ähnlichkeit mit ihrer Tochter besaß. Demnach war Jenny einem sehr gut aussehenden, hochgewachsenen Vater nachgeschlagen. Aber spielte das jetzt eine Rolle? Für die Frau vor mir war dieser Tag mit Sicherheit der schwärzeste ihres Lebens. Ab sofort würde nichts mehr so sein wie bisher. Ganz kurz streiften meine Gedanken auch jene siebzehnjährige Schülerin, die wir vor Jahren im Ameshorst zwischen der Burg Hülshoff und dem Rüschhaus gefunden hatten. Ebenfalls erdrosselt und in einer Bodensenke abgelegt wie ein Müllsack, mit Mulch und Reisig zugedeckt. Die Verzweiflung ihrer Eltern war mir besonders nahe gegangen.

Beim Anblick unserer Dienstausweise an ihrer Wohnungstür im Stadtteil Coerde war Frau Harding kreidebleich geworden. Sie habe, erklärte sie später, einen Unfall ihres Lebensgefährten befürchtet, der jeden Tag im Außendienst unterwegs war. Er sei Typ I-Diabetiker und habe häufig mit Unterzuckerungen zu kämpfen. Der Gedanke an eine Unglücksmeldung begleitete sie den ganzen Tag. Aber jetzt die Tochter? Nicht nachts auf der Straße attackiert oder von einem Einbrecher getötet, sondern von einem Menschen, dem sie vertrauensvoll die Tür geöffnet hatte? Als Max daraufhin wies, dass auch ein Überfall im Treppenhaus vorstellbar sei, schüttelte sie den Kopf, als könne sie damit das Furchtbare ungeschehen machen.

„Hatten Sie engen Kontakt zu Ihrer Tochter?"

„Ja, schon, ich arbeite in einem Restaurant in der Altstadt und nach den Proben kommt sie … kam sie", sie zerrte an ihrem Taschentuch, „manchmal dort auf einen Kaffee vorbei. Sie besuchte uns auch gern abends, nachdem ihre Vorstellung zu Ende war." Nein, bei der Lesung im *Literaturcafé Weimar* sei sie nicht gewesen. Nur wenn Jenny auf der Bühne stand, dann waren ihr Partner und sie hingegangen, es gab ja Freikarten für Angehörige. Sie starrte auf einen undefinierbaren Punkt an der Wand. „Könnten Sie … ich meine, wäre es möglich, dass Sie ihn anrufen und fragen, ob er nicht schnell herkommen kann? Er ist nicht Jennys leiblicher Vater, aber er hatte sie so gern … Und ich brauche ihn jetzt einfach … Er hat heute keine weite Tour, nur nach Osnabrück." Lückmann nickte und zog sein Handy heraus. „Besitzt Ihr Lebensgefährte eine Freisprechanlage? Denn wenn er fährt, darf er ja das Handy nicht benutzen." Doch wie sich herausstellte, saß Stefan Hötter gerade bei einem Kunden. Als Lückmann ihm mitteilte, er werde zu Hause dringend gebraucht, versprach er, sich sofort auf den Weg zu machen.

„Frau Harding, wir gehen davon aus, dass Ihre Tochter sich am Sonntagabend entweder von dem Täter nach Hause begleiten ließ oder ihn in ihre Wohnung gelassen hat. Es heißt, sie sei zu einer Party eingeladen gewesen und dort nicht erschienen. Wissen Sie etwas von einer festen Beziehung?" Ich versuchte mich an jenen Augenblick zum Schluss des Leseabends zu erinnern, als sie mit den wenigen noch verbliebenen Zuhörern redete. Hätte sich ein enger Freund nicht dazugestellt? Vor allem, da sie nach ihrem verpatzten Auftritt Trost und Aufmunterung brauchte? Wann und mit wem hatte sie überhaupt das *Weimar* verlassen? Pohl war ja schon nach der Pause verschwunden, auch Constanze und ich waren nicht die Schlusslichter unter den Gästen gewesen.

Marianne Harding unterbrach meine Gedanken. „Von einer Beziehung wissen wir nichts", sagte sie mit einem wehmütigen Lächeln. „Und ich bezweifle, dass wir davon erfahren hätten. Jenny war in diesen Dingen sehr eigen. Allerdings habe ich sie vor einigen Wochen spät abends angerufen, weil sie ihren Hausschlüssel bei uns liegen gelassen hatte. Aber sie sagte, das sei kein Problem. Jemand könne ihr aufmachen. Ich dachte natürlich an eine Nachbarin, die ihren Zweitschlüssel aufbewahrte, doch Jenny hatte schon ihr Treppenhaus erreicht, und der Mann, der ihr während unseres Telefongesprächs die Wohnungstür öffnete, war jemand, den sie offensichtlich gut kannte. Er hat *moya gasjel* zu ihr gesagt, was immer das heißt."

„Hat er noch etwas gesagt?"

„Sie haben die Tür schnell zugemacht."

„Klang er eher alt oder jung?"

„Meine Güte!", sie lächelte gequält, „ich bin zwar nur die Mutter einer Schauspielerin, aber eins weiß ich: Die wenigsten Stimmen geben Auskunft über das Alter. Manche Teenies klingen wir ihre eigenen Großväter; was natürlich an der unsäglichen Raucherei liegt."

„Erinnern Sie sich noch an das Datum?"

„Das muss der erste Samstag im September gewesen sein. Jennys Geburtstag."

„Wirkte Ihre Tochter in letzter Zeit verändert? Nervös vielleicht oder bedrückt?"

"Kein bisschen!", sie klang entrüstet, als steckte hinter einer solchen Veränderung Charakterschwäche. „Sie war glücklich, weil ihr Krimi so erfolgreich lief. Außerdem hatte man ihr eine neue viel versprechende Rolle angeboten. Das Theater war ihr Leben, und jetzt kam noch das Bücherschreiben hinzu. Mehr brauchte sie nun wirklich nicht." Sie begann wieder zu weinen. Ich legte ihr die Hand auf den Arm: Ob ich ihr einen Tee machen solle? Doch sie schüttelte den Kopf. Ich schlug vor, einen Blick in das Zimmer ihrer Tochter zu werfen, doch sie sagte: „Jenny hatte hier kein Zimmer. Als mein Mann noch lebte, wohnten wir in einem Eigenheim in Sudmühle, aber dann bekam sie ein Engagement im Ruhrgebiet – sie war ja schon früh eine gefragte Schauspielerin. Irgendwann reichte ihr Geld für eine Eigentumswohnung in der Aaseestadt, und ich kaufte mir dies hier. Jetzt würde ich alles dafür geben, mehr Erinnerungen an sie zu besitzen als nur ein paar Fotos und die Plüschtiere, die sie damals nicht mitgenommen hat."

„Haben sie auch noch Kinderbücher von ihr? Oder Schulunterlagen?"

„Da hat sie viel entsorgt, weil ich mich in dieser Wohnung sehr einschränken musste."

„Und Schmuck aus ihrer Kinderzeit?"

Sie lächelte müde. „Ach, da war viel Firlefanz dabei, irgendwann nicht mehr aktuell. Was sie aber garantiert behalten hat, waren ihr goldenes Kommunionkreuz, ihre erste Armbanduhr und ein paar Geschenke ihrer Patentante."

„Könnte dies dabei gewesen sein?"

Frau Harding nahm das Plastiktütchen mit dem Vogelanhänger entgegen, betrachtete ihn lange und sagte endlich: „Das habe ich nie bei ihr gesehen. Aber Jenny hat eine Zeit lang eine alte Nachbarin in Sudmühle betreut. Mal für sie was einkaufen, den Hund ausführen oder den Rasen mähen. Jenny war ein gutes Kind." Wieder wurden ihre Augen feucht. „Sie half gerne, aber eine Bezahlung lehnte sie strikt ab, und so ist es gut möglich, dass die alte Dame ihr ein Schmuckstück geschenkt hat. Obwohl dies hier für ihr damaliges Alter zu kindlich gewesen wäre. Warum fragen Sie?"

„Wir haben es in ihrer Wohnung gefunden. Und es ist nicht auszuschließen, dass es eine Botschaft des Täters sein soll. Vielleicht ein Hinweis auf die Kindheit Ihrer Tochter. Können Sie damit etwas anfangen?" Ich erzählte ihr von Hilde Eibenbrinck, aus deren Werkstatt der Anhänger stammte. Sie selbst war dort nie Kundin gewesen, doch sie erinnerte sich an einen Nachruf im *Westfälischen Boten* zum Siebzigsten der Goldschmiedin vor einem halben Jahr, den diese ja leider nicht mehr erlebt habe. Ich fragte, ob es in diesem Nachruf ein Foto gegeben habe. „Sogar zwei", sagte sie. „ Ein Porträt der Goldschmiedin und ein weiteres von dem weißen Lackschränkchen, in dem ihr Mann noch heute alte Schmuckstücke aufbewahrt. Ich glaube, da war auch die Rede von diesen Vogelanhängern." Ich warf Max einen schnellen Blick zu, er nickte fast unmerklich, murmelte eine Entschuldigung in Richtung Jennys Mutter und ging mit seinem Handy vor die Wohnungstür. Ich wusste, dass er jetzt Hilly bat, diesen Nachruf im Archiv der Zeitung suchen zu lassen.

„Hatte Ihre Tochter ein herzliches Verhältnis zu ihrem Vater?"

Sie antwortete erst, als Max wieder Platz genommen hatte. „Mein Ex-Mann Adrian", ihr Mund verkniff sich ein wenig, „hat es uns zwar an nichts fehlen lassen, aber er war kein umgänglicher Mensch. Wir hatten unser hübsches Haus in Sudmühle, aber irgendwann wurde er immer merkwürdiger. Verschlossen, eigenbrötlerisch, als hätte er etwas zu verbergen. Er blieb oft die ganze Nacht lang weg, so dass mir schon der Verdacht kam, er leiste sich heimlich ein Innenstadtapartment, um mir und Jenny aus dem Weg zu gehen. Sobald Jenny aus dem Haus war, habe ich die Scheidung durchgesetzt. Zum Glück konnte ich einen der besten Anwälte in Münster für meine Sache gewinnen: Richard Küster ..." Sie sah mich entsetzt an. „Aber ist dessen Tochter nicht auch ...?"

„Sie meinen, ermordet worden? Das stimmt leider."

„Wäre da nicht ein Zusammenhang vorstellbar? Richard und Adrian kannten sich ja gut. Küsters und wir gehörten zu derselben Freundesclique."

Ich sah, wie Max sich eine Notiz machte, und hakte nach: „Waren Ihre Tochter und Susanne Küster auch so gut befreundet?"

Sie machte eine vage Handbewegung. „Die kannten sich natürlich durch uns Eltern, aber sie als befreundet zu bezeichnen, wäre etwas übertrieben. Und als die beiden in die Pubertät kamen, blieben sie ohnehin bei unseren Treffen weg. Allerdings fiel auch unsere Erwachsenengruppe bald auseinander, nachdem Adrian sich so verändert hatte. Er hatte immer gern organisiert, arbeitete die Routen für Radtouren aus oder suchte Ausflugsziele, die auch für Kinder geeignet waren. Und wenn eins von ihnen mehr wissen wollte als die anderen, freute ihn das. Dann legte er eine Extrarunde durchs Gelände ein, um auch die letzten Fragen zu klären."

„Wahrscheinlich nahm er eher eins der Mädchen mit", schaltete sich Max ein, und prompt versteinerte ihre Miene. „Wie meinen Sie das?"

„Oh, ganz einfach. Mädchen sind im allgemeinen leichter zu motivieren, oder?"

„Das stimmt", nickte sie. „Die Vonnebeck-Jungens waren nur am Raufen interessiert, und Felix hatte seine Märchenkassetten."

„Wie war das denn, wenn Sie sich bei einem von Ihnen zu Hause trafen? Wurden keine Geburtstage gefeiert? Oder mal zusammen gefaulenzt, wenn es zu heiß zum Radfahren war?"

„Bei großer Hitze habe ich Picknicks im Garten vorbereitet, manchmal sind wir ins Schwimmbad oder an die KÜ gefahren. Das war den Kindern natürlich am liebsten. Doch dann verlor Adrian auf einmal auch daran das Interesse, hatte immer neue Ausreden, um sich zu drücken. Wurde fast aggressiv, wenn man ihn auf ein neues Treffen ansprach. Und da niemand sonst seine Rolle übernehmen wollte, war irgendwann Schluss."

„Wann genau?"

„Das muss im Spätsommer 2003 gewesen sein. Jenny wurde Anfang September fünfzehn, und wir haben allein gefeiert: sie, Adrian und ich. Da war die Gruppe also schon auseinander."

Max wollte wissen, ob es vorher Streitigkeiten gegeben habe, Grund zur Eifersucht oder vielleicht Neid. Sie zuckte die Schultern. „Es lag wohl am Alter. Unsere Kinder wurden flügge, wir Eltern konnten endlich unseren eigenen Interessen nachgehen oder verreisen. Da stand niemandem mehr der Sinn nach Radtouren oder Picknicks. Als Richard mich dann im Scheidungsprozess vertrat, war die Gruppe zu meiner Überraschung völlig gespalten. Manche fanden es nicht ‚die feine Art', dass er mich als Mandantin nahm, obwohl mein Ex-Mann mit seiner sturen Art doch bei allen unten durch war! Erst bei Adrians Beerdigung vor zehn Jahren haben wir uns wiedergesehen." Sie zögerte. „Wollen Sie die Namen wissen? "

„Das wäre vielleicht hilfreich. Und bitte auch die Vornamen der Kinder und die damaligen Adressen." Während sie nach Papier und Bleistift suchte, wanderte mein Blick durch das ziemlich überfrachtete Wohnzimmer. Eine wuchtige Sitzgarnitur, Stores mit blickdichter Spitze, ein großer Schrank mit alten Büchern, eine Glasvitrine mit Porzellan und Gläsern, die ebenfalls nach Erbstücken aussahen, dazu viele gerahmte Fotos. Auf dreien erkannte ich Jenny.

Inzwischen hatte Frau Harding ihre Liste fertig. Ich überflog die Namen: *Sander u*nd V*onnebeck s*agten mir nichts. Aber ganz unten stand *Plassen.* Im übrigen fiel mir auf, dass die fünf Familien ziemlich weit über Münster verstreut gewohnt und die Kinder wahrscheinlich Schulen in der Nähe ihrer jeweiligen Adresse besucht hatten. Neun waren es insgesamt gewesen und fast gleichaltrig, abgesehen von Susannes sechs Jahre älterer Schwester Lena und Felix, dem Jüngsten. „Wie sich das für gute Freunde gehörte, machten wir Wettrennen im Kinder Kriegen" sagte Frau Harding und zählte die Namen auf: Lena und Susanne Küster, Anne-Maria Sander und natürlich Jenny. Bei Vonnebecks gab es zweimal Zwillinge, Georg und Hans-Christian, Heike und Silke, altersmäßig auch irgendwo im Mittelfeld. „Meine Güte, die vier haben vielleicht für Verwirrung gesorgt!" Sie lachte und schwieg dann abrupt, als wunderte sie sich über ihre unangebrachte Heiterkeit. Sie strich sich abwesend durchs Haar und schien mit Gedanken beschäftigt, die sie ganz offensichtlich für sich behalten wollte. „Gibt es alte Fotos?", versuchte ich sie aus ihrer plötzlichen Reserve zu locken, doch sie sagte abweisend:

„Nein. Ich habe alles, was mit den Treffen zusammenhing, weggeworfen. Wozu aufbewahren, was keine Erinnerung mehr verdient?"
„So verkracht waren Sie damals?", wunderte sich auch Max. „Sagten Sie nicht eben, dass Ihnen mit dem Flüggewerden Ihrer Kinder mehr Zeit für andere gemeinsame Interessen blieb?"

„Ohne Kinder gab es keine gemeinsamen Interessen mehr. Vor allem Adrian interessierte sich für überhaupt nichts mehr. Sogar seine Patienten waren ihm irgendwann egal." Sie schnippte einen imaginären Krümel von der auf Hochglanz polierten Tischplatte und schwieg. Doch zum Glück löste Max ihr die Zunge wieder, indem er diplomatisch nach Jennys Weg zur Bühnenkarriere fragte, wobei ich vermutete, dass er Konfliktstoff in Kollegenkreisen witterte. Bedeutende Erfolge weckten leider nicht immer nur Sympathie. Und erfolgreich war Jenny gewesen, hatte als begabt und intelligent gegolten, das würden die Printmedien morgen noch einmal herausstreichen und Hardings Neidern, falls es sie gab, einen gehörigen Stachel verpassen. Ich dachte an ihren Krimi, der vielleicht mehr Sprengstoff enthielt als vordergründig lesbar war. Ich würde morgen früh in der Innenstadt eine Buchhändlerin über die mögliche Brisanz des Plots befragen. Jetzt wo die Autorin tot war, stapelten sich ihre Bücher in den Eingangsbereichen wahrscheinlich noch höher, und man hatte sich gegen die neugierigen Fragen der Kundschaft gewappnet. Max sah verstohlen auf seine Uhr, während er wohl dasselbe dachte wie ich: Wo nur Frau Hardings Lebensgefährte blieb? Ob er uns einen Hinweis auf Jennys Mörder geben konnte, war mehr als zweifelhaft, nachdem ihre Mutter auch nur Anekdoten aus einem Freundeskreis geliefert hatte, der sich vor dreizehn Jahren aufgelöst hatte.

Während Marianne Harding von den ersten Gehversuchen ihrer Tochter als Statistin in Bochum schwärmte, drehte sich im Türschloss ein klimpernder Schlüsselbund. Kurzatmig streifte der Ankömmling seine Schuhe ab, stellte zwei offenbar sehr schwere Koffer auf das knarzende Parkett und erschien im Wohnraum. Bei ihm ging mir die Todesbotschaft noch mühsamer über die Lippen als bei seiner Lebensgefährtin. Man sah Stefan Hötter deutlich an, wie sehr ihn der überstürzte Heimweg geschafft hatte. Und jetzt also eine Todesmeldung. Max und ich versicherten ihm unser Beileid und baten ihn, über verdächtige Hinweise nachzudenken. Seine Sorge, er müsse seine Stieftochter identifizieren, konnten wir ihm abnehmen. Die Leiterin des *Theaters am Zwinger* hatte bestätigt, dass es sich bei der Toten um Jenny Harding handelte. Nur die Frage nach seinem Alibi konnten wir Hötter nicht ersparen. Er wiederholte, was Jennys Mutter bereits ausgesagt hatte: Die beiden hatten das vergangene Wochenende mit einem befreundeten Ehepaar in Bad Rothenfelde verbracht; von Samstagmittag bis Montagmorgen, durch diverse Kreditkartenbelege eindeutig nachweisbar.

„Haben Sie jemals den Namen Patrick Hunte gehört?“ Nein, der sagte den beiden nichts.

„Aber Sie kennen Peter Plassen, er war Mitglied Ihrer Clique“, sagte Max, „und Ihre Tochter gehörte zum Ensemble des *Theaters am Zwinger*.“ Ob die beiden vielleicht eng befreundet gewesen seien? Frau Harding zuckte die Schultern und betonte noch einmal, dass Jenny, was ihren privaten Umgang betraf, immer sehr verschlossen gewesen war. Sie hatte auch nie jemanden mitgebracht, wenn sie zu Besuch kam. Nur eins war sicher: Herrn Plassen verdankte sie ihr Engagement nicht. „Darauf war sie nicht angewiesen.“

„Moya gasjel“, Max schloss kopfschüttelnd das Auto auf. „Ein Fall für Hilly und ihre Suchmaschinen? Muss was Schmeichelhaftes sein.“

Am frühen Nachmittag kam die Liste von Susanne Küsters letzten Handykontakten herein. Darunter Gespräche mit Personen, die in unserer Akte nicht aufschienen, mehrere Anrufe bei ihren Eltern und, am letzten Mittwoch vor ihrem Tod, ein Kontakt mit Peter Plassen. Nachmittags um drei. Die Verbindung zwischen der Lehrerin und dem Schauspieler überraschte mich. Zwar hatten beide der Clique um Adrian Harding angehört, doch Plassen war erst vor fünf Jahren nach Münster zurückgekehrt. Und wenn man Marianne Harding glauben konnte, waren die Kontakte nach dem Zerfall der Gruppe schnell versickert, auch Felix Plassen kam in Küsters handgeschriebenem Adressenverzeichnis nicht vor. Was konnte der Grund für ihren Anruf gewesen sein? Plötzlich erinnerte ich mich an Vera Jungs Aussage, Küster habe eine Theatergruppe an ihrer Schule geplant und ein geeignetes Stück gesucht. Ich erreichte Plassen in seinem Apartment an der Sentruper Höhe, doch zuerst ging es natürlich um den Mord an Jenny Harding.

„Natürlich müssen Sie mir Fragen stellen, und ich kann nur hoffen, dass Sie dieses Schwein finden.“ Er schluckte hörbar, als müsste er Tränen wegdrücken. Durch Max, der noch am Vormittag seine Fühler ausgestreckt hatte, wusste ich, dass er und Jenny in einer „heftigen“ Beziehung gelebt hatten. „Jenny war ein großartiger Mensch, ich kann gar nicht begreifen, was da passiert ist.“

Ich fragte, ob er etwas von einer Geburtstagsparty wisse, zu der Harding am Sonntagabend eingeladen war. Im *Schlossgartencafé* hatte sie stattgefunden; um diesen einen Schritt hatte Hilly uns immerhin weitergebracht. „Es heißt, es sei die Veranstaltung eines Schauspielers vom *Theater am Zwinger* gewesen. Waren Sie auch dabei?“

Zu meiner Überraschung lachte Plassen dröhnend. „Sie fragen, ob ich auf meiner eigenen Party war?“ Doch er wurde sofort wieder ernst. „Wenn sie doch nur gekommen wäre! Dann lebte sie jetzt noch!“

„Ab wann haben Sie sie vermisst?“

„Als sie zum Sketch nicht erschien. Es ging ihr schon den ganzen Sonntag über nicht gut. Aber diesen Auftritt hätte sie sich niemals nehmen lassen.“

„Können Sie uns bitte eine Liste Ihrer Gäste schicken?“

„Wozu das denn? Ich kann Ihnen schwören, dass dieses Mörderschwein nicht drauf steht.“

„Trotzdem“, beharrte ich. „Wir brauchen die Namen.“

„Ich werde meine Sekretärin fragen“, sagte er mürrisch. „Und wenn es nicht anders geht, dann kommen Sie um fünf ins Theater. Wir halten um halb fünf im Oberen Foyer eine Trauerfeier ab. Danach finden Sie mich in meiner Garderobe. Den Weg wird man Ihnen zeigen.“

Es war zwei Minuten vor halb fünf, als ich am Theatereingang vom Rad stieg. Die Tür war verschlossen, ein schräg aufgeklebtes, violettes Banner teilte in schwarzen Lettern mit, das die Abendvorstellung, „Der Tartuffe“ von Molière, ausfallen müsse. Hinter der Glasscheibe lächelte mir Jenny Harding von einer Staffelei entgegen. Das große, gerahmte Foto war mit einem Trauerflor umwunden. Als eine junge Frau vorbeihastete, klopfte ich an die Scheibe. Sie zögerte kurz, bevor sie mich hereinließ. „Sind Sie Journalistin?“

„Mordkommission Münster. Ich ermittle im Fall Jenny Harding. Herr Plassen erwartet mich.“

„Dann müssen Sie sich gedulden. Die Trauerfeier beginnt in wenigen Minuten.“

„Und wo finde ich ihn anschließend?“

„Vom Oberen Foyer, wo die Feier stattfindet, geht ein Gang ab. Dann die letzte Tür rechts.“

Im Obergeschoss, vor bodentiefen Fenstern, die auf den mittelalterlichen, massigen Zwinger aus rotem Backstein führten, hatte sich eine Gruppe gebildet. Zu wenig für das gesamte Theaterteam wahrscheinlich, aber sicher mehr, als eine junge Schauspielerin an engsten Freunden für sich verbuchen konnte. Ich kannte Plassens Gesicht von der Homepage. Dunkles Haar mit silbergrauen Schläfen, ein wie gemeißelt wirkender Mund und eine knochige Nase. Bei der grauhaarigen Frau neben ihm handelte es sich um die Leiterin des Hauses. Da zu erwarten war, dass er die ermordete Kollegin in den wohlwollendsten Tönen schildern würde, konzentrierte ich mich auf meine Umgebung. Ein paar junge Mädchen knüllten Taschentücher und schluchzten, im Übrigen gab es weder Tuscheln noch Hüsteln, und als die Trauerrede beendet war, erklang eine Mischung aus getragenen Orchesterklängen, Chor und einer Sopranistin.

„Möchte jemand über Jenny reden?“, fragte Plassen anschließend, und als sich eines der jungen Mädchen an seine Seite stellte, einen Zettel zur Hand nahm und von der „fairen und tollen“ Kollegin vorzulesen begann, die sie alle niemals vergessen würden, beschloss ich, mich ins Eingangsfoyer zu setzen und mir meine Fragen an Plassen zurechtzulegen. Wenn es im Ensemble Eifersucht, Neid und Intrigen gegeben hatte, würde ich inmitten der Trauergemeinschaft ganz bestimmt nichts davon erfahren. Ich hatte mich gerade auf eine der gepolsterten Bänke gesetzt, als jene Frau wieder auftauchte, die mich ins Haus gelassen hatte.

„Kennen Sie die Musiknummer, die eben gespielt wurde?“

Sie blieb stehen. „Persephone, und die Gruppe heißt *Dead can dance*. Ich habe keine Ahnung, ob Jenny so was gemocht ...“ Obwohl wir nun wirklich keine Geheimnisse austauschten, unterbrach sie sich, weil wieder jemand die Treppe herunterkam, den Haupteingang aufschloss, ohne uns einen Blick zuzuwerfen, und nach draußen verschwand. Ein vertrauensvolles Arbeitsklima sah sicher anders aus.

Die Trauergruppe im Oberen Foyer hatte sich aufgelöst, nur drei Mädchen standen noch neben dem Kaffeeautomaten, nippten an ihren Plastikbechern und redeten leise. Als ich die oberste Treppenstufe erreichte, verstummten sie.

„Mordkommission Münster, Sieglinde Züricher. Haben Sie Jenny Harding gut gekannt?" Schulterzucken. Irgendwie schon, hieß das.

„Ich bin auf dem Weg zu Herrn Plassen. Kann ich Sie in einer Stunde hier treffen? Ich hätte ein paar Fragen an Sie."

Auch das ging klar.

Aus Plassens Garderobe drang ein dumpfes „Herein!" Der Maestro telefonierte, legte das Handy aber sofort weg und erhob sich geschmeidig. Er schloss die Tür mit harter Hand und wies mir einen Klappstuhl zu, der im rechten Winkel zu seinem rollbaren Bürosessel stand. Der fensterlose Raum war eng, doch irgendwo hatte ich mal gelesen, dass nur wenige Schauspieler überhaupt über persönliche Garderoben verfügten. Zumindest in kleineren Häusern, wie es auch das *Theater am Zwinger* war, wurden sie am Vorstellungstag spontan zugeteilt, und je nach Zahl der Auftretenden mussten sich bis zu vier Personen mit einem einzigen Raum begnügen. Da blieb für jeden wahrscheinlich nur eine offene Koje wie beim Friseur und wenig Platz für Schminksachen und persönliche Erfolgsgaranten. Plassen brauchte keine Maskottchen. Auf der Spiegelkonsole, vor der er saß, den Rücken der Tür zugewandt, reihten sich ein dunkelgrünes Brillenetui, eine kleine Thermoskanne, ein Mokkatässchen aus Plexiglas und eine Schachtel GeloRevoice. Am Wandhaken dicht neben mir hing ein Wildlederblouson, darunter standen Schuhe, der eine braun, der andere schwarz, beide ohne Schnürsenkel. Plassen ging barfuß. Der Kragen seines anthrazitfarbenen Hemdes stand offen und enthüllte dunkles Brusthaar. Seinen rechten kleinen Finger schmückte ein Siegelring mit einem Stein, der wie ein Lapislazuli aussah.

„Mein Beileid zum Tod Ihrer Kollegin. Sie war mehr als eine Kollegin, stimmts?" Bei aller Attraktivität meines Gesprächspartners ging mir der Altersunterschied durch den Sinn: siebenunddreißig Jahre. Jenny hatte offenbar einen liebevollen Stiefvater gehabt, sodass die Rolle des Ersatzdaddys für Plassen kaum in Frage kam. Sie war wahrscheinlich auch selbstbewusst genug gewesen, um auf einen einflussreichen Mentor verzichten zu können. Ihr Krimi hatte ihr ein zweites finanzielles Standbein verschafft, zu dem Plassen nichts beigetragen hatte. Zumindest kam er in der Danksagung am Schluss des Buchs nicht vor. Nicht als konstruktiver Kritiker, nicht mal als Testleser. Schätzte er ihre Abrechnung mit dem Kulturleben der Stadt nicht? Gab es eine Romanfigur, zu der er ungewollt das Profil geliefert hatte?

„Wir waren seit einem halben Jahr zusammen", bestätigte er, und seine Betroffenheit wirkte ehrlich, er blinzelte kurz und fuhr mit brüchiger Stimme fort: „Wir haben uns sehr gut verstanden und uns beruflich perfekt ergänzt. Ich weiß einfach nicht, wer ihr das angetan haben könnte. Jenny war ein unheimlich netter und verträglicher Mensch, der niemandem wehtat."

„Außer vielleicht mit ihrem Buch?"

„Hat sich jemand beschwert?"

„Bisher nicht. Nur tolle Rezensionen!"

„Sehen Sie?"

„Das schließt nicht aus, dass der Täter sich in dem Buch wiedererkannt hat."

„Haben Sie es gelesen?"

„Noch nicht, es liegt bereit." Zumindest lag es bei Constanze.

„Lesen Sie es, es ist sehr aufschlussreich."

„Also hat es Wiedererkennungswert?"

„Natürlich", sagte er, „aber den Täter werden Sie dort nicht finden."

„Dann wissen Sie, wer der Täter ist?"

Er lächelte matt. „Säße ich dann hier? Nein, Spaß beiseite. Der Roman ist eine Satire, aber er liefert nicht den geringsten Grund, die Autorin zu töten."

„Interessant!"

Er schwieg. Als ich nach der versprochenen Gästeliste fragte, drehte er sich in seinem Sessel um und zog zwei DIN A4-Blätter aus einer Schultertasche. 62 Namen in alphabetischer Reihenfolge, etwa genauso viele Männer wie Frauen. Jeder Name war mit einem handschriftlichen Häkchen versehen, was ich als Zusage interpretierte. Weitere Angaben wie Handynummern, Wohn- oder E-Mail-Adressen fehlten. Aber wozu hatten wir Hilly?

„Wissen Sie, ob auch andere Gäste nicht erschienen sind, obwohl sie zugesagt hatten?"

Er griff nach der gläsernen Mokkatasse, fragte, ob ich ebenfalls etwas trinken wolle, und als ich dankend ablehnte, entgegnete er schroff: „Ich bin kein Diplomat, der bei Empfängen die Defilées abnimmt, da hätte ich ja den ganzen Abend auf der Türschwelle verbringen können. Ein paar Leute kamen sogar erst nach Mitternacht."

„Gab es Absagen in letzter Minute?“

„Moment!“ Zu meiner Überraschung flatterte seine Hand kurz, während er zu seinem Mobiltelefon griff und meine Frage an seine Sekretärin weitergab. Nein, niemand hatte sich abgemeldet, auch bei Jenny war von Absage keine Rede gewesen, nicht mal am späten Nachmittag, obwohl sie diese schreckliche Migräne hatte.

„Und Sie haben nicht die geringste Ahnung, wer einen solchen Einfluss auf sie gehabt haben könnte, dass sie Ihre Geburtstagsparty versäumte? Sie hatte sich doch bestimmt darauf gefreut.“

Hinter seiner Stirn arbeitete es.

„Jemand, der ihr eine neue Rolle vermitteln konnte?“, schlug ich vor, doch er schüttelte den Kopf. „Sie hatte gerade eine neue Rolle bekommen, und zwar von mir. Die Martha im *Wer hat Angst vor Virginia Wolff.* Zukunftsmusik für die übernächste Saison.“

Prompt ging mir das Märchen *Dornröschen* durch den Kopf; die Geschichte der rachsüchtigen dreizehnten Fee. „Hatte Frau Harding Einfluss auf die Gästeliste und vielleicht dafür plädiert, dass die eine oder andere Person nicht eingeladen wurde?“

„Es war Jennys Idee, die Gästezahl auf symbolische 65 zu begrenzen, sie, Felix und mich eingeschlossen.“

„Dann hätte vielleicht der eine oder andere nicht eingeladene Freund einen Grund gehabt, eingeschnappt zu sein. Ob das als Mordmotiv plausibel ist, lasse ich mal offen. Kommen wir wieder zum Sonntagabend. Als sie auch um einundzwanzig Uhr nicht zu dem Sketch erschien, konnte niemand sie erreichen. Haben Sie sich da keine Sorgen gemacht?“

„Ich war mittags noch bei ihr. In ihrer Wohnung. Es ging ihr nicht gut, aber eine Migräne ist nicht lebensbedrohlich. Gegen Mitternacht habe ich angerufen, aber ihr Handy war abgestellt. Danach wollte ich sie nicht mehr stören.“

„Wie sind Sie nach Hause gekommen? Und vor allem wann? Haben Sie den letzten Gast rauskomplimentiert?“ Schließlich gab es eine gesetzliche Sperrstunde.

„Felix hat mich mitgenommen.“ Er grinste gequält. „Ich war in keiner guten Verfassung.“

„Weil Frau Harding Sie versetzt hatte! Und das an Ihrem Geburtstag!“

„Nein“, er betrachtete sich kurz im Spiegel. Im Licht der rundum angebrachten LED-Lämpchen wirkte seine Haut überraschend fahl. Krähenfüßchen zeichneten ein enges Spinnennetz unter die Augen. „Irgendwann ist mir diese lärmende Bande auf die Nerven gegangen.“ Er redete mit seinem Spiegelbild.

„Immerhin hat diese lärmende Bande einen Sonntagabend geopfert, vielleicht mit beträchtlichen Anfahrtszeiten.“ Er winkte ab. „Jenny mochte diese Massenveranstaltungen auch nicht, sie hätte mit mir auf Sardinien feiern wollen. Aber das ging unmöglich! Ich bin nun mal Quotenkönig in diesem Haus. Fast ein Hausherr.“

„Wäre es für Sie denkbar, dass Jenny den Sketch nicht gut fand, vielleicht obszön und beleidigend, und ihre Migräne nutzte, um ihn zu verhindern?“

„Der Sketch wurde auch ohne sie aufgeführt. Nicht sonderlich einfallsreich und, ja, Sie haben Recht, stellenweise auch obszön. Jenny sah das auch so. Aber deshalb die Aufführung zu boykottieren? Kann ich mir bei ihr nicht vorstellen. Sie war nicht zimperlich.“

„Stammten Ihre Gäste aus dem Theatermilieu?“

„Ich habe Freunde in sämtlichen Sparten der Kunst. Alles bedeutende Leute. Aber glauben Sie mir: Auch Koryphäen bringen einen auf die Palme.“

Langsam ging mir sein Gehabe auf den Wecker. Während er sich mit zunehmendem Überdruss hatte feiern lassen, war nur wenige Kilometer entfernt seine Partnerin ermordet worden. Er war der Letzte, der sie am Sonntag gesehen hatte – außer dem Täter. Es war offensichtlich, dass ihm der Fall nahegeing, umso unverständlicher, dass er nicht an seiner Aufklärung interessiert schien. Und warum fragte er nicht nach Übereinstimmungen mit dem Fall Küster? „Könnte hinter der Migräne Angst gesteckt haben? Hat sie sich bedroht gefühlt?“

Nein! Jenny habe nur Freunde gehabt, betonte er noch einmal. Keine Rivalen im Kollegenkreis, keine Intriganten, keine Neider.

„Aber irgendjemand hatte sie im Visier. Jemand, den sie wahrscheinlich ohne Bedenken in die Wohnung gelassen hat. Dass mal einer von Ihnen zu ihr gefahren wäre, als sie am Sonntagabend nicht erschien, stand das denn gar nicht zur Debatte? Vom Schlossgarten zur Aaseestadt ist es nur ein Hüpfer!“ Wie Plassen da vor dem Spiegel saß, als betrachtete er nur sich selbst! Als hätte er die Wirklichkeit nicht begriffen!

„Marianne Harding behauptet, ihre Tochter sei am Abend ihres letzten Geburtstags Anfang September von einem Mann in ihre Wohnung gelassen worden, weil sie ihren Schlüssel vergessen hatte. Waren Sie das?"

„Nein!", versetzte er überraschend schroff. „An Jennys letztem Geburtstag stand ich auf der Bühne, und sie feierte bei ihren Eltern. Ich war ziemlich sauer, dass sie nicht zu meiner Premiere kommen wollte, genauer gesagt, hatten wir Streit deswegen. Wie sie den restlichen Abend verbracht hat, kann ich Ihnen deshalb nicht sagen. Wir haben uns erst am Montag wieder getroffen. Dieser Mann … keine Ahnung. Vielleicht ein Nachbar."

„Aber Sie besitzen ihren Schlüssel?"

Er nickte. „Und er ist noch immer da."

„Hat Ihr Sohn sich damals die Premiere angesehen?" Oder vielleicht doch lieber mit Harding Geburtstag gefeiert? Auf seine Art?

Ähh, ja", er fuhr sich mit der Hand durchs Haar. „In der Pause habe ich ihn kurz getroffen."

„Und am Schluss?"

„Hören Sie: Nach einer Premiere gibt es im Ensemble für gewöhnlich eine Feier. Und wir hatten allen Grund zum Feiern. Es war ein Riesenerfolg!"

Jetzt wurde es Zeit, über die Krimilesung zu reden, die Jenny vor vier Tagen gehalten hatte – konfus oder nervös, wie immer man ihren Zustand beschreiben wollte. Auch jetzt wusste Plassen nichts von einer Bedrohung, von stalkenden Fans oder Beleidigungen per E-Mail oder Facebook. An der Lesung hatte er nicht teilgenommen, Krimis seien nicht sein Ding, und da er in der Handlung nicht vorkäme … Wie gut sie am letzten Freitag drauf gewesen sei? Er erinnerte sich nicht. Und jetzt sah er auch ganz unverhohlen auf seine Armbanduhr.

„Auch das andere Mordopfer haben Sie gekannt", fuhr ich unverdrossen fort. „Susanne Küster. Am Mittwoch, dem 14. Oktober, hat sie bei Ihnen angerufen. Nachmittags um drei. Sechs Tage vor ihrem Tod. Brauchte sie Hilfe von Ihnen?"

„Ich hatte weder von Susanne noch von ihren Eltern in den letzten dreizehn Jahren etwas gehört. Ich habe mich", er lächelte verlegen, „allerdings auch nie mehr um Kontakte bemüht. Sie suchte nach einem geeigneten Stoff für ihre geplante Theatergruppe. Ich habe ihr", noch ein schiefes Lächeln, „zum ‚Gestiefelten Kater' von Ludwig Tieck geraten. Sie hat sich für den Tipp bedankt und aufgelegt."

„Woher besaß sie Ihre Handynummer? Im Telefonbuch steht sie nicht.“

„Das habe ich mich auch gefragt.“

„Vielleicht über Ihren Sohn?“

„Himmel!“, konterte er ein bisschen zu genervt. „Sie kannte Felix quasi nur aus der Sandkiste. Beim letzten Treffen der Gruppe war Felix neun und Susanne gar nicht mehr dabei.“

„Da irren Sie sich. Susannes ältere Schwester Lena hat die Gruppe frühzeitig verlassen.“ Ich nutzte seine offensichtliche Überraschung, um nachzuhaken: „Wie hat sie sich Ihnen am Telefon vorgestellt? Nicht wie eine alte Bekannte?“

„Ihr Name löste bei mir überhaupt nichts aus. Sie sagte, sie sei Lehrerin an einer münsterschen Hauptschule und plane ein Theaterstück.“

„Hat sie Sie gedutzt? Einen Freund aus alten Tagen?“

„Sie sietzte mich. Ich habe wohl sehr abweisend gewirkt.“

„Herr Plassen, woran ist die Gruppe gescheitert?“

Um das zu beurteilen, wich er aus, sei er nicht oft genug dabei gewesen. Ungeregelte Freizeit, eine Ehekrise, Felix, der sich als Jüngster nie ganz angenommen gefühlt hatte … Im Grunde hatten sie nur bei den Highlights mitgemacht: Ostereiersuchen im Schlossgarten, ein Skiwochenende im Sauerland, die traditionelle Fahrradtour vor den Großen Ferien.

„Und dann plötzlich nichts mehr? Ein Ende in kollektivem Frust und Streit? Erinnern Sie sich denn nicht an das letzte Mal? So was bleibt einem doch im Gedächtnis hängen.“

Er öffnete die Hände und schloss sie wieder, er fühlte sich unbehaglich. „Harding“, sagte er schließlich, „hatte zum Beginn der Sommerferien eine Radtour zum Longinusturm vorgeschlagen. Dann kam seine Absage. Ohne jede Begründung. Man nahm sie hin, weil die Jugend ohnehin schon gemault hatte. Zu weit, zu heiß, zu langweilig. Es hat kein nächstes Treffen gegeben. Keine Ahnung, ob es danach noch Kontakte unter den Jugendlichen gab.“

„Das muss im Sommer 2003 gewesen sein. Jenny und ihre Eltern haben ihren fünfzehnten Geburtstag schon allein gefeiert.“

„Gut möglich.“

Ich packte meinen Notizblock ein und bat ihn, in den nächsten Tagen erreichbar zu bleiben. An der Tür blieb ich noch einmal stehen. Diese Marotte eines letzten, überraschenden Themenwechsels hatte ich meinem Vorgänger Frieder Lenz abgeschaut. „Wie verstand sich Ihr Sohn denn mit Frau Harding? Sie war seine ehemalige Spielgefährtin."

Plassen hatte wieder zu seiner Tasse gegriffen, sie klirrte heftig auf dem Unterteller, als er sie zurückstellte. „Er mochte sie, aber es war ja auch verdammt schwer, sie nicht zu mögen. Ja, verflixt!" Seine saloppe Ausdrucksweise überraschte mich. Als wollte er die Wortwahl seines Sohnes imitieren. Ich überdachte kurz, dass Felix mit Sicherheit einen Schlüssel zum Apartment seines Vaters und damit auch Zugriff auf Jennys Schlüssel besaß. Er selbst lebte im Kreuzviertel. Doch bei dem Gedanken, der junge Mann könne seinem Vater die Freundin weggenommen haben, sträubte sich alles in mir. Aber was, wenn er sie aus Gründen umgebracht hatte, die mit seinem Vater nichts zu tun hatten? Und die auch für den Mord an Susanne Küster, seiner anderen Freundin aus Kindertagen, galten?

„Kennen Sie Julius Hennkamp?"

Plessen, vehement mit irgendeinem Gedanken beschäftigt, fuhr auf. „Ist das nicht Jennys Agent? Ich habe seinen Namen öfter gehört. Begegnet bin ich ihm nie."

„Hat sie nett über ihn geredet?"

„Beklagt hat sie sich jedenfalls nie. Nicht in meiner Gegenwart."

Die *Drei Grazien* langweilten sich vor den bodentiefen Fenstern des Foyers, die Lust am Gedankenaustausch war ihnen offenbar vergangen. Meinen Dank für ihr Ausharren beantworteten sie mit dem Argument, der Tag sei sowieso aus dem Ruder. Zwei von ihnen arbeiteten bei den Requisiten, die dritte im Atelier des Bühnenbildners.

„Dann hatten Sie wahrscheinlich nicht viel persönlichen Kontakt mit Frau Harding."

„Stimmt", sagte die Frau aus der Requisitenkammer, „aber backstage hört man eine ganze Menge. Es gab im Frühjahr hier einen sehr charismatischen Russen … Assistent des Dramaturgen."

„Wie hieß der Mann?"

„Oleg Tardowski. Vor drei Wochen hat Peter hat ihn rausgeworfen."

„Aus persönlichen Gründen?"

„Peter duelliert sich nicht gern. Aber von uns haben Sie diese Information nicht! Nur so viel: Das hatte Peter wirklich nicht verdient." Und damit ließen sie mich stehen. Die Arbeit rief. Obwohl die Abendvorstellung abgesagt war?

* * *

Bevor ich Plassens Partyliste zu Hilly brachte, ließ ich mich mit dem Dramaturgen des *Theaters am Zwinger* verbinden und fragte nach dem gechassten russischen Assistenten. Der Mann, so teilte er mir mit, sei Anfang Oktober aus persönlichen Gründen aus dem Team ausgeschieden und lebe seitdem in Helsinki. Man habe ihm ein paar Postsendungen nachgeschickt, an eine Adresse, die nach Untermiete klang. Im übrigen gebe es keine Kontakte mehr. Bedauern hörte sich anders an.

Was Münsters Schickeria betraf, hatte Hilly noch immer den besseren Überblick als ich, die ewige Zugereiste. Lückmann war ebenfalls in Münster aufgewachsen, hatte jedoch nie ein außerberufliches Interesse für die städtische Upperclass gezeigt. Das Theater bot ihm Ausgleich für sein manchmal recht trockenes Aktenstudium und die nicht weniger mühsame Befragung unangenehmer Zeitgenossen, doch wäre es ihm nie in den Sinn gekommen, am Bühnenausgang auf Prominente zu lauern.

Hilly warf einen Blick auf die beiden Ausdrucke, zuckte die Schultern und bestätigte meine Erwartung. Auf den ersten Eindruck hin saß niemand der aufgelisteten Personen auf Münsters Präsentierteller. Das bedeutete: Jennys Entschluss, die Party sausen zu lassen, hatte vielleicht gar nichts mit ihrem Krimi zu tun. Das Risiko, dort einem ihrer Protagonisten gegenüberzutreten, nachdem sie in der „ersten Sahne" der Stadt gerührt und dabei Butter gewonnen hatte, hatte sie nicht befürchten müssen. Außerdem lebte die Mehrheit der Gäste gar nicht in Münster, während ihr Romanpersonal ganz gezielt in der Stadt angesiedelt war.

Hilly schlug kess die Beine übereinander und fragte: „Wie ist er denn so, der berühmte Peter Plassen? Spielt er jetzt den Witwer in hängenden Gewändern?"

„Wie zynisch!", tadelte ich. „Er hat ein Alibi, allerdings kein wasserfestes. Er musste bis zwei Uhr morgens, das wurde vom *Schlossgarten Café* inzwischen bestätigt, den Gastgeber spielen. Doch von einer großen, unübersichtlichen Party mal kurz zu verschwinden, ist keine Kunst. Wenn Herr Plassen dich interessiert, lies mein Gesprächsprotokoll."

Zu meiner Überraschung kicherte sie. „Ich habe ihn in Essen mal als Mephisto gesehen. Nackter Oberkörper und scharfe Lederhose. Lackleder! Mann, war das aufregend. Auf der Rückfahrt im Zug nach Münster war ich so hingerissen, dass ich fast vergessen hätte, auszusteigen."

„Das muss Jahrzehnte her sein", neckte ich sie. „Und wetten, dass der Zug in Münster endete? Da hätten sie dich als Hockermumie rausgetragen."

An der Tür rief sie mich zurück. „Wolltest du nicht wissen, was *Mäua gassjel* bedeutet?"

Das hatte ich ganz vergessen.

„Es schreibt sich *Moya Gasjel,* ist russisch und heißt *meine Gazelle.*"

„Woher sprichst du russisch?"

„Meine Internetressourcen sind unerschöpflich."

Als ich an meinen eigenen Schreibtisch zurückkehrte, war auch Max wieder da. Wir nickten einander zu, viel zu bereden gab es nicht, dafür jede Menge Papierkram. Ich verfertigte das Protokoll über mein Gespräch mit Plassen, schlug dann die beiden Akten – die frisch angelegte von Jenny Harding und die schon ein wenig umfangreichere von Susanne Küster – an ihrer jeweils ersten Seite auf und sah mir an, was Hilly im Lauf dieses Vormittags an weiteren Personalien zusammengetragen hatte.

Beide Opfer waren vor achtundzwanzig Jahren in Münster geboren, Küster im Stadtteil Mauritz aufgewachsen, Harding in Sudmühle. Trotz der Treffen ihrer Eltern hatten sich die beiden, zumindest nach Marianne Hardings Aussage, nicht dauerhaft angefreundet. Freundschaft könne man nicht erzwingen. Demnach waren diese Treffen für die Kinder eine Zwangsbeglückung gewesen, weil sie noch nicht allein zu Hause bleiben durften, und mit Freude abgehakt worden, sobald ihre Eltern sie gewähren ließen. Ich dachte über andere Gelegenheiten nach, einander wieder über den Weg zu laufen, auf Facebook, zum Beispiel, oder Whats'app, und rief Plassen an. Ob sein Sohn bei einem der etablierten sozialen Netzwerke angemeldet sei?

„Möglich! Aber ich bezweifle, dass er noch irgendwelche Kontakte zu den Kindern von damals hat, außer zu Jenny natürlich. Aber das ist eine andere Schiene. Als unsere Clique platzte, fand er schnell gleichaltrige Freunde.“ Ich nutzte seine, wenn auch schaumgebremste, Gesprächsbereitschaft und fragte nach Adrian Harding. Er lachte abfällig. „Ach, der alte Langeweiler! Sie wissen aus Ihrer Kindheit sicher selbst, wie das ist, wenn einer von den elterlichen Freunden den großen Nachhilfelehrer gibt und stundenlang über Froschlaich labert, während man selbst viel lieber Verstecken spielen würde.“

„Vielleicht war er kein Langeweiler, sondern weckte in den Kids ungewohnte Neigungen.“

Seine Antwort war zunächst beredtes Schweigen, dann konterte er überraschend scharf: „Wie ist das zu verstehen?“

„Hat Jenny Ihnen nie davon erzählt, dass ihr Vater manchmal eins der Kinder allein mitnahm? Laut Aussage seiner Ex-Frau mit Vorliebe Mädchen, weil die wissbegieriger sind als Jungen.“

„Ich weiß nicht, was Sie meinen. Aber der alte Freundeskreis war für Jenny und mich kein Thema. Sie hatte keine schöne Kindheit. Wozu also lange darüber reden?“

„Ja“, sagte ich, „das habe ich auch gehört. Falls Ihnen nachträglich noch etwas einfällt, rufen Sie mich bitte an.“

„Eher nicht. Und ich bezweifle, dass Felix Ihnen dazu etwas sagen kann. Lassen Sie den Jungen in Ruhe.“ Damit legte er auf.

Ich beschloss, meinen Verdacht auf sexuelle Belästigung in der Harding-Clique im Hinterkopf zu speichern, bis uns konkrete Hinweise vorlagen, nahm ein DIN A4-Blatt und zeichnete ein großes Quadrat, an dessen vier Ecken ich jeweils einen Namen setzte. Auf die linke Seite schrieb ich oben: „Susanne Küster“, unten „Jenny Harding“, auf die rechte in der gleichen Anordnung „Patrick Hunte“ und „Marie Pohl“. Zwei Opfer und jene beiden Kontaktpersonen, die kurz vor dem Verbrechen mit ihnen gesehen worden waren. Im Fall Patrick Hunte wohl eher ‚gehört‘, dachte ich in Erinnerung an Küsters Hausgemeinschaft, doch das änderte nichts an der Konstellation. Für die letzte Begegnung zwischen Harding und Peter Plassen am Mittag vor der Party gab es keine Zeugen. Und wenn Jenny gar keine Migräne gehabt hatte, sondern einen handfesten Streit? Hatte Plassen das Harmoniebedürfnis seiner Freundin nicht ein wenig zu grell herausgekehrt? Wie passte der Russe da ins Bild? Auf die untere waagrechte Linie des Quadrats setzte ich noch das Wort ‚Literaturagentur‘, auf die obere ‚Ungeklärte Schwangerschaft‘.

Falls die DNA-Analyse von Susanne Küsters ungeborenem Kind Patrick Hunte als Vater ermittelte, hatte er ein massives Motiv. In Marie Pohls und Jenny Hardings Zugehörigkeit zu derselben Agentur konnte ich dagegen keinen Sprengstoff erkennen. Pohl hatte mit ihrer Lesung einen Überraschungserfolg eingefahren, weil sie ohne Harding wahrscheinlich an einen so exklusiven Veranstaltungsort nicht herangekommen wäre. Würde man in diesem Fall nicht Dankbarkeit oder wenigstens Sympathie für eine Autorenkollegin erwarten, die bereit war, ihren Event mit einer weitaus weniger bekannten Debütantin zu teilen? Allerdings konnte diese Art von Gönnerhaftigkeit auch leicht nach hinten losgehen. Denn so, wie Pohl aufgetreten war, hatte eine sehr positive Selbsteinschätzung sie zu ihrer starken Lesung geführt. Die Journalistin fiel mir wieder ein, die sie interviewt, von Jenny Harding dagegen nur schnell ein Foto gemacht hatte. Pohl war als ungekrönte Königin des Abends vom Platz gegangen und hatte deshalb wenig Grund, ihre Kollegin zu hassen.

Ich wählte die Nummer von Constanzes Galerie, um mehr über die Literaturagentur zu erfahren. Von dem Mord an der Schauspielerin wollte ich später unter vier Augen mit ihr reden. Die Nachricht würde am nächsten Morgen in der Zeitung stehen, eine Pressekonferenz hatte am Nachmittag stattgefunden. Es war nicht unbedingt zu befürchten, dass Constanze in Tränen ausbrach, doch ihr ausgeprägtes, manchmal ein wenig naives Gerechtigkeitsgefühl bekäme einen gehörigen Dämpfer. *Sie hat doch niemandem etwas getan!*, würde sie argumentieren und dabei vergessen, dass Harding vielleicht doch eine total vergiftete Satire auf die Kunstschaffenden in der Stadt geschrieben hatte, die Constanze und ich zwar nicht durchschauten, andere aber schon. Da konnte Plassen noch so sehr beschwichtigen.

Sie war sofort am Apparat. „Die Adresse der Agentur heißt Danziger Freiheit, gleich an der Bushaltestelle. Die Hausnummer weiß ich nicht mehr, aber das findest du auf Anhieb."

„Können wir uns heute Abend sehen?"

„Sehen schon, aber ich werde sehr beschäftigt sein, weil ich um zwanzig Uhr meine neue Ausstellung eröffne. Ob mir dabei viel Zeit zum Reden bleibt, bezweifle ich. Sechzig Einladungen sind verschickt worden. Drück mir die Daumen!"

„Und anschließend?"

Ich hörte an ihrer Stimme, dass sie lächelte. „Anschließend gehe ich mit dem ausstellenden Künstler ein Häppchen essen. Er ist ein viel versprechender junger Mann. Ich weiß, sag jetzt nichts! Er könnte mein Enkel sein, aber ich möchte mehr über sein künstlerisches Konzept erfahren. Also habe ich einen Zweiertisch in einer neu eröffneten Osteria reserviert. Wenn sie gut ist, sollten wir beide uns dort auch mal verabreden."

„Constanze, es ist etwas passiert."

„Oh!", sagte sie in völlig verändertem Tonfall. „Doch nichts Ernstes, oder?"

„Für die Betroffene schon. "

„Du machst es spannend", jetzt klang ein leiser Vorwurf mit. „Und komm nicht so spät. Ab halb acht werde ich ziemlich nervös sein." Wir verabredeten uns für halb sieben. Für den restlichen Abend wartete sowieso mein voller Schreibtisch auf mich.

Wenn Marion Vernissagen gegeben hatte, war ich anschließend zum Aufräumen dageblieben, wir hatten gelästert und viel gelacht und uns den letzten Schluck Sekt geteilt. Doch bei diesen launigen Abenden hatte ich nie einen Doppelmord auf dem Tisch gehabt. Und schon gar kein Opfer, das von Marion bewundert worden war. Mein Magen drückte plötzlich, als ich wieder an Hardings Enthüllungskrimi dachte. Ich fragte Constanze, ob sie Hardings Buch schon gelesen habe, sie lachte kehlig. „An einem einzigen Abend hatte ich es durch. War spannend, auch wenn ich die Seitenhiebe nicht ganz nachvollziehen kann. Ich meine, wen sie da auf dem Kieker hat." Genau das ist der Knackpunkt!, dachte ich. Constanze wollte wissen, wie ich mit dem Lehrerinnenmord weiterkäme, und da wurde der Kloß in meinem Magen hartnäckig. „Dubiose Geschichte, oder?", sagte sie dann auch noch. „Ich wette, da steckt ein Mann dahinter! Aber ich weiß, du darfst *überhaupt* nichts weitergeben! Und komm bitte nicht dienstlich. Ich möchte mit dir die erste Flasche Prosecco öffnen. Ist zur Abwechslung mal ein kroatischer." Damit legte sie auf. Klar war sie in Eile. Das Fingerfood wurde geliefert, Gläser mussten bereitgestellt und ein paar smarte Begrüßungsworte aufgesetzt werden. Meine Andeutung, es sei etwas Ernsthaftes passiert, hatte sie in ihrer Hibbeligkeit garantiert schon wieder vergessen.

Für meine Wege durch die Innenstadt hielt ich nicht nur Gummistiefel und Outdoorjacke, sondern auch ein altes Fahrrad bereit, und so erreichte ich Constanzes Galerie in wenigen Minuten. Gerade orgelte sich ein weißer Sprinter, zwei sich küssende rosa Crevetten als Firmenlogo auf der Seitenwand, in eine der engen Parkbuchten. Die Tür zur Galerie stand weit offen, drinnen warmes Deckenlicht und auf den halbhohen Schubladenschränken Platz für Häppchen und Getränke. Meine Schuhe knarzten auf dem alten Parkett, und sofort erschien Constanze im Türrahmen der winzigen Küche, in der Hand ein angebissenes Käsebrötchen.

„Oh“, sagte sie, „fein, dass du da bist.“ Doch wie sich schnell herausstellte, meinte sie nicht mich – und warum hätte sie mich auch so begeistert begrüßen sollen? – ‚sondern den jungen Sprinterfahrer, der hinter mir im Eingang aufgetaucht war und jetzt einen großen Plastikkorb auf den Glastisch in der Mitte des Raums setzte. „Prima, Henk. Holst du die Sachen gleich morgen früh wieder ab? Dann stehen sie mir nicht im Weg.“

„Immer mit der Ruhe, Lady, ich habe noch Schnittchen und Getränke im Wagen. Abholen könnte ich morgen um zehn, passt das?“

„Herjee, ich bin ganz durcheinander“, klagte Constanze, jetzt an mich gewandt. „Natürlich, die Canapés fehlen ja noch! Ich habe die ganze Nacht kein Auge zugekriegt, aber Kaffee gibt es jetzt nicht mehr, sonst ist heute Nacht dasselbe Desaster fällig. Möchtest du einen, Sieglinde!“

„Nein danke! Tut mir leid, ich muss gleich wieder ins Büro, ich wollte dir nur ...“

„Ach, komm doch wenigstens ein paar Minuten in die Küche!“

Wir setzten uns an den Minitresen aus edlem Granit. Auf meine Nachricht hin, wir hätten ein zweites weibliches Mordopfer, zog sie scharf die Luft ein, wie es ihre Gewohnheit war, wenn sie etwas schockierte. „Eine meiner Künstlerinnen? Oder warum sonst kommst du sofort zu mir?“ Ich kannte keinen ihrer Künstler persönlich, aber ich wusste, dass sie sie als ihre Kinder betrachtete und ihnen auch finanziell über die Runden half, wenn es notwendig war.

„Jenny Harding“, sagte ich.

„Ach, du meine Güte! Ermordet? Wisst ihr schon Näheres?“

„Wir fangen gerade erst an.“

„Jetzt also schon die zweite Frau! Sieht nach einer Serie aus, oder?“ Als ich mit den Schultern zuckte, hakte sie nach: „Bei der Lehrerin, Köster oder Kastner oder wie die hieß, vermutet man eine

Beziehungstat. Gibt es Parallelen? Ich meine, zwei junge Frauen, so dicht nacheinander … Der Täter könnte rein theoretisch ja auch Jenny Harding gekannt haben … Vielleicht ein Theaterfan, der sie vergeblich angehimmelt hat."

„Für solche Überlegungen ist es noch zu früh."

„Wer sich in Gefahr begibt, kommt darin um", sagte sie, offenbar in Anspielung auf Hardings Roman. Es klang überraschend hart, und ich führte ins Feld, dass jemand, der sich durch ein Buch persönlich angegriffen fühle, deshalb noch lange keinen Mord begehen müsse. Er konnte Anzeige gegen den Autor erstatten, verlangen, dass das Buch geschreddert wurde. „Doch im Allgemeinen fördert ein solcher Skandal den Verkauf, und deshalb wird so eilig niemand klagen, wenn er sauer auf den Autor ist. Aber wirklich, Constanze, ich muss jetzt wieder ins Büro, dieser Abend wird noch lang."

„Ich habe Jenny Hardings Buch dabei", sagte sie und griff nach dem unergründlichen, wabbeligen Lederbeutel, der ihr als Handtasche diente. „Nimm es mit. Und ich lasse dich nicht gehen, bevor du nicht einen Blick auf meine neue Ausstellung geworfen hast.". Erst jetzt wurden mir die Stillleben bewusst, die, mittelgroß und in pudrigen Farben, die Wände des Galerieraums bedeckten. Arrangements mit Glasflaschen und Tonkrügen, Blumensträußen und weich fließenden Stoffen. „Sieht aus, wie fotografiert", stellte ich fest.

„Das ist Martin Beckers Spezialität, er malt wie gestochen. Die Gruppe, der er angehört, nennt sich ‚Rheinische Realisten'. Becker stammt aus Köln, dort arbeitet er auch."

Sie steckte mir noch einen Flyer zu und wartete an der Tür, bis ich mein Rad aufgeschlossen hatte. Die kalte, dunkle Luft roch nach Brombeeren, und das Licht aus der Galerie warf seinen warmen Schein auf das feucht glänzende Katzenkopfpflaster. Noch eine Stunde, und der kleine, gemütliche Platz würde von jenem lebhaften Stimmengewirr und Gelächter widerhallen, in dem ich mich schon oft wohl gefühlt hatte. Wie gerne wäre ich geblieben!

Mittwoch, 28. Oktober

Am Mittwochmittag war der vorläufige Bericht über die Autopsie von Jenny Harding fertig. Jens Meinertz hatte dieselbe Todesursache wie bei Susanne Küster ermittelt. Sterben durch Ersticken, kein Sexualdelikt, Spuren von Bromazepam – dem gleichen Wirkstoff wie bei Küster – und ebenfalls geringe Mengen Alkohol im Blut. Nach Hinweisen auf Abwehrspuren unter den Fingernägeln oder Hämatomen auf den Armen blätterte ich vergeblich. Ich versuchte, die Szene im Bad der Schauspielerin nachzustellen, doch ich hatte nur das heillose Chaos vor Augen, das auf den ersten Blick nach einem heftigen Kampf aussah: der weggerissene Duschvorhang, die heruntergefegten Miniaturflakons, das Knäuel aus Handtüchern. Als hätte Harding wild um sich geschlagen. Doch ihre Hände waren makellos gewesen, keine Splitter im Lack, keine abgebrochenen Nägel, nirgendwo Kratzer. Dann war diese Unordnung reiner Vandalismus? Aus Mordswut? Um die Polizei in die Irre zu führen? Ich holte Hardings Schlüssel und stellte das Diensttelefon auf Hillys Apparat um. Lückmann hatte sich schon am Morgen abgemeldet, bevor er noch einmal zu Huntes Wohnhaus hinter dem Bahnhof fuhr. Die uniformierten Kollegen hatten jenen Nachbarn, die zur Zeit unserer Befragung nicht zu Hause gewesen waren, eine Bitte um Rückmeldung in die Briefkästen gesteckt, falls sie sachdienliche Hinweise beisteuern konnten. Große Hoffnungen erlaubten wir uns nicht. Hunte, so der bisherige Tenor seiner Hausgemeinschaft, bewegte sich offenbar wie ein Phantom. Wenn er Lust auf Krawall hatte, lebte er ihn in Kneipen oder bei jenen Freundinnen aus, die ihn eigentlich längst abserviert hatten. Auch in der Nacht, als Susanne Küster gestorben war, hatte ihn im Haus niemand gesehen. Wir besaßen weiterhin nur die Aussage seiner Mitbewohnerin Cosmea.

In Hardings Bad herrschte noch immer Chaos. Aber wer hätte auch aufräumen sollen, solange das polizeiliche Siegel klebte? Anders als bei Küster, hatte man, vor Hardings Waschbecken stehend, die Tür im toten Winkel. Trotzdem hätte Harding bei dieser Raumgröße genügend Spielraum gehabt, um sich zu wehren. Sie hatte sich nicht gewehrt. Dann war die Tat in der engen Küche verübt worden? Auf der knapp bemessenen Arbeitsfläche reihten sich Mikrowelle, Kaffeeautomat, Elektrogrill; kaum Stauraum, kleine Spüle. Den meisten Platz nahm der amerikanische Kühlschrank ein.

Zurück am Schreibtisch legte ich mir alle Fakten zurecht, die für einen Wiederholungstäter sprachen: die erste Tat im Bad verübt, die zweite in der Küche. Weil Küster in Anwesenheit ihres Mörders ins Bad gegangen war und Harding kurz in die Küche? Und der Täter die jeweilige räumliche Enge hatte nutzen müssen, um auf möglichst wenig Gegenwehr zu stoßen? Aber was, wenn Harding in ihrem Wohnzimmer umgebracht worden war? An derselben Stelle, wo man sie gefunden hatte? Auch da hätte sie Platz zur Verteidigung gehabt. Der kurze Nadelfilz hatte keine Schleifspuren ins Wohnzimmer hergegeben.

Hatte der Täter noch etwas gesucht, außer Tablet und Handy? Und sprach die Zerstörungswut nicht eher für eine Frau? Aber welcher Täter dachte schon linear? Ich war tief in meine Überlegungen versunken, als Max hereinstürmte: „Sie haben Patrick Hunte in Bad Bentheim aus dem Zug Amsterdam-Berlin geholt. Sonnhagen erwartet uns in einer halben Stunde im Besprechungsraum."

Ich zog das Fahndungsfoto aus Küsters Akte, um mir noch einmal einzuprägen, mit wem wir es zu tun hatten. Hunte erwies sich als ein spilleriges, hohläugiges Bürschchen, zu dem Lückmanns Bezeichnung „Berserker" so gar nicht passen wollte. Er wirkte halb verhungert, vielleicht auch drogenabhängig, aber nicht ungepflegt mit seinem glattrasierten Gesicht, in dem nur ein helles Ziegenbärtchen am Kinn hervorstach. Als ‚Milchgesicht' hatte Eibenbrinck jenen jungen Kunden beschrieben, der am Abend des Überfalls nach Trauringen gefragt hatte. Bei der Frage nach Bart oder Brille hatte er den Kopf geschüttelt. Auch ein Tattoo wäre ihm sicher aufgefallen. In Huntes Personenbeschreibung wurde eine Handrückentätowierung in Form eines Drachens erwähnt. Demnach hatte er mit dem Diebstahl des Vogelanhängers nichts zu tun, die beiden Männer, die auf den Juwelier geschossen hatten, waren eindeutig älter als er.

Auch Sonnhagen hatte die Akte "Küster" vor sich liegen, daneben das Fahndungsfoto von Patrick Hunte und die Aufnahmen, die die Bentheimer Kollegen nach der Festnahme gemacht hatten: Hunte einmal frontal, und je einmal im Profil von rechts und von links. Wir setzten uns und erfuhren, dass es in Bad Bentheim in Anwesenheit eines Pflichtverteidigers schon ein Vorgespräch gegeben hatte. Hunte bestritt jede Verantwortung für die Mordtat und berief sich für die fragliche Zeit zwischen Dienstag neun Uhr abends und Mittwoch zwei Uhr früh auf zwei Zeugen. Eine Kopie des Gesprächsprotokolls, das die Bentheimer Kollegen verfasst hatten, lag vor uns. Darin behauptete Hunte, von Susanne Küster am vergangenen Dienstag für neunzehn Uhr dreißig in ihre Wohnung „zitiert" worden zu sein.

„Weshalb hatte sie ihn zu sich zitiert?"

Sonnhagen winkte genervt ab. „Angeblich befand sich noch eine Reisetasche bei ihm, die sie zurückhaben wollte. Jetzt, wo endgültig Schluss zwischen ihnen war. Hunte hat behauptet, die Tasche längst zurückgegeben zu haben, da sind sich die beiden in die Haare geraten."

„Booaah", stöhnte Max theatralisch. „Also war die Schwangerschaft gar kein Thema? Und als Mordmotiv haben wir eine alte Reisetasche? Ich fass es nicht!"

„Aber dann hat Küster ihm erzählt, dass sie ein Kind bekommt", spekulierte ich. „Mit dem Ergebnis, dass er total durchdreht und sie erdrosselt. Wenn man den Rotwein im Teppichboden abzieht, hat er etwa die halbe Flasche getrunken. In diesem Zustand ist man zu einigem fähig. Und Huntes Fingerabdrücke sind drauf."

„Die Tat war also nicht geplant", spann Max den Faden weiter, „aber praktischerweise hatte Hunte eine Venezianerkette, einen Kinderschmuckanhänger und Gummihandschuhe in der Tasche. Kurios! Und aufgeräumt hat er nachher auch noch." Er wackelte skeptisch mit dem Kopf.

„Wie lange will er sich bei Küster aufgehalten haben?", fragte ich Lothar.

„Bis halb neun. Für die Zeit danach kann er zwei Zeugen nennen, einen Studienkumpel, mit dem er ab einundzwanzig Uhr ein Bier im ‚Kruse Baimken' getrunken haben will. Und bei der Rückkehr in seine Wohnung soll ihm der WG-Mitbewohner Rudi Großkämper die Tür geöffnet haben. Gegen halb eins. Das müssen wir nachprüfen."

„Der Zeitrahmen für Küsters Tod reicht bis zwei Uhr", erinnerte Max. „Und was, wenn Hunte den Wein gar nicht konsumiert, sondern weggeschüttet hat, um der Polizei weiszumachen, er sei für einen Mord viel zu betrunken gewesen?"

„Und Küster“, hielt ich dagegen, „hat ihm um ein Uhr morgens noch mal die Tür aufgemacht, nachdem er vorher die ganze Bude auseinandergenommen hatte?“

„Ich habe ja heute wohl meinen rebellischen Tag!“, ätzte Max. „Aber zwei Studis, die sich auf ein Bier treffen und drei Stunden lang an einem einzigen Glas nuckeln, sind mir suspekt.“

Sonnhagen machte eine vage Handbewegung. „Es werden wohl mehr als eins gewesen sein. Heute Nacht bleibt er jedenfalls in der Zelle. Und ihr macht euch am frühen Abend auf die Socken, der eine zu dem Kumpel aus dem ‚Kruse-Baimken‘, der andere zu seinen WG-Mitbewohnern. Und wenn es heute nicht klappt, dann bitte gleich morgen, beim ersten Vogelzwitschern.“

„Im November zwitschern die Vögel nicht mehr“, brummte Max, steckte die Adresse von Huntes Trinkkumpanen ein, wollte dann aber noch wissen, was Hunte in Amsterdam getrieben habe. „Urlaub? Private Studien vielleicht? Die Befriedigung persönlicher Bedürfnisse?“

„Die Puddings waren alle“, zitierte ich Cosmea. Darauf grinste er vielsagend, wurde aber schnell wieder ernst und fragte, ob Hunte in Bad Bentheim durchgecheckt worden sei. Drogen, Alkohol, Waffenbesitz?

„Alles negativ“, winkte Sonnhagen ab.

„Wie sieht es denn mit Kratzern aus?“, hakte Lückmann nach.

„Hat er! Jede Menge! An Unterarmen und Oberschenkeln“, Sonnhagen lächelte fein, „aber erstens sind sie zu verschorft, um vom vergangenen Dienstag zu stammen, und zweitens müssten die Spuren unter Küsters Nägeln zu seiner DNA passen. Sonst nützen sie uns nichts. Vorausgesetzt, der Abgleich mit der gebrauchten Unterhose liegt morgen früh vor, macht ihr die ausführliche Vernehmung gleich um neun. Falls nicht, verschieben wir sie auf den Nachmittag. Wenn wir ihm nichts nachweisen können, muss der Haftrichter ihn morgen Nachmittag nach Hause schicken.“ Es klang bedauernd, und ich hätte ihn gern daran erinnert, dass wir es seit Hardings Tod mit zwei Opfern zu tun hatten, bei denen zwar das Tatmuster übereinstimmte, vielleicht aber nicht das Tatmotiv. Sonnhagen sah auf seine Uhr, rückte die Krawatte gerade und fuhr fort: „Es wäre sehr förderlich, wenn ihr beiden noch heute Abend eine Strategie ausarbeiten könntet. Wer befragt? Wer protokolliert? Stellt einen Fragenkatalog mit möglichst vielen Detailschwerpunkten auf – das übliche Procedere.“

„Wir stellen auch ein Aufnahmegerät bereit“, ergänzte Max. „Allerdings muss Hunte zustimmen, dass wir es benutzen können.“

„Weiß ich auch! Ich werde vom Nachbarraum aus zuhören. Und dann bitte gleich anschließend das Protokoll.“ Lothar war schon immer ein Mann der knappen Worte gewesen. Sobald Max und ich wieder draußen auf dem Korridor standen, seufzten wir unisono. „Endlich geht es weiter“, sagte Max.

„Weiß ich auch!“, imitierte ich Sonnhagens Tonfall. „Trotzdem werde ich heute Nacht grottenschlecht schlafen.“

„Meine Oma nahm dann immer Baldrian.“

Ich knuffte ihn in die Seite. Nur wenn uns eine Vernehmung schwer im Magen lag, kam es vor, dass wir herumalberten. Diesmal wurden wir schnell wieder ernst. Ein junger Mann, der möglicherweise seine schwangere Ex-Freundin getötet hatte! Wenn er als Vater in Frage kam, hatte Küster bestimmt keine finanzielle Unterstützung von ihm verlangt; Geld, das er sich ohnehin bei ihr leihen musste. Aber wie sah es mit Verantwortungsbewusstsein aus? Mit Rückenstärkung, vielleicht sogar bescheidener Freude über den unerhofften Nachwuchs? Konnte ein Mensch wie Hunte nicht auch mal positiv in die Zukunft sehen?

Falls er der Vater war!

Rudi Großkämper öffnete prompt, als ich gegen halb sechs bei ihm schellte. Demnach hatte er mit Besuch gerechnet, wenn auch nicht unbedingt mit einer verschwitzten Kriminalbeamtin um die fünfzig. Hilly hatte ermittelt, dass er dreiunddreißig Jahre alt war und nach einem Studium der Sozialpädagogik beim münsterschen Jugendamt arbeitete. Er und Hunte hatten die Wohnung am Bremer Platz vor sechs Jahren gemietet. Ein seltsames Duo, wie ich fand; der eine zielstrebig ins Berufsleben eingetreten, der andere kaum jünger, aber ewig auf Schlingerkurs. Schuf das auf so dichtem Raum keine Konflikte? Dann fielen mir Cosmeas Worte ein: Dass Rudi unbedingt noch eine Frau im Haus hatte haben wollen.

Er führte mich in die Küche. Hätte es dort nicht so penetrant nach billiger Leberwurst gerochen, vielleicht war es auch Sülze, wäre der Begriff „gemütlich“ zutreffend gewesen. Er fragte, ob ich etwas trinken wolle, als ich dankend ablehnte und meinen Notizblock aus der Tasche zog, schob er den überquellenden Aschenbecher demonstrativ zur Seite und sah mich erwartungsvoll an. Die Fluppen waren zum Glück schon so alt, dass sie keine olfaktorischen Lebenszeichen mehr aussandten. Merkwürdig, dass sie nicht längst Cosmeas Putzhandschuhen zum Opfer gefallen waren.

„Rauchen Sie?“

Er wackelte mit dem Kopf, was ich als Eingeständnis deutete, dass es mit dem Abgewöhnen nicht so recht klappen wollte. „Die Filterlosen sind von Patrick“, sagte er dann und sah zu, wie ich Kippen rauspickte und in einen Asservatenbeutel steckte.

„Wann haben Sie ihn zum letzten Mal gesehen?“

Seine Antwort kam spontan. „In der Nacht von letzten Dienstag auf Mittwoch, da habe ich ihm um halb eins die Haustür aufgeschlossen. Patrick war so dicht, dass er seinen Schlüssel nicht mehr fand.“

„Sind Sie sicher, dass es nicht später war?“

„Nee, Punkt halb eins. Ich wollte gerade ins Bett. Also hab ich meinen Parka über den Pyjama gezogen und bin runter. Er hat dann noch lange in seinem Zimmer rumgewurstelt. Packen für Amsterdam.“

„Ist er noch mal weggegangen?“

„In dem Zustand?“

„Wann wollte er aus Amsterdam zurückkommen?“

„Keine Ahnung“, er öffnete die Hände und schloss sie gleich wieder. Seeanemonen, von der Strömung getrieben, gaukelten mir kurz durch den Kopf. Im gleichen Rhythmus hin und her. „Patrick ist ein Nachtmensch. Ich muss immer früh raus. Beamtenschicksal.“

„Und der Zweck seiner Reise?“

„Freunde besuchen. Bei denen konnte er auch pennen.“

„Und Gras besorgen?“

„Möglich. In Holland ist das kein Problem. Aber mir muss er nichts mitbringen.“

„Sie mögen ihn nicht besonders, oder?“

Er lachte kehlig. „Wenn ich ihn nicht ganz besonders lieb hätte, wäre er die restliche Nacht draußen geblieben. Er rastet manchmal ganz schön aus, aber sonst ist er okay.“

„Das hat Ihre Mitbewohnerin auch behauptet. Und von einer Bekannten erzählt, die sich bei Herrn Hunte Tips für ihren Computer besorgt. Mary heißt sie.“

„Ach, die. Keine Ahnung, wer das ist. Aber hierher kann jeder jeden einladen. Die Dame hat noch nie gestört.“

Ich fragte nach ihrem Äußeren, er zuckte nur die Schultern und murmelte etwas von grauer Maus. „Nicht dünn, nicht dick, strähniges Haar. Also, mein Typ ist sie nicht."

„Haben Sie mal den Namen Susanne Küster gehört? Ich meine jetzt, außer in der Zeitung."

Er schüttelte den Kopf und zupfte an den verbliebenen Kippen. Nervosität?

„Merkwürdig! Herr Hunte war längere Zeit mit ihr zusammen."

„Trotzdem!"

„Und Jenny Harding? Schauspielerin beim Theater am Zwinger und Krimiautorin. Es gab eine große Party im Schlossgartencafé, zu der sie eingeladen war. Am vergangenen Sonntagabend bis zwei Uhr morgens. In dieser Nacht wurde sie ermordet."

Auch nicht! Ich ließ mir zusichern, dass er seine Aussage vor Gericht wiederholen würde, und packte meine Sachen. Er brachte mich zur Tür, doch wenn ich erwartet hatte, dass er mich wenigstens am Schluss nach dem konkreten Grund meines Besuchs fragen würde, enttäuschte er mich. Dass sich die Polizei für seinen Mitbewohner interessierte, ließ ihn ungerührt. Oder war ihm das so peinlich, dass er den Mund nicht aufbekam? Erst als sich seine Wohnungstür mit einem sanften Plopp hinter mir schloss, kam mir die Frage, warum er oder Cosmea Huntes Zigarettenstummel nicht längst entsorgt hatten. Hatten sie fest mit der Polizei gerechnet und wollten, dass wir einen genetischen Abdruck fanden? Aber warum hatte Cosmea mich dann nicht sofort in die Küche geführt?

Bevor Max und ich unser Abendpensum in Angriff nahmen, beschloss ich, bei den Technikern nach Cornelia zu fragen. Ihr Panikanfall am Fundort von Küsters Leiche ging mir nicht mehr aus dem Kopf. Küster hatte sich ihren Rat zu Internetspielen geholt und nie wieder von sich hören lassen. „Das muss nichts bedeuten", hatte Cornelia beteuert, sich aber mit ihrem Übelkeitsanfall am Tatort selbst Lügen gestraft. Warum waren wir dieser Spur nicht nachgegangen? Hatte Cornelia vielleicht auf eigene Faust recherchiert und noch kein Ergebnis? Sie liebte ihre „Spürnasenarbeit" und nahm nicht selten Fachliteratur übers Wochenende mit in ihr spätbarockes Torhäuschen. Das kleine Gebäude gehörte zu einem Wasserschloss und lag 15 Kilometer nordwestlich von Münster in einem großen Park. Selbstgewählte Einsamkeit!, hatte ich oft gedacht. Seitdem ich sie kannte, hatte sie mindestens dreimal den Partner gewechselt, sie mochte keine Männer, die wie die Kletten klebten, und wenn sie ihre Freiheit zu stark eingeengt sah, setzte sie sie vor die Tür. Ich hielt mir den vergangenen Dienstagmorgen vors innere Auge, überlegte, wer von Schüllers Team wo in Jenny Hardings Apartment Spuren gesichert hatte, doch Cornelia kam in dem immer sehr streng geordneten Ablauf nicht vor. Demnach hatte sie freigehabt. Oder hatte sie ihre Mitarbeit beim Auffinden einer zweiten Frauenleiche verweigert? Aber Dienst war Dienst und Cornelia keine Drückebergerin.

An diesem Abend war sie offensichtlich schon nach Hause gefahren, obwohl ihr Schreibtisch ohne weiteres in eine jener US-amerikanischen Verbrechens-Serien gepasst hätte, deren Mitwirkende ständig kurz vor dem organisatorischen Kollaps standen. Ein Wunder, dass die Gutachten und Protokolle auf der Tischplatte nicht längst ins Rutschen geraten waren.

Als ich durch die offene Verbindungstür sah, dass Berni gerade mit dem To-Go-Menü eines angesagten Asiaten im Kreuzviertel an seinen Schreibtisch zurückkehrte, beschloss ich, ihn nach möglichen Ursachen für Cornelias Zustand zu fragen. Ich beobachtete ihn eine Weile, wie er currygelbe Nudeln mit Stäbchen aus einem Plastikbecher angelte und mit erstaunlicher Geschicklichkeit in den Mund gleiten ließ. Es war offensichtlich, dass er seinen Hunger lange unterdrückt hatte. Erst als die Stäbchen nur noch Nudelfragmente zutage förderten, setzte ich mich an die Rückseite seines Schreibtisches. „Hast du eine Ahnung, ob Cornelia in irgendwelchen privaten Schwierigkeiten steckt?“ Statt einer Antwort wischte er sich mit einer Papierserviette sorgfältig die Soßenreste aus den Mundwinkeln, stand dann auf und bot mir „einen Pott Tee“ an; ein Angebot, das ich nicht ausschlagen konnte. Berni bezog seinen Earl Grey im Online-Shop eines Londoner Lieferanten. Er füllte mir eine Jumbotasse aus einer dampfenden Kanne ab, nahm selbst einen langen Schluck und entgegnete dann so langsam, als wäre ihm meine Frage wie flüssiges Blei ins Gehirn gesickert: „Cornelia? Keine Ahnung! Was soll sie denn haben?“

„Sie sieht neuerdings aus wie eins von diesen kleinen grünen Männchen“, versuchte ich meine Sorgen auf die leichte Schulter zu nehmen. „Am Fundort von Susanne Küsters Leiche musste sie plötzlich dringend an die frische Luft.“

„Wir Spusis haben ein sensibles Innenleben“, gab er zu bedenken, doch das ließ ich nicht gelten. „So kenne ich sie überhaupt nicht. Ist sie vielleicht krank?“

„Falls es dich beruhigt: Britta und ich sind am vorletzten Samstagabend mit ihr essen gewesen. Da hat sie eine doppelte Portion Töttchen verschlungen. Das übersteht man nur, wenn man kerngesund ist.“

„Oder“, sagte ich, „es liegen die typischen abnormen Gelüste einer Schwangeren vor.“

„Susanne Küster *war* schwanger. Hast du Hinweise auf abnorme Gelüste gesehen? Die Frau hatte nicht mal saure Gurken im Haus. Du hast doch selbst eine Tochter. Worauf warst du denn scharf?“

„Auf Rote Beete“, sagte ich. „Wenn ich brechen musste, war alles blutrot.“

„Geht‘s noch?“, er schüttelte sich, und ich sagte: „Noch einer, der bei ungewöhnlichen Farben zusammenbricht! Danke für den Tee.“ Ich spülte die Tasse im Waschraum aus und verabschiedete mich mit der Bitte, Cornelia solle doch am nächsten Vormittag auf einen Kaffee bei mir vorbeikommen. Dann fiel mir Huntes Verhör wieder ein, von dem Berni noch gar nichts wusste. Er nahm die Neuigkeit zur Kenntnis und meinte, Huntes Mordmotiv sei durchschlagend, wenn sich herausstellte, dass er der Vater von Küsters Kind war.

„Selbst wenn er nicht der Vater ist, Berni! Dann kommt massive Eifersucht ins Spiel.“

Er hob die Augenbrauen und wandte ein, dass Küster ihm bestimmt nicht von dem Kind erzählt hätte, wenn er als Erzeuger nicht in Frage käme. Mit wem konnte Cornelia reden, falls sie in derselben prekären Lage war? Um sie herum gab es nur männliche Kollegen, die – wie Berni Wagner – ausgemachte Zyniker waren oder – im Fall Ansgar Schüllers – große Skeptiker in puncto Nachwuchs. Seine Frau Shahida, die als Laborantin arbeitete, hatte schon vor langer Zeit auf eine halbe Stelle gehen müssen und sich nach ihrer inzwischen achtzehnjährigen Tochter kein zweites Kind mehr „geleistet“. Freie Entscheidungen sehen anders aus, dachte ich und fasste mich selber an die Nase.

Aber wenn Cornelia gar nicht schwanger war, sondern krank? In beiden Fällen wusste sie nur zu gut, dass ihr regelmäßiger Umgang mit chemischen Substanzen oder undefinierbaren Giften fatale Auswirkungen haben konnte.

Max hob den Kopf, als ich zurück ins Büro kam. In seinem Gesicht sah ich meine eigene Anspannung.

„Huntes Kumpel", so berichtete er, „hat mir bestätigt, dass die beiden sich um Punkt einundzwanzig Uhr im Kruse Baimken getroffen haben. Hunte ist mit dem Rad gekommen."

„Okay. Und dann haben die beiden mehr als drei Stunden lang zusammengehockt? Sein Mitbewohner Rudi Großkämper hat ihn um halb eins ins Haus gelassen. Da war er sturzbesoffen."

„Dass sie so lange zusammen blieben, lag an dem Kumpel", stellte Max klar. „Er war in einer Prüfung durchgerasselt und wollte sich ausheulen."

„Ausgerechnet bei Patrick Hunte?" Mir blieb die Spucke weg.

„Der hatte eben keinen Klapsdoktor, zu dem er gehen konnte. Und er steht zu seiner Aussage. Hunte hat ihm von neun bis zwölf im Kruse Baimken gegenübergesessen und ihm zugehört."

„Und danach ist er von seiner Wohnung noch mal zu Küster zurückgefahren, um sie zu erdrosseln? Ich wette, Hunte konnte in dieser Nacht Angelmodde nicht mehr von Gievenbeck unterscheiden!" Der saure Geruch in der WG-Küche fiel mir wieder ein. Von wegen Sülze, das war Erbrochenes. In den Schrunden alter Linoleumböden hielt sich so etwas hartnäckig. Um meinen Ekel in den Griff zu kriegen, fragte ich schnell: „Wirkt dieser Studikumpel auf dich objektiv genug, um die Wahrheit zu sagen? Vielleicht wusste Hunte Dinge über ihn, die er gegen ihn ausspielen konnte. Aber wäre das auch einen Meineid vor Gericht wert?"

„Nein. So intim waren die beiden offenbar nicht."

„Großkämper steht ihm ebenfalls kritisch gegenüber. Aber wer weiß, wie Hunte die beiden trotzdem im Griff hat? Ab und zu Gras aus Holland, Bares von der Freundin, von dem die beiden vielleicht mitprofitieren. Vor Gericht kann man sich dann immer noch auf Erinnerungslücken berufen."

„Nicht unter Eid", gab Max zu bedenken. „Gibt es eigentlich schon Nachrichten aus der Rechtsmedizin?"

„Nein. Und ohne entsprechende Ergebnisse verschiebt Sonnhagen das Verhör auf den Nachmittag. Aber selbst wenn Hunte nicht der Vater von Küsters Kind ist, und darauf sollten wir uns rein theoretisch einstellen, kommt Eifersucht als Motiv in Frage. Seine ‚Weihnachtsgans' hatte einen anderen Liebhaber unter ihre Flügel genommen."

„Küster hätte ihn wohl kaum zu sich bestellt, wenn das Kind nicht von ihm wäre."

„Oder sie war sich nicht sicher."

„Und dann nimmt er ihr gleich die Bude auseinander und bringt sie um?"

Eine Weile ging jeder seinen eigenen Gedanken nach. Dann fuhr Max fort: „Merkwürdig, dass Küsters Bad total aufgeräumt wirkte, während bei Harding das reinste Chaos herrschte. Haben wir es vielleicht doch mit zwei Tätern zu tun?"

„Die das gleiche Tatmuster benutzen? Unwahrscheinlich. Eher haben wir es mit zwei verschiedenen Arten von Tatort zu tun. Küster hatte in ihrem Bad kaum Bewegungsfreiheit, bei Harding war die Küche zu klein für Gegenwehr."

Er griff zu seinem Hightech-Anspitzer und begann seine Bleistiftsammlung zu trimmen, ein sicheres Anzeichen dafür, dass er hochkonzentriert nachdachte. Ich hatte ihn wegen dieser Angewohnheit schon oft gehänselt. „Feinspitz", nannte ich ihn dann; ein Wort, das nördlich der Weißwurstgrenze kaum jemand kannte. Doch Lückmann, der mit seiner Familie gern Skiurlaub am Semmering südlich von Wien machte, war es geläufig. Und es passte zu ihm, weil das Wort einen pingeligen Gourmet bezeichnete. An diesem Abend hatten es seine Bleistifte – sämtlich edelstes Faber-Kastell – aber auch dringend nötig. Trotzdem hielt Max mittendrin inne, nahm Huntes Fahndungsposter und klopfte gegen das dünne Blatt Papier, so dass es sich wellte wie unter einem Gebläse. „Wenn ich irgendwen nicht ausstehen kann, dann sind es diese blutarmen, warm duschenden Akademiker-Bengelchen, die nie die Kurve kriegen! Anstatt ein anständiges Handwerk zu lernen, in dem sie locker was leisten könnten, verpennen sie jede Vorlesung, die nicht vor Mittag beginnt, kneifen bei ihren Prüfungen, und wenn sie es überhaupt bis zur Bachelorarbeit schaffen, dann waren garantiert Mr Copy und Mr Paste am Werk."

„Dann einigen wir uns doch hier und jetzt auf unser Procedere für morgen. Du kannst einfach nicht mit diesem Hunte, also stelle ich die Fragen, und du schreibst mit." Manchmal gab es Vernehmungen, bei denen einem der Verdächtige einfach nicht „lag". Doch obwohl ich die Vorstellung immer wieder aufs Neue furchtbar fand, dass jemand eine schwangere Frau tötete, nur um keine Verantwortung für das gemeinsame Kind übernehmen zu müssen, wollte ich das Gespräch unbedingt führen. Dieses dürre Kerlchen würde uns morgen gegenüber sitzen, und wenn ich halbwegs an sein Kopfkino herankam, konnte uns das einen großen Schritt weiterbringen.

Erst jetzt wurde mir bewusst, wie wenig wir über seine Herkunft wussten. Oder hatte ich da selbst etwas verpennt? Danach sah es leider aus, denn Max schlug auf meine Frage hin zielstrebig eine Seite in der Akte „Küster" auf und las vor. Es klang wie die Besetzung eines Dramas, das in feinen Kreisen spielte: „Professor Olaf Hunte, Gynäkologe und Chefarzt in Düsseldorf. Margot Hunte, freischaffende Kuratorin an einem Museum in Norddeutschland. Ihre Tochter Viola, eine Zahnärztin, und schließlich Sohn Patrick, ohne jede weitere Spezifizierung."

„Und woher wissen wir das alles?"

Max kehrte zu seiner Anspitzorgie zurück. „Aus der Anzeige des Rechtsanwalts Richard Küster, die ihm das Besuchsverbot bei Susanne Küster eingehandelt hat."

In meinem Hirn begannen bösartige Zwerge mit ihren harten Hämmerchen nach Silber zu klopfen; das sicherste Zeichen für totale Übermüdung! Ich sah auf die Uhr. Sonnhagen war ohnehin längst aus dem Haus, weil er hochrangige Persönlichkeiten aus seiner ehemaligen Dienststelle, dem LKA in Düsseldorf, zum privaten Arbeitsessen erwartete. „Er möchte wohl mal erzählen, wie Goethes Pudel in Münster bellt", hatte Lückmann gelästert. „Und dazu hält er sich eine germanische Küchenschlampe! Wie die alten Römer!" Mit der Sklavin meinte er Hilly, die uns ziemlich angespeist erzählt hatte, sie müsse ihrem Chef bei diesem Galadiner in Küche und Esszimmer zur Hand gehen, weil er sich gerade wieder von einer Lebensabschnittsgefährtin getrennt habe. Ein Not- und Einzelfall natürlich, denn die Einbindung des Büropersonals für private Zwecke war streng verboten. Sonnhagen umging diese Klippe, indem er Hilly als Gast einlud. Ich hatte mich schon am Montag über ihre frischen Strähnchen gewundert.

Ein Wagen mit eingeschaltetem Martinshorn verließ die nahegelegene Einsatzzentrale am Yorkring, sein Jaulen legte sich noch eine Weile über alle anderen Geräusche, und wir kamen mal wieder in den Genuss des Doppler-Effekts. Danach unterhielt uns nur noch der stark befahrene Friesenring mit seinem motorisierten Perpetuum

Mobile. Und so beschlossen Max und ich, unsere grauen Zellen noch einmal kurz anzuheizen und die Eckdaten für die morgendliche Vernehmung abzustecken, bevor wir uns auf den Heimweg machten. Der Ablauf des Gesprächs mit Hunte war mehr oder weniger geregelt. Da er den Grund für seine vorläufige Festnahme von den Bad Bentheimer Kollegen kannte, hatte er den gegen ihn erhobenen Verdacht garantiert schon mit allerlei plumpen Ausreden zu durchlöchern versucht. Sobald er mit seiner Selbstverteidigung fertig war, mussten wir ihn darauf hinweisen, dass ihn niemand zwingen konnte, sich selbst zu belasten, und er jederzeit einen Anwalt hinzuziehen konnte. Wer diesen Punkt vergaß, kam in Teufels Küche, und wer wollte da schon hin?

„Welche Details vom Fundort und von den Lebensverhältnissen des Opfers“, fuhr Max fort, „die außer uns nur der Täter kennen kann, wissen wir? Ich meine, abgesehen von der Schwangerschaft.“

„Der Täter muss auf jeden Fall den Rotkehlchenschmuck kennen. Halt ihm das Ding vor die Nase. Frag ihn, was er damit anfangen kann! Und woher die Silberkette stammt, an der es befestigt war. Die Farbe der Unterwäsche ist natürlich auch ein wichtiges Detail.“

„Wie wäre es mit einem Gegenstand aus dem Bad? Küsters Parfum, zum Beispiel? Du hast dich dort lange umgesehen. Hunte hatte das Bad doch sicher öfter benutzt.“

Wir redeten dann doch noch ein ganze Weile, überlegten, bei welchen Fragen wir besonders viel Wert auf Einzelheiten legen mussten, und wie sich im geschriebenen Protokoll das Problem der Selektion regeln ließe, denn natürlich konnte nicht jede Aussage in voller Länge wiedergegeben werden. Es sei denn, Hunte verweigerte jede Antwort, die über ein Ja oder Nein hinausging.

Kurz bevor mein Blutdruck gefühlt die erträgliche Obergrenze erreichte, weil wir in den nächsten Tagen auch dringend Jenny Hardings dichtes soziales Netzwerk entwirren mussten, speicherte Max sein Dokument ab, zog den Stick aus dem Rechner und verkündete: „Jetzt reicht‘s mir definitiv. Ich möchte heute Abend noch meine Familie riechen, hören und schmecken.“

„Bist du unter die Kannibalen gegangen?“, lachte ich. „Riechen wirst du Sabine, weil sie bestimmt die aktuellste Duftnote aufgetragen hat, hören wirst du vielleicht noch Luise, weil sie ja im Bett regelmäßig Xylophon spielen darf, bis du nach Hause kommst, und schmecken werden die beiden nach einem superleckeren Abendessen, von dem sie nichts übriggelassen haben. Was morgen früh angeht, machen wir es so: Wenn wir erfahren, dass Hunte nicht der Vater des Kindes sein kann, legen wir den Schalter um und nageln ihn auf Eifersucht fest. Wir sehen uns um acht?“

* * *

Als ich feststellte, dass unser Haus in völliger Dunkelheit lag – nicht mal die alte Neonröhre über der Küchenspüle brannte –, wehrte ich mich gegen einen heftigen Anfall von Frust. Ich dachte an Max, der jetzt seine beiden Herzblätter Sabine und Luise hören, sehen und vor allem in den Arm nehmen konnte, und als ich ins Treppenhaus horchte, entlud sich meine Enttäuschung in einem dramatischen Seufzer. Ein in die Jahre gekommener Rasenmäher klang melodisch, verglichen mit dem Schnarchen, das von oben drang. Dann fiel mir ein, dass der Skoda nicht mehr vor dem Haus stand, was bedeutete: Franz hatte ihn noch am Abend in die Werkstatt gebracht. Als nächste Überraschung registrierte ich Kerstins Stiefel unter der Garderobe und ihre Softshelljacke am Haken. Wir konnten also morgen zusammen frühstücken, auch wenn es jeder eilig haben würde. Auf dem Konsoltischchen lag ein Zettel: *Fange schon morgen früh mit meinem Praktikum in Sprakel an. Und von euch aus ist es mit dem Bus einfach näher*. Kam da mein nächster Frustschub? Klar doch, dachte ich, wenn erwachsene Kinder plötzlich wieder das Elternhaus ansteuern, steckt garantiert eine akute Notlage dahinter. Im nächsten Moment wurde mir bewusst, dass Patrick Hunte diese familiäre Notbremse offenbar nie hatte ziehen können. Doch bevor ich ein völlig irrationales Mitleid für diesen Menschen aufbauen konnte – er stand schließlich unter Mordverdacht! –, ging ich ins Dachgeschoss. Hinter Kerstins Zimmertür war es still und der Spalt unter dem Türblatt dunkel. Wäre schön gewesen, noch ein paar Worte mit ihr zu wechseln. Aber wo Schlaf gefragt war, da gehörte er hin.

Vor wichtigen Erstvernehmungen hatte ich schon immer unruhig geschlafen, in dieser Nacht starrte ich in das scheckige Halbdunkel unter der Zimmerdecke und spürte meinem Pulsschlag nach, der bis in den Kopf hämmerte. Ich hatte einen Zettel auf den Nachttisch gelegt, um letzte Gedankensplitter sofort aufschreiben zu können, doch ich war mir sicher: Aus dem Wirrwarr in meinem Kopf würde sich in dieser Nacht kein brauchbarer Einfall angeln lassen. Wir mussten das Geständnis eines Verdächtigen einfahren, dem die dürftige Beweislage in die Hände spielte. Und mein angeborener Pessimismus diktierte mir, dass Patrick Hunte morgen Nachmittag auf freiem Fuß sein würde, während Max und ich gleich zwei ungeklärte Mordfälle an der Hacke hatten.

Das Frühstück um sieben fiel eilig aus. Franz verschwand als Erster in Richtung Handorfer Praxis, auch Kerstin griff nach ihrer Jacke. Aber so viel bekam ich zwischen Tür und Angel noch mit: Meine Tochter war glücklich über ihren Start bei „Messer&Gabel“, versprach sich viele neue Erfahrungen und einen lockeren Teamgeist.

„Schön für dich“, kommentierte ich ihre schwärmerischen Worte. Über Felix Plassen war kein einziger Satz gefallen, stattdessen fügte sie mit rätselhaftem Lächeln hinzu: „Und einen coolen Typ gibt es dort auch!“

„Ist er zufällig Koch?“ Ich dachte an ihre hochfliegenden Pläne eines eigenen Restaurants.

„Hmm“, machte sie vage. „Er hat mir schon vorgeschlagen, bei der Auswahl der neuen Themenbüffets in der Wintersaison mitzuhelfen.“

„Dann bist du demnächst Assistenzköchin“, witzelte ich.

„Mama! Das wird ein Praktikum.“

„Auch ein Praktikum sollte nachhaltig sein“, sagte ich, während ich meine große Umhängetasche ordnete und den Autoschlüssel vom Haken nahm. „Vor allem, wenn man gute Freunde findet.“

„Er ist nicht mein Freund“, knurrte Kerstin, ohne eine aufsteigende Röte im Gesicht verhindern zu können. Ich sah ihr nach, wie sie am Gartenzaun entlang zur Bushaltestelle *Wilkinghege* stiefelte, und spürte eine angenehme Wärme in der Herzgegend. Hauptsache, Felix und der Crash auf der Grevener Straße waren kein Thema mehr! Kerstin würde sich schon bald wieder hinters Lenkrad setzen, um ihren coolen Typ an seinen Themenbüffets nicht verhungern zu lassen.

Im Büro angekommen, meldete ich mich als Erstes beim Polizeipsychologen. Er gab unseren Verdächtigen zur Befragung frei. Hunte hatte auf seine Fragen unwillig, aber klar geantwortet, auch die körperliche Untersuchung ergab nichts, was ihn an einem Gespräch mit uns gehindert hätte. Jetzt saßen Max und ich in Sonnhagens Büro und warteten mit wachsender Ungeduld auf den Bericht aus der Rechtsmedizin. Meine Augen streiften die Elefantenhorde auf dem Aktenschrank. Sie stammte noch von Dr. Gross und bestand aus allen möglichen Materialien. Anfangs hatte Sonnhagen sich nur die „Rosinen“ aus seltenen Tropenhölzern, Jade oder dem längst verpönten Elfenbein herausgepickt und die restlichen Stücke in einem alten Karton verstauben lassen. In unregelmäßigen Abständen waren sie dann nach und nach wieder aufgetaucht, jedes Exemplar wohl symbolisch für eine Person, die ihm tierisch auf den Nerven herumgetrampelt war. Ob er nachkaufen würde, wenn der Bestand aufgebraucht war, und er weiteren unliebsamen Zeitgenossen begegnete? Mein Blick wanderte weiter, streifte die Blütenknospen der mächtigen weißen Anthurie, die am Fenster stand und ebenfalls von unserem ehemaligen Chef stammte, dann widmete ich mich wieder dem Zettel, auf dem stichwortartig unser Befragungsablauf stand, um im nächsten Moment nervös zur Uhr zu sehen. High noon, doch Telefon und Faxgerät blieben stumm. Vergeblich schluckte ich gegen mein Magenknurren an, das Käsebrötchen in meiner Schreibtischschublade schien so weit weg, als läge es irgendwo auf dem Mond. Während Max nicht aufhörte, seine Tonsur zu zwirbeln, checkte Sonnhagen E-Mails. Ich wünschte ihm und Hilly, dass einige als Dankschreiben von seinen Abendgästen stammten. Er hatte ihr für diesen Vormittag freigegeben. Demnach war es spät geworden.

Das Schnurren des Faxgeräts riss uns aus unseren Gedanken. Sonnhagen sprang auf, nahm das Blatt heraus und legte es auf den Tisch. Der Text war knapp, aber eindeutig. Hunte war nicht der Vater des Kindes, auch die Blut- und Gewebereste unter Küsters Fingernägeln stammten nicht von ihm.

„Also gut!“, Lothar griff zum Telefonhörer und bestellte die Verdachtsperson Patrick Hunte zur Vernehmung. Seine Kiefermuskulatur arbeitete, als er sich zu Tür wandte. „Wir sehen uns.“ Damit verschwand er in Richtung Herrentoilette.

„Wenn Küsters Abwehrspuren nicht von Hunte stammen“, überlegte ich laut, „hat sie später am Abend noch einmal Besuch gehabt. Vom Vater des Kindes?“

„Oder von einer Frau“, konterte Max. „Vielleicht hatte Küster eine Beziehung mit einem Mann, der anderweitig gebunden war. Dessen Partnerin erfuhr von Küsters Schwangerschaft und stellte sie unsanft zur Rede.“

„Dann war der Mord geplant? Und Küster wusste, wer ihre Mörderin war?"

Max sah mich skeptisch an.

„Und Harding soll diese Frau auch gekannt haben?"

„Harding war nicht schwanger." Ich dachte trotzdem an den charismatischen Russen vom *Theater am Zwinger*.

Durch die Lamellen hinter der Glastür des Vernehmungsraums sahen wir Hunte am Tisch sitzen, uns zugewandt, doch mit gesenktem Kopf und offensichtlich in Selbstgespräche vertieft.

„Der hat sich sein Ritual zurechtgelegt", sagte Sonnhagen, als er neben uns trat. „Die Kollegen in Bad Bentheim haben keine Informationswünsche offengelassen. Er weiß, weshalb er hier ist."

Max nickte der uniformierten Kollegin zu, die neben der Tür des Vernehmungsraums Wache hielt. Die Herausforderung begann. ‚Penibel zuhören und vor allem zwischen den Tönen hören', war die Maxime unseres früheren Chefs gewesen. Diesen Leitsatz hatte ich jetzt wieder im Ohr.

Mein zweiter Eindruck von Patrick Hunte – der erste basierte auf dem Fahndungsfoto – war der völlig überraschende eines Menschen, der sich nach einer Nacht in der Zelle gepflegt und selbstbewusst präsentierte. Der ausdruckslose Blick, der ihn auf den Polizeiaufnahmen verunstaltete, hatte zu einem wachen, lauernden Abschätzen gewechselt. Wäre sein Gesicht nicht so ausgemergelt gewesen, hätte man es als fein geschnitten bezeichnen können. Ein Mann, dem man einen Gebrauchtwagen abkaufen würde. Ob dieser Eindruck bestehen blieb, wenn er den Mund aufmachte, würde sich herausstellen. Entweder war sein Auftreten Fassade oder es beruhte auf der Gewissheit, dass wir ihm nichts anhängen konnten.

Das Aufnahmegerät lehnte er ab. Er wolle sich bei den Bullen nicht verbal verewigen.

„Verewigen werden Sie sich so oder so", Lückmanns Miene blieb gelassen. Gegen *Verewigungen* hatte unser Gegenüber nämlich keine Chance, weil Max sich in einem seiner ersten Studentenjobs Stenographie angeeignet hatte. Seine Schreibübungen, so hatte er mal erzählt, hätten damals täuschend echt nach sinnvoller Arbeit ausgesehen, während die chronische Unterbeschäftigung ihn fast um den Verstand gebracht habe. Dass nicht jede Aussage ins Protokoll aufgenommen wurde, hatte jedoch nichts mit seiner Schreibgeschwindigkeit zu tun, sondern mit der Aussagequalität. Lückmanns fliegende Feder würde so manche Unsicherheit in Huntes Antworten festhalten, während sie bei banalen Alltagsweisheiten zur Ruhe käme.

Als ich Hunte den Rotkehlchenanhänger vorlegte, schüttelte er verächtlich den Kopf. Ob wir den in einer Sandkiste ausgebuddelt hätten?

„Es gibt einen Juwelier am Prinzipalmarkt, der so etwas verkauft."

„Ich habe noch nie bei einem Juwelier gekauft", zischte er zwischen den Zähnen. Auch die Venezianerkette hatte er nie zuvor gesehen. Und als wir ihn nach Küsters Unterwäschefarbe am fraglichen Abend fragten, lachte er zynisch. Ob wir vielleicht glaubten, er habe das Hausverbot umgangen, indem er noch zu später Stunde durch ihr Fenster geklettert sei. „Rapunzel, lass dein Haar herunter – das ist echt geil!"

„Bleiben Sie bitte sachlich. Unseren Bentheimer Kollegen haben Sie gesagt, Frau Küster hätte Sie am Abend des 20. Oktober in ihre Wohnung zitiert. Bleiben Sie bei dieser Behauptung?"

„Wenn ich das gesagt habe, stimmt es wohl."

„Was hatte sie denn an, als sie Ihnen die Tür öffnete?"

„Musste ich mir das merken? War irgend so'n Jogginganzug. Sie trug gern Mausbraun oder *Taupe*, wie das heute heißt. Viel Haut hat sie mir an diesem Abend nicht gezeigt. Wollte ich aber auch gar nicht sehen. Susanne roch nach Zoff."

„Einen Jogginganzug haben wir in der Wohnung nicht gefunden. Haben Sie ihn vielleicht in irgendeine Mülltonne geworfen, nachdem sie mit Frau Küster fertig waren?"

„*Ich* war fertig, als ich ging!"

„Sie sind ganz schön sauer auf Ihre Ex-Freundin", schaltete sich Max ein. „Da geht man im Affekt doch auch gut mal einen Schritt zu weit."

„Ich bin nicht zu weit gegangen. Als ich ging, hat sie noch gelebt. Sie hat mich rausgeschmissen."

Ich wollte wissen, wie sein Kontakt zu Susanne Küster nach dem verhängten Hausverbot wieder zustandegekommen sei. Er studierte gelangweilt seine Fingernägel. „Sie rief mich am Sonntagmittag an. Ob ich Dienstagabend vorbeikommen könne. Ich sagte: ‚Das hat dein Vater doch verboten.' Und sie: ‚Das bestimme noch immer ich. Ich muss mit dir reden. Und bring endlich meine Reisetasche zurück.'

Na gut, ich habe mir die Mühe gemacht, hinzufahren, obwohl die Tasche gar nicht bei mir sein konnte. Aber ich dachte", er grinste schief, „wenn sie mich schon reinlässt, können wir es uns endlich mal wieder gemütlich machen."

„Wie sind Sie hingekommen?"

„Mit dem Rad. Öffis zahlt mir mein Alter nicht."

„Und dann?"

„Meine Ex macht einen Riesenknatsch wegen der Tasche, nennt mich einen versoffenen Pennbruder, einen Dieb. Das blöde Ding sei zweihundert Euro wert. Und als ich an sie ranwill, damit mein Besuch nicht umsonst gewesen ist, knallt sie mir vor den Latz, dass sie schwanger ist und keinen Sex mehr haben will. Diese Nutte hatte einen Anderen, und ich sollte für den Bastard zahlen."

„Der Bastard, wie Sie das Ungeborene nennen, wurde mit seiner Mutter umgebracht. Ganz schön brutal, wenn der Täter wusste, dass sie schwanger war. Aber nachdem Sie und Frau Küster getrennt lebten, hat die Wahl eines neuen Partners doch nichts mit Prostitution zu tun."

„Das Kind stammt von diesem Kerl."

„In Frau Küsters Haus hat man nur Ihre Stimme gehört. Hatte Ihre Exfreundin denn nichts zu Ihrem gemeinsamen Streit beizutragen?"

„Und ob sie was beizutragen hatte! Sie war es, die hauptsächlich gestritten hat. Susanne konnte richtig ätzen. Das ging ganz leise, aber es klang, als zersägte man Glas. ‚Ich bin in der neunten Woche schwanger', sagte sie, ‚als es passierte, gab es das Hausverbot noch nicht'."

„Frau Küster wurde Ihnen gegenüber also aggressiv. Wie stand sie denn zu ihrer Schwangerschaft?"

„Sie war nicht gerade erfreut. Aber sie meinte, wenn ich die Verantwortung mit übernähme … Ich sagte ihr, ich könne gar keine Kinder zeugen, da nannte sie mich ein verlogenes Schwein. Aber es ist erwiesen. Bei einem früheren Vaterschaftstest, als man mir ebenfalls ein ungeplantes Balg andrehen wollte, hat sich das herausgestellt. Sie können den Urologen fragen. Er kann sich seine Schweigepflicht gern an den Hut stecken." Wir ließen uns die Praxisadresse des Urologen geben und schickten zwei uniformierte Kollegen hin.

„Könnte es noch andere Gründe für Frau Küsters Aggressivität geben? Hatte sie Angst? Fühlte sie sich bedroht oder verfolgt?"

Er blies die Backen auf. „Ich bezweifle, dass sie mir das gesagt hätte. Wir waren quitt. In jeder Beziehung."

„Aber am Dienstagabend haben Sie sich Sex ausgerechnet."

„Das war, bevor ich wusste, dass sie sich ein Balg andrehen ließ."

„Mal vorausgesetzt, Sie können nicht der Vater des Kindes sein, warum hätten Sie mit Frau Küster streiten sollen? Aus Eifersucht? Oder weil sie Ihnen kein Geld mehr geben wollte?"

„Ich bin auf Almosen nicht angewiesen!" Speicheltropfen sprühten über den Tisch auf meinen Handrücken. Ich wischte den Spritzer diskret mit einem Taschentuch weg und hakte nach: „Dann bleibt als Motiv immer noch Eifersucht."

„Das weisen Sie mir mal nach!"

Max hob den Kopf. „Hatten Sie die Weinflasche mitgebracht?"

Hunte grinste. „Wer kommt schon gern mit leeren Hände, wenn er so freundlich eingeladen wird? Auch wenn es nichts zu feiern gab."

„Frau Küster hatte Spuren von Alkohol im Blut. Haben Sie sie zum Mittrinken gezwungen?"

„Nein, die bekam doch ein Kind. Selbst ein Quartalssäufer wie ich weiß, dass Alkohol dann nicht gut ist." Darauf antworteten wir nicht, um ihn ein wenig auflaufen zu lassen, und prompt fuhr er hitzig fort: „Habt ihr Schnüffelnasen vielleicht ein benutztes Glas gefunden? Oder glaubt ihr, diese feine Tussi hätte aus der Flasche getrunken? Sie hat mir beim Saufen zugeguckt."

„Und woher dann der Alkohol in ihrem Blut?"

„Vielleicht hat sie nach meinem Abgang geglaubt, sie müsste die Bude gründlich desinfizieren, und am Bodenreiniger genippt."

„Die Nachbarschaft hat ab zwanzig Uhr keine Geräusche mehr gehört, keine Stimmen, kein Poltern. Was haben Sie und Frau Küster denn bis halb neun gemacht?"

„Uns angeschwiegen. Hey, das war für mich ein ganz schwieriger Moment. Ich mochte Susanne. Echt! Und dann kommt ihr Alter, und ich kriege Hausverbot. Als wenn ich sie misshandelt hätte."

„Herr Hunte, mir kommen gleich die Tränen. Frau Küster wurde in einer Lache aus Harn und Rotwein gefunden. Der Harn stammt von ihr, den Rotwein kann sie kaum vergossen haben. Haben Sie den unter den Tisch geschüttet?"

Seine Antwort war ein Grinsen. „Das war'n teurer Tropfen."

„Und die leere Flasche unter dem Fenster?"

Das Grinsen erlosch. „Mann! Ich war so wütend, als ich ging! Saufkopp hat sie mich genannt, und dass sie richtig froh wäre, dass das Kind nicht von mir stammen kann! Bei solchen Scheißgenen!"

„Also ist die leere Flasche Ihr Produkt", hakte ich nach. „Aber für die Lache unterm Tisch können Sie nichts?"

Max winkte heimlich ab. Im Grunde war Huntes Alkoholkonsum nicht unser Problem. Ich wusste, dass er das Gleiche dachte wie ich: Küster hatte das „Pfützchen" Rotwein erst später von einem anderen Besucher bekommen, als sie sich nicht mehr wehren konnte, weil er ihr ein Schlafmittel gegeben hatte. Handelte es sich um ein Vertuschungsmanöver, weil dieser Andere Patrick Hunte und seine Alkoholsucht kannte und sein eigenes Profil verwischen wollte?

„Ist Susanne im Bad umgebracht worden?" Huntes Stimme klang dumpf. Er griff zum Hals, als wollte er das Gefühl, erdrosselt zu werden, an sich selbst ausprobieren. „Ich war's jedenfalls nicht! Sie können mir das nicht anhängen. Ich war schon lange nicht mehr in ihrem Bad. Ich könnte nicht mal mehr sagen, wie es da drinnen aussieht."

„Wie kommen Sie darauf, dass es im Bad passiert ist?"

Er schniefte. „Nicht viel Platz für Gegenwehr, oder? Im Wohnzimmer oder in der Küche hätte sie mit Taekwondo leichtes Spiel gehabt."

„Hatten Sie den Eindruck, dass sie an jenem Abend noch jemanden erwartete?"

Jetzt grinste er unverschämt. „Dann hätte sie vorher aufräumen müssen."

„Wie sah es denn im Wohnzimmer aus, als Sie gingen?"

„Zwei Stühle umgekippt und die leere Flasche vor der Wand. Aber nichts zu Bruch gegangen, ich meine, Gläser oder Teller. Waren ja keine auf dem Tisch. Nicht mal Chips hatte sie für mich aufgesetzt, diese geizige Schlampe!"

„Das klingt ja schon wieder ziemlich wütend!"

„Wegen fehlender Chips jemanden umbringen! Ja, bin ich denn bescheuert?"

„Wann genau haben Sie das Haus verlassen?"

„Um Punkt halb neun. Es gab nichts mehr zu bereden. Außerdem war ich mit einem Kumpel im Kruse Baimken verabredet. Totaler Depri, weil er im Examen durchgefallen war."

„Das war um neun. Wollen Sie uns weismachen, dass Sie für die kurze Strecke eine halbe Stunde gebraucht haben?"

„Ich war noch kurz in meiner Wohnung."

„Kann das jemand bezeugen?"

„Nee, aber ich hatte mein Portemonnaie nicht dabei. Eigentlich logo, weil Susanne mir ohnehin nichts gegeben hätte."

„War die Reise nach Amsterdam so unaufschiebbar oder hatten Sie Gründe, Münster schnell zu verlassen?"

„Mein Ticket war auf Mittwoch, den 21. Oktober, limitiert. Sonst wäre es wesentlich teurer geworden."

Wieder spürte ich Lückmanns Blick. Unsere Vernehmung entwickelte sich zum angepieksten Luftballon. Aber warum nicht einen neuen aufblasen? Ich griff unter meine aufgeschlagene Akte, zog das Foto heraus, das Harding als Ensemblemitglied des *Theaters am Zwinger* zeigte. „Kennen Sie diese Frau?" Hunte streifte es mit einem knappen Blick, und sein Kopfschütteln wirkte gelangweilt. Ich legte die Aufnahme der erdrosselten Harding daneben, und jetzt reagierte er fast panisch. Als hätte dieses neue Bild in seinem Hirn den Schleudergang ausgelöst. Hardings Lesung im *Weimar* hatte er unter Garantie nicht besucht, der Raum war zwar gespickt voll gewesen, doch die männlichen Zuhörer konnte man an einer Hand abzählen. Constanze und ich hatten in der letzten Reihe am Fenster einen guten Überblick gehabt.

„Sie kennen die Tote! Vielleicht von einer Theateraufführung?"

„Theater ist was für Spießer."

„Also, woher dann?"

„Aus der Zeitung. Die online-Ausgabe, falls es Sie interessiert."

„Und warum erschreckt Sie dieses Foto dann?"

„Weil sie … so entstellt ist. Wie bringt man so was fertig?"

„Susanne Küster wurde genauso zugerichtet. Kommt Ihnen deren Foto vielleicht vertrauter vor? Oder nicht so abstoßend? Weil Sie Frau Küsters Leiche in Natura gesehen haben?"

Er schüttelte den Kopf. „Diese Frau da", seine Kinnspitze zeigte auf Hardings Starfoto, „war echt schön!"

„Wenn Sie ein so gutes Gedächtnis haben, dann wissen Sie bestimmt noch, wo Sie am letzten Sonntagabend und in der Nacht auf Montag gewesen sind." Kerner hatte den Todeszeitraum im Fall Harding auf die Zeit zwischen einundzwanzig Uhr und zwei Uhr morgens festgesetzt; die gleiche Spanne wie bei Küster. „Glaubhafte Zeugen wären sehr vorteilhaft. Es gab eine große Party im *Schlossgartencafé*. Wussten Sie davon?"

„Nein", sagte er heiser. „Außerdem war ich in Amsterdam. Ich habe Freunde getroffen."

„Auch am vergangenen Sonntagabend?"

„Ich wüsste ja nicht mal, wo diese Harding wohnt. Im Telefonbuch steht sie nicht."

„Also haben Sie sich für Jenny Harding interessiert. Und bei ihr geschellt?"

„Haha, und die macht mir auf, schreibt Autogramme für mich und jede Menge Freunde und serviert mir Champagner."

„Es *gab* Champagner bei Frau Harding. Woher wissen Sie davon?"

„Alle Schauspielerschlampen trinken Champagner."

„Wir haben Ihren genetischen Fingerabdruck. Also machen Sie uns nichts vor."

„Sie werden keine Beweise finden."

Die uniformierten Kollegen brachten die Bestätigung von Huntes Urologen. „Wenn es denn der Wahrheitsfindung dient", so der sichtlich in die Zwickmühle geratene Arzt, bevor er seine Helferin beauftragte, den Computer auf den entsprechenden Befund zu strapazieren.

Um fünf Uhr mussten wir Hunte mit der Auflage gehen lassen, bis auf Widerruf nicht aus Münster abzureisen; eine Bedingung, die er mit gequältem Grinsen und der Antwort quittierte, demnächst ständen ihm finale Prüfungen an der Uni bevor. Ich sah ihm nach, während er das Präsidium durch das Revier am Friesenring verließ, seinen Rucksack über der Schulter. Die Beamten in Bad Bentheim hatten kein Marihuana bei ihm gefunden, er selbst nicht unter Drogen gestanden. Warum fuhr ein verbummelter Student, dem „finale" Prüfungen ins Haus standen, für eine ganze Woche nach Amsterdam? Was konnte ein Deutscher in die Niederlande exportieren, das es dort nicht viel besser gab? Kekse, Käse, Tulpenzwiebeln. Nicht mal royale Klatschspalten konnten wir Deutschen bieten. Jetzt blieb Hunte als Zufluchtsort wahrscheinlich nur noch die Bushaltestelle der Linie 15 in Richtung Bahnhof. Armes Schwein, funkte es mir durch den Kopf, hier ein wenig Sex, dort eine erbettelte Geldspritze, tiefgehende Emotionen hatten ihn und Susanne Küster offenbar nicht verbunden. Der Anlass für ihr letztes Treffen war eine alte Reisetasche gewesen.

Dann fiel mir ein, dass Susanne Küster die Wohnung gehörte. Frisch im Sommer gekauft. Im Fall ihres Todes erbten ihre Eltern oder etwaige Kinder. Nun bekam Susanne ein Kind. War es Hunte zuzutrauen, dass er bei dieser Neuigkeit völlig ausgerastet war?

Freitag, 30. Oktober

Der Tag brachte einen böigen Südwind und für die Jahreszeit viel zu warme Temperaturen, die mich zu einer ratlosen Suche vor den Kleiderschrank schickten. Längst hatte ich vergessen, dass an meiner dunkelblauen Leinenhose der Taillenknopf verloren gegangen war. Und die Samtcordjacke gehörte gründlich abgebürstet, da ich sie den ganzen Sommer über nicht gebraucht hatte. Dann streikte mein Navigerät, sodass ich den schnellsten Weg zum Neuen Mauritz Friedhof auf dem Stadtplan suchen musste. Zur Trauerfeier eines Mordopfers wäre ich gern etwas gesammelter erschienen, doch der dichte Verkehr lenkte mich immer wieder von meinen Überlegungen ab. Fast beneidete ich Max an seinem Schreibtisch, wo er im Lauf des Tages die Dokumente, die man in Jenny Hardings Wohnung gefunden hatte, sichten wollte. Auch bei ihr hatte man vergeblich nach einem Handy gesucht. Jetzt mussten wir die zahlreichen Einzelkontakte in der Woche bis zu ihrem Tod auswerten. Dafür hatte Wagner auf dem Boden ihres Schlafzimmerschranks unter einem Haufen Wäsche ein Tablet entdeckt. Das dazugehörige Passwort stand benutzerfreundlich auf einem Zettel, der in ein kleines, handgeschriebenes Adressbuch eingelegt war. Doch die E-Mails, die in den Wochen eingegangen waren, schienen für einen jungen Menschen, der regelmäßig auf der Bühne stand und neuerdings auch im Buchgeschäft mitmischte, ziemlich unpersönlich. Von den Personen, die in dem Adressbuch aufgeführt waren, wohnten nur wenige in Münster, und als Julius Hennkamp uns den Zugang zu ihrer Facebookseite verschaffte, war die Namensliste noch länger geworden. Es würde Zeit kosten, alle zu befragen, und uns wahrscheinlich kaum weiterbringen, weil die Wortmeldungen größtenteils aus Glückwünschen zu Hardings Theaterauftritten und zu ihrem Buch bestanden. Es gab Urlaubsgrüße, Alltagsbanalitäten, viele Fotos – jedoch nichts von Belang. Ich erfuhr ganz nebenbei, dass Jenny süße Cocktails und die iberische Küche sehr gemocht hatte, doch als Spur war auch dieser Hinweis unbrauchbar – es sei denn ... So viele spanische und portugiesische Restaurants gab es in Münster und Umgebung nun auch wieder nicht. Es konnte also nicht schaden, die entsprechenden Adressen auf Stammgäste abzuklopfen.

Harding war ein attraktiver Typ gewesen und mit ihren Rollen weit über das Münsterland hinaus bekannt. Und jetzt lag auch noch ihr Kriminalroman in den Buchhandlungen.

Die Trauerhalle, ein niedriges Gebäude aus rotem Backstein, wollte mit seinen großen Fenstern so gar nicht zu seiner tristen Funktion passen. Blendete man das Umfeld aus Grabsteinen aus, hätte sie genauso gut eine Kindertagesstätte im Grünen sein können. Sie konnte längst nicht alle Teilnehmer aufnehmen, und so wartete auch draußen eine beträchtliche Menschenmenge, darunter wohl Nachbarn, Kollegen der toten Lehrerin und Mütter ihrer Schüler. Ihre Mienen verkündeten Solidarität und Betroffenheit, aber auch unverhohlene Wut, die in mir Schuldgefühle auslöste. Zu Recht wurde eine schnelle Aufklärung gefordert. Und da hatten wir bisher kein anderes Ergebnis vorzuweisen als die Freilassung des einzigen Tatverdächtigen? Manche der Trauergäste – es waren überwiegend Frauen – hielten Blumen in der Hand, kleine Gruppen hatten sich abgekapselt, in denen getuschelt wurde, und ich war froh, auf keinem der Pressefotos aus dem Polizeipräsidium präsent gewesen zu sein, so dass ich mich relativ anonym bewegen konnte. Da bis zum Beginn der Feier noch zehn Minuten blieben, schob ich mich zum Eingang durch, ohne mir damit unfreundliche Blicke einzuhandeln. Jeder war mit seiner Trauer und seiner Empörung beschäftigt. Im Inneren herrschte noch mehr Gedränge, die Bänke waren eng besetzt, selbst an den Seitenwänden standen Leute, so dass ich eine Weile brauchte, bis ich die beiden vordersten Sitzreihen im Blick hatte. Rechts erkannte ich die Rektorin der Hauptschule, daneben Vera Jung und drei weitere Frauen, auf der linken Seite, durch den Mittelgang getrennt, saßen nur zwei Personen: die eine mit bleigrauer Lockenfrisur unter einem schwarzen Hut, den Mantelkragen hochgestellt, als könnte er ihr Sichtschutz leisten; die andere deutlich jünger mit langem dunklem Haar und ebenfalls dunkler Kleidung. Waren nur Susanne Küsters Mutter und ihre ältere Schwester Lena gekommen? Nicht, dass ich Hunte hier erwartet hätte, doch dass Richard Küster nicht teilnahm, verwunderte mich. Ob Marianne Harding und Peter Plassen als langjährige Freunde der Küsters erschienen waren, würde sich später erweisen.

Ein schriller Glockenton schnitt sich in mein Ohr, ein Geistlicher trat aus dem Nebenraum, der Harmoniumspieler, der bisher leise improvisiert hatte, intonierte mit voller Fingerkraft den Choral „Wer nur den lieben Gott lässt walten“, und die Trauergemeinschaft fiel schleppend ein. Hätte man nichts Einfühlsameres wählen können als ein Lied, dass für ein so perfides Verbrechen Gott verantwortlich machte? War dieser Vorschlag von der Familie gekommen oder vom Bestattungsinstitut? Die Worte des Priesters, der jetzt die „liebe Verstorbene“ mit all ihren Verdiensten als Tochter, Schwester, Lehrerin und Kollegin pries, glitten mir immer mehr am Ohr vorbei, weil mir die Anklage gegen jenen Menschen fehlte, der sie auf dem Gewissen hatte. Kein einziges Wort fiel über den heimtückischen Mord. Der Priester beendete seine Ansprache recht bald, senkte den Kopf vor dem Sarg, und die zweiflügelige Tür auf der linken Seite wurde geöffnet. Der lange Trauerzug machte sich auf den Weg, umtost von Windböen, die die hohen Baumkronen schüttelten. Hinter einer Kurve erreichten wir die Familiengruft der Küsters. Den dicht stehenden Gravierungen auf dem schwarzen Granitstein zufolge, war für einen Sarg wohl kaum mehr Platz. Und wenn es von Susanne Küster, kerngesund, wie sie nach Auskunft der Rechtsmedizin gewesen war, keine Bestattungsverfügung gab, hatte ihre Familie offenbar entschieden, die Urne in ein paar Wochen in aller Stille beizusetzen. Nach einem kurzen Gebet und der Ablage der Gestecke, die sich selbst auf dem großen, im Lauf des trockenen Sommers verdorrten Rasenareal übereinander türmten, ordnete sich die Trauergemeinde zu einer langen Reihe, um Susannes Mutter und ihrer Schwester zu kondolieren. Lotte Küster schüttelte mechanisch fremde Hände, auch ihre Tochter nahm die Beileidsworte mit eingefrorener Miene entgegen. Weder Peter Plassen noch Marianne Harding waren erschienen. Was hatte ihre alte Seilschaft dermaßen zerrüttet, dass man einander nicht mal in Krisenzeiten beistand? Irgendwo im Auseinanderbrechen dieser alten Clique lag die Lösung unserer beiden Mordfälle.

Die große Menge zerstreute sich schnell in Richtung Zentraltor. Nur wenige waren geblieben, wahrscheinlich, um Lotte Küster und ihre Tochter ins Hotel oder zu einem Imbiss zu begleiten. Doch als die beiden am Ausgang erschienen, waren sie allein. Susannes Schwester hielt ihr Handy ans Ohr, während ihre Mutter, das Gesicht großflächig durch eine Sonnenbrille geschützt, wie in Trance Schritt vor Schritt setzte.

Lena musste mich kennen, sie gab mir ein Zeichen, noch bevor sie ihr Gespräch beendete. Ich stellte mich vor, und sie sagte: „Ich weiß, wer Sie sind.“ Lotte Küster reagierte auch jetzt nicht, ganz so, als geschähe alles rund um sie hinter einer Milchglasscheibe. Sie tat mir leid, umso mehr als ihr Mann entweder an der Trauerfeier nicht hatte teilnehmen wollen oder dazu nicht in der Lage gewesen war. Bei unserem Telefongespräch in ihrer Wohnung in Konstanz hatte sie von gravierenden Herzproblemen geredet. Kam zu der Trauer über ihre ermordete Tochter nun auch noch die Angst, er könne ebenfalls sterben?

Lena streichelte ihr mechanisch den Arm, während sie mir mitteilte, sie brächte ihre Mutter ins Hotel, um sich anschließend mit mir in Susannes Apartment zu treffen. Als ich nickte, fügte sie mit überraschender Gereiztheit hinzu: „Ich muss da rein, verstehen Sie? Und wir haben keinen Schlüssel.“

Ich versprach, vor Susannes Wohnhaus auf sie zu warten. „Warum ist Ihr Vater nicht mitgekommen?“

„Er liegt mit Herzbeschwerden im Hotelzimmer. Er hatte alles in Bewegung gesetzt, um Hunte auszuschalten, und dann schafft es dieser Kotzbrocken doch wieder in Susannes Wohnung. Und Sie lassen ihn auch noch frei!“ Ihr Atem roch scharf nach Nikotin. Aber ging mich das etwas an? Ich hätte mit ihrer Situation nicht tauschen mögen.

„Patrick Hunte hat ausgesagt, Ihre Schwester hätte ihn am Dienstagabend zu sich bestellt.“

„Hunte ist ein Lügner. Glauben Sie ihm kein Wort. Meine Schwester war fertig mit ihm.“ Sie wandte den Kopf, weil ein Taxi auf der Höhe des *Guten Hirten* auftauchte, einer Einrichtung, die früher *schlimme Mädchen* festgehalten hatte und heute Hotelgäste beherbergte. Lena öffnete die hintere Tür des cremefarbenen Mercedes, half ihrer noch immer hilflos wirkenden Mutter auf den Rücksitz und setzte sich neben sie. Und während sich der Diesel brummend entfernte, informierte ich Max über das mit Lena Clark vereinbarte Treffen in Küsters Apartment.

Sie hatte ihr schwarzes Kostüm gegen einen dunkelroten Hosenanzug ausgetauscht. Erst jetzt fiel mir auf, wie groß sie war; sportlich und muskulös wie jemand, der viel schwimmt oder Tennis spielt. Nur die Frisur wirkte mädchenhaft: dunkles, stark gewelltes Haar, das bis auf die Schulter reichte. Wenn man von ihren hellbraunen Augen absah, besaß sie wenig Ähnlichkeit mit ihrer blonden und grazilen Schwester. Schweigend beantwortete sie meinen Händedruck, sie wirkte müde und bedrückt. Aber sie hatte dieses Treffen gefordert, und ich war froh, allein mit ihr reden zu können, weil ich mir Erinnerungen an die gemeinsame Kindheit mit Susanne und eine Aussage über ihr Verhältnis zu den Eltern erhoffte.

Als sie den großen Flecken auf dem hellen Sisalteppich sah, schnappte sie nach Luft. „Himmel, der muss ja komplett raus!“ – eine erschreckend geschäftsmäßige Reaktion nach dem Drama, das sich hier abgespielt hatte. Sie warf ihre Jacke über eine der Stuhllehnen und sagte auf meine Frage, wie es ihren Eltern gehe: „Sie haben sich hingelegt. Ich treffe mich heute Abend mit ihnen und werde sie zwingen, endlich etwas zu essen.“ Dann ging sie zum Fenster und sah hinaus, als wollte sie prüfen, wie man in die Wohnung hineinkam, ohne die Tür zu benutzen. Vielleicht suchte sie die für US-amerikanische Mietshäuser typischen Feuerleitern, die es in Münster natürlich nicht gab.

„Kennen Sie Patrick Hunte?“

„Flüchtig. Gelegentlich hat Susanne in ihren Mails von ihm erzählt. Nichts Gutes, unterm Strich.“ Sie blieb weiter zur Scheibe gewandt, während sie fortfuhr: „Wenn meine Schwester an einer Krankheit gestorben wäre oder durch einen tragischen Unfall, könnte ich damit auch nur schwer umgehen, aber dass sie trotz aller richterlichen Schutzvorkehrungen brutal ermordet wurde, das macht mich richtig wütend. Buchten Sie Hunte ein! Er war‘s!“

„Wir haben bisher keinen Beweis dafür, dass er der Täter ist.“ Ich fragte sie, ob sie schon früher von der Schwangerschaft gewusst habe. Sie schüttelte den Kopf und begann zu schluchzen. „Susanne war sechs Jahre jünger als ich, und ich hatte immer das Gefühl, ich müsste sie beschützen. Sie war so unbekümmert, so mutig, sie hatte einfach kein Risikobewusstsein.“

„Könnten Sie sich als Täterperson jemand anderen vorstellen als Patrick Hunte? Ihre Schwester kann von ihm nicht schwanger gewesen sein, das wurde medizinisch nachgewiesen.“

„Dann hat er sie eben aus Eifersucht umgebracht. Und warum soll er nicht auch Jenny Harding gekannt haben? Die Täter stammen doch meistens aus dem Familien- oder Freundeskreis. Eifersucht, Neid, Geldgier, das sind die häufigsten Mordmotive.“

„Statistisch gesehen, ja“, stimmte ich zu. „Und wir sind auch ziemlich sicher, dass Ihre Schwester den Täter in ihre Wohnung gelassen hat. Aber sie starb in der Zeit zwischen einundzwanzig Uhr und zwei Uhr früh, und für diesen Zeitrahmen kann Patrick Hunte zwei Zeugen benennen. Die Nachbarn hier im Haus haben seine Stimme nur bis gegen acht Uhr gehört. Ihre Schwester und er haben gestritten, danach war es still.“

„Dieses elende Schwein!“, sagte sie, „und so was läuft frei herum!“

„Noch mal: Wir müssen ihm den Mord nachweisen können. Vielleicht ist Ihre Schwester später noch weggegangen und mit ihrem Mörder zurückgekehrt. Hatte Sie vor jemandem Angst? Vielleicht in ihrer Schule? Oder vor den Eltern eines ihrer Schüler?“

„Wie soll ich das wissen?“

„Wann haben Sie Patrick Hunte kennengelernt?“

„Letzten Sommer. Da hatte er gerade eine friedliche Phase.“

„Und wie benahm er sich in seinen anderen Phasen?“

„Er konnte ziemlich ausrasten. Aber dann kam er am nächsten Abend gleich mit Rosen und wortreichen Entschuldigungen angeschlichen, und Susanne wurde wieder weich.“

„Bis sie das Besuchsverbot durchsetzte.“

„Das hat unser Vater durchgesetzt. Der Gedanke, dass dieser Kotzbrocken dort ein- und ausging, war ihm unerträglich.“

Unterdessen hatte ich den Rotkehlchenanhänger auf den Tisch gelegt, Lena nahm das Plastiktütchen in die Hand und erklärte, diesen Schmuck noch nie gesehen zu haben. Susanne hätte sich so etwas auch niemals umgehängt, weil sie einen panischen Ekel vor Vögeln hatte, vor ihren dürren Krallen und den starren Knopfaugen. Wer in der Familie wusste von diesem Ekel?

„Alle“, sagte sie achselzuckend. „Hat das Ding etwas mit dem Mord zu tun?“

„Wir haben es bei Ihrer Schwester gefunden. Vielleicht das Geschenk einer Schülerin.“

„Susanne nahm niemals Geschenke von Schülern an. Durfte sie gar nicht. Okay, ein selbst gemaltes Bild war in Ordnung, sie hat mir auch mal ein Freundschaftsbändchen gezeigt. Aber alles, was über Pfennigkram hinausging, war verboten. Beamtenbestechung.“ Sie starrte wieder den Flecken auf dem Teppich an: „Ist es hier passiert?“

„Die Spurensicherung arbeitet noch dran." Schüller hatte tatsächlich Schleifspuren vom Bad bis zu jener Stelle gesichert, wo Küster gelegen hatte. Der Täter hatte versucht, die Abdrücke zu glätten, indem er die Sisalschlingen gegen den Strich bürstete, doch ganz war ihm die Vertuschungsaktion nicht gelungen.

Lena wollte wissen, ob die Spurensicherung Dokumente aus der Wohnung mitgenommen habe. „Frau Clark, wenn Ihre Schwester ein Tablet oder Laptop besaß, und davon gehen wir aus, dann ist es ebenso verschwunden wie ihr Handy. Wir haben die neueste Post und alle Papiere mitgenommen, die wir auf Anhieb nicht einordnen konnten. Die Sachen werden durchgesehen, auch die Kontoauszüge, und anschließend bekommt Ihre Familie alles zurück." Bei der geöffneten Post hatte sich nichts Aussagekräftiges finden lassen: ein Schreiben von der Stadtsparkasse, das den Wechsel ihres Bankberaters ankündigte, eine Einladung zu einer Galerieausstellung in Coesfeld und mehrere Spendenaufrufe von gemeinnützigen Einrichtungen. Küsters Einzelkontakte der letzten sieben Tage, die der Handyanbieter uns übermittelt hatte, wurden, das bereits geklärte Gespräch mit Plassen ausgenommen, noch überprüft. Wobei ich auf die Unterstützung ihrer Kollegin Vera Jung hoffte. Susanne Küster hatte zum Schluss häufig telefoniert. Noch während ihres letzten Schulvormittags in der Großen Pause am Freitag.

„Ich hoffe, dass wir die Dokumente schnell zurückbekommen. Ich soll im Auftrag meines Vaters nach einem Testament von Susanne suchen. Er befürchtet, dass sie Patrick Hunte begünstigt hat, um endlich Ruhe vor ihm zu haben."

Ich rief Max an: keine Spur von einem Testament.

„Wenn es eins gibt", drängte Lena weiter, „muss es hier sein. Meine Eltern wussten nur von einer Bestattungsverfügung. Darin hatte Susanne eine Urnenbestattung festgelegt und die Rückgabe dieser Wohnung an meinen Vater. Er hat sie im Sommer gekauft und sofort geregelt, dass Hunte sie nicht ständig mitbenutzen darf." Sie schickte einen abschätzenden Blick durch den Raum, als vermutete sie eine Falltür im Boden oder ein Geheimfach, die der Polizei entgangen waren. „Mein Vater geht davon aus, dass Hunte meine Schwester nach dem Hausverbot unter Druck gesetzt hat, um ihr die Wohnung abzuschwätzen. Falls sie in den letzten Wochen ein Testament verfasst hat, ersetzt das ihre letzte Verfügung, und mein Vater wird ausgetrickst."

„In diesem Fall hätte Herr Hunte seinen Willen bekommen und kein Mordmotiv gehabt.“

Statt einer Antwort wollte sie wissen, ob die Mitnahme von Dokumenten nicht quittiert werden müsse. Ich gab zu bedenken, dass beim Auffinden ihrer toten Schwester niemand befugt gewesen sei, eine Quittung zu unterschreiben. Aber natürlich war alles aufgelistet, und wenn jemand aus der Familie Küster die Echtheit bestätigen konnte, tat er uns damit einen Riesengefallen. Auf die Frage, wie lange ihre Eltern noch in Münster bleiben könnten, entgegnete sie: „Bis morgen Abend. Ihre Maschine ab Düsseldorf geht um siebzehn Uhr. Sie wollen sicher noch mit ihnen sprechen. Am besten kommen Sie morgen gegen zehn Uhr ins Hotel. Dann geht die Frühstückszeit zu Ende, und Sie haben Ruhe.“ Sie zögerte kurz. „Müssen Sie mich dabei haben? Ich würde morgen gerne noch einmal zu unserem Familiengrab fahren. Ich bin dann ja auch nicht mehr lange hier. Ich fliege übermorgen am Nachmittag von Frankfurt ab. Zur Beisetzung von Susannes Urne werde ich nicht kommen können. So lange kann ich meine Familie nicht allein lassen.“

Eine Unterredung ohne ihre Gegenwart war mir ohnehin lieber, denn natürlich musste auch das Verhältnis der beiden Schwestern zueinander und die Rolle ihres Mannes aus der Sicht der Schwiegereltern geklärt werden. Lückmann hatte Cameron Clark als Rechtsanwalt in einer Kleinstadt im US-Bundesstaat New Jersey identifiziert.

Gemeinsam gingen wir die noch dagebliebenen Papiere durch, fanden umfangreiches Material für den Unterricht, aber kein Testament. Während Lena die Wäschekommode sichtete, kramte ich mich durch einen Schuhkarton voll leerer oder beschrifteter Kunstpostkarten, der sich als Versteck für ein Testament geeignet hätte. Ich versprach Lena, dass auch die mitgenommenen Dokumente noch heute überprüft und zurückgegeben würden, schlüpfte in meine Jacke und lotete gerade den Fahrradschlüssel in den Tiefen meiner Umhängetasche aus, als Lena überraschend freundlich vorschlug, noch schnell einen Tee zu machen; ein Angebot, das ich nicht ausschlagen konnte. Die Luft in dem engen Apartment war so staubtrocken wie in einem Wüstencamp. Während Lena in der Küche verschwand, Becher aus dem Schrank holte und die Deckel mehrerer Blechdosen aufhebelte, um Teebeutel zu finden, ging ich ans Fenster und sah mir die Häuserzeile auf der anderen Seite an. Die Straße war schmal, genau gegenüber gab es auf gleicher Höhe eine dritte Etage, man sah einander ins Zimmer, falls nicht eine dichte Gardine für Diskretion sorgte. Bei Frau Küster gab es nicht mal Stores. Offensichtlich war sie kein Mensch, der zum Sichverstecken neigte, und sie hatte sich ja auch nicht die geringste Mühe gegeben, ihren Streit mit Hunte vor der Hausgemeinschaft zu verheimlichen. Hatte der Krach gar nicht ihrer Schwangerschaft gegolten, sondern tatsächlich einer Testamentsversion, in der Hunte nicht vorkam? Ich beschloss gerade, vor meiner Rückkehr ins Präsidium die Mieter der gegenüberliegenden Wohnung zu befragen, da erschien Lena im Türrahmen, einen USB-Stick zwischen Daumen und Zeigefinger. „Wer versteckt denn so was in einer verrosteten Earl Grey-Dose?“

Schüller hatte aus der flachen Lade des Computertisches gleich mehrere Sticks mitgenommen. Kreuz und quer hatten sie auf einer alten Porzellanschale gelegen, so als hätte jemand hastig etwas gesucht. Der Stick, den Lena gefunden hatte, war in ein buntes Säckchen eingenäht gewesen, wie manche Drittwelt-Läden sie benutzten, um ihren Schmuck zu verpacken. Wenn Susanne dieses Exemplar im Küchenbord versteckt hielt, bedeutete das, man sollte es nicht finden. Ich holte energisch Luft und schob es in meinen Laptop. Der fettgedruckte Titel „Der Fall Anne S.“ tauchte auf, eine Widmung an eine gewisse „Margarete T.“ erschien, danach das Inhaltsverzeichnis: I.: „Fallanalyse.“ II.: „Auswirkungen auf die kindliche Psyche“ III.: „Spätfolgen.“ Insgesamt hatte das Manuskript siebzig Seiten, auf seine letzte Seite heruntergescrollt, wirkte es abgeschlossen.

Lena hatte mir über die Schulter gesehen. Jetzt sackte sie auf den Stuhl neben mir und redete.

Im vergangenen Frühjahr, sie meinte, es sei um Ostern gewesen, hatte Susanne ihr in einem Brief geschrieben, sie sei auf einen Fall von sexueller Belästigung eines achtjährigen Mädchens gestoßen. Er hatte sich Mitte der neunziger Jahre in Münster ereignet, ohne jedoch allzu viel Staub aufzuwirbeln. Wahrscheinlich, weil nicht von Missbrauch die Rede gewesen sei, und unsittliche Berührung selbst bei Kindern in manchen Kreisen immer noch als Kavaliersdelikt galt. Das betroffene Mädchen hatte einen Freund seiner Eltern belastet, aber keinen Namen nennen wollen. Demnach konnten es auch mehrere Freunde gewesen sein, die sich an ihr zu schaffen machten. Die Staatsanwaltschaft hatte damals gegen einen Unbekannten ermittelt, der, angeblich in Frauenkleidern, auf der dämmrigen Promenade Kindern auflauerte. Irgendwann war die Anzeige wie eine Seifenblase geplatzt. Da habe, so Susannes frustrierte Meinung im Nachwort, wohl ein besonders einflussreiches „Honoratiorenschwein“ seine Hand im Spiel gehabt. Jetzt, nach zwanzig Jahren sei die Sache leider verjährt. Aber nicht vergessen.

„Hat Ihre Schwester das Mädchen kennen gelernt? Das müsste heute achtundzwanzig sein.“

„Nein. Sie kannte nur den Vornamen und den Anfangsbuchstaben des Nachnamens.“

„Wie ist sie darauf gestoßen?“

„Durch den Besuch bei einer ehemaligen Kollegin. Multiple Sklerose im Endstadium. Diese Frau hat Susanne gebeten, Unterlagen, die sie vor zwanzig Jahren gesammelt hatte, aus ihrer Wohnung mitzunehmen und weiterzuverarbeiten.“

„Könnte es sich bei dieser Kollegin um Margarete T. handeln?“

„Das weiß ich nicht. Jedenfalls fühlte Susanne sich dieser Frau verpflichtet, wusste aber nicht, wie sie die Aufzeichnungen verwerten konnte. Nach jahrelangem Schweigen und mit so wenigen Fakten.“

„So viel Zurückhaltung ist wirklich eigenartig. Hat Ihre Schwester Ihnen denn nicht geschrieben, durch wen die kranke Kollegin auf den Fall aufmerksam geworden war? War die Kleine vielleicht eine ihrer Schülerinnen?“

„Das stand nirgendwo. Ich habe ihr damals geraten, unseren Vater einzuschalten. Er hat zwar als Scheidungsanwalt gearbeitet, aber hört man da nicht auch von sexueller Belästigung?“

„Hat Ihr Vater weiterhelfen können?“

„Keine Ahnung. Mir gegenüber hat sie die Sache nie wieder erwähnt. Und ehrlich gesagt, habe ich sie auch ziemlich bald vergessen. Unser Vater bekam immer öfter Herzprobleme, da wollte ihn niemand mit Skandalfällen belasten, die nicht nur schon zwanzig Jahre zurücklagen, sondern auch im weit entfernten Münster passiert waren. Er hatte alle Kontakte zu seinen alten Freunden abgebrochen.“

„Warum?“

„Sein Herzleiden, die große Entfernung, keine gemeinsamen Interessen mehr. Meine Eltern leben in Konstanz sehr zurückgezogen.“

Die regelmäßigen Treffen der Freundesgruppe um Adrian Harding fielen mir wieder ein, an denen auch die Küsters teilgenommen hatten. Wie lange hatte Lena sich daran beteiligt? „Ich war die Älteste", sagte sie, „ich konnte mit den Kleinkinderspielchen schon bald nichts mehr anfangen. Außerdem fanden die Treffen an Wochenenden oder Feiertagen statt, und da durfte ich mit meiner besten Freundin zum Reiterhof ihres Großvaters."

„Erinnern Sie sich an Jenny Hardings Vater?"

„Natürlich. Er war ganz lustig, manchmal ein bisschen albern. Er hat sich sehr um die kleinen Mädchen gekümmert."

„Bis es ihm zu viel wurde."

„Ach ja?" Sie zuckte die Schultern. „Warum interessieren Sie sich für Dr. Harding?"

„Er ist immerhin Jenny Hardings Vater."

„Und schon lange tot. Halten Sie es für möglich, dass der Mann, der meine Schwester auf dem Gewissen hat, auch Jenny getötet hat?"

„Wir müssen jeder Spur nachgehen. Warum glauben Sie so unbedingt an einen Mann?"

Sie lachte nervös. „Weil ich meinen Verdacht gegen diesen miesen Hunte nicht loswerde."

„Und Sie glauben, dass er auch Jenny Harding kannte."

„Phh", machte sie, „Jenny Harding kannten viele. Sie gehörte zur münsterschen Upperclass. Aber welche schöne Frau lässt schon einen pickeligen Loser an sich ran? Und wenn Sie jetzt auch noch sagen, er wäre impotent ..."

„Das kann man niemandem zum Vorwurf machen. Besitzen Sie den Brief Ihrer Schwester noch?"

„Bestimmt", nickte Lena, „Briefpost war bei uns selten. Normalerweise tauschten wir E-Mails. Jetzt werde ich das Wenige wieder lesen, das ich von ihr besitze." In ihren Augen glitzerte es verdächtig, und ich dachte unwillkürlich an meinen Bruder Paul in München, der zum Glück quietschvergnügt durchs Leben schlitterte. Ich hatte seine Weihnachtskarten gesammelt, weil sie so herrlich schräg waren, seine E-Mails aber bald gelöscht. Nicht, dass ich plötzlich um sein Leben fürchtete, aber ich würde ihm jetzt öfter schreiben.

„Können Sie mir diesen Brief möglichst bald nach Ihrer Rückkehr mailen?"

„Klar, mach ich! Aber jetzt frage ich mich natürlich, wer noch von diesen Recherchen erfahren haben könnte. Die kranke Paukerin konnte dem Kinderschänder nicht mehr gefährlich werden, aber was, wenn der sich ausrechnen konnte, wem sie diese Altlasten anvertrauen würde?“ Ich fragte, ob Susanne bestimmte Medien im Auge gehabt habe, an die sie ihre Unterlagen weitergeben konnte, doch Lena winkte ab. „Für ein Buch ist das Manuskript nicht umfangreich genug. Und für eine Zeitschrift dann doch zu unspektakulär! Dafür ist das Thema sexuelle Belästigung leider zu abgedroschen. Vor allem, wenn keine konkreten Namen fallen, und die Sache lange her ist.“

Der Stick in seinem Stoffsäckchen schien in meiner Handfläche zu glühen, als ich durchs Treppenhaus nach unten hetzte. Ich verstaute ihn in der Innentasche meiner Jacke, zurrte den Reißverschluss zu, während ich hörte, wie Lena die Wohnungstür ihrer Schwester verschloss. Doch dann nahm sie nicht, wie ich erwartet hätte, ebenfalls die Treppe oder den Lift, sondern schien zu warten. Wollte sie sichergehen, dass ich das Haus verließ, bevor sie noch einmal zurückkehrte? Hatte sie noch etwas entdeckt, das sie der Polizei nicht zeigen wollte? Im Schutz der Dunkelheit wechselte ich die Straßenseite. Doch das Fenster im dritten Stock blieb dunkel. Redete Lena jetzt mit den Nachbarn? Hatte sie ihre eigene Ermittlungsstrategie entwickelt oder war sie von einem der Hausbewohner angesprochen worden? Susanne Küster war beliebt gewesen. Warum nicht sein persönliches Mitgefühl anbringen, wenn jemand aus ihrer Familie auftauchte?

Irgendwann wurde mir mein Wachposten zu dumm. Vielleicht hatte jemand Lena Clark zum Kaffee in seine Wohnung gebeten, um mehr über das Verbrechen zu erfahren. Das konnte dauern. Und so schrieb ich mir nur noch die Namen jener beiden Mieter in dem Haus hinter mir auf, die Susannes Wohnung im Blick hatten, und fuhr zurück, um den Inhalt des Sticks auszudrucken. Die letzte Seite zeigte tatsächlich, dass das Manuskript abgeschlossen war. Dafür sprachen auch das Inhaltsverzeichnis und ein kurzes, mit dem 15. August des laufenden Jahres datiertes Nachwort. Aber hätte nicht auch noch eine Einleitung dazu gehört, eine Art Absichtserklärung? Und war es nicht üblich, dass man bei einem so heiklen Stoff Experten befragte, denen man für ihre Unterstützung dankte? Lena hatte Recht. Die Öffentlichkeit war abgestumpft von den Horrorszenarios in Kinderheimen, Hallenbädern, Ferienlagern. Doch ereigneten sich diese Vorfälle nicht noch häufiger in familiären Kreisen? Wo Kindern noch weniger Glauben geschenkt wurde, wenn sie den eigenen Vater, Onkel oder einen guten Freund der Familie belasteten? Wenn Susanne ihrer

Schwester Lena nach der ersten Ankündigung, diesen zwanzig Jahre alten Fall neu aufzurollen, nichts mehr zu berichten gehabt hatte, war sie bei ihrer Fortsetzung der Recherchen von Margarete T. auf Granit gestoßen.

„Wer nimmt Belästigungen ernst, wenn es keine körperlichen Symptome gibt?“, fragte ich Max. „Keine Hämatome, sondern nur ekliges Gefummel, das kein Arzt nachweisen kann. Was ist mit den psychischen Schäden, wenn der nette Hausfreund zulangen darf, wann immer sich die Gelegenheit ergibt?“ Darauf fiel ihm auch keine Antwort ein.

Ziemlich frustriert, suchte ich die Telefonnummern von Susanne Küsters beiden Gegenüber-Nachbarn heraus. Doch wenn ich gehofft hatte, auf eine würdige münstersche Miss Marple zu stoßen, war ich schief gewickelt. Frau Herten, der Stimme nach eine rüstige Rentnerin, war am Mordabend über den „Heute“-Nachrichten eingeschlafen, um erst gegen zwei Uhr morgens wieder aufzuwachen. Ihre Nachbarn wohnten auch „nach hinten raus“ und waren seit zehn Tagen in Urlaub. „Aber das verrate ich Ihnen nur, weil Sie von der Polizei sind.“

„Wir werden mal eine Streife vorbeischicken“, versprach ich amüsiert und legte auf.

* * *

Als ich gegen zehn Uhr abends unsere Haustür aufschloss, kreisten meine Gedanken noch immer um das rätselhafte Manuskript. Franz buckelte seinen Bereitschaftsdienst in Handorf ab, ich hatte also Ruhe zum Lesen. Da ich vergessen hatte einzukaufen, musste geistige Nahrung herhalten. Trotzdem warf ich einen hoffnungsvollen Blick in den Kühlschrank und entdeckte zwischen einem Camembert an der olfaktorischen Toleranzgrenze und einer Tüte mit schlappem Fertigsalat eine von jenen Lunchdosen, die Kerstin häufig zur Uni mitnahm. „Für Mama!“ Drinnen lagen drei Hügelchen in einem schmuddeligen Granitgrau mit hellrosa Einsprengseln. Das Post-it an der Innenseite des Deckels belehrte mich, das ich „Architekturen aus Meeresfrüchten, Selleriecreme und Pecorino“ vor mir hatte. „Meine neueste Entwicklung für das Amuse-Bouche unseres Weihnachtsmenüs. Wärm‘ sie kurz in der Micro. Mit einem Glas Prosecco schmecken sie himmlisch.“ Hungrig, wie ich war, verzehrte ich sie kalt, was meinen Geschmacksknospen nicht wirklich gefiel, Meeresfrüchte waren nicht mein Fall! Prompt schweiften meine Gedanken zu dem tragischen Tod meiner besten Freundin Marion ab: ein feiger Giftanschlag in ihrer Galerie vor fünf Jahren. Ich goss ein Gläschen Prosecco ein, den meine Tochter ebenfalls zurechtgestellt hatte, allerdings nicht im Kühlschrank. Er schmeckte wie Spülwasser, in das man Kuchenteller getaucht hatte. Jawohl, ich war undankbar an diesem Abend, garstig, frustriert und froh, keinen Menschen mehr unterhalten zu müssen. Dieser Tag hatte mich total ausgehöhlt, mein Inneres nach außen gestülpt, obwohl wir in Susanne Küsters Wohnung einen großen Schritt vorangekommen waren. Ich blätterte schon eine ganze Weile in ihrem Manuskript, als mir bewusst wurde, dass Cornelia sich noch nicht gemeldet hatte. Keine SMS, keine E-Mail – nichts, nada! Kurzerhand wählte ich ihre Handynummer und landete in der Sprachbox. In meinem Magen begann irgendetwas zu kreiseln, die Meeresfrüchte oder der Prosecco oder beides miteinander eingeseift. Nervös starrte ich durch das Küchenfenster auf die Straße, als könnte ich Cornelia herbeibeamen. Ich kochte einen Einschlaftee und verkroch mich mit dem Becher und einer alten Decke auf dem Bibliotheks-Sofa. Auf der Fensterbank lag noch immer Hardings Enthüllungskrimi. Sein blutroter Einband mit der schwarzen, tränenförmigen Aufschrift drängte sich so lange in meinen Blickwinkel, bis ich aufstand und ihn holte. Tagsüber würde mir kaum genug Zeit bleiben, die mehr als zweihundert Seiten zu lesen. Also warum nicht aus der Not eine Tugend machen, die mich aus meinen düsteren Grübeleien ablenkte? Ich schlug die ersten Seiten auf und versank schon bald in einer flott entwickelten Handlung, von der bei Hardings Vortrag nichts zu erkennen gewesen war. Das war schade, denn der Plot zeigte Biss. Neun münstersche Kunstschaffende, vom Tuschezeichner über den Slam-Poeten bis zum Komponisten hatten sich in einem Nobelgasthof im westlichen Münsterland zu einem Wochenende des Gedankenaustausches versammelt, Galadinner inklusive. Der Gastgeber blieb geheim, doch alle Geladenen schienen ihn zu kennen, sonst hätten sie nicht zugesagt. Das Szenario erinnerte an Agatha Christies Zehn Kleine Negerlein. Das bestätigte auch der Klappentext, der fast schon spoilermäßig verriet, dass sämtliche Teilnehmer, bis auf den Täter natürlich, das Hotel noch vor dem Morgengrauen des Montags mit den

Füßen voran verlassen würden. Exitus durch vergiftete Schmankerln. Die salzig-herbsüße Note von Kerstins Amuse-Bouche stahl sich, transportiert von einem leichten Aufstoßen, an mein Gaumensegel. Ich spülte sie mit Tee hinunter, während ich erfuhr, dass der Täter sogar die Hotelbar für seine todbringenden Pläne missbraucht hatte.

Lena Clark saß mit ihren Eltern an einem fensternahen Vierertisch, der bis auf zwei Kaffeetassen abgeräumt war. Auch andere Hotelgäste waren noch geblieben, blätterten in Reiseführern oder redeten miteinander, was den Frühstücksraum mit einem angenehmen, gedämpften Stimmengewirr füllte. Lena entdeckte mich sofort und kam mir entgegen. „Guten Morgen, Frau Züricher. Sollen wir einen Kaffee für Sie bestellen?“

„Danke vielmals, nein.“ Ich warf einen schnellen Blick auf ihre Mutter. Sie wirkte auch jetzt geistesabwesend, strich mit stereotypen Bewegungen Brötchenkrümel auf der Tischdecke zusammen. Richard Küster stand dagegen auf, gab mir die Hand und zog dann, kaum hatte er sich wieder gesetzt, demonstrativ eine Tablettenpackung aus der Jackentasche. Er drückte eine weiß-rote Kapsel aus der Blisterfolie, schluckte sie mit dem letzten Schluck Kaffee hinunter, bevor er die Tasse mit unwirschem Blick zur Seite stellte. Wollte er mir signalisieren, dass ihm dieses Gespräch garantiert schaden würde? Lena gab ihm einen Kuss auf die Wange und entfernte sich mit festem Schritt, nachdem sie ihrer Mutter über die Schulter gestrichen hatte. Lotte Küsters Miene blieb unbewegt, ihr Blick gesenkt.

„Sie haben den Kerl freigelassen?“, bellte Küster ganz unvermittelt. Ein paar Gäste sahen zu uns herüber. Ich erklärte ihm mit gedämpfter Stimme, warum wir Patrick Hunte nicht hatten festhalten können, dann redeten wir eine Weile über die Familie. Das Verhältnis zwischen Lena und Susanne, so brummte Richard Küster noch immer widerwillig, sei „ungetrübt“ gewesen; keine Eifersüchteleien, keine Intrigen, keine Streitigkeiten. Seine Frau nickte zu seinen Worten. Cameron Clark, erfuhr ich weiter, war vor acht Jahren als Praktikant in Küsters Kanzlei eingetreten und hatte dabei Lena kennen gelernt. Als das Praktikumsjahr zu Ende ging, heirateten die beiden. „Viel zu schnell“, wie Küster verbittert bemerkte. „Lena ist nicht glücklich da drüben. Nur die Kinder verbinden die beiden noch. Sie haben zwei Jungs mit unseren Genen. Söhne schlagen immer der Mutter nach.“

„Was stört Sie an Ihrem Schwiegersohn?“

„Cameron ist ein windiger Hund, folgt lieber seinen Hobbys als seiner Karriere – Angeln, Golf, Tennis. Er ist kein großes Licht, nur der dritte Mann in seiner Kanzlei. Außerdem betrügt er unsere Tochter nach Strich und Faden.“

Und jetzt also das Malheur mit dem Loser Patrick Hunte, der nicht mal sein Studium gebacken kriegte! Ich dachte an das erbärmliche Bürschchen, das während unseres Verhörs ständig zwischen Selbstmitleid und Zynismus gependelt hatte. Sollte es in der Familie Küster keinen zweiten Fall eines unwillkommenen Schwiegersohns geben? Hatte Küster vielleicht die Hausgemeinschaft seiner Tochter bestochen, damit sie schlecht über ihn redete? An unserem Tisch hatte sich Schweigen ausgedehnt, doch eine Frage musste ich Küster noch stellen. „Worüber ist Ihre langjährige Freundesclique zerbrochen? Lag es an den Kindern oder an Ihnen, der Elterngeneration? Immerhin sind zwei aus der damaligen Kindergruppe gewaltsam ums Leben gekommen.“ Mein Blick wanderte zu Lotte Küster, deren Hand auf der weißen Damastdecke erstarrt war, sie zuckte, als ihr Mann in seinen bellenden Tonfall zurückfiel. Wieder wurden neugierige Blicke zu unserem Tisch geschickt.

„Warum interessiert sich die Polizei dafür?“

„Wir müssen zwei Morde aufklären.“

„Für die unser damaliger Freundeskreis nicht verantwortlich gemacht werden kann. Wahrscheinlich hatten Susanne und Jenny gemeinsame Bekannte. Haben Sie sich dort schon mal umgesehen?“ Seine laute, ätzende Stimme hätte die Worte seine Frau übertönt, wenn ich ihr nicht gegenüber gesessen hätte.

„Aber Richard“, sie sprach wie zu einem kleinen dummen Kind, „du weißt doch, dass Adrian untragbar geworden war. Deshalb hast du doch auch Mariannes Mandat übernommen. Sie sollte unbedingt ihre Scheidung durchsetzen, weil ...“

„Misch dich nicht ein!“, fauchte er und zu mir gewandt: „Meine Frau bringt alles durcheinander. Sie hat ein starkes Beruhigungsmittel bekommen.“ Sekundenlang saugte sich Frau Küsters Blick an meinem fest, und ich glaubte, die Botschaft lesen zu können: Stellen Sie meinem Mann noch mehr Fragen! Höhlen Sie ihn aus!

„Könnte es sein, dass die Spur zum Mörder in die Kindheit Ihrer Tochter führt?“

„Das ist absurd, Frau Züricher! Heften Sie sich an die Spuren dieser …“, er machte eine Handbewegung, als wollte er einen fetten Brummer verscheuchen, „verkrachten Existenz. Warum soll er nicht auch die Harding umgebracht haben? Komm, Lotte, wir gehen jetzt. Du brauchst Ruhe!“

„Hunte war nachweislich nicht schuld, Herr Küster. Er hat zwei neutrale Zeugen aufgeführt, so dass der Zeitrahmen voll abgedeckt ist.“

Draußen rief ich Lena an. „Ihre Mutter wollte mir etwas zum Tod Ihrer Schwester sagen, aber Ihr Vater hinderte sie daran.“ Jetzt, wo ich das sagte, kam ich mir lächerlich vor. Warum hatte ich nicht mehr Druck gemacht? Lena lachte gereizt: „Das wundert mich kein bisschen. Erst recht nicht, wenn es um die alte Clique geht. Nachdem ich nicht mehr teilgenommen habe, haben sie sich noch eine ganze Weile getroffen. Aber dazu kann ich Ihnen wirklich nichts sagen.“

„Irgendeine Idee, wer mir dazu etwas sagen könnte? Anne-Maria Sander, zum Beispiel?“

„Möglich“, sagte sie. „Keine Ahnung, was aus ihr geworden ist. Als ich die Gruppe abhakte, war ich vierzehn und definitiv zu alt, für die lieben Kleinen … , aber auch für die Großen.“

„Wie meinen Sie das?“

„Für die Kleinen war ich fast schon erwachsen, und für die Großen zu … altklug.“

„In dem einen oder anderen Zusammenhang könnte man das als Kompliment verstehen.“

Sie lachte. „Ich habe es auch so verstanden. Weil ich mich nicht mehr am Sackhüpfen oder Eierlaufen beteiligte, bekam ich zu viel von ihren Gesprächen mit.“

„Gab es in diesem Freundeskreis vielleicht Vorfälle, die nicht in Ordnung waren?“

„Sie unterstellen unseren Eltern aber einiges, Frau Züricher, und ich möchte niemanden verdächtigen, auch nicht unsere lieben Toten.“

„Wer lebt denn nicht mehr, außer Adrian Harding?“

„Erich Sander, Anne-Marias Vater. Die Todesanzeige stand in der Zeitung, als ich gerade kurz in Münster war.“

„Wie lange ist das her?“

„Zehn Jahre.“

„Falls Ihnen noch etwas einfällt, meine Nummer haben Sie.“

Mittwoch, 4. November

Die Trauerfeier für Jenny Harding auf Lauheide zog eine unübersehbare Zahl an Teilnehmern an. Die Berichterstattung in den Medien, so mochte Marianne Harding befürchtet haben, würde mehr Neugierige auf den Waldfriedhof locken, als erträglich war. Sie hatte Recht behalten. Die Wortkargheit der Pressekonferenz, die Lothar Sonnhagen geleitet hatte, erinnerte an seinen Bericht zum Tod von Susanne Küster. Ein Sexualverbrechen konnte ebenso ausgeschlossen werden wie Raubmord. Als Todesursache war Erdrosseln angegeben. Der Vandalismus in den Wohnungen kam ebenso wenig zur Sprache wie die Tatsache, dass die an den Opfern und in ihrer Umgebung gesicherten genetischen Fingerabdrücke von derselben fremden Person stammten. Die beiden Venezianerketten und die identischen Vogelanhänger wurden in Lichtbildern gezeigt, aber nicht als Mordwerkzeug deklariert. Selbst ihr Besitzer Walter Eibenbrinck wusste auch jetzt nicht mehr, als dass sie im Umfeld der beiden Toten gefunden wurden. Und so lag es wohl nicht nur am hohen Bekanntheitsgrad der Toten, sondern auch an den spärlichen Informationen, dass die Trauergemeinde so groß war. Sie reichte bis weit in die Wege zwischen den Grabfeldern zurück. Ich war zwar schon um elf, eine halbe Stunde vor Beginn, zur Stelle gewesen, doch weiter als bis zum Eingang der Trauerhalle kam ich nicht, und so stand ich draußen und horchte auf die Gerüchteküche ringsum. Rot geweinte Augen, blasse Wut, aber natürlich auch viel kalte Sensationslust. Im Licht einer fahlen Novembersonne drängte sich das Meer aus Blumen und Kerzen gegen die Glasfronten neben der weit geöffneten Eingangstür. Ein kalter Wind wirbelte die Enden der Taftschleifen hoch und fuhr durch die Flammen. Musik drang nach draußen, wurde bald von dem Stimmengemurmel überlagert, und nur der eine oder andere Klangfetzen ließ erkennen, dass „Bridge over troubled water“ gespielt wurde. Dann folgten zwei ebenfalls sehr ruhige Lieder, die ich nicht kannte. Manchmal streiften Namen mein Ohr, ganz so als spekulierte jeder auf seine Weise über den Täter. Vergeblich versuchte ich sie mit den Eintragungen in Hardings Adressbuch in Einklang zu bringen.

Ihren kompletten Freundeskreis zu identifizieren, würde noch viel Zeit kosten.

Als die dritte Musiknummer zu Ende war, meldete sich eine männliche Stimme, durch ein Mikrophon bis nach draußen hörbar, und sofort machte das Gemurmel betretenem Schweigen Platz. Aus meiner stark gefilterten Erfahrung – ich hatte noch immer das Poltern oberbayrischer Dorfpfarrer im Ohr – passte der verhaltene Tonfall, in dem jetzt Hardings Lebensgeschichte zu Wort kam, nicht zu einem Geistlichen. Auch die sehr persönlichen Details ließen einen Insider vermuten. Kurzerhand fragte ich die neben mir stehende junge Frau, ob sie den Sprecher kenne, und sie flüsterte, sichtlich gerührt: „Das ist Felix, der Sohn von Peter Plassen. Der hat Jenny auch sehr gemocht. Sie kannten sich noch aus der Kindheit."

Sobald Felix verstummt war, entstand Bewegung im Innern der Halle. Offenbar formierte sich der engere Freundeskreis, um der Mutter und deren Partner zu kondolieren und sie anschließend zur Grabstätte der Familie Harding zu begleiten. Die Gruppen um mich herum lösten sich auf, strebten auseinander und schon bald stand ich allein an der Eingangstür, auf der Suche nach Felix. Da sich die Reihen merklich gelichtet hatten, konnte ich sehen, wie sein Vater mit Jennys Eltern redete. Marianne Harding wirkte klein und verloren, sie klammerte sich an die Bügel ihrer Handtasche, während ihr Blick auf den Boden gerichtet blieb. Dann entdeckte ich Felix, der sich offensichtlich verlegen am Rand der wenigen verbliebenen Trauergäste vorbeischob und direkt auf mich zukam. Unsere Blicke kreuzten sich, und jetzt glaubte ich, ganz kurz Erschrecken in seinen Augen zu erkennen.

„Herr Plassen, es tut mir leid für Sie. Sie haben Jenny Harding gut gekannt. Sie gehen nicht mehr mit zum Grab?"

Er fuhr sich verlegen durchs Haar. „Keine Zeit! Leider!"

„Kann ich Sie einen kurzen Moment sprechen?"

„Sie sind die ermittelnde Polizistin? Das kommt jetzt aber total ungelegen. Erstens kann ich Ihnen überhaupt nichts sagen, und zweitens habe ich um halb zwei eine wichtige Prüfung, für die ich noch ein paar Papers lesen muss."

„Dann viel Erfolg! Ist es ein schwieriger Stoff?"

„Stoffwechselerkrankungen", seine Stimme klang abwiegelnd.

„Natürlich haben Sie mir etwas zu sagen“, legte ich nach, und wieder zuckte er zusammen, doch dann sagte er: „Wollen Sie mich vielleicht über meinen Vater aushorchen? Ja, er war mit Jenny eng befreundet. Aber warum fragen Sie ihn nicht selbst?“

„Ich habe mit ihm geredet. Haben Sie irgendeine Erklärung, warum sie nicht zur Geburtstagsparty erschienen ist? Ihr Vater sagte, sie habe Kopfschmerzen gehabt.“

„Es wird schon stimmen. Hören Sie! ...“, er sah auf die Uhr.

„Ihr Vater hat Frau Harding am Mittag vor der Party in ihrem Apartment besucht. War er verärgert oder aufgebracht, als er zurückkehrte? Gab es vielleicht Streit zwischen den beiden?“

Er schniefte hörbar, es klang verächtlich. „Ich war an dem Sonntag nicht bei ihm zu Hause. Und Streit hatten sie öfter. So was perlte an ihm ab, am nächsten Tag haben sie wieder rumgeschäkert.“

„Wo waren Sie?“

„Sagte ich der Polizei doch schon. Im Schlossgartencafé. Wir hatten für den Abend eine Band gemietet, die ihre Songs noch mal durchprobieren wollte. Peter habe ich erst am Abend gesehen, als die ersten Gäste reinschneiten.“

„Sie und Frau Harding kannten sich schon als Kinder. Was halten Sie davon, wenn ich Sie jetzt im Auto mitnehme und an Ihrem Uni-Institut absetze? Oder müssen Sie auf Ihren Vater warten?“

„Mein Vater findet allein nach Hause. Sie nehmen mich doch nur mit, um mich weich zu kochen.“

„Warum sollte ich Sie weich kochen? Sagen Sie mir einfach, was Sie über diese Party wissen. Über den Sketch, zum Beispiel, bei dem Frau Harding mitspielen sollte. Waren Sie auch beteiligt?“

„Nein“, entgegnete er störrisch. „Und warum stochern Sie dauernd in dieser Party herum?“

„Weil Frau Harding Ihren Vater an seinem Geburtstag versetzt hat. Das würde man doch nicht tun, wenn man nicht einen ganz triftigen Grund hätte. Haben Sie denn gar nichts unternommen, um das zu klären? Sie angerufen oder bei ihr geschellt?“

Auf der Liste der Einzelverbindungen in der letzten Woche vor ihrer Ermordung war Plassen junior nicht aufgetaucht. Auch sein Vater hatte sich bei ihr rar gemacht, wenn man bedachte, dass die beiden eine große Geburtstagsparty planten. Was nicht ausschloss, dass sie viel Zeit miteinander verbracht hatten.

„Mein Vater hat Jenny angerufen, so gegen Mitternacht. Sie hatte ihr Handy abgestellt.“ Felix strich sich die widerspenstigen Haare aus der Stirn und trottete neben mir durch das Friedhofstor zu meinem Auto. Hübscher Bengel!, dachte ich. Kein Wunder, dass Kerstin sich auf Anhieb in ihn verguckt hat. Umso höher war es ihr anzurechnen, dass sie sich von seinem smarten Äußeren nicht hatte täuschen lassen. Der Junge interessierte sich für meine Arbeit? Da konnte ich ihm entgegenkommen, wenn auch nur im erlaubtem Rahmen. Und nichts anderes tat ich im Moment. Wobei ich garantiert einen schärferen Ton angeschlagen hätte, wenn Felix zu den Verdächtigen gehört hätte. Aber so viel Information hatten wir bereits hereingefahren: Der junge Plassen hatte auf der Party nicht einen Moment lang gefehlt. Zeugen gab es fast nahtlos. Bis um zwei hatte das Fest gedauert, dem spätesten Zeitpunkt von Hardings Tod, trotzdem überlegte ich einen kurzen Moment, welches Mordmotiv er hätte haben können. Wie hatte Marianne Harding über die Gruppentreffen erzählt? Felix, der Allerjüngste in der Freundesgruppe mit seinen Märchenkassetten, der in seiner eigenen Welt lebte. Hatten die anderen Kinder ihn ausgeschlossen, vielleicht sogar gemobbt? Wäre es nicht normal gewesen, dass Jugendfreunde über die Schulzeit hinaus in Kontakt blieben? Aber da hatte es diesen auffälligen Bruch gegeben, als Jenny fünfzehn wurde, und mit den regelmäßigen Treffen war es vorbei. Wahrscheinlich hatte der junge Plassen Jenny Harding erst wiedergesehen, als sie die Freundin seines Vater geworden war. Hatte ihn das eifersüchtig gemacht? Gut, sie war eine hübsche, erfolgreiche Frau, gerade mal sechs Jahre älter als er. Aber spannte man dem Vater eine Partnerin aus, auf die man als Junge keinen Gedanken verschwendet hatte? Oder machte Marianne Harding uns da etwas vor? Wie anfällig war ein Neunjähriger überhaupt für weibliche Attraktivität, wenn die Pubertät noch keine Verwirrung stiftete?

Es dauerte eine Weile, bis Felix auf dem Weg zurück in die Innenstadt zu reden begann. Warum wir so davon überzeugt seien, dass Jenny ihrem Mörder selbst die Tür aufgemacht habe? Es könne ja auch ein Einbrecher gewesen ein. „Mal angenommen, sie hat auf dem Weg zur Party festgestellt, dass sie etwas vergessen hatte, ist noch mal zurück, und jemand hat sie überrumpelt. Sie wohnte in einem schicken Viertel, und teure Apartments werden von den Kriminellen beobachtet. Vielleicht wusste der Einbrecher von unserer Party.“

„Interessanter Gedankenansatz! Hat von den Personen, die auf der Gästeliste stehen, außer ihr noch jemand gefehlt?“

„Was weiß ich? Mein Vater hat nicht jeden Gast persönlich begrüßt.“

„Könnte es sein, dass sie ganz plötzlich eine wichtigere Verabredung hatte? In ihrer Wohnung und mit ihrem Mörder?“ Als er meinen Einwand ignorierte, hakte ich nach: „Wie war denn Ihre persönliche Beziehung zu Frau Harding? Sahen Sie sich häufiger?“

„Das haben Sie meinen Vater doch garantiert schon gefragt“, schnaubte er.

„Und jetzt frage ich Sie!“

„Jenny und mein Vater waren natürlich viel zusammen, auch bei uns zu Hause. Manchmal war ich dabei, manchmal sind wir zusammen essen gegangen. Wie das für einen Sohn eben so läuft, wenn der Vater wieder eine Freundin hat.“

„Eine wesentlich jüngere. Ihre ehemalige Spielgefährtin.“

„Ich hatte kein Problem damit.“

„Wann sind Sie denn das letzte Mal zusammen essen gegangen?“

„Weiß ich nicht mehr, oder doch – Moment, das muss an dem Sonntag nach ihrem Geburtstag gewesen sein. Den Geburtstag selbst musste sie mit ihrer Mutter und ihrem Stiefvater verbringen.“

Das war also jener Geburtstagsabend, als sie ihren Hausschlüssel bei ihren Eltern hatte liegen lassen, und ein Mann ihr die Wohnungstür geöffnet hatte, der sie *Moya Gasjel* nannte.

„Haben Sie je erlebt, dass Ihr Vater sie mit *Meine Gazelle* anredete?“

Zu meiner Überraschung prustete er. „Oh, Mann, das hätte Jenny gar nicht gut gefunden. Allerdings nannte sie meinen Vater gerne ‚Dackelchen‘.“

„Ist Ihnen bei diesem letzten Abendessen etwas aufgefallen? In ihrem Verhalten?“

Jetzt wandte er sich mir voll zu und sagte gereizt: „Hätte sie sich was anmerken lassen, wo ich doch mit am Tisch saß? Noch mal: Konnte mein Vater dazu nichts sagen?“

„Unsere Gespräche im Umfeld eines Mordopfers sind streng vertraulich. Das wäre Ihnen doch auch lieber, oder?“ Als ich dann wissen wollte, ob er selbst eine Freundin habe, entgegnete er knapp: „Momentan nicht.“

Die Ampel am Coesfelder Kreuz sprang auf Rot, Felix löste den Sicherheitsgurt und stieg aus. Ich sah ihm nach, wie er seinen Rucksack schulterte und sich dann wieder mit hektischer Geste durchs Haar fuhr. Prüfungsangst? Oder hatte ich ihn zu hart angefasst?

Freitag, 6. November

Am frühen Nachmittag konnte ich Cornelia endlich zu einer gemeinsamen Kaffeepause überreden, obwohl sie anfangs massiv blockierte: Sie habe so viel Arbeit auf ihrem Schreibtisch liegen, dass sie sich keine Unterbrechung leisten könne. Dabei sah sie so abgehärmt und blass aus, dass ich ihre Ausrede nicht gelten ließ. Ich besorgte Cappuccino und Brownies und schob sie zu einem diskreten Platz an einem der Kantinenfenster. Auf meine Frage, ob sie vielleicht schwanger sei und sich deshalb so schlecht fühle, lächelte sie wie ein trauriges Emoticon und fragte: „Von wem denn?“ Chris wohnte schon seit zwei Monaten nicht mehr bei ihr. Rausgeschmissen, nachdem er sie mehrfach betrogen hatte. Klar, dass man da nicht in Superlaune war. Wenn sie jetzt abends aufs Land, zu ihrem Kotten, fuhr, knallte sie sich regelmäßig in ihren Lieblingssessel, um nur noch zu heulen. Wenn sie am nächsten Morgen aufwachte, war sie froh, dass dieser Hundskerl weg war. Am Abend ging das Elend wieder los, und das würde auch noch eine Weile so bleiben. So verliebt und begeistert, wie Chris in ihr Torhäuschen eingezogen war, so sehr hatte ihn die einsame Lage zunehmend genervt. Die Gegend rund um Haus Schewing war vielleicht ein Eldorado für ausdauernde Radfahrer und Jogger, doch ein Porschebesitzer wie Chris kam auf den engen Feldwegen nicht auf seine Kosten, die Schnellstraße wiederum war ihm zu langweilig. Er hatte die beachtliche Entfernung zur Innenstadt, wo er ein Fitnesstudio betrieb, mehr und mehr als Ausrede benutzt, um unter der Woche in seinem Laden zu übernachten. Dass er es nur selten allein tat, hatte Cornelia anhand der üblichen Verdachtskriterien herausgefunden: fremdes Damenparfum an seinen Hemden, die er ihr schamlos weiter zum Waschen gab, Funkstille am Handy, lahme Ausreden.

„Er hat mich richtig verarscht“, sagte sie und schob das Brownie in seinem Papiermanschettchen hin und her. „Klingt schlimm!“ Ich tätschelte ihre Hand. Auch Küster hatte einen Schlussstrich unter das Kapitel *Lover* gezogen, indem sie Patrick Hausverbot erteilen ließ, und jetzt lag sie tot im Krematorium. „Hast du Angst, er könnte sich rächen?“

„Du meinst, wie bei dieser Susanne?" Sie schniefte und sah aus dem Fenster. „Na ja, manchmal ist mir da draußen schon unheimlich. Und wenn ich daran denke, dass es jetzt immer früher dunkel wird, und ich vor meiner Haustür statt anständiger Beleuchtung nur diesen mickrigen Bewegungsmelder habe … Andererseits wäre Chris viel zu faul, um zu mir raus zu fahren und mir eine zu verpassen. Aber wer garantiert, dass er mir nicht beim Abendjogging in der Promenade auflauert?" Hatte Vera Jung nicht von ähnlichen Ängsten bei Küster berichtet? „Die münstersche Promenade", sagte ich, „ist ja wohl die Tummelwiese der Serientäter."

„Du machst dich lustig über mich." Cornelia zog ihre Hand zurück.

„Moment mal! Er hat dich für dumm verkauft. Und jetzt befürchtest du Racheakte? Er sollte Angst vor dir haben! Wo bleibt dein Selbstbewusstsein? Lass ihn laufen."

„Das sagt sich leicht. Ich habe in seine Muckibude einiges reingesteckt. Wenn er mich aus dem Weg räumt, gehört sie ihm ganz allein."

„So ein abgedroschenes Mordmotiv habe ich ja noch nie gehört!", versuchte ich zu witzeln, obwohl mir die Dramatik durchaus klar wurde. „Und mal ganz ehrlich: Nur weil du in einer Beziehungskrise steckst, wird dir doch nicht übel, wenn du eine ermordete Frau vor dir hast. Es gab kein Blut, nur Drosselmarken am Hals."

Sie sah sich um wie eine Gehetzte und senkte die Stimme, obwohl es keine Zuhörer gab. „Sieglinde, ich habe die E-Mail-Adresse, von der aus Susanne Küster zu dem Computerquiz eingeladen wurde, wiedergefunden und angeschrieben. Sie existiert nicht mehr."

„Wie ist Susanne Küster auf dich gekommen? Ich meine, gut zu wissen, dass du eine Expertin für Internetspiele bist, trotzdem ..."

Sie lachte gereizt. „Martin Schlemmer hat sie an mich verwiesen. Er hatte gerade Dienst, als sie im Wachzimmer erschien. Wir hatten uns mal über einen Fall unterhalten, in dem ein Mord durch ein Internet-Spiel verschleiert werden sollte. Der Täter lockte eine junge Frau zu abgelegenen Orten, die sie vorher anhand von komplizierten Codes identifizieren musste. Sie war ehrgeizig, neugierig und sie hatte keine Ahnung, wer hinter dem Hokuspokus steckte. Am letzten Ort wurde sie umgebracht. Eine Polizeikommissarin hat sich dann ebenfalls in das Spiel eingeklinkt und konnte den Mörder festnehmen."

„Ist die Geschichte hier in Münster passiert?“ Das musste ja lange vor meiner Zeit gewesen sein.

„Nein“, sagte Cornelia, „und es war auch nur ein fiktiver Fall. Aber die Teilnahmebedingungen, die Susanne Küster schilderte, erinnern mich so fatal an dieses Buch, dass ich den Einruck bekam, da will jemand den Plot kopieren.“

„Wie heißt das Buch?“

„‚Puppenspiel‘ von Ian Ranking. Schauplatz ist die Stadt Edinburgh. Ich kann es dir leihen, ich hab‘s längst durch.“

„Später mal! Sag mir einfach, um was es bei Küster ging.“

Die Regeln des Spiels, von dem die Lehrerin berichtet hatte, bestanden darin, dass man mit Hilfe einer verschlüsselten Kombination aus Zahlen und Buchstaben eine Stelle im münsterschen Stadtgebiet erraten und aufsuchen musste. Der erste Code wurde im Chatroom mitgeteilt. War das Ziel identifiziert, wartete dort der Hinweis auf den nächsten Ort, und immer so weiter, bis der Teilnehmer den letzten Anlaufpunkt erreicht hatte.

„Dort wartet im Krimi der Mörder, stimmts?“

„Stimmt. In Küsters Spiel sollte dort für die drei Schnellsten eine Nachricht mit Details zu einer Belohnung warten: Die Teilnahme an einer Talkshow, die im Dezember irgendwo am Kreativkai stattfindet.“

„Aber da war keine Nachricht“, ergänzte ich. „Stattdessen kam der Quizmaster zur ihr nach Hause. Hat sie keinen Nicknamen verwendet?“ Wer gab denn in einem Chatroom seinen bürgerlichen Namen preis?

„Hat sie unter Garantie. Aber dieser Quizmaster kennt ihren echten Namen, weil sie ihn in ihrer E-Mail-Adresse verwendet: Susanne.Kuester@aol.com.“

Der Veranstalter entschied also, wer die drei schnellsten Teilnehmer waren, und kam zu ihnen nach Hause, um sie zu töten? Wer waren dann die beiden anderen „schnellsten“ Mitspieler? Vergeblich wehrte ich mich gegen eine massive Gänsehaut.

„Nehmen wir mal an, dieser Challenger ist unser Täter: Woher hatte er Frau Küsters Privatadresse? Im Telefonbuch steht sie nicht.“

„Vielleicht von einem ihrer Schüler. Die sind oft sehr neugierig, was die Privatsphäre ihrer Lehrer angeht, und machen sich gern wichtig mit ihrem Wissen.“

„Das würde nicht erklären, warum sie ihrem Mörder die Tür aufgemacht hat. Ihre Wohnung besitzt eine Gegensprechanlage. Sie muss diese Person gekannt oder zumindest ihr sehr vertraut haben, aus welchem Grund auch immer. Als sich dann herausstellte, um wen es sich wirklich handelte, war es zu spät. Er oder sie hat ihr das Betäubungsmittel verabreicht und anschließend Wein eingeflößt. Noch mal: Wie genau ist der erste Kontakt zustandegekommen?"

„Sie bekam eine Mail mit dem Link zu diesem Chatroom. Die Spielregeln und das erste Ziel erfuhr sie dort. Danach existierte die von Challenger verwendete E-Mail-Adresse nicht mehr. Aber ich habe sie natürlich." Cornelia zog ein Notizbuch aus der Tasche. „Hier: Alto.2015@net.de. Ich habe schon alles probiert, ohne Erfolg. Alto ist Spanisch und heißt hoch, aber es gibt auch einen US-amerikanischen Comedyfilm mit diesem Titel. Er wurde in diesem Sommer in den USA gedreht und handelt von zwei Lesben. Aber was sagt das schon aus?"

„Stimmt. Bis jetzt spricht nichts dafür, dass Küster mit einer Frau liiert war."

Ich dachte kurz an Vera Jung. Möglich, dass sie mit Max und mir über eine lesbische Beziehung geredet hätte, aber in Gegenwart dieser Schnepfe Wolters …? Eine Weile schwiegen wir, dann wollte ich wissen, wie sicher es sei, dass auch andere User an dem Spiel beteiligt waren.

„Davon ging Küster aus. Sonst hätte die Belohnung keinen Sinn gemacht."

„Und wenn es gar keine Belohnung gibt, weil Küster die einzige Spielerin war?"

„Das habe ich ihr auch klargemacht. Doch je mehr Bedenken ich vorbrachte, desto entschlossener war sie mitzuspielen. Schon als Kind hatte sie Schnitzeljagden geliebt. Und, so argumentierte sie, warum hätten sich andere Spieler bei ihr einklinken sollen? Da hatte doch jeder sein eigenes Tempo und versuchte, der Schnellste zu sein."

„Wenn sie so sicher war, dass sie kein Risiko einging, warum hat sie dann die Polizei um Rat gefragt?"

Cornelia schossen Tränen in die Augen. „Als sie tot vor mir auf dem Teppich lag, wurde mir so was von übel. Sie wollte von mir die Bestätigung hören, dass die Sache absolut harmlos ist. ‚Internet-Quiz ist total in', hat sie gesagt. Aber normalerweise bleibt man doch als

User zu Hause vor seinem Bildschirm oder löst die Aufgaben mit Hilfe seines Smartphones. Bei ihrer Version bekam ich den schottischen Krimiplot mit seinen verschlüsselten Schauplätzen unter freiem Himmel nicht mehr aus dem Kopf. Diese schottische Studentin war die einzige Teilnehmerin, und der Quizmaster stammte aus ihrem Umfeld."

„Vorausgesetzt, auch Küster war die einzige Teilnehmerin, und es gibt keine Belohnung: Wer ist dann ‚Challenger'. Der Vater ihres Kindes?"

„Solange Tablet und Handy verschwunden bleiben, können wir ins Blaue rätseln. Und da sie die Polizei gewissermaßen um Erlaubnis gefragt hat, wird sie kaum mit Freunden darüber geredet haben. Nee, da ist alles dicht! Ich hätte ihr noch energischer raten sollen, die Finger davon zu lassen."

„Hast du doch! Sie konnte auf sich allein aufpassen. Was war ihr erstes Ziel als Teilnehmerin?"

„In dem Punkt blieb sie völlig verschlossen. Erste Regel der Teilnahmebedingungen: keine Weitergabe von Informationen an Dritte. Und: Die Zettel mit dem Code mussten natürlich am Ort bleiben, damit andere Teilnehmer sie auch finden konnten. Ein richtiges Wettrennen also."

„Und eine Vorsichtsmaßnahme dieses Quizmasters. Seine Originalzettel waren bei seinen Mitspielern nicht zu finden. Man könnte am Kreativkai nachfragen, ob im Dezember irgendwo eine Talkshow geplant ist. Am besten im Cineplex, die wissen so was bestimmt."

„Mach ich." Noch einmal huschte ihr Blick durch die Cafeteria. „Aber das ist noch nicht alles. Ich habe den ersten Code des Internetspiels ausfindig gemacht. Und … ich habe möglicherweise eine zweite Mitspielerin entdeckt."

„Wie hast du das geschafft? Die E-Mail-Adresse, unter der sich ‚Challenger' an Küster herangemacht hat, existiert doch nicht mehr."

„Nein, aber ich habe in der Kleidung von Jenny Harding eine Kombination aus Buchstaben und Zahlen gefunden, die auf das Spiel passen könnte. Im Innenfutter einer ihrer Jacken und in ihrer Handschrift notiert. Die Jacke liegt hier im Labor."

Ein kalter Windzug streifte meinen Rücken, dabei war es warm in der Cafeteria. Dann hatte also auch Jenny Harding Challenger ihre Wohnungsstür geöffnet?

„Wie lautet der Code?"

Sie kritzelte etwas auf ihre Papierserviette und schob sie mir hin. MOD 10 REX Seebüll. „Na, fällt der Groschen?" Zum ersten Mal lächelte sie.

„Er fällt bei dem Ortsnamen Seebüll. Der hat mit Emil Nolde zu tun. Und Rex ist, wenn es denn kein Hundename ist, Latein und bedeutet König. Aber sonst … Und so auf die Schnelle?"

„Ich war gestern vor Ort", triumphierte sie, „nein, nicht in Seebüll. Ich habe mir gestern in der Buchhandlung König im Landesmuseum den zweiten Hinweis geholt. Wie du weißt, lautet die Adresse Domplatz 10, und der nächste Code für das Ratespiel steckte im Ansichtsexemplar einer Ausgabe über Emil Nolde. Dass jemand einen Ansichtsband kauft, ist unwahrscheinlich, und einen eingelegten handgeschriebenen Zettel ignoriert man in der Regel."

Jetzt verstand ich gar nichts mehr. „Die beiden Frauen sind tot, und die Hinweise stecken noch immer? Warum stoppt er das Spiel nicht, wenn es nur einen Zusammenhang zwischen Küster und Harding gibt?"

„Weil er noch jemanden im Visier hat. Küster redete von drei Teilnehmern, die sich für die Talkshow qualifizieren können. Aber ich sorge dafür, dass das Spiel aufhört. Es stirbt keiner mehr!"

„Du machst deine eigene Tour?" Ich versuchte erst gar nicht, meine Enttäuschung zu verbergen. Gute Teamarbeit sah anders aus. Cornelia senkte den Blick und drehte den Löffel auf ihrer Untertasse hin und her. „Wenn wir uns alle einschalten, fällt es auf. Ich verspreche dir, dass ich nicht als Nächste erdrosselt unter meinem Esstisch liege, aufgeweicht in meiner eigenen Pisse und in Rotwein oder Champagner."

„Du besitzt in deinem Torhäuschen doch gar keinen Esstisch."

Als sie genervt die Augen verdrehte, schob ich nach: „Weiß Ansgar, dass du einen Alleingang planst?"

„Natürlich nicht, er würde es mir glatt verbieten. Aber ich muss das tun – wegen Susanne Küster. Und ich verlass mich auf deine Verschwiegenheit."

„Aber mit Max muss ich darüber reden", protestierte ich. „Wir haben noch nie Geheimnisse voreinander gehabt. Und als ehemaliger Pfadfinder versteht er was vom Spurenlesen."

„Mach dich nicht lustig!", warnte sie überraschend barsch, und mir wurde klar, dass das Spiel weiter gefährlich blieb. Lebensgefährlich. „Na gut“, lenkte sie ein. „Aber zu niemandem sonst, verstanden?“

„Konnte sich in der Museumsbuchhandlung jemand an Küster oder Harding erinnern?“

„Nein. Ich war mit Fotos von den beiden dort. Natürlich hatte man von den Morden gehört, aber in einem großen Museumsshop kann man sich nicht jeden Kunden merken.“

„Wie lautet der zweite Code? Der aus dem Nolde-Bildband.“

„Also, wirklich, Sieglinde.“

„Sag es mir, zu deiner eigenen Sicherheit. Ich gebe ihn nicht weiter. Also, an Lückmann schon.“

Sie griff noch einmal nach der Papierserviette und kritzelte. „Wetten, dass du nie darauf kommst?“ Der Code lautete: Wer Sturm erntet, hat mit T gesät + den Adler über seinem Kopf, 26, MMR.

„Treffen wir uns morgen dort? Heute schaffe ich es nicht mehr.“ Sie lächelte herausfordernd. Im Gegensatz zu ihrem musste mein Lächeln ziemlich bemüht wirken. Ich war nicht gut im Rätsel Raten. „Nicht mal der kleinste Tipp?“, bettelte ich.

„Du hast doch deinen sagenhaften Spurenleser Max! Aber eins verrate ich: An dem Ort, den ich meine, geht es glatt und bunt zu.“

„Cornelia“, sagte ich, während die Gänsehaut zurückkehrte, „hast du keine Angst, dass Challenger zu dir nach Hause kommen könnte?“

„Er hat meine Adresse nicht. Ich stehe nicht im Telefonbuch, und hier im Präsidium wird man einen Deibel tun, ihm meine Daten zu überlassen.“

„Und wenn er sich an deinen Ex heranmacht?“

Sie lachte nervös. „Chris hat einen großen Bekanntenkreis, allein schon wegen seines Ladens. Trotzdem ...“

„Und Susanne Küster? Wenn wir davon ausgehen, dass sie Quizmaster persönlich kannte, ohne zu wissen, welch gefährliche Rolle er spielt, kann sie ihm ohne weiteres deinen Namen genannt haben. Und jetzt stellt er fest, dass du selbst Mitspielerin geworden bist. Vielleicht hat er dich verfolgt und dich beobachtet, als du in dem Nolde-Band geblättert hast.“ Die Vorstellung, dass Cornelia in das Spiel eingestiegen war, gefiel mir nicht. Und was, wenn wir im Präsidium einen Maulwurf hatten?

Sie unterbrach meine Gedanken. „Möglich wäre natürlich, dass dieser Challenger zum Kundenkreis meines Ex gehört. Aber seine

Genehmigung, die Kundenkartei zu überprüfen, kriegen wir nicht. Und ohne richterliche Genehmigung lässt Chris mich gar nicht erst in seine Bude. Dafür sind wir zu sehr zerstritten."

Max sah sich den zweiten Code des Ratespiels an und ging sofort in die innere Klausur. Er brütete eine ganze Weile, dann kamen wir gleichzeitig auf die Lösung, als wären unsere Hirne zwei Synchronschwimmer beim Auftauchen. „Wer Sturm erntet, hat vorher Wind gesät. Wind mit dt. Und der Adler sitzt über dem Kopf. Also in einem Horst."

„Unter der Nummer 26 der Windthorststraße geht es glatt und bunt zu. Wer von uns geht hin?"

„Cornelia hat mein Wort, Max. Also gehe ich. Ich wollte sowieso morgen zum Markt am Domplatz. Und dann sehen wir doch mal, was ich im Museum für Lackkunst finde!"

Zuhause setzte ich mich an meinen Computer und suchte nach Informationen über das Museum. Es gab eine ganze Menge. Über das Gebäude, das als Villa Bönninghausen kurz vor dem Ersten Weltkrieg errichtet worden war, und über die Geschichte des Museums, das nach dem Umzug des Stadtmuseums in den „Salzhof" 1993 dessen Räume übernommen hatte, um neben Exponaten verschiedener europäischer Länder und islamischer Staaten vor allem die Kulturen von China, Japan, Korea zu präsentieren. Es gab Informationen über Sonderausstellungen und Konzerte und dazu viele eindrucksvolle Fotos. Warum war ich an diesem so zentral gelegenen Kleinod immer nur vorbeigefahren, anstatt haltzumachen und mir die Schätze anzusehen? Und warum nicht mal Constanze für einen gemeinsamen Besuch begeistern?

Als ich Franz beim Abendessen von unseren neuesten Ergebnissen berichtete, erinnerte er sich an einen architektonischen Stadtführer, in dem die bedeutendsten Gebäude von Münster vorgestellt wurden. Er hatte nicht zu viel versprochen, die Villa Bönninghausen war aufgeführt, und es gab einen Grundriss vom Parterre. Einer der Räume wurde als „Multimediaraum" genutzt. MMR?

Während Franz den Esstisch für sich beanspruchte, um seine Abrechnungen fortzusetzen, verzog ich mich in die „Denkstelle" und dachte darüber nach, warum der Quizmaster jetzt schon zum zweiten Mal seine fatale Nachricht an einem Ort deponiert hatte, an dem

Kunstwerke gezeigt wurden. Schürte er einen Hass auf Museen, weil er als Kind damit gelangweilt worden war? Oder wollte er seinem Tun einen anspruchsvollen Rahmen geben? Zog er sich zu diesem Anlass vielleicht sorgfältig an und gab den versierten Kenner? Leichter zu beantworten war die Frage, warum er den Multimediaraum gewählt hatte. Von geschlossenen Gruppen abgesehen, fanden sich Besucher in diesem Zimmer wahrscheinlich immer nur kurz ein. Außerdem war ein kleiner Klebezettel an technischen Geräten, unter Sitzgelegenheiten oder auf der Rückseite eines Videorecorders wesentlich unauffälliger anzubringen als in einem Schauraum mit großen Vitrinen. Wie auch immer – ich beschloss, meine Grübeleien so lange auf Eis zu legen, bis sich meine Theorie bestätigt hatte, und ich im Lackmuseum eine neue Nachricht fand, über die ich mir den Kopf zerbrechen durfte.

Als Franz seine Hausaufgaben beendet hatte, setzte ich mich zu ihm, und wir läuteten das Wochenende mit einer Flasche Rotwein und einer Partie Schach ein, die mein Herzblatt bestürzend schnell für sich entschied. „Dafür kriege ich *dich*, Challenger“, dachte ich grimmig, als Franz hohnlächelnd meine Dame kassierte. Dabei kam mir die Frage, warum wir eigentlich so gezielt nach einem Mann suchten. War Erdrosseln nicht, ebenso wie Vergiften, eine eher weibliche Tötungsart?

Samstag, 7. November

Strahlender Sonnenschein lag über dem Domplatz, das grüne Kupferdach des Paulusdoms leuchtete wie frisch gewaschen. Ein leichter Wind zupfte an den Markisen der Marktstände, Stimmengewirr erfüllte die engen Gassen und immer wieder wurde mein Weg von anderen Besuchern gestoppt, die stehen blieben, um Freunde zu begrüßen. Der münstersche Markt ersetzte mühelos die alte Dorflinde. Es war ein Uhr, als ich meine Gemüse- und Obstvorräte, Kerstins Lieblingsbrötchen, die von Franz immer wieder gern verspeisten Mettendchen, ein großes Stück Gouda *extrabelegen* und einen prächtigen Herbstblumenstrauß aus Dahlien, Goldrute und Silberdisteln im Kofferraum meines Autos verstaute. Ich hatte es im Aegidii-Parkhaus abgestellt und ging nun die Königstraße, den Hötteweg und die Windthorststraße hinunter. Von einer mächtigen Kastanie und einem ebenso eindrucksvollen Nadelbaum flankiert, stand die ehemalige Villa Bönninghausen mit ihrem weithin sichtbaren Dreieckgiebel, den vier ionischen Säulen, die ihn stützten, und der mit einer knallroten Lackschicht ausgelegten Freitreppe links vor mir. Trotz seiner rund zweitausend Exponate handelte es sich um ein intimes Museum. Ich zeigte der Dame an der Kasse meinen Dienstausweis und die Fotos der beiden Opfer und erklärte, dass ich nach einer aktuellen Spur in unseren beiden Mordfällen suchte. Ob sie die beiden jungen Frauen in letzter Zeit hier im Haus gesehen habe? Zumindest Harding war ja stadtbekannt. Leider verneinte sie. Dann war ihr vielleicht im Lauf des vergangenen Monats ein dubioser Besucher aufgefallen? Jemand, der sich nervös oder gehetzt verhielt und auffällig schnell wieder verschwand. Hatte jemand nur den Multimediaraum aufgesucht?

„Manchmal findet man das Verhalten eines Menschen erst im Nachhinein seltsam. Aber ein Mörder in unserem Haus? Große Güte! Wir zeigen Lackarbeiten, aber doch keine Samuraischwerter. Wir möchten ein Ort der Ruhe und Gelassenheit sein. Möglich, dass der eine oder andere Besucher leicht aus der Spur ist, wenn er nach all dem Lärm und Alltagsstress zur Tür hereinkommt, um bei uns aufzutanken. Wir hören oft, dass der Aufenthalt hier im Haus gut getan hat. Was genau suchen Sie denn?“

„Das darf ich leider nicht verraten. Haben Sie viel Stammpublikum?"

„Wir haben unseren eingeschriebenen Freundeskreis, und bei unseren Kulturveranstaltungen und Sonderausstellungen sieht man auch regelmäßig gute Bekannte."

Der Multimediaraum oder Didaktikraum, wie er eigentlich genannt wurde, befand sich in dem der Windthorststraße zugewandten Teil des Gebäudes, vom Eingangsbereich durch eine Glastür, ein prächtiges Eichen-Treppenhaus linker Hand und eine weiß gestrichene Flügeltür im Jugendstil getrennt, die rechts in die Museumsräume führte.

Der Didaktikraum, wo ein Video lief, war leer, was mir sehr gelegen kam. Ich zog Latexhandschuhe an und tastete als Erstes die Rückseite des Vorführgeräts ab. Nichts. Ich untersuchte die Schmalseiten des halbovalen Konsoltisches, auf dem es stand, und fuhr, immer nervöser, über die beiden Fenstersimse, die hinter naturweißen Stoffbahnen verborgen waren. Dann vielleicht auf der Unterseite einer der beiden schwarzen Holzbänke? Auf der rechten lagen Ansichtsexemplare verschiedener Ausstellungskataloge. Ich blätterte sie nur flüchtig durch. Falls Challenger auch dort ein Post-it versteckt hatte, besaß er nicht allzu viel Hirnquark, da traute ich ihm inzwischen schon ein bisschen mehr Raffinesse zu. Die beiden Holzbänke führten mich auch nicht weiter, ebenso wenig die große Holzschale in der fensternahen Raumecke, zu deren Bedeutung ich keinen Hinweis fand, auch nicht in den beiden Vitrinen mit ihrem penibel aufgelisteten Anschauungsmaterial zur Technik der Lackmalerei. Aber dann, endlich, fühlte ich den kleinen gelben Zettel unter einem schwarzen Stapelstuhl. Ganz hinten, an der äußersten Kante der Sitzfläche klebte er. Ich schrieb die neue Kombination – 2XSalz 28 KNEEH – auf und ging zur Kasse. Die Dame sah mich erwartungsvoll an: „Erfolg gehabt?" Als ich nickte, schüttelte sie ungläubig den Kopf. „Dass unser friedfertiges kleines Museum mal von der Kripo heimgesucht würde! Da haben wir die ganzen Gottheiten herumstehen, und die Kapitalverbrecher spazieren zur Tür herein!"

„Auffallend viele dieser Gottheiten halten die Augen verschlossen oder blicken zu Boden. Buddha, zum Beispiel. Wie soll da ein Kapitalverbrecher auffallen?"

Sie lachte. „Da haben Sie auch wieder Recht."

Eigentlich hätte ich jetzt nach Hause fahren müssen, um meine empfindlichen Markteinkäufe im Kühlschrank unterzubringen und die geplante Minestrone zu kochen, doch das Museum mit seinen kostbaren Tischen, Truhen und Schreinen, den aufwändig bearbeiteten Dosen, Tabletts und Vasen hielt mich fest. Von den edlen Hölzern und Schnitzereien, den Götterfiguren und Prunkgefäßen ging eine erhabene Aura aus. Gleichzeitig wurde mir bewusst, welche Stille in diesen vom Innenstadtverkehr umtosten Räumen herrschte. Die stark befahrene Von-Vincke-Straße war nicht weit, die Windthorststraße führte direkt an der Hausfassade vorbei, doch die hohen Fenster wurden von weißen Stoffbahnen verhüllt, die die hektische Außenwelt wegsperrten. Der Platz für den dritten Code war klug gewählt, ein kleines Post-it unter dem Plastikstühlchen zu befestigen, eine Sache von Sekunden. Jetzt war ich mir noch sicherer, dass wir es mit einem intelligenten Mörder zu tun hatten, der seine Verbrechen sorgfältig und stilbewusst plante. Wahrscheinlich, dachte ich, handelt es sich um eins dieser Chamäleons, die sich in der Öffentlichkeit bewegen, ohne markante Spuren zu hinterlassen.

Zu Hause rief ich Lückmann an, um den neuesten Code durchzugeben. Und während die Minestrone auf dem Herd köchelte, ordnete ich am Laptop die Bestandteile dieser dritten Nachricht in allen nur denkbaren Anordnungen. Zwar gab es ganz stimmige Lösungen, aber keine, die bei unserem aktuellen Ermittlungsstatus weiterhalf. Da dies jetzt schon die dritte Ortschiffrierung war, die Challenger ausgelegt hatte, musste ich davon ausgehen, dass er den Schwierigkeitsgrad erhöht hatte. Dabei fiel mir ein, dass Cornelia versprochen hatte, beim Cineplex nach der Talkshow zu fragen, die der Quizmaster für Dezember angekündigt hatte. Doch sie nahm meinen Anruf nicht an, und so fragte ich selbst in dem Großkino am Stadthafen I nach. Man zeigte sich verwundert. Eine solche Veranstaltung sei am ganzen Kreativkai nicht geplant, nicht zum Jahresende und auch nicht im neuen Jahr. Und merkwürdigerweise überraschte mich diese Auskunft nicht – im Gegenteil, ich fühlte mich in meiner bösen Vorahnung bestätigt. Es gab keine Belohnung von Challenger, stattdessen erschien er zum jeweiligen Spielende bei seinen *Userinnen* mit Venezianerkette und Schmuckanhänger. Er kannte ihren Klingelknopf auf dem Brett neben der Haustür mit der Unbeirrbarkeit eines Gasablesers, allen Phantasienamen im Chatroom zum Trotz. War vielleicht die gesamte ehemalige Kindergruppe um Adrian Harding ins Visier geraten? Wer außer Felix Plassen, der Jüngste der Gruppe, konnte befragt werden? Auf Marianne Hardings Namensliste von damals war auch die Familie Vonnebeck mit vier Kindern vertreten. Zwei Söhne, zwei Töchter, jeweils Zwillinge. Ich gab den Namen Vonnebeck in die Internet-Suchmaschine ein. Groß war die Auswahl nicht, das beschleunigte meine Arbeit. Ein Rechtsanwalt namens Georg Vonnebeck betrieb eine Kanzlei im Kölner Nobelvorort Marienburg, während ein Hans-Christian Vonnebeck als Architekt in Stuttgart arbeitete. Das sprach nicht unbedingt für münstersche Wurzeln, und erst recht gegen die Beteiligung an einem Ratespiel, bei dem handgeschriebene Post-its in münsterschen Museen gesucht werden mussten. Trotzdem nahm ich mir vor, die Zwillinge anzurufen – für den Fall, dass ein persönliches Treffen notwendig würde, den geographisch ein wenig näher logierten Anwalt zuerst. Dann kehrte ich wieder zu dem Code zurück, den ich im Lackmuseum entdeckt hatte. Selbst wenn die makabre „Schnitzeljagd" wahrscheinlich schuld an dem Tod von Küster und Harding war und offenbar noch immer andauerte, stufte ich Cornelias Beteiligung als ungefährlich ein. Anders als die beiden ahnungslosen Opfer war sie vorgewarnt, und die bisherigen Anlaufstellen lagen nicht einsam: ein großer Museumsshop am Dom und ein Museum an der Promenade, in denen man sich normalerweise nie ganz allein aufhielt.

Nur mit meinem dritten Fund kam ich nicht weiter. Ob Cornelia ihn geknackt hatte, würde ich erst erfahren, wenn sie wieder am Handy erreichbar war. Ich schickte ihr eine SMS, mit der Bitte um Rückruf, und sah wieder auf den Code, als könnte man sein Geheimnis lüften, wenn man ihn nur lange genug betrachtete.

Vor allem die Kombination 2XSalz heizte meine Überlegungen an. Bedeutete X das Rechenzeichen oder den Großbuchstaben? Ich ließ den Blick durch unseren im Herbstlicht so farbenfroh leuchtenden Vorgarten wandern und überlegte, ob ich vielleicht alles viel zu kompliziert sah, und die Lösung greifbar vor mir lag. Vielleicht wollte Challenger nicht, dass sich seine Opfer den Kopf zerbrachen, sondern hoffte, mit einem leichten Spiel ihre Motivation zu erhöhen. Ich gab „Münster", „Salz" und „28" in mein Smartphone und tippte mir im nächsten Moment an die Stirn. Klar, natürlich! Quizmaster outete sich auch jetzt als eifriger Museumsbesucher, diesmal war das Stadtmuseum an der Reihe. Doch nachdem seine bisherigen Chiffrierungen zwar raffiniert, aber keineswegs unauffindbar versteckt gewesen waren, bedeutete das weitläufige „Haus für Münsters Geschichte" in der Salzstraße eine echte Herausforderung. Besaß das Gebäude, in dem früher das Kaufhaus *Althoff* untergebracht gewesen war, nicht drei ausgedehnte Etagen? Und wie viele der so genannten Kabinette mit Exponaten gab es insgesamt? Ich beschloss, die Suche gleich am nächsten Morgen um zehn vor Ort zu starten, und hoffte auf den Beistand von Franz. Ich rief ihn aus dem Garten, wo er zum letzten Mal den Rasen gemäht hatte, an den Küchentisch, und er nickte zu meinem Vorschlag. „Statt geballtem Schweineduft mal wieder historische Stadtluft einatmen", meinte er gut gelaunt und schlug vor, im *Stutenkerl* an der Bogenstraße essen zu gehen, sobald wir mit unserer Suche „zu Potte gekommen" wären. Bei ihm, dem Urbayern, klang diese Redensart phonetisch immer noch wie „zua Potte kemman", obwohl ihm der regelmäßige Umgang mit westfälischen Schweinen und Rindern nach eigenen Angaben schon lange „das Mundwerk eingerichtet" hatte.

Gegen vier Uhr erreichte ich Peter Plassen. Ob er noch an diesem Nachmittag ein Gespräch in Anwesenheit seines Sohnes einrichten könne.

„Mit Felix *und* mir?", hakte er nach. „Worum geht es?"

„Um die Kinder aus Ihrer ehemaligen Clique."

„Dazu kann Felix Ihnen wohl kaum etwas sagen. Er war neun, als sich unsere Gruppe auflöste."

„Auch ein Neunjähriger macht seine Beobachtungen. Hat er vielleicht noch Kontakt zu den anderen Kindern?"

„Nur zu Jenny", sagte er mürrisch. „Und auch nur deshalb, weil sie und ich eng befreundet waren. Wenn Sie ihn befragen müssen, weil sie ermordet wurde, kann ich Sie nicht daran hindern. Allerdings ist er heute in einer Lerngruppe. Am Montag hat er Prüfung."

Ich erinnerte ihn daran, dass auch Susanne Küster ermordet worden war, doch Plassen konterte, es habe schon lange keine Verbindung mehr zu den Küsters gegeben. „Zuerst ließen Hardings sich scheiden, danach starb Adrian, dann zogen Richard und Lotte Küster weg. Susannes Anruf bei mir war rein zweckgebunden. Sie suchte ein Theaterstück für eine Laienschar. "

„Hatten Sie den Eindruck, dass sie Sie gern persönlich kontaktiert hätte?“

„Um den Gestiefelten Kater mit mir auf dem Sofa zu lesen? Susanne ist mir als Kind nicht sehr prägnant im Gedächtnis geblieben. Schöne blonde Haare, ja.“

„Und Jenny Harding?“

„Hören Sie: Ich habe Jenny als Schauspielkollegin kennen gelernt. Dass wir beide derselben alten Clique angehörten, habe ich erst später registriert.“

„Schwer vorstellbar!“

„Ach, glauben Sie doch, was Sie wollen!“

Ich starrte auf das stumm gewordene Handy und dachte an den charismatischen Oleg Tardowski. *Moya Gasjel.* Eine verliebte Frau verstand das auch ohne Russischkenntnisse.

Am Abend hatte ich den Rechtsanwalt Georg Vonnebeck in der Leitung. Ich erreichte ihn im Kreis seiner offenkundig sehr lebhaften Familie. Im Hintergrund stritt man sich um die Fernbedienung, und irgendwas klang auch nach Kickertisch, doch Vonnebeck nahm es gelassen, bat weder seine Lieben um Ruhe, noch wechselte er den Raum. Ja, er habe einen Bruder in Stuttgart, der Hans-Christian hieß, momentan aber in der Toscana weile. „Versuchen Sie es in einer Woche, dann ist er zurück und wahrscheinlich bester Laune. Aber vielleicht kann ich Ihnen weiterhelfen?“ Ich fragte nach der alten Freundesclique, und er entgegnete: „Klar erinnere ich mich an die Küster-Sisters, auch die schöne Jenny mit ihrer Schneewittchenmähne ist mir ein Begriff. Nur die kleine Sander habe ich nicht wirklich auf dem Screen. Farblos war sie wie eine Feldmaus, saß immer nur rum und schmollte. Warum interessiert sich die münstersche Mordkommission dafür?“

Ich sagte es ihm und hatte das Gefühl, dass er kurz nach Luft schnappte. „Ich habs in der Zeitung gelesen, bei den Namen Jenny und Susanne aus Münster aber nicht geschaltet. Das ist alles so lange her.“

„Sie haben zwei Schwestern.“

„Leider nur schlecht erreichbar“, schnappte er mit hörbarem Frust. Aber vielleicht wurde ihm inzwischen nur die Familie zu laut. „Heike führt eine Boutique auf Mallorca, Silke ist ganz weit weg.

Hat einen Chinesen geheiratet, den Reiseführer auf ihrer Pekingtour. Ausgerechnet in der Verbotenen Stadt hat es gefunkt. Tja, die Münsteraner sind extrem experimentierfreudig. Soll ich Ihren Besuch schon mal ankündigen?“ Er lachte dröhnend, und ich beschloss, seine wieder aufflammende Heiterkeit noch ein wenig zu strapazieren.

„Adrian Harding hat sich offenbar sehr verdient um den didaktischen Nutzen Ihrer Gruppentreffen gemacht. Aber dann hat ihn die Inspiration völlig verlassen. Fällt Ihnen dazu eine Begründung ein?“

„Ach, der alte Sack“, platzte es aus ihm heraus. „Mein Bruder und ich wollten Federball spielen, aber er kam immer mit seinem ekligen Froschlaich oder mit Kartoffelkäfern. Unsere Eltern haben sich nur gelangweilt und Karten gedroschen. Als Harding das Handtuch warf, waren alle froh, dass der Terror ein Ende hatte.“

„Haben Sie mal gehört, dass Anne-Maria Sander geheiratet hat?“

„Ich habe gar nichts mehr von ihr gehört. Als sich die Clique auflöste, herrschte auch bei uns Kindern schon bald Funkstille. Wie auch? Ohne Handys und Facebook. Übrigens gehörte auch Plassen dazu, der Pimpf. Lebt der Vater nicht in Münster?“

„Ja, und Felix Plassen studiert dort.“

„Ah, interessant!“, sagte er. Dann ging irgendetwas im Hintergrund zu Bruch, und er legte auf.

Kerstin hatten wir für unseren Sonntags-Lunch nicht begeistern können, ihr mysteriöser Mentor bei „Messer&Gabel“ hatte sie mit seiner ersten Hausaufgabe echt herausgefordert: das ultimative Heiligabendmenü auf westfälische Art in drei Versionen. Daran tüftelte sie jetzt herum.

„Einmal Stielmus, einmal glasierte Steckrüben, einmal Grünkohl“, schlug ich vor. „Dazu Mettendchen, Zwiebelfleisch oder Möppkenbrot. Vorher einen Salat und zum Schluss Stippmilch mit Himbeeren.“

„Wie spießig, Mama! Und du ahnst ja nicht, was ich bei Oliver lerne! Am Freitag haben wir Maroni-Selleriemousse zubereitet, morgen geht es ans Rinderfilet mit Olivenkruste. Und wusstest du, dass man Rettich schmoren kann?“ Oliver hieß er also. Doch unter „Messer&Gabel“ nach ihm zu googeln, verkniff ich mir. Auch Töchter besaßen eine Privatsphäre, und Felix Plassen war noch nicht aus meinem Blickfeld.

Den ganzen Samstagabend lang hatten Franz und ich über dem Code gebrütet. Bis Franz schließlich entschied, 2XSalz 28 könne eigentlich nur bedeuten, dass im Stadtmuseum an der Salzstraße nach etwas gesucht werden müsse, das mit Salz zu tun hatte.

Obwohl ich ihn um möglichst wenig Einmischung gebeten hatte – er redete gern, wenn er attraktive Frauen vor sich hatte – , ging er im Museumsshop sofort in die Offensive. Welche der Unmengen an Exponaten man denn auch nur im Entferntesten mit Salz in Verbindung bringen könne? Die beiden Damen, die neben DVDs und Büchern auch Stofftaschen, T-Shirts, Frühstückbrettchen verkauften, sahen einander verblüfft an. „Na ja, wir befinden uns nun mal auf der Salzstraße", lachte die Rothaarige. „So berühmt wie der Hellweg quer durchs Ruhrgebiet ist sie zwar nicht, aber auch hier wurden früher Tuch und Tierprodukte gegen Salz eingetauscht. Lassen Sie mich mal nachdenken, was Sie hier im Museum so alles dazu finden könnten."

„So etwas wie die Saliera, die im Kunsthistorischen Museum in Wien steht, besitzen Sie wahrscheinlich nicht, oder?" Auf die fragenden Blicke der beiden erzählte Franz die Geschichte von Benvenuto Cellinis goldenem Salzfass mit dem Dreispitz, das 2003 in einer spektakulären Aktion geraubt und drei Jahre später reumütig zurückgegeben wurde. Die Nachricht hatte durch ganz Europa Wellen geschlagen. Die Dunkelhaarige lächelte grimmig. „Da fällt mir ein Diebstahl hier im Haus ein, bei dem wir allerdings keine Polizei brauchten, weil wir den kleinen Delinquenten sofort überführen konnten. Wir bieten unseren Besuchern regelmäßig an, in unserem alten Kolonialwarengeschäft oben im zweiten Stock Kindergeburtstage auszurichten. Diese Kleinen kennen ja nur noch Supermärkte. Bei uns dürfen sie sich hinter die Theke stellen, Zuckerschnecken und Fruchtgummis verkaufen und mit alten Reichsmarkscheinen bezahlen lassen. Auch Tüten werden geklebt. Wie im Knast", sie kicherte. „Bei einer dieser Veranstaltungen hat ein kleiner Langfinger einen Umschlag mit Lametta mitgehen lassen, der hinter der Glasabdeckung lag. Dummerweise war an seiner Jackentasche eine Naht offen, und just als er und seine Eltern das Haus verlassen wollen, rutscht der Umschlag auf den Boden. Der Lümmel ist vielleicht rot geworden!"

„Wie heißt der Laden?"

„Franz Josef Henke. Er befand sich von 1911 bis 1989 in der Raesfeldstraße 6 und wurde danach komplett in unserem Museum wieder aufgebaut. Selbst wenn Sie keine brauchbaren Hinweise finden, ist er einen Blick wert. Im zweiten Stock, Kabinett 27."

„Und wann war die letzte Geburtstagsparty?"

Wieder suchten die beiden gegenseitig Rat. „Das war mit der Kleinen von Rutters", entschied die Rothaarige. „Dürfte zwei, drei Monate her sein, aber dabei hat niemand etwas mitgehen lassen."

Wir gingen nach oben, ich sah den Namenszug *Henke* über dem Türsturz des Ladenlokals, und dabei fiel der Groschen. Als ich die Großbuchstaben des neuesten Codes in alle möglichen Kombinationen brachte, ergab sich auch der Name Henke, doch irgendeinen Zusammenhang mit unseren bisherigen Ermittlungen hatte ich nicht erkennen können. Waren wir jetzt am Ziel? Aber wo sollten wir anfangen? Das Ladensortiment war umfangreich, umfasste außer dem herkömmlichen Bedarf an Lebensmitteln, hier in Form von Nachbildungen und Konservendosen, auch Alkoholisches, Waschpulver, Seife und weckte tatsächlich Kindheitserinnerungen vor allem für Landratten wie Franz und mich, die „Tante Emma-Läden" noch lange erlebt hatten, auch wenn sie natürlich nicht vergleichbar waren mit dem beeindruckenden Stadtgeschäft von Franz Josef Henke. In den hohen Holzregalen mit den vielen Schubladen wurden Kaffeebohnen in nostalgischen Schütten und bunte Blechdosen für Suppen oder Zwieback aufbewahrt. Es gab eine Kaffeeröst- und eine Aufschnittmaschine und natürlich nostalgische Werbetafeln. Wie stolz musste sich ein kleines Geburtstagskind fühlen, wenn es hinter der geschichtsträchtigen Theke mit der altmodischen Waage seine besten Freunde bedienen konnte. „Ich bin sicher, Challenger ist hier gewesen", sagte ich zu Franz. „Aber wo in all diesen Sachen soll ich einen kleinen Zettel finden? Salz ist doch beinahe überall drin, und an manches kommt man gar nicht dran." Im Schaufenster hing ein Überhandtuch auf einer Stange. Es trug auf der dem Laden zugewandten Seite, in Kreuzstich und von ebenfalls gestickten Vergissmeinnicht und Kussröschen umrandet, den Sinnspruch: „Pfeffer und Salz – Gott erhalt's." Doch die Auslage war verriegelt.

„Wahrscheinlich ist es gar nicht so kompliziert", meinte Franz und bestärkte mich damit in meinen eigenen Überlegungen. Wenn der Quizmaster seine Kandidaten bei Laune halten wollte, durfte er es nicht überspitzen. Und trotzdem … Als ich Franz einen genervten Blick zuwarf, antwortete er mit jenem siegessicheren Lächeln, das mir zeigte: Er war wieder mal gewiefter als ich.

„Schau mal nach rechts!“ Was er meinte, war der mächtige Schinken, der an einer Kordel im Regal neben dem Ausgang hing; in bester Gesellschaft mit zwei großen Steinguttöpfen für Senf, zwei Blechkanistern für Sauerkraut und einer dicken, ebenfalls gefakten Speckseite auf einer Porzellanplatte: die drei Säulen der westfälischen Küche. An der Rückseite der ziemlich realitätsgetreu rotweiß gemaserten Schinkenkeule klebte ein Zettel, und diesmal hieß die Botschaft: „Wolfs Revier KH 15 Zicklein. Schwamm drüber.“

„Die sieben Geißlein“, Franz verzog das Gesicht. „Euer Rateclown wird allmählich kindisch. Und wo bleiben die Hinweise auf die Standuhr?“ Er nahm meine Theorie nicht mehr ganz ernst, und ich konnte es ihm nicht verdenken.

Unten im Shop zog ich die Fotos von Harding und Küster heraus. „Ist eine von diesen Frauen in den letzten zwei, drei Wochen hier aufgetaucht? Möglicherweise sogar beide?“

„Die beiden Mordopfer!“, stellte die Rothaarige mit sichtlicher Bestürzung fest. „Die Frau links hatte ich vor ihrer Ermordung noch nie gesehen, aber Jenny Harding war ja häufig in den Medien. Und zuletzt in diesem so tragischen Kontext! Aber hier waren sie nicht.“

Als wir wieder auf der Salzstraße standen, entschied Franz mit einem Blick auf die Uhr: „Jetzt gehen wir essen. Sonst spiele *ich* gleich den gierigen Wolf. Bis die Suppe kommt, haben wir die neue Botschaft entziffert.“

Hatten wir aber nicht! Die Suppentassen waren schon abgeräumt, die *Grauten Bohnen an Speck* für Franz und mein Kürbis-Süßkartoffel-Gratin wurden serviert, und wir genossen schweigend. Erst als wir auf den Espresso warteten, meinte Franz, unter der Abkürzung KH könne er sich eigentlich nur Krankenhäuser vorstellen.

„Es gibt aber in Münster keines mit der Hausnummer 15“, klärte ich ihn nach einer Befragung meines Smartphones auf. „Auch bei der münsterschen Kreishandwerkerschaft hat man offenbar mit der Zahl 15 nichts am Hut.“

„Und wenn Challenger uns diesmal veräppelt?“ In seiner Stimme schwang jede Menge Frustration mit. Bestimmt sehnte er sich nach seinem Mittagsschlaf, der an Sonntagen schon beinahe zum Ritual geworden war. Ich musste ihm eine brauchbare Strategie vorschlagen, damit uns von diesem Tag noch etwas übrigblieb. „Vielleicht meint er einen Stadtteil."

„Und dazu nur eine Hausnummer?", ätzte er. „Da können wir ja gleich auf dem Mond suchen."

„Versuchen wir es doch einfach." Ich öffnete den Link zu Münsters Stadtplan, klickte mich durch die Stadtviertel und landete bei Kinderhaus. „Kinderhaus 15! Na, hallo, das ist ja schon wieder ein Museum. Es hat heute Nachmittag bis 17 Uhr geöffnet. Und ich wette, es gibt eine Standuhr."

Ich setzte meinen müden Mann zu Hause ab und fuhr zur Kinderhauser Sankt Josefs-Kirche. Genau gegenüber dem Portal und einer winzigen Kapelle ragte ein langgestrecktes, weiß getünchtes Fachwerkhaus auf, dessen Schmalseite an einen Schiffsbug erinnerte. Über der vorderen, smaragdgrün gestrichenen Tür in der Seitenfassade stand „Heimatmuseum", während der Eingang zu dem niedrigeren Anbau ins „Lepramuseum" führte. Es wurde unter der Adresse Paul-Wilkens-Stiege geführt, passte also nicht ins Konzept. Aber ein Museum reichte mir ohnehin für diesen Nachmittag, mir blieb nicht mehr viel Zeit. Es dämmerte bereits, und hinter den Sprossenscheiben brannte warmes Licht. Im Eingangsraum standen ein paar späte Besucher im Aufbruch zusammen. Heitere Stimmen und Gelächter verrieten, dass man einander gut kannte. Ich stieg die enge Holztreppe hoch und fand mich in einer großen bäuerlichen Wohnstube wieder. Schöne alte Zinngeräte in einem Raumteiler aus dunklen Balken aufgereiht, Rüschengardinen an den Scheiben und – die erhoffte Pendeluhr. Locker gestellte, hohe Lehnstühle, zwei Tische und ein Harmonium gleich am Treppenaufgang komplettierten die Möblierung. Ein idealer Ort für Lesungen im Münsterländer Platt, dachte ich unwillkürlich.

„Sie können sich gern noch kurz umschauen", sagte die grauhaarige Dame, die gerade die Küchenzeile im hinteren Teil des Raums aufräumte. „Eigentlich wollte ich gerade abschließen, aber wenn Sie sich nachher ins Gästebuch eintragen, sind wir nicht so pingelig. Wir brauchen möglichst viele Belege über Besucherzahlen."

„Mach ich gern", sagte ich, „auch wenn ich in geheimer Mission hier bin." Damit zog ich meinen Dienstausweis heraus und bekannte Farbe über meinen Besuch. „Im Auftrag ihrer Majestät", kicherte meine Gesprächspartnerin. Doch dann zeigte sie sich über die beunruhigende Nähe zu unseren Mordermittlungen genauso bestürzt wie ihre Kollegin im Lackmuseum. „Und da suchen Sie hier, bei uns? Ja, natürlich, wir veranstalten auch Krimilesungen, aber dass die brutale Realität so unter der Türspalte durchkriecht, ist keine gute Nachricht."

Ich zeigte ihr die Photos unserer Opfer, doch sie hatte sie nie in Natura gesehen. „Erinnern Sie sich", bohrte ich unverdrossen weiter und zog Cornelias Foto aus der Tasche, „zufällig an eine Besucherin, die sich heute vielleicht ebenfalls bei Ihnen umsehen wollte? Um die vierzig, relativ klein, kurzes rotes Haar."

„Nein, so jemand ist mir nicht aufgefallen. Aber heute hatten wir auch sehr viel Publikum. Wo wollen Sie denn mit Ihrer Suche beginnen?"

„Bei der Standuhr", sagte ich.

Ihr Blick flackerte. „Suchen Sie vielleicht einen Märchenmörder?"

„Das wäre eine völlig neue Wendung. Darf ich?" Als sie nickte, zog ich Latexhandschuhe über und fuhr mit der Hand durch den unteren Uhrenkasten. Da war kein Zettel. Auch nicht auf der Rückseite des Pendels und der beiden Gewichte. Wusste Challenger, dass sich die Polizei in sein Spiel eingeschaltet hatte, oder begann er, seine Mitspieler an der Nase herumzuführen? Aber riskierte er damit nicht, dass sie ihre Teilnahme genervt aufgaben, wenn der mühevoll entschlüsselte Code sie nicht mehr ans Ziel führte? Es war keine Überraschung, dass er die Daumenschrauben für die Teilnehmer anziehen würde, auch diesmal hatte er sich ein Museum ausgesucht, dessen Durchsuchung Stunden kosten konnte. Und wo anfangen in diesem dreistöckigen Haus? An diesem Abend war das nicht mehr zu schaffen. Und selbst wenn man mir einen Schlüssel überließ, damit ich in den nächsten Tagen weitersuchen konnte, würde ich Sonnhagen schmackhaft machen müssen, dass ich wertvolle Arbeitszeit auf den Spuren von Grimms „Sieben Geißlein" verpulverte.

Ich wählte Cornelias Handynummer, sie hatte ihr Telefon noch immer abgeschaltet. Also hieß es die Augen offenhalten, zumal mein freundliches Gegenüber mich jetzt mit gespielter Geduld anlächelte, was auf normaler Kommunikationsebene bedeutete: Sie wollte gern nach Hause, und ich konnte es nachvollziehen.

„Was in diesem Museum könnte noch mit den Sieben Geißlein zu tun haben? Es geht in der fraglichen Nachricht auch um die Redewendung Schwamm drüber."

Hinter ihrer Stirn arbeitete es. „Nimmt der Wolf nicht Kreide, um seine Stimme geschmeidiger zu machen? Wir haben ein altes Schulzimmer aufgestellt. Kommen Sie mal mit!"

Zuerst ein Lebensmittelgeschäft, jetzt also ein Schulzimmer. Hatten wir es bei Challenger mit jemandem zu tun, der seine Kindheit so abgrundtief hasste, dass er seine Opfer an Orte schickte, die ihn noch immer traumatisierten? Dann konnte unsere Polizeiprofilerin weiterhelfen und auf dieser Basis ein Psychogramm erstellen ...

Und dann fand ich ihn. Der Zettel klebte auf der Innenseite einer alten ledernen Aktentasche, die neben dem Lehrerpult an der Wand lehnte und außer abgegriffenen Schulbüchern auch eine Schachtel Kreide enthielt. Die fünfte Botschaft hieß DINOSAL 18A, Torsprung.

„Haben Sie gefunden, wonach Sie suchten?" Meine Gastgeberin war diskret im Türrahmen stehen geblieben und sah jetzt nicht ohne eine gewisse Genugtuung zu, wie ich mein Notizbuch verstaute, in das ich die neueste Nachricht von Challenger eingetragen hatte. „Das freut mich. Auch wenn der Gedanke, dass hier jemand mit mörderischen Interessen herumgeschlichen ist, mir sämtliche Nackenhaare aufstellt." Sie schüttelte sich impulsiv.

Eigentlich hätte ich mich jetzt verabschieden können, doch meine Gastgeberin ließ mich nicht gehen, ohne ein Gläschen Kassebetten getrunken zu haben. „Das ist reines Vitamin C, Frau Züricher. Essen Sie ein Schmalzbrot dazu, dann macht das bisschen Alkohol gar nichts." Ich nahm einen Schluck des tiefroten Likörs aus Schwarzen Johannisbeeren, zu dem im Münsterland jeder Bauernhof sein eigenes Rezept besaß, und verdrückte das leckere, aus einer Tupperbox hervorgezauberte Schmalzbrot, das meinem Hungerstatus genau entgegenkam. Und währenddessen erfuhr ich eine Menge über das Museum, das vor über 350 Jahren als Pfründnerhaus errichtet worden war und als Münsters ältestes Wohnhaus galt. Die angrenzende Leprastation stammte von 1330 und hatte dem Stadtteil seinen Namen verliehen. „Hier war früher ein Heim für Leprakranke, das der kinderen hus genannt wurde, weil die Leprakranken so hilflos wie die Kinder waren." Nachdem ich mich im Gästebuch für die kompetente Hilfe bedankt hatte, wurde ich herzlich eingeladen, schon bald wiederzukommen. Zum Weihnachtsbasar, zum Beispiel, oder zu der legendären Krippenausstellung, die Anfang Dezember begann. Auch der Kitsch- und Krempelmarkt Mitte August sei ein beliebtes Event. Während ich zum Parkplatz ging, erloschen nach und nach die Lichter hinter den Sprossenfenstern, und mir war, als hätte ich mich von guten Freunden verabschiedet.

Da ich inzwischen wusste, dass Challenger gern Anagramme verwendete, versuchte ich als Erstes das Wort DINOSAL zu einem brauchbaren Begriff umzustellen. Doch wie viele Kombinationen ergab die Potenz 7 hoch 6? Eine planlose Suche konnte Wochen dauern. Zum Glück hatte Franz seinen Nachmittagsschlaf beendet und stopfte gerade gut gelaunt seine Pfeife, und so starteten wir gemeinsam einen Probelauf, in der Hoffnung, dass eine Zufallskombination uns schon bald die Lösung bringen würde.

„Er könnte einen Saal der Dinosaurierausstellung im Naturkundemuseum meinen“, schlug Franz vor. Ich schüttelte den Kopf. „Das wäre viel zu eindeutig. Und warum fehlt das zweite A? Haben wir es vielleicht mit einem Legastheniker zu tun? Oder sollen wir glauben, dass er Legastheniker ist?“

„Eher nicht“, entgegnete Franz. „Ich wette, der verschlüsselte Ort hat sieben Buchstaben und nur ein A.“ Darauf schwiegen wir eine Weile. Franz zog an seiner Pfeife, ich rührte bingelnd in meiner Teetasse.

„Die Kombination 18A muss ja schließlich auch eine Bedeutung haben“, begann ich dann wieder. „Könnte eine Hausnummer sein. So wie KH15 eine war.“

„Es handelt sich um ein Museum mit einem Tor, über das man springen kann?“ Er grinste.

„Dieses Tor wird verschlossen gehalten, das Gelände ist Privatgrund und es gibt auch kein Museum.“ Unsere Sucherei ging mir auf die Nerven, weil ich das Gefühl hatte, die wahren Botschaften lägen ganz woanders. „Bis wir diesen Ort gefunden haben“, erklärte ich, „bin ich in Rente!“

Um neun Uhr saßen wir am Tisch wie die Zombies. „Hmm“, brummte Franz schließlich. „Das Wort Torsprung könnte aus der Science-Fiction-Literatur stammen. Hab ich mal irgendwo gelesen. Der Sprung von einem intergalaktischen Stützpunkt zum nächsten.“

„Auf einem geflügelten Dino“, prustete ich. „Nein, im Ernst, so kommen wir nicht weiter. Ich rufe Cornelia an." Die Tatsache, dass sie endlich meinen Anruf entgegennahm, fuhr meinen Adrenalinspiegel ein wenig herunter, zumal ihre Stimme munter, fast ein wenig überdreht klang. „Ey, habt ihr die Nuss auch nicht geknackt? Aber da zumindest ich in der kommenden Woche keine Nachtschichten einlegen möchte, um die richtige Buchstabenkombi zu finden, habe ich mich im Chatroom angemeldet und Challenger angezapft. Einen Tipp hat man nämlich frei."

„Und er war nicht verwundert über deine Teilnahme?"

„Er war hoch erfreut! Noch ein Goldfischchen an der Angel", sie kicherte und ich fragte mich, was sie sich in ihren Tee gekippt hatte. „Aber mich kriegt er nicht. Wollt ihr die Antwort wissen?"

„Nichts lieber als das."

„Aber ein bisschen Arbeit bleibt euch schon. Denkt an einen beliebten Cracker. Dessen Name führt zu der Adresse von DINOSAL. Und falls es dich interessiert: Ich fahre morgen Abend auf dem Heimweg dort vorbei und hole mir die nächste Nachricht."

„Ist das alles, was Challenger dir geschrieben hat?"

„War doch deutlich genug, oder? Er ist eben kein Mensch der vielen Worte. Sorry, aber mein Akku ist fast leer. Ich mache Schluss."

„Cornelia", sagte ich schnell, „ruf mich bitte an, wenn du morgen Abend von deinem Trip zurück bist. Man weiß nie, wann Challenger das Spiel für beendet erklärt."

„Alles klar, Mutti!" Sie lachte glucksend, dann war die Leitung tot.

„Euer Schlaukopf meint die Tuckesburg von Hermann Landois. Hüfferstraße 18A", stellte Franz klar. „Dinosal ist das Anagramm seines Nachnamens." Er hatte das Gespräch mitgehört und die siebenstellige Buchstabenkette entsprechend umgruppiert. Der Zoologieprofessor und Gründer des münsterschen Zoos und des Naturkundemuseums hatte das massige, einer Ritterburg nachempfundene Haus mit seinem wehrhaften Turm, den Erkern und Rundbögen 1892 nach eigenen Entwürfen bauen lassen und dort bis zum Tod mit seinem ausgestopften Affen Lehmann gewohnt. Das skurrile Gebäude stand am Rand des ehemaligen Zoogeländes. Ich tippte das Wort Tuckesburg ein und lud Fotos aus dem Internet herunter. Erst jetzt, während ich sie herunterscrollte, wurde mir bewusst, wie seltsam Cornelia zum Schluss geklungen hatte, fast wie gedopt. Rechnete sie damit, dass das Quiz auf sein Ende zulief? Warum hätte Challenger ihr den Tipp geben sollen, wenn er nicht sichergehen wollte, dass sie zu dem neuen Zielort kam? Ich wählte sie noch einmal an, um ihr meine Begleitung zur Tuckesburg vorzuschlagen, doch sie hatte ihr Telefon abgestellt.

„Diesmal also kein Museum?", fragte Franz.

„Im Haus neben der Tuckesburg waren früher Kunstgalerien untergebracht. Das hat Constanze mir mal erzählt. Aber was bedeutet deiner Meinung nach Torsprung?"

Er warf mir einen unergründlichen Blick zu und nuckelte aufreizend lang an seiner kalt gewordenen Pfeife. Wieder einmal ließ mich mein kluger Ehemann zappeln, obwohl er die Antwort in der Tasche hatte. So wie er seinen Gäulen ins Maul schaute und den kaputten Zahn sofort entdeckte. „Vielleicht ein Vorsprung neben dem Eingangstor", sagte er dann. „Eine Nische in der Mauer. Siehst du hier?" Er scrollte mehrere Fotos herunter, auf denen ein zweiflügeliges Eisentor mit spitzen Streben zu sehen war. Daneben stand wie ein Münster-Klischee ein einsames Fahrrad. Das Tor war in eine T-förmige Anordnung von Natursteinmauern eingelassen, die auf den Seiten unregelmäßig abgebrochen waren. „In diesen Vorsprüngen könnten Spalten sein, in denen man etwas verstecken kann." Seine Erklärung klang so plausibel, dass ich ihm freiwillig ein Bier aus der Küche holte und einen Teller mit Käseschnittchen fertig machte. Das Brainstorming hatte uns ganz groggy gemacht.

Montag, 9. November

Eibenbrinck hatte Kundschaft: eine mollige Frau mit einer roten Baskenmütze. Ich betrat den kleinen Laden, und während die Kundin Ohrringe probierte und sie in dem Standspiegel auf dem Kassentresen begutachtete, blieb ich neben der Seitenvitrine mit den Herrenuhren stehen, von dem aus der Juwelier angeschossen worden war. Dabei fiel mir auf, dass die beiden jungen Leute, die Eibenbrinck nach dem Zirkoniaring gefragt hatten, gar nicht so weit nach links hätten treten müssen, wie er dies geschildert hatte. Er hatte sie nicht mehr im Blickwinkel gehabt, als ihn die Kugel streifte? Das Ladenlokal war schmal, die Theke höchstens eins fünfzig breit und das Pärchen neugierig auf das gewesen, was der Juwelier ihm präsentieren würde. Wer ging denn in diesem Fall zur Seite? Je deutlicher ich das Bild vor mir hatte, desto klarer wurde mir, dass die junge Kundschaft von dem Überfall gewusst hatte. Leider besaßen wir bisher nur das Foto der jungen Hilde Eibenbrinck, die in ihrer Mundpartie Ähnlichkeit mit der jungen Frau gehabt hatte, und außerdem die Beschreibung ihres Partners als „blondes Milchgesicht." So sahen viele aus!

Der Juwelier und seine Kundin redeten leise miteinander, die Kundin schien mit Eibenbrinck zu flirten, was der Szene ein gewisses Maß an Intimität verlieh. Das verriet zumindest die leichte Röte in seinem Gesicht und das Glänzen seiner flinken Augen. Mir kam der Gedanke, warum dieser jugendlich wirkende Mittsiebziger nach dem Tod seiner Frau keine neue Partnerin gefunden hatte. Als die Kundin die Ringe aus den Ohrläppchen zog, mit entschlossener Geste auf das kleine, samtübezogene Tablett legte und zur Handtasche griff, beugte er sich eilfertig zu einer Schublade, nahm ein Kästchen heraus und raschelte mit Seidenpapier. Schmuck und Bargeld machten ihren Tausch, dann strebte die Kundin an mir vorbei, als hätte sie gerade eine Rarität ergattert. Jetzt war ich an der Reihe.

„Haben Sie je den Namen Harding gehört?", wollte ich nach kurzer Begrüßung und der Frage, wie es ihm inzwischen gehe, wissen.

„Sie meinen die Schauspielerin, die ermordet wurde? Natürlich!"

„Nein, die Eltern, Adrian und Marianne. Haben die mal bei Ihnen gekauft?"

Er strich sich über das Kinn. „Das sagt mir jetzt nichts. Meine Frau führte eine Stammkundenkartei, leider ziemlich überschaubar. Zu Weihnachten gab es für die ganz Treuen regelmäßig einen kleinen Gutschein. Von diesen Kunden besaßen wir auch die Anschrift. Warten Sie mal ..." Er förderte aus dem Unterschrank der Kassenvitrine ein Kästchen zutage und fingerte die wenigen Karten durch. „Nein, unter H ist gar nichts vermerkt."

„Darf ich mal sehen?"

Er überließ mir das Kästchen, doch die Namen waren mir fremd. Es wanderte zurück ins Schrankfach, die Tür klappte zu, dann sah Eibenbrinck mir fast herausfordernd ins Gesicht. „Ich fürchte, Frau Kommissarin, ich kann Ihnen nicht helfen."

„Sie wissen, dass von den beiden gestohlenen Vogelanhängern einer im Umkreis des ersten Mordopfers gefunden wurde." Von dem zweiten durfte ich zu diesem Zeitpunkt noch nichts sagen, weil die Spurenauswertung im Fall Jenny Harding noch nicht abgeschlossen war. Doch es stand unzweifelhaft fest, dass beide Rotkehlchen aus seinem Sortiment stammten. Er stützte die Hände auf die Kassentheke, wich meinem Blick aus und sagte mit eigenartigem Nachdruck: „Ich hätte ihn gern zurück. Auch den zweiten."

„Wir arbeiten dran!"

Ich wollte schon gehen, als er mich zurückrief. „Ich", wieder rieb er sich das Kinn, „möchte mich für Ihre Bemühungen bedanken."

„Aber warum denn? Das ist mein Beruf."

„Ich würde Sie gern zum Essen einladen. Wann geht es bei Ihnen am besten? Mittags? Abends?"

„Das ist sehr nett, aber das darf ich nicht annehmen. Nicht bei laufenden Ermittlungen."

„Dann aber, sobald die beiden Fälle abgeschlossen sind, und Sie sicher sein können, dass ich nicht der Täter war."

„Wo waren Sie denn am Abend des 25. Oktober? Es war der vorletzte Sonntag."

„Als diese Schauspielerin getötet wurde? Da war ich allein in meiner Wohnung. Frau Bromsma hatte wunderbare Rouladen gemacht, und ich habe mir dazu ein Fläschchen Rotwein gegönnt. Danach wäre ich wohl kaum mehr in der Lage gewesen, eine gut durchtrainierte junge Frau zu erdrosseln, oder?" Er lachte kokett und begleitete mich zur Tür. „Ich werde es ja in der Zeitung lesen, wenn der oder die Täter gefasst wurden. Und dann lasse ich nicht mehr locker."

Obwohl ich ziemlich sicher war, dass er mir hinterhersah, wandte ich mich nicht mehr um, sondern hob nur kurz die Hand.

Während Eibenbrinck wahrscheinlich seine Buchhaltung in Ordnung brachte, holte ich den Wagen vom Präsidiumsparkplatz und fuhr zur Tuckesburg. Noch am Morgen hatte ich kurz überlegt, Cornelia dort ein Treffen vorzuschlagen, den Gedanken aber schnell fallen gelassen. Sie hatte sich bei ihrer Aktion jede Rückendeckung verbeten, und daran musste ich mich halten. Ich ließ das Auto an der Hüfferstraße stehen und folgte der schmalen, gepflasterten Zufahrt zur Tuckesburg. Das große Doppeltor, das an der Villa vorbei auf das alte Zoogelände führte, stand offen, während das Privatgrundstück durch eine schmalere Pforte und ein weiteres zweiflügeliges Tor versperrt wurde. Neben der Pforte waren drei Briefkästen mit dem Namen *Tintenburg* angebracht. Dies war die Stelle, von der aus das Foto im Internet gemacht worden war. Dank Hilly, die sogar noch meine dubiosesten Vorhaben regelmäßig mit eigenen Recherchen unterstützte, wusste ich, dass sich in der Tuckesburg vor zwei Jahren ein Kinder- und Jugendbuchverlag eingemietet hatte, der Tintenburg hieß. Da der Parkplatz leer war und durch das dichte Gestrüpp rund um die Villa nur winzige Funzeln leuchteten, nahm ich an, dass das Verlagsteam Feierabend gemacht hatte. Umso besser, dann würde mir niemand neugierige Frage stellen.

Das Mauerstück aus Naturstein bildete zerklüftete Ränder, und wenn wir den neuesten Code richtig gedeutet hatten, wartete in einer dieser Spalten der nächste Hinweis von Challenger. Ich leuchtete die Vorsprünge und Nischen ab, doch ich fand keine Nachricht. Dabei war ich mir sicher, dass Cornelia, falls sie schon hier gewesen war, die Spielregel befolgt hatte, man solle den Zettel an seinem Platz lassen, damit ihn auch andere Teilnehmer fanden. Noch einmal glitten meine Finger durch die schmalen Ritzen. Sie waren stellenweise mit Moos und Efeu bewachsen. Irgendein Nagetier entfernte sich unter aufgeregtem Rascheln, etwas Spitzes bohrte sich in meine Latexhandschuhe, doch das erwartete Papier knisterte nicht. Hatten wir die letzte Nachricht missverstanden? Schließlich bot die Buchstabenfolge DINOSAL noch ‚zig andere Lösungen, und bei 18A musste es sich nicht zwangsläufig um eine Hausnummer handeln. War Cornelia also gründlich geleimt worden, als sie Challengers Tipp haben wollte, und er sie auf die „beliebte Crackermarke“ verwies? Dann wusste er, dass sie Polizistin war. Oder hatte sie sein falsches Spiel durchschaut und gar nicht erst an der Tuckesburg gesucht? Ich überflog Münsters Museenlandschaft, die genug diskrete Ablageflächen für das Versteckspiel geboten hätte: Das Picasso, das Naturkundliche, das Pferdemuseum, der Mühlenhof ... Die Tuckesburg war offenbar nie ein Ausstellungsort gewesen, schon gar nicht ein Museum, nur das Nachbarhaus hatte früher Galerien beherbergt.

Ich leuchtete gerade die spitzen Streben des offen stehenden Eisentors ab, um dort nach einer Nachricht zu suchen, als hinter mir eine Fahrradbremse quietschte. „Wollen Sie zu uns?“, fragte eine atemlose weibliche Stimme. Die Frau hinter mir war jung und hatte langes, welliges, blondes Haar, das von einem dunklen Stirnband zurückgehalten wurde. Sie wirkte nicht erschrocken, sondern eher verwundert darüber, was ich zu dieser Zeit hier trieb. Noch dazu mit einer Taschenlampe. Wenigstens griff sie nicht gleich zu ihrem Mobiltelefon, um der Polizei einen Einbruchsversuch zu melden.

„Nein, ich möchte nicht zum Verlag“, sagte ich möglichst locker. Der Schreck über ihr plötzliches Auftauchen war mir so in die Knochen gefahren, dass ich eine Weile brauchte, um meinen Dienstausweis aus der engen Innentasche meiner Steppjacke zu ziehen. Ich ärgerte mich über meine ramponierten Nerven umso mehr, als die junge Frau mir den Ausweis ohne langes Hinsehen zurückgab, in aller Ruhe das Stirnband herunterzog und resolut die Locken schüttelte, bevor sie eine kleine Pizzaschachtel aus dem Korb vor dem Lenker nahm. „Hat sich die Nachricht gefunden?“, fragte sie kühl.

„Welche Nachricht?“

Vor einer Stunde, entgegnete sie, so gegen sieben, sie habe sich gerade etwas zu essen besorgen wollen, sei eine Frau aufgetaucht, um die Natursteinmauer nach einem Zettel abzusuchen.

Ich befreite mich von den klebrigen Latexhandschuhen und streckte meine Hand aus. „Hauptkommissarin Sieglinde Züricher von der münsterschen Mordkommission. Wir suchen einen Hinweis im Zusammenhang mit den beiden Frauenmorden.“

„Was? Hier bei uns?“ Jetzt stand ihr doch das Entsetzen ins Gesicht geschrieben. Kein Wunder, das Gelände um die Burg war weitläufig und ziemlich schwach ausgeleuchtet. Selbst die Parklaterne ein paar Meter weiter spendete nur einen milchigen Schleier. Nebel war aufgekommen.

„In diesen Mauerstücken wurde angeblich eine Nachricht deponiert. Hatten Sie den Eindruck, dass diese Person vorhin ein Stück Papier gefunden hat, Frau ...?“

„Camilla Brendel. Nee, tut mir leid.“

Ich fragte nach Einzelheiten, die auf Cornelia passten, sie schüttelte den Kopf. Der Parka der fremden Frau hatte ihre Figur kaschiert, eine Wollmütze die Haare verdeckt. Aber relativ klein und um die vierzig, das kam hin.

„Haben Sie ein Auto gesehen?“

Auch nicht!

„Ich würde Ihnen gern ein paar Fotos zeigen. Vielleicht erkennen Sie die Frau ja wieder.“

„Hier draußen ist das Licht zu schlecht. Also, wirklich …, ich meine ...“

„Sie könnten eine wichtige Zeugin sein.“

Sie seufzte genervt. „Okay, ich rufe meine Chefin an, ob ich Sie so einfach ins Haus lassen darf. Ich arbeite nur freiberuflich hier.“ Unter Garantie hoffte sie jetzt, dass die Verlagsleiterin ihr abschlägig antworten würde. Doch ich bekam grünes Licht, worauf Frau Brendel kommentarlos die Pforte neben den drei Blechbriefkästen aufschloss und hastig hinter uns verriegelte. Am liebsten hätte sie mich draußen stehen lassen, um sich drinnen die Fotos allein anzusehen, so viel war klar. Wir folgten einem kurzen Weg, dann flammten Bewegungsmelder auf, in deren Licht die Landois-Villa mit ihrer Frontseite wie eine Festung auftauchte. In der Diele war es dunkel, gebündeltes Licht fiel nur aus einem Arbeitsspot, der auf einem Schreibtisch in der Mitte eines großen Büros stand. Camilla Brendel schob ein paar Unterlagen zur Seite, damit ich die Aufnahmen von Susanne Küster, Jenny Harding und Cornelia auslegen konnte, wobei ihre Neugier jetzt doch angekurbelt schien.

„Die beiden Mordopfer kenne ich aus der Zeitung, und diese Frau“, sie tippte auf Cornelia, „war eben am Tor. Ich erkenne das Gesicht wieder. Aber ob sie was gefunden hat, kann ich Ihnen nicht sagen. Ich kann das Foto gern kopieren und meinen Kollegen zeigen. Vielleicht hat jemand sie schon früher mal gesehen.“

„Das wäre nett. Arbeiten Sie immer so lang?“

„Lang?“, sie sah auf ihre Armbanduhr. „Ich habe um achtzehn Uhr angefangen. Halbe Stelle als Freelancer. Vor zehn komme ich hier nie weg.“ Es klang überraschend stolz und selbstbewusst: *Ich bin unverzichtbar und zuverlässig,* hieß das, *und ich mache meine Arbeit gern.* „Ich ersetze eine kranke Lektorin“, fuhr sie fort. „Sie wird wohl nicht zurückkommen, und da ich noch einen anderen Auftrag habe, bleibt mir nur abends Zeit. Aber setzen Sie sich doch. Ich wollte mich schon immer mit einer Polizistin unterhalten. Ich meine nicht diese hinterhältigen Politessen, sondern jemanden, der echte Halunken fängt. Haben Sie auch jetzt Ihre Dienstwaffe dabei?“

„Wenn Sie regelmäßig Krimis guckten, hätten Sie das längst bemerkt. Polizisten haben doch immer so eine verdächtige Beule unter der Jacke.“

Sie gluckste. „Ich gucke keine Krimis und lese auch keine. Meine Hobbys sind Fantasyromane und neuerdings auch Kinderbücher, berufsbedingt. Und jetzt mache ich uns einen Tee, okay?“

Während sie in der Küche hantierte, versuchte ich, so viel wie möglich von ihrem Büro zu erkennen. Erst jetzt fiel mir auf, wie massiv die Mauern der Tuckesburg waren. Die beiden ineinander übergehenden Büroräume wirkten überraschend begrenzt. Der rechte beherbergte einen ovalen Glastisch mit acht Stühlen und ein paar Bücherregalen, während Brendels Schreibtisch die Mitte des linken Raums einnahm. Offensichtlich teilte sie ihn mit jemandem. Zwischen zwei Computern und mehreren Stapeln an Arbeitsmaterial hatte sich eine deutliche Schneise eingegraben. Wie Niemandsland. Zwei weitere Arbeitsplätze waren an der Längsseite unter den Fenstern eingerichtet. Auf Frau Brendels Tisch war der noch ungebundene Buchblock eines illustrierten Kinderbuchs ausgebreitet, das von einem kleinen Pandabären handelte. Der daneben liegende Buchumschlag war mit stilisierten Bambusblättern dekoriert: grün auf elfenbein auf dem Rücken, auf der Vorderseite ein Pandajunges, das unter gemütlichem Grinsen an einem Bambusstängel kaute.

„Gefällt es Ihnen?“ Sie war aus der Küche zurückgekehrt, schob den Buchblock ins „Niemandsland“ und setzte ein Tablett auf die freigewordene Fläche: honigfarbener Tee in einer Glaskanne und zwei dünnwandige Porzellanschälchen. Dann ging sie noch einmal weg und holte die Pizza. Sie hatte den Boden in vier Segmente geschnitten und hielt mir die heiße Platte und eine Papierserviette hin.

„Nein, vielen Dank“, sagte ich, „essen Sie nur. Ich muss heute Abend noch für meinen Mann kochen.“

„Ist Ihr Mann auch Polizist?“

„Tierarzt.“

„Und hat tagsüber so viele Schweine gesehen, dass Sie ihm jeden Abend ein Schnitzel vorsetzen müssen?“ Sie lachte und biss herzhaft zu. Der Käse zog lange Fäden.

„Ich stelle es mir schwierig vor, ein Buchprojekt kurz vor der Herausgabe von einer Kollegin zu übernehmen.“

„Das bin ich gewohnt. Außerdem ist es eine schöne Herausforderung, vor allem, wenn man auch im fortgeschrittenen Stadium des Projekts noch eigene Ideen einbringen kann. Das Buchcover unseres Neulings ist mein Entwurf.“

„Eine hübsche Idee!“ Während mein Magen angesichts der opulent belegten, nach Oregano duftenden Pizza zu knurren begann wie der Grimmsche Wolf vor der Pendeluhr, beschloss ich, die Fingerfoodpause meiner Gesprächspartnerin zu nutzen, um sie noch ein wenig zu löchern. Das Tor zur Tuckesburg, dachte ich mit widerstrebender Anerkennung, war kein schlechter Ort für Challengers Nachricht. Hatte Cornelia statt eines neuen Codes die Aufforderung vorgefunden, ihre Adresse zu hinterlassen? Doch die hätte sie niemals hinterlegt, und Challenger hätte sich auch niemals die Mühe gemacht, sie draußen in ihrer Walachei zu besuchen. Das war mein erster Gedanke, der zweite war die Einsicht, dass ihr kein Risiko zu groß sein würde, um ihren „Fehler“ wiedergutzumachen. Sie hatte Küster die Teilnahme an Quizmasters Spiel nicht ausgeredet, und dieser Vorwurf nagte an ihr.

Inzwischen hatte Camilla Brendel die Pizza zur Hälfte verdrückt und brachte den Rest zurück in die Küche. Wasser plätscherte; ein deutliches Signal, dass sie sich wieder an die Arbeit machen wollte. Doch bevor ich Schuldgefühle bekam, musste ich noch einiges erfahren. Über die Mitarbeiter dieses Verlags, zum Beispiel. Neulinge lasen oft mehr zwischen den Zeilen als jemand, der dort seit Jahren beschäftigt und gegen so manche Struktur abgestumpft war.

„Haben Sie ein angenehmes Arbeitsklima?“

„Eigentlich schon, nur der Heimweg ist lästig. Und sich das Abendessen kaufen zu müssen, geht auch ins Geld. Ich habe nämlich keine Lust, mit einem Henkelmann zur Schicht zu kommen.“

„Und wenn Sie abends Ihr Essen kaufen, ist Ihnen da nie jemand aufgefallen?“

Sie lächelte nachsichtig. „Jogger und Hundebesitzer. Wer würde da misstrauisch, wenn jemand einen Zettel in der Mauer versteckt? Könnte ja ein Liebesbrief sein, und so ist es immer noch besser, als die Baumrinde zu ritzen.“

„Ist in letzter Zeit jemandem gekündigt worden?“

„Das kann ich Ihnen nicht sagen. Erwähnt wurde es jedenfalls nicht. Die Mannschaft, die vor acht Wochen mit mir Einstand gefeiert hat, ist noch komplett.“

„Gab es mal Drohbriefe? Anonyme Anrufe?“

„Das müsste unsere Sekretärin wissen. Aber ob die mir davon erzählen würde?“ Unmissverständlich wanderte ihr Blick zu ihrem Buchprojekt, aber noch ließ ich nicht locker. Die Hoffnung, dass sich zwischen Challengers Spiel und diesem Haus, dieser Mischung aus Monstrum und Märchenschloss, eine Verbindung eröffnete, hielt mich fest. Die Tuckesburg passte nicht ins Suchschema. Es musste einen anderen Grund geben, das Quiz ausgerechnet hier zu beenden.

„Diese Kollegin ist hoffentlich nicht ernstlich krank?“

„Sie hat …“, Brendel stockte, „ach, Sie kennen sie ja nicht, und ich nenne auch keinen Namen. Sie hat ihre Gemütslage nicht im Griff. So etwas nennt man eine Persönlichkeitsstörung. Jetzt hat ihr ein guter Freund einen Job angeboten, in dem sie ähnlich arbeiten kann wie hier, aber in einem Team, das mit ihren Stimmungsschwankungen besser zurechtkommt.“

„Und das konnte man hier nicht?“

„Bitte, ich kann mich dazu nicht äußern.“

„Klar, natürlich. Schön für diese Kollegin, dass sie woanders so gut aufgenommen wurde.“

„Sie hat inzwischen sogar einen Roman geschrieben. Sie hält auch Lesungen, und sie liest fulminant, viel besser als diese … Schauspielerin.“

„Wie heißt der Roman?“

„Darf ich nicht sagen. Dann wüssten Sie ja, wie sie heißt. Und echt, ich muss jetzt wirklich weitermachen. Sonst sitze ich noch um Mitternacht hier.“

„Bekommen Sie Ihre Texte von Literaturagenturen? Zum Beispiel von der Agentur Hennkamp?“

„Weiß ich nicht. Die Texte, die ich auf meinen Schreibtisch kriege, sind immer schon vertraglich abgesegnet. Erst dann fängt meine Arbeit an.“

„Tut mir leid, dass ich Sie so lange aufgehalten habe.“

„War mir ein Vergnügen. Sie finden den Weg nach draußen?“

„Sicher. Und wenn Ihnen noch was einfällt oder Sie eine Beobachtung machen, rufen Sie uns dann an?“

„Klar doch! Und lassen Sie die Pforte einfach hinter sich zufallen. Die schnappt von selbst ein.“

„Mach ich. Könnten Sie unter Ihren Kollegen mal nachfragen, ob in letzter Zeit ein Manuskript eingetroffen ist, das im entferntesten Sinn von einer unglücklichen Kindheit handelt?“

„Ach, dieser autobiographische Kram ist doch total out.“

„Vielen Dank für Ihre Hilfsbereitschaft.“ Die Haustür fiel hinter mir ins Schloss, die Bewegungsmelder wiesen nur spärlich den Weg zu dem kleinen Tor, der Nebel dampfte alles zu.

Unter meinem Scheibenwischer klebte ein Zettel. *Du kommst zu spät.* Challengers Schrift. Dieselben Druckbuchstaben, dasselbe Papier, gelb mit kleinen Karos. Ich spürte einen Knoten im Magen. War ich nicht wegen des neuesten Codes zu spät gekommen, sondern wegen Cornelia? Hatte Challenger sie in seine Gewalt gebracht, weil für ihn das Spiel zu Ende war? Woher kannte er meine Autonummer? Ich stieg schnell ein, verriegelte von innen die Wagentüren und fuhr das Seitenfenster herunter. Dann bestellte ich die Spurensicherung, und während ich auf Berni Wagner und sein Team wartete, starrte ich auf die Rückseite des hässlichen Kästchenpapiers, das auf der Scheibe klebte wie Vogeldreck, horchte angespannt nach draußen und versuchte meine aufgewühlten Gedanken zu ordnen. Falls der Quizmaster vor zwei Stunden Cornelia tatsächlich in seine Gewalt gebracht hätte, wäre er wohl kaum zurückgekommen, um einen Zettel an meine Windschutzscheibe zu kleben. Ein kalter Hauch fuhr mir über den Nacken, als mir klar wurde: Challenger war nicht allein am Werk.

Der Technikerbus brauste an mir vorbei in die Zufahrt zur Villa, ich folgte ihm. Und während sich die Kollegen an die Arbeit machten, zog ich Berni zur Seite. Schluss mit dem Geheimnis um Cornelias Alleingang! *Das muss nichts bedeuten,* hatte sie abgewiegelt, als sie mir von Küsters Einladung zu dem Quizspiel erzählte. Dass wir nicht sofort in diese Richtung ermittelt hatten, lag mir jetzt wie ein Alptraum auf der Seele. Ihr Solomanöver hätten wir mit aller Macht verhindern müssen! Ich erreichte Sonnhagen, und er stimmte zu, dass sofort eine Fahndung nach Cornelia gestartet werden musste.

Das Team suchte noch bis weit nach Mitternacht, doch die Fuß- und Reifenspuren auf den Wegen, die Fingerprints auf der Natursteinmauer und die Abfälle, die von der durch Scheinwerfer hell ausgeleuchteten Rasenfläche, aus Sträuchern, Büschen und einem nahe gelegenen Papierkorb herausgefischt wurden, gaben fürs Erste nichts her. Schließlich rollten sie Absperrband aus und beschlossen, bei Sonnenaufgang weiterzumachen.

Ich rief mir noch einmal den Abend im *Weimar* vor Augen: die sich ständig verhaspelnde Autorin, ihre starre Haltung, als klammere sie sich an ihrem Buch fest, ihr spärlicher Blickkontakt mit den Zuhörern. Hatte sie um ihr Leben gefürchtet? Wer hatte so viel zwischen den Zeilen gelesen, dass die Wut in ihm hochkochen konnte wie heiße Milch in einem unbeaufbesichtigten Topf? Im nächsten Augenblick wurde mir klar: Am Tag der Lesung hatte morgens die Nachricht von Küster Ermordung in den Lokalzeitungen gestanden. Grund genug, selbst einer so erfahrenen Vortragskünstlerin wie Harding dermaßen in die Knochen zu fahren, dass sie ihre Krimilesung verpatzte. Nicht der Plot ihres Krimis war schuld an ihrem Tod, sondern ihre Teilnahme an Challengers Spiel. Sie wusste, dass ihre Jugendfreundin Susanne ebenfalls an Bord gewesen war und mit dem letzten der zu erratenden Codes ihren Tod provoziert hatte. Und dann hatte sie ihrem Mörder die Tür aufgemacht. Hatte sie die Konfrontation gesucht und die Gefährlichkeit ihres Besuchers unterschätzt? War es vielleicht jemand, der sie zur Party abholen wollte? Oder hatte er sie im Gegenteil davon abbringen können? Hatte diese Person sie auf der Straße oder im Treppenhaus in ihre Gewalt gebracht und in die Wohnung geschleppt? Doch warum war dann Champagner geflossen? Ich sah mir noch einmal das Protokoll über die Befragungen der Hausnachbarn an. Niemand hatte etwas bemerkt.

Dienstag, 10. November

Solange sie noch zusammen gewesen waren, hatte ein Foto von Chris auf Cornelias Büroschreibtisch gestanden. Es zeigte einen rotblonden jungen Mann mit kurzem Borstenhaarschnitt und einem rundlichen Gesicht. Wie hatte Eibenbrinck seinen Kunden von dem Abend des Überfalls beschrieben? „Ein Milchgesicht." Da es sich um ein so genanntes Brustbild handelte, und Chris ein offenes Polohemd trug, hatte man auch die gekräuselte Brustbehaarung bewundern können. Genau dieser Typ stand jetzt an der Kassentheke und debattierte mit einer Blondine, die die Oberarme einer Schwimmerin besaß. Sie stützte beide Ellbogen auf die Theke, musterte ihren Duellpartner mit einer Mischung aus Entrüstung und Anmache, während sie ihm einen gründlichen Einblick in ihr Dekolletée lieferte. Ich betrat den Laden, der in der ziemlich aggressiven Farbkombination Orange-Giftgrün eingerichtet war, nutzte ein kurzes Luftholen der streitbaren Dame und sagte munter: „Entschuldigung, wenn ich mal kurz unterbreche. Sind Sie Herr Wettring? Dann würde ich Sie gern sprechen."

Sein Blick durchbohrte mich wie eine Harpune. „Gleich!", knurrte er, bevor er sich wieder der Blonden zuwandte und mit dem Knöchel des rechten Mittelfingers auf das schmale Stück Pappkarton in seiner linken Hand klopfte. „Der Gutschein ist abgelaufen, aber wir sind nicht kleinlich. Wenn Sie ihn noch diese Woche einlösen, akzeptieren wir das."

„Gutscheine können nicht ablaufen", schnappte sie. „Aber ich will mal nicht so sein." Rote Krallen umklammerten das Kärtchen wie eine Trophäe, dann rauschte sie ab. Ich war an der Reihe.

„Kommen Sie auch mit Reklamationen?"

„In gewisser Weise ja", sagte ich. „Es geht um Cornelia. Ich bin eine Kollegin von ihr und wundere mich, dass ich sie seit Sonntagabend nicht mehr erreichen kann. Abgesehen davon, dass sie heute nicht zum Dienst erschienen ist, geht sie auch nicht ans Telefon. Haben Sie in letzter Zeit mal was von ihr gehört?"

Ich hatte Achselzucken erwartet, vielleicht sogar eine pampige Abfuhr. *Bin ich der Hüter meiner Ex?* Umso mehr überraschte mich seine Reaktion. Er zog die Stirn zu einer tiefen Falte zusammen, starrte an mir vorbei auf einen undefinierbaren Punkt und sagte dann: „Kommen Sie mit!“ Wir gingen einen schmalen Flur hinunter, auf den sich rechts und links je ein großer Saal mit Flügeltüren öffnete. Das vielstimmige Schnurren, Knarzen, Schleifen – und ja, auch Schnaufen – erinnerte an altrömische Sträflingsgaleeren. Wenn man die Strapazen bedachte, denen sich die Urheber dieser Geräusche aussetzten, drängte sich der Vergleich direkt auf. Am Ende des Gangs öffnete Chris die Tür zu einer kleinen Teeküche. Auf der Theke aus edlem Granit reihten sich eine Espressomaschine, und je ein Ständer für Kaffeekapseln und Tässchen. Wettring nahm zwei herunter und setzte mir eins hin. Während sich die andere Tasse gluckernd mit Kaffee füllte – ich hatte das Angebot dankend abgelehnt – , sagte er: „Tatsache ist, dass Cornelia gestern Abend gegen acht hier vorbeikommen wollte. Sie hatte unter ihren Klamotten eins meiner Lieblings-T-Shirts entdeckt und meinte, ich hätte es wohl gerne zurück.“

„Und wann hat sie Ihnen das angekündigt?“

„Am Sonntag. Früher Abend. Ich war hier, weil ich mit meiner neuen Partnerin … ääh, ein bisschen Zoff hatte.“ Er durchfurchte seine gegelten Haare und grinste verlegen. „Bin wohl ein schwieriger Typ.“ Seine weinerliche Selbsteinschätzung machte ihn nicht sympathischer. Mein Vorgänger im KK11, Frieder Lenz, hatte manchmal von einem „Mörder-Hautgoût“ gesprochen. Chris Wettring roch nach billiger Anmache.

„Ziemlich aufwändig, für ein Stück Sommerbekleidung extra vorbeizukommen!“, wandte ich ein. „Wir haben Spätherbst.“

„Ich habe auch gesagt, sie soll das lassen. Aber sie wollte sowieso im Schlossgarten joggen, und von da bis zum Ludgeriplatz ...“

„Wollte sie zufällig vorher zur Hüfferstraße? Vielleicht eher um etwas zu holen als abzuliefern?“

Seine Überraschung schien ehrlich zu sein. „Davon hat sie nichts gesagt. Geht mich ja auch nichts an. Sache ist jedenfalls, dass sie nicht gekommen ist und telefonisch nicht erreichbar war. Ich mache den Laden um zehn Uhr dicht, und so lange habe ich auch gewartet.“

„Sind Sie deswegen jetzt beunruhigt?“

Er öffnete seine verschränkten Hände und schloss sie wieder. „Wir sind ja schon zwei Monate auseinander. Was weiß ich schon, was sie so treibt. Ob sie ebenfalls einen neuen Partner hat.“

„Soviel ich weiß, gibt es keinen Neuen“, sagte ich und hoffte, mich einerseits nicht zu weit aus dem Fenster zu lehnen, andererseits mein Gegenüber noch mehr aus der Reserve zu locken. Cornelia hatte mir gegenüber einen Übergriff von Chris in der Promenade befürchtet und joggte stattdessen im Dunkeln durch den Schlossgarten? Und kündigte ihm das auch noch an? „Als Sie noch zusammen waren, hat sie da mal über Belästigungen geklagt? Anrufe oder Drohbriefe?“

Wettring erinnerte sich nicht.

„Seit wann joggt sie denn abends im Schlossgarten? Ist ihr die Promenade zu gefährlich geworden?“

Seine Miene wirkte unergründlich. „Kommt drauf an, welchen Abschnitt Sie meinen. Drüben am Kanonengraben hat es mal einen Überfall gegeben.“

„Ich weiß“, sagte ich, „ich war damals im Ermittlungsteam, und wir haben das Schwein gefasst. Er hatte mehrere Frauen auf dem Gewissen. Der Promenadenmörder!“

„Den meine ich nicht. Bei der überfallenen Frau handelte es sich um eine meiner Stammkundinnen. Sie hat den Kerl zusammengeklopft, als hätte sie ihre Hanteln dabei gehabt.“

„Sie haben toughe Frauen in Ihrer Kundenkartei. Gibt es zufällig auch eine Greta?“ Mir war eingefallen, dass Kerstins Freundin seit neuestem mit einem Studiobesitzer befreundet war, der sich ebenfalls Chris nannte.

Er grinste frech. „Jedenfalls keine toughe Greta. Im übrigen gilt der Datenschutz.“

Ein Kunde rief ihn zur Kasse, und so verabschiedeten wir uns mit dem beiderseitigen Versprechen, Nachricht zu geben, sobald Cornelia ein Lebenszeichen schickte. Doch der Kunde verschwand schnell aus der Tür, und so rief ich Chris noch einmal zurück. „Kennen Sie zufällig den Uhrmacher Walter Eibenbrinck? Am Prinzipalmarkt?“

„Ich kaufe meine Uhren grundsätzlich in Bangkok. Und falls Sie mein Schmuck interessiert, ich habe tolle Tattoos an Stellen, die ich Ihnen hier im Laden leider nicht zeigen kann.“

„Da ist das Angebot größer als die Nachfrage, Herr Wettring.“ Wer sich dermaßen plump an andere Frauen heranmachte, hatte einen so feinen Menschen wie Cornelia nicht verdient. Dass sie durch den dunklen Schlossgarten gelaufen war, passte nicht zu ihr. Hatte sie am Tor der Tuckesburg vielleicht doch einen neuen Code gefunden, der sie zum Schloss lockte? Und hatte sie Wettring das Treffen in seinem Fitnessstudio als Vorsichtsmaßnahme vorgeschlagen, damit er nach ihr suchte, falls sie nicht bei ihm erschien? Wer brachte Anfang November noch ein T-Shirt vorbei? Ich an Cornelias Stelle hätte es sowieso behalten; als Erinnerung an ein Kapitel ihres Lebens. Gab es in unserem Küchenschrank nicht auch noch immer einen schwarzen Keramikbecher, über dessen Herkunft sich Franz nie gewundert hatte?

Draußen rief ich Vera Jung an. Bei ihr lärmten im Hintergrund laute Stimmen: Schulkorridor, Pausenhof, selbst in Lehrerzimmern ging es manchmal stürmisch zu. Erst als sie sich in eine ruhige Ecke verzog, verstand sie meine Frage. Ein Fitnessstudio, das Susanne Küster ihr empfohlen hatte? „Sie hat mal von so etwas erzählt. Am Ludgerikreisel. Aber ob sie da hingegangen ist? Sie machte doch ihr Taekwondo.“

Also kehrte ich noch einmal zurück zu Chris Wettring, diesmal zu seiner Kundenkartei. Er wand sich wie ein Aal. „Kundendaten darf ich nicht herausgeben ...Eeehm … Ganz unmöglich!“ Damit hatte er Recht, aber warum diese Verlegenheit?

„Ich nenne Ihnen jetzt zwei Nachnamen, beide Jahrgang 1988, weiblich, in Münster gemeldet. Sie knöpfen sich jetzt bitte Ihre Kundenkartei vor und sagen zu den beiden Namen ‚No‘ oder ‚Yes.‘ Nie gehört oder oft gesehen!“

Er brauchte eine ganze Weile, dann bekam ich das Ergebnis. Susanne hatte sein Schnupperangebot probiert, war jedoch nie wiedergekommen. Jenny war mehrmals mit einer Schauspielerkollegin aufgekreuzt. „Bis vor kurzem hatten wir auch Pilates im Programm. Dann mussten wir wegen einer Kollegin in Babypause die Kurse auf den Vormittag verlegen, und Jenny blieb weg. Aber ehrlich gesagt, wir waren nicht unglücklich drüber. Die Dame war zu anspruchsvoll. Nichts Böses über Tote!“

„Ich bin den Umgang mit Toten gewöhnt. Auch mit bösen!“ Darauf lachte er heiser. „Damals war sie ja noch nicht tot. Aber sie war ein Promi – deshalb meine Zurückhaltung.“

„Womit hat sie Ihnen die Kundschaft vergrault?“

„Wir haben eine Bar“, erklärte er. „Wir servieren Smoothies und Cocktails, aber nur alkoholfreie. Frau Harding passte das nicht. Sie brachte Pfirsichsekt mit, aber sie vertrug das Zeug nicht. Sie hätte uns im Vollrausch um ein Haar den Laden auseinander genommen.“

Ich dachte an ihr Badezimmer, und verschiedene Szenarios zogen an meinem inneren Auge vorbei. Am Mordabend war bei Harding Champagner geflossen, doch sie selbst hatte nur unbedeutende Promille im Blut gehabt. Kaum mehr als Küster. Dann wusste der Täter von ihrer geringen Alkoholtoleranz und hatte das Bad auseinander genommen, so wie Harding es in Wettrings Studio getan hatte?

„Ist das öfter passiert?"

„Zwei-, dreimal. Dann hatten wir genug, und sie bekam Hausverbot."

„Ihr Studio ist sonntags geschlossen. Wo waren Sie am vergangenen Sonntagabend?"

„Mit meiner Freundin zusammen. Bin ich jetzt im Visier, weil ich Frau Harding Hausverbot erteilt habe? Das ist verrückt. Ich hatte persönlich nichts gegen sie. Nur, wenn eine alkoholisierte Kundin quer durch den Laden kotzt, ist sie untragbar."

„Sie besitzen auch die Daten von Susanne Küster. Ihr Aufenthaltsort für Dienstag, den 20. Oktober, bitte. In der Zeit zwischen halb neun und zwei Uhr morgens."

„Ich war nicht hier, sondern zu Hause. Hexenschuss! Ein Kumpel hat den Laden für mich geschmissen."

„Dann hat Sie vielleicht jemand in Ihrem Treppenhaus gesehen, als Sie sich zum Arzt geschleppt haben. Oder zur Apotheke." Wie ich sie hasste, diese fremden Treppenhäuser, die jede Spur vertilgten wie gefräßige Ratten.

Zurück im Büro, hetzte ich nach oben zu Schüller. Falls Cornelia auch am folgenden Morgen nicht erschiene, würde die Suchaktion ausgeweitet werden müssen.

„Die hat … na, wo habe ich denn den Zettel … also…", im Gegensatz zu den archäologischen Schichten auf dem Tisch seiner Mitarbeiterin verriet Ansgars Ablage Organisationstalent. Drei penibel aufgetürmte Stapel, die er jetzt durchfingerte – ohne Ergebnis. „Ich glaube, sie hat Urlaub genommen", sagte er achselzuckend.

„Bei laufenden Ermittlungen? Und warum wusste er nichts von der Suchaktion?"

Er grinste. „Eine Versöhnungsorgie mit ihrem Ex. Wetten?"

„Hat sie einen Urlaubsantrag gestellt?" Die Sache erschien mir immer dubioser.

„Hmm", jetzt zog Ansgar doch etwas zwischen einem der Stapel hervor, nach einem Antragsformular sah dieser Zettel allerdings nicht aus. „Was regst du dich so auf?", wollte er gereizt wissen. „Cornelia ist einundvierzig, alt genug, um selbst auf sich aufzupassen. Und den Urlaubsantrag hat wahrscheinlich Hilly angenommen."

Es war zwecklos, weiter mit ihm zu verhandeln. Und vielleicht hatte er ja Recht. Die Angst, Cornelia könne an der Tuckesburg oder im Schlossgarten auf den Quizmaster gestoßen sein, saß mir trotzdem im Nacken wie einer jener hässlichen Wasserspeier, die die gotischen Kathedralen verunstalteten. Kindliche Alträume in Stein gemeißelt. „Und warum hat sie dann ihr Handy abgestellt?", fragte ich Ansgar.

„Weil sie nicht gestört werden will."

„Glaub das nicht!" Meine Stimme kippte. „Cornelia macht ihre eigene Tour, und wenn sie früh genug herausgefunden hätte, wie gefährlich Challenger tickt, hätte sie längst Verstärkung verlangt. Warum tut sie es nicht? Aber gut, wenn du in den nächsten Tagen von Chris und Cornelia eine Ansichtskarte bekommst, sag mir Bescheid. Falls nicht, weiten wir die Fahndung aus."

An der Tür rief Ansgar mich zurück. „Jetzt fällt mir was ein: Sie hat mich gestern Abend angerufen. Ich solle ihr ganz unbürokratisch zwei, drei Tage freigeben, sie arbeite das später nach. Und dass es dringend sei, hat sie auch gesagt. Eine Familienangelegenheit."

Gestern Abend? „Wann genau?"

„Hab ich 'ne Uhr verschluckt? Wir hatten Gäste, und Shahida verteilte gerade die Desserts. Könnte gegen elf gewesen sein."

„Du bist sicher, dass du mit Cornelia geredet hast?"

„Ich kenne doch ihre Stimme. Und es war ihr Handyanschluss."

„Trotzdem merkwürdig. Klang sie aufgeregt? Oder verstört?"

„Hör mal! Die Tischrunde war laut. Ich habe Cornelia kaum verstanden, obwohl ich extra in den Flur gegangen bin. Wer soll es denn sonst gewesen sein?"

„Die Person, in deren Gewalt sie jetzt ist? Scheint demnach eine Frau zu sein."

„Du liest zu viele Agentenromane."

Und ich rede mit Max!, beschloss ich.

* * *

Lückmann telefonierte gerade mit angespannter Miene, und bevor ich unsere verschwundene Kollegin auch nur ins Spiel bringen konnte, riss er seine Jacke vom Haken. „Neue Erkenntnisse in der Akte Harding. Wir müssen mit der Mutter reden! Die verschweigt uns was!"

„Glaubst du das intuitiv?", fragte ich auf dem Weg zum Parkplatz.

„Ich glaube überhaupt nichts", knurrte Lückmann. „Ich habe Adrian Harding heute Nachmittag mal bei der Lokalpresse durch die Mangel ziehen lassen. Ein hartnäckiger Verehrer meiner Mutter arbeitete früher als Gerichtsreporter und besitzt ein großes Archiv. Vor einiger Zeit hat er angefangen, alte Fälle aus unserem braven Münster zu digitalisieren. Und jetzt kommts: Vor zwanzig Jahren lag gegen Harding eine Anzeige wegen sexueller Belästigung vor. Erhoben von seiner damaligen Sprechstundenhilfe."

„Und?"

„Wurde abgewiesen. Es gab keine Zeugen, Aussage stand gegen Aussage, außerdem verwickelte sich die Frau in Widersprüche. Sie kündigte, und Harding heuerte als Ersatz seine Ehefrau an."

„Interessant. Und sie spielte mit. Wer bekommt schon eine neue, ansehnliche Helferin, wenn er als Sittenstrolch in der Zeitung gestanden hat?"

Eine Weile hing jeder seinen Gedanken nach. „Und der Mann in Frauenkleidern, der die Promenade unsicher machte? Ich meine, als der Fall Anne S. aufkam."

„Vergiss es."

Marianne Harding schien zuerst erstaunt über unseren Besuch und dann frustriert, als sie den Grund erfuhr. „Ich dachte, Sie könnten mir endlich den Mörder meiner Tochter vorführen. Ich habe alles gesagt, was Ihnen weiterhelfen könnte, und Sie trampeln auf meiner Seele herum?"

„Um den Mörder Ihrer Tochter zu finden, brauchen wir mehr Hilfe von Ihnen", wiegelte Lückmann ab, und sie seufzte. „Kommen Sie mit in die Küche. Ich bin beim Hemden Bügeln."

Also setzten wir uns an ihren Küchentisch. Sie benutzte eine Sprühflasche, wie man sie zum Einnebeln von Pflanzen verwendete, und befeuchtete jedes einzelne Knopfloch.

„Es geht noch einmal um die Treffen in Ihrem Freundeskreis bis 2003“, begann ich. „Sie sagten, Jenny sei fünfzehn gewesen, als die Gruppe auseinanderfiel. Lebt der eine oder andere Teilnehmer heute noch in Münster?“

Plassen natürlich, sagte sie und bearbeitete das Hemd weiter mit Inbrunst. Von dem lese sie gelegentlich in der Zeitung. Aber immer sei der ja auch nicht am Ort gewesen, sondern erst vor fünf Jahren am hiesigen Theater engagiert worden. „So eine Art Schwanengesang, oder wie man das nennt. Er ist ja auch nicht mehr der Jüngste.“ Sie zog das fertige Hemd vorsichtig auf einen Bügel und trug es auf den Balkon zu seinen Kumpanen, die auf einem fahrbaren Ständer hingen. Der Tag war windig, und die schwankenden, mehr oder weniger stark gestreiften Hemden erinnerten ein wenig an aufgeknüpfte Straftäter am Galgen. Prompt schoss mir Marie Pohls historischer Krimi durch den Kopf. Eigenartig, dass sie die Bestrafung des perfiden Trolls nicht näher beschrieben hatte. Die Dorfgemeinschaft hatte den Übeltäter lediglich im Hühnerstall eingesperrt. Wollte Pohl die Bauern nicht als grausame Rächer erscheinen lassen? Marianne Harding unterbrach meine Gedanken, und ihr Tonfall klang jetzt bedeutend freundlicher – vielleicht weil der Anblick der makellosen Hemden, aus denen der Wind noch die letzten Fältchen blies, ihre Stimmung hob. Ich dagegen spürte eine leichte Anspannung bei der Möglichkeit, eine Taube oder Krähe würde von dem Flachdach einen dicken Klacks herunterfallen lassen. „Es war schon so“, sagte sie, und jetzt bekam ihre Miene auch noch etwas Verträumtes, „dass die Kinder die Wärme und Intimität unserer Gruppe empfunden haben. Es war immer jemand für sie da, der ihre Fragen beantwortete oder etwas Neues vorschlug, wenn Langeweile aufkam. Außerdem haben sie in der freien Natur viel gelernt. “

„Und wenn nur einem Kind langweilig wurde, während sich die anderen prächtig miteinander amüsierten?“

„Dann versuchte man es trotzdem einzubinden oder mit einer eigenen Sache zu beschäftigen. Haben Sie selbst Nachwuchs? Ich kann Ihnen sagen: Nölende Kinder sind eine Plage.“ Sie stellte das Bügeleisen auf die Ablage und sah mir ins Gesicht. „Worauf wollen Sie hinaus? Was hat das alles mit Jenny zu tun?“

Ich vergewisserte mich noch einmal, dass eines der Kinder Anne-Maria geheißen hatte. Ende der achtziger Jahre geboren, inzwischen also knapp dreißig und damals mit seinen Eltern im Geistviertel zu Hause. Hatte sie dort eine der Grundschulen besucht?

„Anne-Maria war die Kleine von Sanders", bestätigte Frau Harding, während die Spitze ihres Bügeleisens jetzt ungewöhnlich lange einen Manschettenknopf umkreiste. Sie wendete den Ärmel mit geübter Geste und fuhr fort: „Ihre Grundschule wird wohl die nächstliegende gewesen sein."

„Wissen Sie, was aus ihr geworden ist?"

Kopfschütteln. Falls das Mädchen verheiratet war, würde man seine Spur nur schwer verfolgen können. „Bei Adrians Beerdigung war keins der Kinder dabei. Das hat wehgetan, wo er doch so viel mit ihnen angestellt hat."

Lückmann gab ein trockenes Räuspern von sich, sagte jedoch nichts. Die Küchenuhr zerhackte die Minuten, die Wassertropfen aus der Sprühflasche zerplatzten mit leisem Zischen auf dem Hemdenstoff, im Zimmer war es stickig. Wenn Jennys Mutter wenigstens die Balkontür offengelassen hätte, wo sie schon ständig hin- und herrannte.

„Aber die Interessen in der freien Natur gingen doch sicher sehr weit auseinander", unterbrach Max das lastende Schweigen. „Die wenigsten kleinen Mädchen wollen Kartoffelkäfer auf die Hand nehmen oder Heuschrecken. Smartphones gab es Mitte der Neunziger noch nicht, sogar Gameboys waren selten, also musste die Jugend beschäftigt werden."

„Wurde sie auch! In den Rieselfeldern, zum Beispiel. Mal einen Frosch aus der Nähe beobachten, eine Libelle oder Vogelnester im Schilf. Adrian wäre ein guter Pädagoge geworden. Sogar im Merfelder Bruch sind wir mal gewesen, bei den Wildpferden."

„War das auch eine Idee Ihres Mannes?"

Sie nickte. „Ich habe das damals als sehr einfallsreich empfunden. Kennen Sie die Gegend? Aber Sie stammen ja nicht von hier, oder?"

Ich überging die Frage, sie war mir nicht neu. Auch nach 16 Jahren nicht.

„Dann war Ihr Mann vielleicht mit einem Kind auch mal länger weg", hakte Max weiter nach. „Vor allem mit einem der Mädchen. Die sind grundsätzlich ja viel interessierter als die Jungs. Hätte er denn nicht alles getan, damit ihm sein erfolgreicher Privatunterricht erhalten blieb?"

Ihre Augen wurden schmal. „Ich weiß wirklich nicht, worauf Sie hinauswollen. Dieser Privatunterricht, wie Sie das nennen, war irgendwann nicht mehr aktuell. Zum einen, weil unser Nachwuchs nicht mehr mitmachte, zum anderen, weil Adrian nichts mehr organisieren wollte."

Ich hob den Blick von meinem Notizbuch. „Wie alt war Ihre Tochter da?"

„Sagte ich beim letzten Mal doch schon: Jennys fünfzehnten Geburtstag haben wir allein gefeiert. Nur sie, Adrian und ich. Früher gab es für jeden Kindergeburtstag ein Extrafest in der Gruppe. Na ja, die Vonnebecks machten es uns ja leicht, mit zweimal Zwillingen." Sie kicherte, und ich fragte mich, welches Dope sie in die Sprühflasche geschüttet hatte. Tanzten die Hemden da draußen vielleicht nicht nur wegen der Windböen?

„Waren die Kinder Ihrer Gruppe auch eng miteinander befreundet?"

„Da kann ich nur zu Jenny etwas sagen. Sie war eine Einzelgängerin. Die Jungs waren ihr zu wild, vor allem die von Vonnebecks, aber mit den Mädchen verstand sie sich auch nicht wirklich. Gelegentliche Spielkameraden eben."

„Auch mit dem kleinen Plassen spielte sie nicht?"

„Felix nahm immer Märchenkassetten mit. Der lebte in seiner eigenen Welt. Zwischen seinen Eltern kriselte es schon damals."

„Und nicht mal Ihr Mann konnte ihn von seinen Märchen abbringen?"

Sie stellte das Bügeleisen ab. „Wissen Sie, mir war ja die eine Schwangerschaft schon zu viel, auch wenn Adrian gern noch einen Sohn gehabt hätte. Deshalb fand er zu den Jungs in unserer Gruppe so schlecht Zugang. Nicht, dass er neidisch auf seine Freunde gewesen wäre, es war einfach schwer für ihn, sich ständig klar zu machen, dass er nur eine Tochter hatte. Als hätte er in seiner Vaterrolle versagt. Manchmal kam er mir vor wie ein einsamer, trauriger Clown, eingesperrt in seinen Neigungen und Bedürfnissen, die er selbst nicht mehr verstand. Die nicht mal ich als Ehefrau begreifen konnte. Er tat mir leid, andererseits war sein Verhalten auch seltsam."

„Dann hätte er doch eher mit Mädchen Probleme haben müssen. Er hatte kein gutes Verhältnis zu Jenny, das haben Sie selbst ausgesagt."

„Frau Kommissarin, es war nicht das, was Sie vermuten. Er kam mit dem Älterwerden nicht zurecht. Midlifecrisis, oder wie man das nennt. Die Kleinen hatten ihn herausgefordert, aber mit der Pubertät war das dann aus und vorbei."

Wir schwiegen wieder, während ich über einen Antrag auf Wohnungsdurchsuchung nachdachte. Doch wenn Jennys Mutter sich bei ihrem Wechsel von dem Haus in Sudmühle in diese Zweizimmerwohnung stark hatte einschränken müssen, war von den Sachen ihres Mannes sicher nicht viel übriggeblieben. Trotzdem ließ mich der Gedanke nicht mehr los. Sie hatte eine Weile um ihren Mann gekämpft, hatte ihn erst losgelassen, als er völlig aus dem Ruder lief. Doch dann war auch gleich die Scheidung fällig gewesen. Was hatte sie ihm so massiv vorzuwerfen, dass ein hochkarätiger Anwalt wie Richard Küster den Fall zum Nachteil seines eigenen Freundes übernahm? Die Anzeige seiner Sprechstundenhilfe wohl kaum, die war abgewiesen worden und lag zwanzig Jahre zurück. Damals funktionierte die Clique noch. Aber auch die Aussage von Anne S. lag zwanzig Jahre zurück. Der aufdringliche Sitznachbar im Bus, der Geilo im Supermarkt, der Exhibitionist, der mit offenem Hosenschlitz nach dem Weg fragte, davon erzählten Kinder ihren Eltern. Der Name eines Familienfreundes ging ihnen dagegen nicht über die Lippen. Man würde ihnen sowieso nicht glauben.

Der Verdacht gegen Adrian Harding ließ sich jetzt nicht mehr aus der Welt schaffen. Da mochte seine Frau noch so vehement von Midlifecrisis reden. Allerdings verdächtigte ich einen Menschen, der seit zehn Jahren tot war, möglicherweise eine Achtjährige belästigt hatte, die nicht mehr aufzufinden war, und erreicht hatte, dass die Anzeige seiner Sprechstundenhilfe abgewiesen wurde. Kein gutes Startkapital für erfolgreiche Recherchen.

Inzwischen hatte Frau Harding das letzte Hemd gebügelt und auf dem Balkon untergebracht, sie zog den Stecker aus der Wand, klappte das Bügelbrett hoch und ihre Bewegungen wirkten kriegerisch. Entweder, dachte ich, wirft sie uns jetzt raus oder sie redet Klartext. Und tatsächlich setzte sie sich zu uns und faltete die Hände auf der Tischplatte. „Es hilft ja alles nichts. Ja, ich habe meinen Mann zufällig beobachtet. In den Bockolter Bergen. Als ich mal ins Gebüsch musste. Ich hatte ein ganz schönes Stück zu gehen, bis ich mich unbeobachtet fühlen konnte. Dann hörte ich leises Gemurmel und sah

Adrian. Er hockte vor der kleinen Anne-Maria und redete mit ihr. Das Kind stand ganz still da und hielt den Kopf gesenkt. Erst dachte ich, sie hätte sich verletzt, dann knackte ein Zweig unter meinen Schuhen, Adrian schaute sich nervös um, ohne mich sehen zu können, Anne-Maria blieb auch jetzt stocksteif. Mir kam das eigenartig vor. Warum stand sie da wie versteinert? Sie musste mich doch auch gehört haben. Die Szene ging mir nicht mehr aus dem Kopf, aber der furchtbare Verdacht kam mir erst Tage später. Mein Mann hatte Anne-Maria unsittlich berührt."

„Woran haben Sie das erkannt?"

„Als die beiden zurückkehrten, war sie noch immer wie paralysiert. Dabei war sie ein impulsives Kind. Trotzig konnte die werden! Aber nie werde ich diese großen Augen von damals vergessen. Als hätte sie im Wald ein Monster gesehen, während Adrian wie ein Wasserfall redete. Von einem Kleiber erzählte, den sie im Wald beobachtet hätten, sogar eine Blindschleiche wollte er Anne-Maria gezeigt haben. Die Sanders haben dann bald ihre Sachen gepackt, aber das hatte nichts mit Adrian zu tun. Elisabeth hatte Kopfschmerzen."

„Anne-Marias Eltern haben nicht bemerkt, dass ihre Tochter völlig verstört war? Das kann doch nicht an der Blindschleiche gelegen haben! Haben Sie denn Ihren Mann nicht zur Rede gestellt? Zumindest später, als Sie wieder zu Hause waren?"

„Das machte mich ja gerade so unsicher, ich meine, dass die Sanders keinen Verdacht schöpften. Diese Treffen fanden schon seit Jahren statt. Und jedes Mal widmete Adrian sich den Kindern. Andererseits fühlte Elisabeth sich wirklich sehr schlecht. Und Adrian hätte sowieso alles abgestritten, was konnte ich ihm schon nachweisen? Nicht nur zu Hause, auch im Freundeskreis behielt er immer das letzte Wort. Er war ein Organisationstalent, aber auch ein furchtbarer Tyrann."

„Wie würden Sie sie beschreiben?"

„Puhh!" Sie strich sich durch ihre Pudellöckchen. „Klein für ihr Alter und pummelig, nicht dieser Engelchentyp wie Susanne Küster. Ja, und irgendwie auch düster mit ihren dicken, dunklen Haaren. Lena, die Ältere von Küsters, war zwar auch dunkelhaarig, aber schön wie Schneewittchen." Merkwürdig, dass sie den gleichen Vergleich zog wie ich, auf Jenny Harding gemünzt, bei der Krimilesung. Hatte es zwischen Lena und Jenny Eifersüchteleien gegeben: *Wer ist die Schönste in diesem Land?* Dann fiel mir der Altersunterschied von sechs Jahren wieder ein. Lena und Jenny hatten ganz sicher nicht miteinander konkurriert.

„Wurden bei diesen Treffen Fotos gemacht?“

„Selten“, entgegnete Frau Harding. „An meinem Vierzigsten, zum Beispiel. Mal sehen, ob ich das noch finde. Nach dem Tod meines Mannes hatte ich mit den alten Erinnerungen nicht mehr viel am Hut.“

„Aber es sind doch auch Erinnerungen an Ihre Tochter.“

Sie seufzte. „Das macht sie auch nicht mehr lebendig.“

„Ist Ihnen das Treiben Ihres Mannes damals zum ersten Mal aufgefallen?“

„Es war das erste Mal, dass ich bei unseren Ausflügen ins Gebüsch musste. Dass Adrian mit Anne-Maria in den Wald ging, war sicher nicht das erste Mal, aber ich habe mir nichts Böses dabei gedacht. Sie blieb oft bei uns Erwachsenen, während die anderen Kinder miteinander spielten. Und ich fand es damals toll, wie Adrian sie jedes Mal motivierte.“

„Sie sagten bei unserem ersten Gespräch, dass manche Treffen auch in Ihrem Garten stattgefunden hätten. Kam es vor, dass Ihr Mann eins der Kinder mal mit ins Haus nahm?“

„Durchaus“, nickte sie. „Adrian besaß eine ganz wunderbare Schmetterlingssammlung, damit konnte er die kleinen Nervensägen sofort begeistern.“

„Auch Anne?“

Sie lachte nervös. „Was war schon dabei? Er hätte sich doch nie getraut, sie anzufassen, wenn ich in unmittelbarer Nähe war.“

„Frau Harding, Sie hätten Ihrem Mann unbedingt klar machen müssen, dass Sie ihn beobachtet haben, und dass das sofort aufhören muss. In Susanne Küsters Schule hat sich vor zwanzig Jahren eine Achtjährige einer Lehrerin anvertraut. Sie hieß Anne S. Sie wollte keinen Namen nennen, nur wissen, ob die Dinge, die mit ihr passieren, richtig sind. Weil dieser Mann ein guter Freund der Eltern war.“

„Adrian hat die kleine Sander bestimmt nicht missbraucht, so weit wäre er nie gegangen. Aber er hat damals in den Bockolter Bergen irgendetwas mit ihr angestellt, was sie völlig ratlos machte. Das war kein zerfetztes Vogeljunges oder eine tote Kröte. Es hatte mit ihr selbst zu tun. Mit ihrer eigenen Körperlichkeit.“ Sie überlegte kurz.

„Vielleicht hat er sie darauf aufmerksam gemacht, dass sie einen Busen bekommt und sich ihre Figur verändert. Er war schließlich Mediziner."

Bei ihren Worten schüttelte es mich vor Ekel. Welche Achtjährige hatte schon sichtbare Brüste, und welcher Freund der Familie sprach sie darauf an?

„Sind Sie ihm nie mehr nachgegangen, wenn er mit Anne im Wald verschwand?"

„Ich bin danach nie wieder in die Büsche gegangen", sie lachte böse. „Lieber hätte ich mir in die Hose gemacht, als Adrians Stimme noch einmal so zu hören. So fremd. So ... gierig. Und was alles davor passiert war, ich hätte es gar nicht wissen wollen."

„Ihr Mann lebt nicht mehr", sagte Max, „und was er getan hat, liegt zwanzig Jahre zurück. Aber wir ermitteln in zwei Mordfällen, die möglicherweise mit den Belästigungen zusammenhängen."

„Das habe ich mir auch schon überlegt. Und ich suche Ihnen jetzt auch das Foto von meinem Geburtstag raus. Es wurde bei uns im Garten gemacht." Erstaunlich schnell kam sie mit einem Gruppenbild wieder und brachte uns zur Wohnungstür. Doch zwischen Tür und Angel sprach Lückmann genau das aus, was sie sich selbst wahrscheinlich zurechtgelegt, aber nicht gesagt hatte. „Warum haben Sie uns nicht erzählt, dass Sie in der Praxis Ihres Mannes gearbeitet haben, nachdem … , Sie wissen schon."

Ihre ausgeprägten Apfelbäckchen waren unnatürlich rot geworden. „Warum hätte ich Ihnen das erzählen sollen? Das hatte doch nichts mit … der kleinen Sander zu tun. Es gab da eine üble Verleumdung durch seine Helferin. Sie trug nie einen BH, wissen Sie? Dabei hatte sie richtig Holz vorm Haus! Als Adrian von ihr verlangte, sich anständig anzuziehen, ist sie gleich zur Polizei gerannt: Eingriff in die Privatsphäre, sexuelle Anmache. Aber damit ist sie natürlich nicht durchgekommen."

„Wie lautete die Anzeige genau?"

„Adrian habe ihr ständig in den Ausschnitt *geglotzt.* Aber ein Augenarzt sieht eben scharf hin. Und wenn da eine ihre Titten schwingt, darf sie sich über nichts wundern."

„Woher wussten Sie von seinen angeblichen Annäherungsversuchen?"

„Adrian hat es mir erzählt", sagte sie spitz. „Natürlich kam das sofort in die Presse. Weil diese Schlampe zu den Journalisten sichere Kanäle besaß. Ich war froh, als sie aus der Tür war."

„Was für ein Dreamteam!", sagte ich zu Max, als wir wieder im Auto saßen.

„Nicht jeder Augenarzt misst die Oberweite seiner Assistentin in Dioptrien."

„Nicht jeder Tittengrapscher vergeht sich an kleinen Mädchen!"

Zurück an meinem Computer, gab ich die Namen Erich und Elisabeth Sander ins Internet ein – ohne Ergebnis. Ich rief Frau Harding an und fragte nach Elisabeths Mädchennamen, doch sie wusste ihn nicht. „Könnte sie wieder geheiratet haben?"

„Frau Kommissarin! Diese ganze Clique ist mir so was von schnuppe! Die Kinder nicht zu Adrians Beerdigung zu schicken! Wo er so viel für sie getan hatte!"

„Max, warum hat sich Susanne Küster so sehr in den Fall Anne S. vergraben?"

„Weil sie ihrer todkranken Kollegin einen Gefallen tun wollte?", schlug er vor.

„Aber was wollte sie nach zwanzig Jahren noch erreichen, außer dass ein Unbekannter als Sexstrolch enttarnt wird, während von seinem Opfer nur der Vorname bekannt ist? Und wenn nun Anne S. aus Küsters Schule und Anne-Maria Sander identisch sind?" Im Geistviertel gab es vier Grundschulen. Ich sah auf der Liste, die Frau Harding mir bei unserem ersten Gespräch gegeben hatte, die damalige Adresse der Sanders nach, während Max im Internet das münstersche Schulregister aufrief. Zwei Hauptschulen lagen etwa gleich weit von jenem Mehrfamilienhaus entfernt, wo Anne-Maria mit ihren Eltern gewohnt hatte. An einer der beiden hatte Susanne Küster unterrichtet. „Ich rede morgen mit Edda Wolters und lasse mir die Klassenbücher aus den Jahren 1995 bis 1997 geben. Und ich gehe auch zu der anderen Schule. In einer von beiden muss Anne S. mit vollem Namen gemeldet gewesen sein. Dann wissen wir mehr."

* * *

Das Telefon schellte, und als ich die Nummer des Anrufers auf dem Display sah, rollte ich genervt die Augen. „Eibenbrinck!“, formulierte ich lautlos und stellte den Lautsprecher an, damit Max zuhören konnte.

„Frau Kommissaaaarin!“, die Stimme des Juweliers vibrierte vor Siegessicherheit, „diesmal können Sie meine Einladung nicht ausschlagen!“

„Wir haben die beiden Fälle noch nicht abgeschlossen, das ist Ihnen doch bekannt!“

„Ja“, sagte er gedehnt, „ich stehe noch immer auf Ihrer Liste der Verdächtigen. Dabei lag ich im Krankenhaus, als Frau Küster umgebracht wurde. Nur für den Abend und die Nacht des 25. Oktober, als die Schauspielerin starb, kann ich kein Alibi vorweisen. Ich war zwar zu Hause und ab Mitternacht im Bett, aber dafür gibt es leider keine Zeugen. Meine gute Frau Bromsma ist erst am Montagnachmittag aus den Niederlanden zurückgekehrt.“

„Das alles wissen wir. Tatsache ist, dass die beiden Rotkehlchenanhänger aus Ihrem Laden gestohlen wurden. Womit ich nicht gesagt haben will, dass Sie den Schrank absichtlich offen gelassen haben.“

„Die beiden Ganoven, die mich fast umgebracht hätten, haben Sie auch noch nicht gefasst“, schnappte er. „Dann wird es vorläufig nichts mit meiner Einladung?“

„Ich fürchte, nein. Sie müssen das verstehen!“

„Hmmm, schade. Ich hatte mir gedacht … Am Sonntag ist nämlich mein 75. Geburtstag. Ich wollte Sie ja eigentlich zum Essen irgendwohin einladen, nur sind die Speisekarten sonntags immer so mickrig, und viele Gasthäuser haben sogar Ruhetag. Aber nun hat Frau Bromsma vorgeschlagen, dass sie am Sonntagabend für mich kocht. Quasi als Geschenk. Sie kocht ganz wunderbar, die indische Küche ist ihre Spezialität. Und sie ist ja auch sehr gesellig, aber nur wir beide, Betsy und ich … Wir haben keine Geheimnisse mehr voreinander. Alles ist abgegrast. Und zum Heiraten“, er schluckte hörbar, „reicht die Freundschaft nicht. Wir sind zwar beide verwitwet, sie sogar zweimal, aber unsere Alltagsgewohnheiten weichen doch beträchtlich voneinander ab.“

Obwohl mich sein Geständnis unangenehm berührte, tat er mir leid. Ich dachte an gelungene Geburtstagsfeiern, die mir entsprechend lebendig im Gedächtnis geblieben waren. Kurz nach meinem Einstand in Münster Hillys Fünfzigster, den das KK11 und die Spurensicherung mit ihr gefeiert hatten, dann der Fünfzigste von Franz mit extra aus Bayern angereisten Gratulanten und letzten Sommer Cornelias Vierzigster auf ihrem luftigen Landsitz, an dem sich sogar die Pfauen von Haus Schewing mit schillerndem Radschlagen beteiligt hatten. Nächstes Jahr stand mein eigener Fünfzigster ins Haus, zu dem ich mir etwas einfallen lassen musste. Vielleicht würde ich eine Bauchtänzerin auftreten lassen. Jetzt hatte ich es erst mal mit einem Jubilar zu tun, der zum Feiern nichts Amüsanteres finden konnte als eine Beamtin von der Kripo. Allerdings würde die Köchin mit am Tisch sitzen, und das machte seine Einladung unverfänglich. Als der Überfall auf Eibenbrinck passierte, hatte Frau Bromsma beherzt reagiert, sie schien mir glaubwürdig und diskret. Und warum sollten wir nicht jenen dramatischen Montag noch einmal zur Sprache bringen und versuchen, Eibenbrinck über sein Trauma hinwegzuhelfen, das er offenbar noch immer mit sich herumschleppte?

„Gut!“, sagte ich, „dann also Sonntagabend. Bei Ihnen zu Hause.“

„Um halb acht. Das Dinner findet bei Frau Bromsma statt. Ich habe leider nur einen Couchtisch, weil ich es gewohnt bin, in der Küche zu essen. Aber“, er kicherte, „die zwei Stockwerke rauf unters Dach schaffen wir doch noch, Sie und ich. Und noch eins, Frau Kommissarin: bitte kein Geschenk kaufen!“

„Das dürfte ich auch gar nicht. Weil Sie ja noch immer auf der Verdächtigenliste stehen.“

„Ah!“, sagte er, „daran habe ich gar nicht gedacht.“

Kurz hatte ich überlegt, Frau Wolters meinen Besuch mit der Bitte anzukündigen, bereits alle alten Klassenbücher zurechtzulegen, in denen die achtjährige Anne S. verzeichnet sein konnte. Dann ließ ich es. Wem hatte Margarete T., bevor sie im Frühsommer dieses Jahres gestorben war, noch von den Anschuldigungen erzählt? War Susanne Küster wirklich die Einzige gewesen, die davon erfuhr, oder hatte T. schon damals, als der Skandal aufkam, mögliche Zeugen befragt, aber nicht durchsetzen können, dass eine konkretere Anklage als gegen Unbekannt erhoben wurde? Falls man vor zwanzig Jahren einen

Fall von Kindesmissbrauch vertuscht hatte, würde ich mit meiner Bitte möglicherweise in ein Wespennest stechen. Nein, es war besser, wenn ich unangemeldet auftauchte.

Frau Wolters empfing mich in ihrem Büro. Kommentarlos gab sie meine Frage nach den alten Klassenbüchern an ihre Sekretärin weiter, und während wir darauf warteten, dass die junge Frau von ihrem Ausflug in den Schulkeller zurückkehrte, schwärmte sie von dem Tag der Offenen Tür, der für den ersten Adventsamstag vorbereitet wurde, und zu dem natürlich auch die Polizei willkommen sei. Der Schulchor probte Weihnachtslieder, die Liste für das Kuchenbüffet war fast komplett, sogar Sketche waren geplant, die natürlich gehörig zu Lasten der Lehrer gingen. Während sie ihrem Mund ein saures Lächeln abzwackte, kam die Sekretärin zurück, einen Stapel Bücher im Arm, von denen sie erst den Staub herunterblasen musste, bevor sie sie auf den Schreibtisch legte: sechs Klassenbücher aus den Jahren 1995, 1996 und 1997. Ich vermutete, dass Küster mit T. ihre alte Kollegin Margarete Temmler gemeint hatte, die tatsächlich Klassenlehrerin von Anne S. gewesen war, und so fanden wir das Mädchen schnell: mit vollem Namen Anne-Maria Sander, geboren 1988, der Vater Erich Bauunternehmer, wohnhaft im münsterschen Geistviertel. Eine zweite Anne S. war in diesen drei Jahren nicht gemeldet gewesen. Auch nicht an jener Grundschule, die entfernungsmäßig ebenfalls in Frage gekommen wäre. Das erfuhr ich durch ein Telefongespräch, das Frau Wolters mit der dortigen Rektorin führte.

Susanne Küster, Jenny Harding, Anne Sander, oder Anne-Maria, wie sie in der Familie genannt worden war: drei gleichaltrige Mädchen, die an den Picknicks, Radausflügen oder Schwimmbadbesuchen ihrer Eltern teilgenommen hatten. Zwei waren vor wenigen Tagen ermordet worden, das dritte hatte sich vor zwanzig Jahren über Belästigungen in diesem Freundeskreis beschwert, war aber so sehr eingeschüchtert worden, dass es den Schuldigen nicht nennen mochte. Jetzt hatten wir einen Zusammenhang, doch das Mordmotiv war mir noch immer nicht klar und die Bedeutung der Rotkehlchenanhänger ebenso wenig. Die schweren Venezianerketten, an denen sie befestigt gewesen waren, gehörten nicht in Eibenbrincks Sortiment. Niemand im Umfeld der Opfer kannte den Schmuck, während es von Susanne Küster sogar hieß, sie habe sich als Kind vor Vögeln geekelt.

Mal angenommen, Adrian Harding hatte Anne-Marias Schweigen

mit Kinderschmuck erkauft, und zwar aus dem Laden von Eibenbrinck. Warum hatte er zweimal das gleiche Motiv gewählt, wo Hilde Eibenbrinck doch ganz verschiedene im Angebot hatte? Die rein hypothetische Antwort konnte nur lauten: Anne hatte das Geschenk ihres Peinigers weggeworfen, Harding, weil ihn eine Obsession für diesen Vogel trieb, ein neues Rotkehlchen gekauft. Eine Vermutung, die mir der Juwelier hoffentlich bestätigen konnte. Hatte seine sentimentale Verehrung für diese Schmuckstücke vielleicht nicht nur mit dem Tod seiner Frau zu tun?

„Warum hieß sie mal Anne und mal Anne-Maria?"

Frau Wolters lächelte nachsichtig. „Die Klassenbücher werden jedes Jahr neu geschrieben, Sie würden sich wundern, was da an Namensänderungen fällig wird. Seitens der Eltern natürlich. Da wird aus einer Madeleine plötzlich eine Madonna oder aus einer Charlotte eine Shakira. Aber natürlich gibt es Grenzen."

„Wie nennt sie sich denn heute?"

„Das weiß ich nicht. Vielleicht versuchen Sie es mal über die Eltern. Aber wenn die nicht mehr in Münster wohnen, sieht es schlecht für Sie aus. Warum interessiert sich die Polizei dafür?"

Ich erklärte es ihr, doch nichts in ihrer Miene ließ erkennen, ob sie wusste, wovon die Rede war. Als ich schwieg, holte sie tief Luft und sagte, energischer als wahrscheinlich beabsichtigt: „Mädchen in diesem Alter bringen solche Vorwürfe gegen Verwandte oder Freunde der Familie gern vor. Und das ist vordergründig ja auch verständlich. Der Körper beginnt sich zu verändern, und zwar früher als bei den Jungen. Das stört viele Mädchen. Sie finden, dass ihnen jeder Mann auf die Brust schaut, und hören aus manchen Bemerkungen Anzüglichkeiten heraus, die gar nicht so gemeint sind. Sie übertragen nämlich ihre Ablehnung der eigenen Entwicklung auf die Erwachsenen, und dann kommen solche Anschuldigungen zustande. Warum hat Frau Temmler mich damals nicht informiert?"

„Weil Anne S. keinen Namen nennen wollte. Außerdem brachten Annes Eltern ähnliche Argumente vor wie gerade jetzt Sie. Die Geschichte ist zwanzig Jahre her, und selbst wenn etwas dran ist, gilt sie als verjährt. Allerdings ermitteln wir im Mordfall Küster, die von diesen Belästigungen erfahren hatte, und zwar vor einem halben Jahr. Frau Wolters, ich brauche Ihre Unterstützung." Sie nickte ergeben und begleitete mich mit undurchdringlicher Miene zur Tür.

Während ich mein Fahrrad aufschloss, rief ich Frau Harding an. „Den Schmuckanhänger haben Sie mir schon gezeigt", entgegnete sie auf meine Frage spitz. „Und nein, Adrian hatte keine besondere Präferenz für Rotkehlchen. Ich habe ihm mal emaillierte Manschettenknöpfe mit diesen Vögeln geschenkt. Er hat sie nie getragen."

Inzwischen hatten wir Spätnachmittag, und es gab noch immer keine Spur von Cornelia. Schüller blieb bei seiner Theorie, sie habe in einer dringenden Familienangelegenheit Urlaub genommen. Warum sie dann keine Anrufe entgegennahm, konnte er sich auch nicht erklären. Die Suche ging weiter. Wie um noch eins draufzusetzen, schrillten die aufgeregten Worte von Edda Wolters in meinen Ohren, als sie Susanne Küsters Verschwinden meldete: „Ein Unfall, ein Verbrechen, alles ist möglich!" Wie Recht die Frau gehabt hatte.

Als Hilly dann auch noch wie der personifizierte Vorwurf im Türrahmen meines Büros erschien, sagte ich: „Noch heute Abend fahre ich hin. Danach rufe ich dich an, um dir zu sagen, dass alles in bester Ordnung ist. Vielleicht hat sie ihr Handy irgendwo liegen lassen und weiß nur nicht, wo."

Sie rollte genervt die Augen. „Dann hätte sie einen von uns per E-Mail bitten können, sie anzurufen, damit sie es findet. Und Handy hin oder her: ein Lebenszeichen kann man immer setzen. Nein, da ist etwas faul!" Noch in Hillys Anwesenheit und damit sie sah, dass ich Ernst machte, teilte ich Franz auf seiner Sprachbox mit, dass ich an diesem Abend einen Außentermin wahrnehmen müsse, und es spät werden könne. Ich empfahl ihm die letzte Salamipizza aus der Tiefkühltruhe und wünschte einen ruhigen Abend. Was Hilly mit der Bemerkung quittierte, mein Herzblatt müsse wohl ziemlich oft allein zurechtkommen.

„Mein Herzblatt hat jahrelang als Single durchgehalten, schon vergessen? Zuletzt hat er seine oberbayrische Farm mit einem Pärchen geteilt, das den Rasen mit der Nagelschere schnitt. Wer solche Spinner erlebt hat, freut sich auf Abende allein zu Hause. Und was hältst du für sinnvoller? Soll ich Franz die Pizza höchstpersönlich aufbacken oder doch lieber zu Cornelia rausfahren?"

„Möchtest du, dass ich mitkomme?"

Sekundenlang ließ ich mir ihr Angebot durch den Kopf gehen, dann wurde mir klar, wie leicht ich mir ein Disziplinarverfahren einhandeln konnte, wenn es in Cornelias Haus zur Konfrontation kam. Ich durfte Hilly nicht gefährden. Außerdem lebte Cornelia nicht in einem Schäferwagen in der Heide, zu dem sich niemand, der in Mordfällen ermittelte, gern alleine rauswagte. Bei Haus Schewing handelte es sich um einen quirligen Betrieb, der alte Gräftenhof wurde regelmäßig für Kreativseminare genutzt. Eine Haltestelle der regionalen Buslinien lag nicht weit vom Eingangstor, und der nächste Ort mit spätgotischer Wallfahrtskirche, gepflegter Bundeskegelbahn und Supermarkttempel war gerade mal sechs Kilometer entfernt. Mir fiel ein, dass sich mit einem schnellen Blick ins Internet herausfinden ließ, ob zurzeit ein Seminar abgehalten wurde. In diesem Fall wäre das Grundstück leicht zugänglich, denn die Teilnehmer konnten sowohl im Haupthaus als auch im Dorfgasthof übernachten. Ein paar Mausklicks später wusste ich, dass seit Montagabend gleich zwei Kurse stattfanden – ein Märchenworkshop und ein Gongseminar. Bevor ich die Internetseite verließ, sah ich mir noch eine Luftaufnahme von Haus Schewing auf Google Maps an. Nicht nur der Parkplatz, die Torhäuschen an der Gräfte und das Wasserschloss waren gut zu erkennen, rundum zeichnete sich auch eine geschlossene Mauer ab. Sie verlieh dem Anwesen etwas Wehrhaftes. Doch was ließ sich schon abwehren, wenn die Einfahrt bis in die Nacht offen blieb?

Als ich meine Dienstpistole aus dem Safe nahm, hatte ich wieder die schlecht beleuchteten Torhäuschen vor Augen. Auf dem Parkplatz nahe dem Eingangsportal und an der Gräfte gab es Laternen, über den beiden Haustüren nur Bewegungsmelder. Ich fragte mich, wie oft wohl an Cornelias Haustür geschellt wurde, weil die Besucher dort die Pförtnerloge vermuteten.

Ich verstaute die Pistole, eine Stablampe, mein Schweizer Messer, eine Schachtel mit Einweghandschuhen und eine weitere mit Plastik-Überschuhen in meinem Rucksack und fütterte mein Navigationsgerät mit Cornelias Adresse. Wobei ich, ohne Rücksicht auf enge, holprige Wege, die kürzeste Strecke anforderte, weil die Schnellstraße schon am westlichen Stadtrand von Münster einen weiten Bogen ins nördliche Umland machte, bevor sie an Haus Schewing vorbeiführte. Ich kannte das Wasserschloss, weil Max und ich uns vor etlichen Jahren in aller Gemütlichkeit und bei Tee und Keksen von Cornelia über tödliche Wirkstoffe hatten beraten lassen. Diesmal fuhr ich mit sehr unguten Gefühlen hinaus. Zu verschwinden und tagelang unerreichbar zu bleiben, während sie an zwei Morden arbeitete, passte nicht in Cornelias Profil. Die Vorstellung, sie sei völlig überraschend und wehrlos in die Gewalt des rätselhaften Quizmeisters geraten, wollte mir aber auch nicht in den Kopf. Cornelia war Profi genug, um jedes überflüssige Risiko zu vermeiden.

Also blieb nur die rätselhafte Aussage von Cornelias Ex, sie habe am Montagabend gegen 20 Uhr im Schlossgarten joggen wollen. Wie echt war seine Sorge um Cornelia? Warum hatte er mich extra in seine Teeküche mitgenommen, wo doch eine kurze Information über die Kassentheke hinweg genügt hätte? Hatte er gehofft, mir Details zu ihrem Verschwinden zu entlocken? Steckte er selbst dahinter und wollte wissen, was die Polizei bisher herausgefunden hatte? Noch ein letztes Mal wählte ich meine vermisste Kollegin an: nichts!

Fünf Minuten später war ich unterwegs, folgte der smarten Computerstimme, die mich über die Gasselstiege nach Nordwesten lotste und mich penetrant an die Geschwindigkeitsbeschränkungen erinnerte. Hinter der Autobahnunterführung wurden die Wege wie erwartet kurvig und holprig, dafür waren sie erfreulich einsam, und so konnte ich, wenn ich nicht gerade von einem fast ralleyartigen Rauf- und Runterschalten des Getriebes gefordert wurde, meine Gedanken weiter auf Cornelia konzentrieren. Fiese Nachbarn schieden aus, denn das Pendant zu ihrem Torhäuschen wurde nicht bewohnt, sondern nur gelegentlich an Privatpersonen vermietet, die einen extravaganten Austragungsort für ihre Party suchten oder im kleinen Kreis heiraten wollten. Zu den Besitzern von Haus Schewing hatte Cornelia nach eigener Aussage ein entspanntes Verhältnis.

Inzwischen war der Weg vor mir noch schmaler geworden, die Scheinwerferkegel tasteten sich durch dicht stehendes Gebüsch, streiften Baumwurzeln, über die mein Wagen holperte, während es meiner Navigatorin die Sprache verschlug. Ihr gefiel die Gegend genauso wenig wie mir. Doch dann tauchte ein mit Efeu halb überwuchertes Hinweisschild auf, und ich bog in einen weiteren Schleichweg ab. Ganz plötzlich gabelte sich der Pfad, ein weiteres Schild zeigte nach links, und die Reisefee verkündete vergnügt: „Ihr Ziel liegt rechts vor Ihnen.“ Noch zwei enge Kurven, und ich landete auf der Schnellstraße, die auch von dem Bus benutzt wurde. Die Haltestelle tauchte auf und kurz darauf das weit offen stehende, schmiedeeiserne Portal. Doch meine Erleichterung verpuffte schnell, als mir bewusst wurde, wie diskret in dem unübersehbaren Dickicht, durch das ich gerade gefahren war, ein Bewohner oder Gast von Haus Schewing entführt werden konnte. Aber so weit war ich ja zum Glück noch nicht. Noch rechnete ich damit, Cornelia in ihrem Häuschen zu finden, vielleicht mit einem brutalen Magen-Darm-Virus, das sie im Bett festhielt, oder einem verstauchten Knöchel, nicht in der Lage, aufzustehen, um sich ihr Handy zu holen.

* * *

Der Parkplatz gleich hinter dem Portal war rappelvoll. Rechts Privatwagen, zwei Catering-Kombis und mehrere Lieferwagen der Schewing-Hausleitung, erkennbar an einem lindgrünen S-Logo. Linker Hand ein Auto am anderen, und irgendwo dazwischen Cornelias knallroter Alt-Fiat. Ich hielt quer davor, stieg aus und leuchtete mit der Taschenlampe ins Innere, konnte aber nichts Beunruhigenderes entdecken als eine halbvolle Wasserflasche auf dem Beifahrersitz und ein alte Schottendecke, glatt zusammengefaltet, auf der Rückbank. Die Reifen waren trocken, allerdings hatten sich im Profil feuchte Blätter gesammelt. Ich zupfte sie heraus und verstaute sie in einer Asservatentüte. Dann holte ich meinen Rucksack, schob die Pistole ins Holster und ging weiter in Richtung Gräfte. Vor der Brücke war für jeden mobilisierten Besucher endgültig Schluss. Die Eigentümer benutzten einen Privatparkplatz am Hintereingang des weitläufigen Geländes.

Beide Backsteinhäuschen lagen im Dunkeln, auch an Cornelias hatte jemand die hölzernen Klappläden an der Vorderfront geschlossen, und diese merkwürdige Abschottung schickte mir Gänsehaut über die Arme. Zwar hatte sie ihre einsame Lage manchmal beklagt, weil die Besitzer das Haupthaus nur selten nutzten. Doch seitdem dort regelmäßig Symposien und Workshops gehalten wurden, gab es für einen so unerschrockenen Menschen wie unsere Kollegin keinen Grund, sich dermaßen abzuschirmen. Sie, die nicht mal bei heftigen Gewittern die Schotten dichtmachte. Jetzt spürte ich die Nervosität in allen Knochen, und meine Hand zitterte, als ich die Schelle drückte. Das schrille Klingeln hätte Tote wecken können, doch darüber dachte ich lieber nicht nach. Ich rief, hämmerte gegen die Tür, klopfte an den Fensterläden: nichts. Dann entdeckte ich, dass die Haken der Läden nicht geschlossen waren, so dass ich sie aufziehen und hineinleuchten konnte. Aber die Fenster waren klein und hatten tiefe Laibungen, so dass der Blick von draußen nicht sehr weit reichte. Plötzlich fuhr mir ein scharfer Andrenalinschwall durch den Körper. Der Lampenkegel hatte inzwischen das nächste Fenster erreicht. Er erfasste einen umgestürzten Stuhl, verstreutes Papier tauchte auf, dann eine Schublade, die auf dem Boden lag. Jetzt konnte ich nur hoffen, dass Cornelia an der Rezeption im Haupthaus einen zweiten Schlüssel hinterlegt hatte. Nachdem ich mich durch das dornige Gestrüpp auf der Rückseite des Häuschens gearbeitet hatte, ohne etwas anderes zu entdecken als vertrocknete Usambaraveilchen und benutztes Geschirr auf der Küchenfensterbank, rannte ich zum Schloss.

Das spätbarocke Gebäude – zwei doppelstöckige Flügel mit Ochsenaugen im Dach und einem halbrunden Mittelteil mit ebenerdigem Entree – leuchtete wie ein Vergnügungsdampfer, und als sich die automatische Glastür hinter mir wieder zugeschoben hatte, hallte mir fast klischeehaft ein Gong entgegen. Ein Banner mit Abbildungen verschiedenster Gongmodelle spannte sich über dem Durchgang zum rechtsseitigen Flügel, während die Märchenforscher im linken Trakt tagten. Dort flackerte eine Videoinstallation, auf der gerade ein Manga-Rotkäppchen dem Wolf aus seinem Weidenkorb zu fressen gab.

Ich legte meinen Dienstausweis auf den Tresen und erklärte der grauhaarigen Frau an der Rezeption mein Anliegen. Sie schüttelte den Kopf. Auch sie hatte Cornelia schon länger nicht gesehen. Doch das sei nichts Ungewöhnliches. „Wir haben nur selten Kontakt zu ihr. Und sie hat zwar einen Zweitschlüssel hinterlegt, aber ohne richterlichen Durchsuchungsbeschluss rücken wir den nicht heraus."

„Ich habe nicht vor, die Wohnung zu durchsuchen, Frau … Scheuermann." Dieser Name stand jedenfalls auf dem Schildchen neben ihrem Computer. „Ich möchte nur sichergehen, dass meiner Kollegin nichts passiert ist."

„Das verstehe ich natürlich. Vor allem, nachdem diese beiden jungen Frauen in Münster ihrem Mörder offenbar die Tür geöffnet haben. Oh nein!" Sie schlug die Hand vor den Mund. „Ihre Kollegin arbeitet ja bei der Spurensicherung. Ist sie an diesen beiden Fällen dran? Und jetzt befürchten Sie …?"

„Geben Sie mir einfach nur den Schlüssel. In einer halben Stunde bekommen Sie ihn zurück."

„Tut mir leid, aber ich muss Sie begleiten. Das wurde mit Frau Hanflang so vereinbart. Sonst könnte ja theoretisch jeder kommen. Und Sie sagen, ihr Handy funktioniert nicht? Merkwürdig.“

„Wer weiß von dem Zweitschlüssel?“

„Nur wir drei von der Rezeption, sonst niemand.“

„Und wo wird er aufbewahrt?“

„An der Schlüsselleiste im Hinterzimmer. Dort hängen viele Schlüssel. Es ist auch kein Namensschild dran, sondern nur ein Bändchen. Sie glauben doch nicht …?“

„In ihrem Haus sieht es ziemlich … unaufgeräumt aus. Möglich, dass sie überfallen wurde.“

Jetzt schien sie die Brisanz des Falls einzusehen, sie telefonierte, um eine Kollegin auf ihren Posten zu rufen. Wir hatten den leicht abschüssigen Weg zur Gräfte etwa zu einem Drittel zurückgelegt, als sie mich von der Seite ansah. „Jetzt weiß ich wieder“, stieß sie kurzatmig hervor, „wann ich Frau Hanflang das letzte Mal gesehen habe. Als sie für unseren vorletzten Workshop eine Freundin anmelden wollte. ‚Professionelles Vortragen, Mimik und Körpersprache.‘ Leider war kein Platz mehr frei.“

Ich fragte nach dem Zeitpunkt, und sie nannte die erste Septemberwoche. Den Namen dieser Freundin könne sie selbstverständlich heraussuchen. Schließlich hatte sie eine Weile auf der Warteliste gestanden. Auch die derzeit laufenden Kurse waren ausgebucht, beide hatten am Montagabend begonnen und würden morgen nach dem Mittagessen enden. War jemand vorzeitig abgereist? Sie schüttelte den Kopf.

Als ich nach dem Namen des Dozenten fragte, der den Kursus über Professionelles Vortragen geleitet hatte, korrigierte meine Begleiterin: „Eine Dozentin. Eine Schauspielerin aus Münster. Vom *Theater am Zwinger*. Oh, nein“, sie zog scharf die Luft ein und blieb abrupt stehen, „sie ist ja das zweite Mordopfer. Dass mir das nicht gleich aufgefallen ist, als ich die Meldung in der Zeitung las. Frau Harding war nur für ein Wochenende bei uns, aber ihr Name wirkte natürlich wie ein Magnet. Und jetzt ist sie also … Ach, man sollte doch meinen, dass ein so liebenswürdiger Mensch keine Feinde hat.“

„Kannten Sie auch Susanne Küster?“

„Das erste Opfer? Nein, nie gesehen.“

„Wie lange halten Sie zu Kurszeiten das Gelände offen?“

„Bis 23 Uhr“, sagte sie. „Dann schließt unser Hausmeister das Portal zur Straße ab. Unsere Übernachtungsgäste bekommen einen Universalschlüssel, damit sie jederzeit ins Haus können. Es gibt noch einen Zugang am Nordende des Parks, wo unsere Hausleitung ihre Autos abstellt.“

Hinter den kleinen Sprossenfenstern herrschte auch jetzt absolute Finsternis. „Frau Scheuermann, es könnte sein, dass Cornelia in ernsthaften Schwierigkeiten steckt. Wenn ich Verstärkung anfordern muss, versammeln Sie bitte alle Personen, die sich im Schloss befinden, in einem zentralen Raum, und stellen Sie sofort fest, ob jemand fehlt.“ Während sie sich, sichtlich alarmiert, in Richtung Gräfte entfernte, entsicherte ich die Pistole, schaffte es, dem Bewegungsmelder auszuweichen und den Schlüssel geräuschlos im Schloss zu drehen. Dann stutzte ich. Welcher Einbrecher, Entführer, Mörder nahm sich denn die Zeit, die Haustür seines Opfers zu verrammeln und die Fensterläden zuzudrücken? Dies war kein normaler Raubüberfall. Im Strahl meiner Taschenlampe wirkte die Tür unbeschädigt, der Schlüssel passte widerstandslos. Nach einem Einbruch sah es nicht aus. Auch hatte ich vorhin, als ich rund um das Haus gegangen war, keine eingeschlagene Scheibe entdeckt. Ich zog Latexhandschuhe und Überschuhe an, schob die Eingangstür einen Spalt breit auf und fuhr erschrocken zusammen. Doch das schleifende Geräusch hinter der Tür stammte von mehreren Briefen, die der Postbote durch die Klappe geworfen hatte. Dummerweise waren keine Tageszeitungen dabei, die Aufschluss über den Zeitpunkt von Cornelias Verschwinden gegeben hätten. Ich tastete nach einem Schalter, ließ die Taschenlampe aber brennen. Der Schalter gab kein Licht, und plötzlich fühlte ich mich wie in einem schlechten Film. Im Strahl meiner Lampe tauchten ein zweiter umgestürzter Stuhl und noch mehr herausgerissene Schubladen auf, Wäschestücke auf dem Boden ausgestreut – ein unglaubliches Durcheinander. Kurz glaubte ich, ein unterdrücktes Stöhnen zu hören, hielt die Luft an und atmete dann energisch durch. Es war nur der Wind. Die Böen trieben das Gebüsch gegen die Rückseite des Häuschens, die trockenen Zweige schabten und kratzten an der Backsteinwand. Ich schlich weiter, alle fünf Sinne nach außen gekehrt wie die Finger eines Handschuhs. Wenn kein Fremder mehr im Haus war, was ich allmählich glaubte, weil die meisten Täter sofort auf Konfrontation gingen, wo steckte dann Cornelia? Mir fiel ein, dass im rückwärtigen Bereich der Wohnfläche wegen der ziemlich beengten Verhältnisse eine Zwischendecke eingezogen worden war, auf der Cornelia ihren Schlafplatz eingerichtet hatte. Die Pistole mit beiden Händen gezückt, schlich ich bis zum Fuß der Leiter, kletterte lautlos hoch und zerrte die Taschenlampe aus meinem Gürtel. Nichts außer einem akkurat zugedeckten Futon auf dem Dielenboden, einem zugeklappten Lyrikbändchen auf der niedrigen Nachttischablage und einer Silberschale, in der Cornelias wertvolle Armbanduhr neben einer Kette mit einem Smaragdanhänger quasi auf dem Präsentierteller lagen. Auch das Acrylbild, das Cornelia vor Jahren einem Maler abgekauft hatte, hing noch am Nagel; eine Bestätigung, dass der Verursacher dieses Chaos' es nicht auf materielle Werte abgesehen hatte. Ich stieg wieder hinunter, warf einen Blick in Küche und Bad und fand auch dort nichts Verräterisches. Das benutzte Geschirr auf der Küchenfensterbank stammte wohl von Cornelias letztem Frühstück, und nichts deutete daraufhin, dass sie jemanden bewirtet hatte. Das Bad war makellos, und nirgendwo war Alkohol geflossen. Blut schon gar nicht. Was war hier passiert?

Als ich – das Hausinnere so weit wie möglich im Blick – rückwärts durch die Eingangstür nach draußen ging, um die Spurensicherung anzurufen, entdeckte ich bräunliche Krusten auf dem dunkel verwitterten Holz der Türschwelle, und als ich den Lampenkegel näher heranhielt, sah ich auch winzige Fetzen von schwarzer Folie. Frisches Blut hätte seinen typischen süßlichen Metallgeruch verbreitet. Diese Flecken waren mehrere Stunden, wenn nicht Tage alt.

An diesem Abend hatte Berni Bereitschaftsdienst. Da er und sein Team nicht vor einer halben Stunde zur Stelle sein würden, holte ich eine saubere Supermarkttüte aus dem Kofferraum und deckte die Blutspuren locker ab. Dann stellte ich mich in den Eingangsbereich, ließ meinen Blick über das Durcheinander wandern und das folgende Szenario in meinem Kopf arbeiten: Mal angenommen, das Haus wäre in Cornelias Abwesenheit durchwühlt worden, und sie müsste jetzt Spuren sichern. Wo würde sie anfangen, wen verdächtigen? Zugegeben, das Bild war ziemlich schief, weil der Täter offensichtlich Cornelias Anwesenheit genutzt hatte, trotzdem drängte sich die Frage auf, ob sie den Überfall vorausgeahnt hatte. Obwohl ich von Verschwörungstheorien nichts hielt, kam ich von der Vermutung nicht los, dass wir jetzt schon zum dritten Mal einen Täter vor uns hatten, der Dokumente auf Mobiltelefonen und Notebooks suchte, dabei eiskalt vorging und es jedes Mal schaffte, dass seine Opfer ihm die Tür öffneten. Küster hatte Patrick Hunte vor die Tür gesetzt und damit Neid und Eifersucht geweckt. Diese Verhältnisse herrschten auch bei Cornelia, dasselbe Motiv der Aufkündigung einer Beziehung. Meine Gedanken streiften kurz Peter Plassen und Jenny Harding. Plassen hatte zugegeben, dass es am Mittag vor ihrer Ermordung Streit gegeben hatte, die drei jungen Frauen im Theater sprachen von einem charismatischen Russen. Hatten wir es doch mit drei verschiedenen Tätern zu tun?

Ich fuhr zusammen, weil sich ein Motorengeräusch auf der Straße näherte, doch das Auto fuhr vorbei. So nervös war ich schon lange nicht mehr gewesen. Aber wir hatten auch noch nie eine Kollegin im Visier eines Mörders gehabt.

Ich überschlug die Möglichkeit, dass Cornelia ihr Notebook in ihrem Büro weggeschlossen hatte, anstatt es in ihrem Privathaus aufzubewahren. Der Zweitschlüssel für ihre Haustür hing im Rezeptionsbüro, und selbst wenn Frau Scheuermann zusicherte, dass er nicht in fremde Hände gelangen konnte, bedeutete das noch lange nicht, dass er nicht in falsche Hände geraten war. Mussten wir, falls sich die Spurenlage an diesem Abend verdichtete, nicht sämtliche in Haus Schewing versammelte Personen einzeln vernehmen? So etwas hatten Max und ich schon mal bei einer großen Bauernhochzeit durchgezogen.

Wagner und sein Team trafen erstaunlich schnell ein. Ich sah zu, wie sie als Erstes den zirka dreißig Meter langen Kiesweg zwischen Parkplatz und Torhäusern durchharkten. Ein Autofahrer hätte seine Mühe gehabt, sein Fahrzeug ohne Kratzer durchzulavieren, denn der Weg zu den Torhäusern wurde beidseitig von dicht stehenden Berberitzen begleitet. Trotzdem konnte ich mir eine Entführung nur mit einem Fahrzeug vorstellen. Ich sah, wie Wagner in die Hocke ging, mehrmals etwas aufnahm und in Asservatentüten steckte. Zehn Minuten später ließ er seine Kollegen allein weiterarbeiten und kam zu mir. „Wir haben Reifenspuren und Blut zwischen den Steinchen gefunden. Außerdem weitere Fetzen von schwarzer Folie. Offenbar ist sie gerissen, sodass Blut durchsickern konnte."

„Dann wurde Cornelia tatsächlich entführt und dabei verletzt."

Auch Bernis Gesicht wirkte bedrückt und sorgenvoll. Er durchfurchte sein aschblondes Haar, in das die Geheimratsecken in letzter Zeit noch tiefere Schneisen gegraben hatten. Auch die Falten zwischen der stark vorspringenden Nase und dem schmalen Mund wirkten markanter. Oder lag das an dem scharfen Licht der Scheinwerfer, die sein Team aufgestellt hatte?

„Das wissen wir erst morgen, falls die Blutspuren zugeordnet werden konnten. Jetzt machen wir drinnen weiter."

„Habt ihr Reifenabdrücke gesichert?"

„Es gibt eine Spur vom Parkplatz bis hierher, anschließend wurde ein Wagen im Rückwärtsgang wieder zur Straße gefahren. Wenden konnte der Fahrer nicht."

Ich blieb im Türrahmen stehen, während sich die drei Männer schnell verteilten Als einer von ihnen mit dem Kleiderschrank gleich rechts neben der Eingangstür fertig war, begann ich mit der Durchsicht seines Inhalts. Dabei kam ich mir armselig vor, wie ich da durch Cornelias Blazer- und Hosentaschen fuhr, gebrauchte Tempotücher, Einkaufszettel oder Bonbonpapiere zutage förderte, doch wenn wir ihr Leben retten wollten, mussten wir ihr Privatleben schonungslos auseinander nehmen. Die Tatsache, dass sie nicht im Haus war, gab mir die Zuversicht, dass sie noch lebte. Gab es bisher überhaupt zwingende Parallelen zu den Fällen Küster und Harding? Allerdings sprach fürs Erste alles für die Tatsache, dass auch sie ihrem Besucher die Tür aufgemacht hatte. Hatte er sich mit einem triftigen Grund angekündigt? War es ein alter Bekannter gewesen? Hatte Cornelia, abgesehen von Küsters und Hardings Teilnahme an dem Internetquiz, noch etwas gewusst oder geahnt und nicht an uns weitergegeben? Plötzlich hatte ich die Amethystkette in der Schale auf ihrem Nachttisch wieder vor Augen; keine Venezianerkette zwar, aber doch ein stabiles Exemplar, zu dem der große, hellviolette Anhänger passte wie aus einem Guss. Stabil genug, um einen Hals zuzuschnüren?, dachte ich mit Grauen, und doch hatte der Täter keinen Gebrauch davon gemacht. War Cornelia gleich an der Haustür zusammengeschlagen worden?

Inzwischen hatte ich Hosen, Blazer und zwei Outdoorjacken durchgesehen. Eine Schublade war vollgestopft mit Schals, darunter einige stark und reißfest. Auch auf Seide und Microfasern hielten sich Fingerabdrücke, doch ein Kuppenprofil einer bestimmten Person zuzuordnen, war nur selten möglich. Ich verdrängte den Gedanken, wie viele unauffällige Mordwerkzeuge im Schrank einer Frau bereit lagen. Am linken Ende der Kleiderstange hing Cornelias Trenchcoat. Ich nahm ihn heraus, fuhr durch seine Taschen und hielt die Kinokarte für das Schlosstheater in der Hand. Hilly hatte von dem gemeinsamen Kinobesuch erzählt. Als meine Hand routinemäßig auch unter den Kragen glitt, fühlte ich etwas Hartes in der eingerollten Kapuze. Im Innern steckte eine Eintrittskarte für das Museum für Lackkunst, gekauft am letzten Samstag. Warum steckte das Ticket in der Kapuze, als müsste es sorgfältig geheimgehalten werden? Ich tastete weiter und fand noch ein Stück Papier, eng zu einem kleinen Rechteck zusammengefaltet. „DINOSAL." Es war nicht Challengers Schrift mit den bekannten Druckbuchstaben auf gelbem Kästchenpapier. Cornelia hatte die Spielregeln eingehalten, den Code abgeschrieben und die Botschaft dagelassen.

„Ist was?" Manchmal hatte Berni einen unheimlichen Draht zu den Köpfen seiner Kollegen. Er war inzwischen mit dem Bad fertig. Jetzt stand nur noch die Küche an.

„Habt ihr noch mehr Blutspuren gefunden?"

Er schüttelte den Kopf. „Nur im Türbereich und im Kies. Er zeigte mir draußen die Flecken. Offenbar hat sie aufgemacht und wurde sofort attackiert – falls es ihr Blut ist. Als sie bewusstlos war, hat der Täter sie in die Folie gepackt und das Haus durchsucht. Später hat er seinen Wagen geholt und sie in den Kofferraum gelegt. Jedenfalls ist das meine Theorie ... Was hast du da gefunden?"

„Wie es scheint, war Cornelia am letzten Samstag im Museum für Lackkunst an der Windthorststraße. Wahrscheinlich vormittags. Etwas später hätte ich sie leicht treffen können. Ich war nämlich auch da."

„Stimmt! Wir haben sie am Vormittag dort getroffen. Wir hatten Besuch aus Köln, der das Museum unbedingt sehen wollte."

„Schön", sagte ich, und es klang lahm. „Wirkte sie nervös?"

Er lachte. „Du meinst, sie hatte ein Date mit einem der Buddhas?"

Ich winkte ab. „Am Sonntag muss sie auch im Stadtmuseum und im Kinderhauser Heimatmuseum gewesen sein."

„Bei Schmuddelwetter gehen Britta und ich auch gerne ins Museum. Aber was hat der Zettel in deiner Hand damit zu tun?"

„Es ist Challengers letzter Code. Dinosal, ein Anagramm von

Landois. Sie hatte den Quizmaster um einen Tipp gebeten, weil sie ihn nicht entziffern konnte. Ich befürchte, dass er daraufhin die Tuckesburg zur Endstation erklärt und ihr dort aufgelauert hat. Er musste dann nur ihrem Auto folgen, um ihre Adresse zu finden. Warum hat sie ihn nicht einfach abgeschüttelt?" Ich dachte an die einsame Strecke durch den Wald, doch wenn Cornelia über die Bundesstraße gefahren war, musste sie ihren Verfolger nicht unbedingt bemerkt haben.

„Beißt du dich an dieser Quizgeschichte nicht zu sehr fest?"

„Möglich. Vielleicht spielt bei den Morden an Küster und Harding die gemeinsam verbrachte Kindheit eine Rolle, an der kann Cornelia nicht beteiligt sein, das hätte sie uns erzählt. Und sie ist von Challenger nicht zur Teilnahme angeworben worden. Doch das ändert nichts daran, dass er sie offenbar ebenfalls aus dem Weg zu räumen versucht."

„Der Täter muss jemand sein, der sich leicht Zutritt zu fremden Wohnungen verschaffen kann oder eine Masche benutzt, die ihm die Tür öffnet", sagte Berni. „So leicht, dass sich sogar erfahrene Polizeibeamte bluffen lassen. Für mich gefühlsmäßig eher eine Frau. Bei männlichen Besuchern ist man vorsichtiger."

Mein Blick streifte das linke Torhäuschen, das im starken Licht der Scheinwerfer gespenstische Schatten warf, und ich fröstelte in der kalten Luft. Challenger war hier gewesen, und sie war eine Frau? „Und wenn es jemand ist, dem man nie im Leben einen Mord zutrauen würde?"

„Mutter Teresa ist tot!"

„Kannst du einmal seriös bleiben?"

„Sieglinde! Falls diese Person nicht mit der Spendenbüchse vor der Tür gestanden hat, muss sie eine gute Bekannte von Susanne Küster, Jenny Harding *und* von Cornelia sein. Wie soll das passen?"

„Harding und Küster hatten beide mit Buchprojekten zu tun. Hardings Krimi nimmt münstersche Kunstschaffende aufs Korn – wobei ich nicht weiß, wer betroffen ist –, Susanne Küster hat einen alten Fall von sexueller Belästigung bearbeitet und wollte damit an die Öffentlichkeit gehen. Und jetzt sag mir nicht, dass das kein Sprengstoff ist! Und zwar für einen größeren Personenkreis."

„Aber Cornelia ist einundvierzig, damit passt sie nicht mehr ins Opferschema, und soviel ich weiß, hat sie auch kein Buch geplant und schon gar nicht veröffentlicht. Und falls jemand bei ihr geschellt hätte, den sie nicht kennt, hätte sie in der derzeitigen Situation niemals aufgemacht. Nicht mal bei Hilferufen. Dafür war ihre Lage viel zu riskant. Mir ist aufgefallen, dass sie seit der Spurensicherung im Fall Küster irgendwie … unkonzentriert war. Und als die Leiche von Harding gefunden wurde, hat sie sich bei mir abgemeldet. Eine akute Zahnwurzelvereiterung, schon die ganze Nacht über. Sie müsse sofort zum Arzt."

„Stimmt. In Hardings Apartment war sie nicht in eurem Team. Andererseits hat Cornelia ihren Zweitschlüssel oben im Haupthaus deponiert. Wenn sie sich bedroht gefühlt hätte, wäre dieser Schlüssel doch längst im Präsidium."

Berni sah auf die Uhr. „Wir machen jetzt hier fertig und versiegeln die Tür. Forderst du eine Streife an, die die Straßenfront kontrolliert?"

Nachdem auch der Privatparkplatz am oberen Ende des Parks gesichert war, rief ich Lückmann und Sonnhagen an, um die Fahndung nach Cornelia auszuweiten. Wenn ich nur gewusst hätte, welche Kleidung sie gerade trug.

* * *

Die Hausleitung stellte Max und mir den Speiseraum zur Verfügung und sorgte für Mineralwasser. Und falls wir noch etwas essen wollten: Die Küche schloss um elf.

In Anbetracht des Vernehmungsmarathons ließen wir uns jeder ein Sandwich kommen, setzten uns an einen Tisch am Fenster und nahmen die Namensliste in Angriff. Als ich Frau Scheuermann bat, alle Hausgäste in einem Raum zu versammeln, war es ein Leichtes für sie gewesen. Die meisten von ihnen hatten noch im Speisesaal gesessen, alle anderen wurden per Durchsage aufgefordert, in der Lobby zu erscheinen. Dort hatten sich auch das Küchenpersonal und die Hausleitung eingefunden: insgesamt 48 Personen. Den Fragebogen hatten wir vorher gemeinsam ausgetüftelt, was nicht ausschloss, dass spontane Einfälle unabgesprochen eingebaut werden durften. Die Fragen lauteten: *Kannten Sie Cornelia Hanflang persönlich? - Wenn ja, wann haben Sie sie zuletzt gesehen? – Ist Ihnen seit vorgestern Abend etwas aufgefallen? Hier auf dem Gelände oder drüben im Dorf? – Erinnern Sie sich, dass jemand aus Ihrer Seminargruppe längere Zeit nicht anwesend war? Wo haben Sie selbst sich aufgehalten? – Kann das jemand bezeugen? Wenn Sie mit dem Auto hier sind, wie lautet ihr Kennzeichen?* Wir suchten uns weit auseinander liegende Plätze und begannen mit der Befragung. Zwei mühsame Stunden später hatte ich keine einzige brauchbare Information. Niemand hatte sich vorübergehend entfernt, ohne seinen Aufenthaltsort bezeugen zu können, niemand der Kursteilnehmer hatte auch nur bemerkt, dass das rechte Torhäuschen ständig bewohnt war. Dem einen oder anderen war zwar aufgefallen, dass manchmal Licht brannte, andere erinnerten sich auch an einen alten knallroten Fiat, begegnet war Cornelia niemandem. Und da sie nur selten im Haupthaus auftauchte, war ihre Kontur auch bei den dort Beschäftigten unscharf geblieben. Manche hielten sie für eine Schriftstellerin, andere für eine Biologin.

Jetzt stand noch eine letzte Person auf meiner Liste: Dr. Renate Bechtold, die den Märchenkurs leitete. Aus dem Foyer, das mit dem Speisesaal durch eine Schwingtür verbunden war, drang Stimmengewirr, das ganze Haus schien vor Aufregung zu summen wie ein Bienenschwarm.

„Also, da war was", sagte Renate Bechtold, noch bevor ich die erste Frage stellen konnte, und setzte triumphierend ihren schweren Shopper neben dem Stuhlbein ab. Sie sah aus wie um die sechzig, eine große Frau an der Grenze zum Übergewicht, mit einer spitzen Nase und einem graumelierten Haarknoten, den wir Kinder in Bayern als „katholische Nebenniere" bezeichnet hätten. Sie unterrichtete Deutsch und Englisch an einem Düsseldorfer Gymnasium.

Obwohl dies nicht ihr erstes Seminar in Haus Schewing war, hatte sie Frau Hanflang nie kennen gelernt. „Über die Ostertage habe ich an einem Treffen zum Thema Traumdeutung teilgenommen. Da konnte sich Sigmund Freud aber warm anziehen!"

„Ihnen ist vorgestern Abend etwas aufgefallen", erinnerte ich. „Können Sie das näher erklären?"

„Wissen Sie, ich habe immer Märchen gelesen und letztes Jahr auch ein Sachbuch geschrieben. Über Sexualität in den Grimmschen Hausmärchen. Ich weiß, das ist kein brandneues Thema, aber ich habe einige Thesen widerlegen können und eine interessante Theorie entwickelt. Es ist nämlich so, dass Dornröschens dreizehnte Fee ..."

„Sind Sie hier im Schloss untergebracht?" In meinem Magen begann es vor Ungeduld zu kribbeln. Konnte jemand, dem für seine

Unterrichtsstunden gerade mal fünfundvierzig Minuten zugemessen wurden, sein Wissen nicht ähnlich strukturiert an die Polizei weitergeben wie an seine Schüler? Irgendeinen Zugang musste es doch geben, der sie auf unser Thema lenkte.

„Äääh, nein", meine Frage brachte sie aus dem Konzept. „Ich habe ein Zimmer drüben im Dorfgasthof. Da ist es ruhiger, weil manche Teilnehmer erfahrungsgemäß noch die Bar hier im Haus aufsuchen und nicht lange nüchtern bleiben."

„Und was haben Sie nun bemerkt?"

„Also, das ist so. Ab zwanzig Uhr gibt es Büffet. Bei vierzig Kursteilnehmern eine ziemliche Schlacht. Da muss man pünktlich sein, vor allem am ersten Abend, wenn alle denken, da wird Haubenküche serviert. Ich hatte meine Magentabletten vergessen, also bin ich schnell ins Dorf gefahren, um sie zu holen. Ich vertrage nämlich nichts Blähendes, und diese westfälische Kost ... Ohne Magentabletten geht da gar nichts." Ihre Nasenspitze färbte sich in Richtung Pink Lady. „Und auf der Rückfahrt, kurz vorm Portal, biegt ein mir entgegenkommender Kombi aufs Gelände ab und nimmt mir doch glatt meinen Parkplatz weg. Orgelt sich mit Mühe in die enge Lücke. Obwohl da ausdrücklich steht: ‚Für Dozenten.' Na, Pech gehabt, denke ich, das muss jemand sein, der zum Hauspersonal gehört. Manche Leute sind eben skrupellos."

„Welche Farbe hatte der Kombi?"

„Dunkel."

„Und dann?"

Sie beugte sich vor. „Ich denke mir, der oder die hat den Führerschein wohl in der Lotterie gewonnen, und setze rückwärts zur Straße, denn hinter der Bushaltestelle sind auch noch Parkmöglichkeiten. Und als ich den Parkplatz von Haus Schewing wieder erreiche, sehe ich ein Stück vor mir eine Frau. Vor der Gräfte dreht sie nach links und geht auf das Torhäuschen zu."

„Moment, diese Frau stellt sich auf Ihren Parkplatz, zwar mit einiger Mühe, wie Sie sagen, aber als Sie zu Fuß das Gelände erreichen, ist sie gerade mal auf der Höhe des Torhäuschens?"

„Richtig", nickte sie. „Was hat sie die ganze Zeit gemacht? Das frage ich mich natürlich auch."

„Und diese Frau hatte auch den Kombi gefahren? Da haben Sie keinen Zweifel?"

„Sie hatte eine Kapuze auf. Beim Autofahren und auf dem Weg zu dem Torhäuschen auch. Sie wollte nicht erkannt werden."

„Und sie war allein im Auto?"

„Ihr Auto habe ich nur kurz gesehen. Ich meine, wie viele Personen drin saßen. Ausgestiegen ist nur eine, und die wollte zum Torhäuschen."

„Brannte im linken Torhaus Licht?"

„Es brannte Licht. Auch der Bewegungsmelder war aktiviert."

„Wussten Sie, dass dort ständig jemand wohnt?"

„Wenn in einem Haus Licht brennt, bedeutet das nicht automatisch, dass dort jemand wohnt. Das rechte Torhaus wird für zeitbegrenzte Events benutzt. Und das war jetzt dunkel. Keine Ahnung, was mit dem linken ist."

„Und die Uhrzeit?"

„Warten Sie mal: Um zehn vor acht bin ich ins Dorf gefahren, um nur schnell meine Tabletten aus dem Zimmer zu holen … Ach, diese lausige Pension, ich sage Ihnen was! Nie steht jemand an der Rezeption! Man muss sich den Schlüssel selber vom Brett nehmen. Das sind noch diese altmodischen Bartschlüssel mit einem dicken Holzkegel. So was schleppe ich nicht mit mir rum. Ja, also, es könnte gegen halb neun gewesen sein, dass ich wieder in Haus Schewing war. Ich habe noch gedacht: Nur eine halbe Stunde zu spät, aber das Büffet ist natürlich abgegrast. Diese Leute tun alle so kulturbeflissen, und dann laden sie die Teller voll und lassen die Hälfte stehen. Aber mit süßen Desserts habe ich es nicht so. Mein Magen, wissen Sie ..."

Eine Frau also, die ihr Gesicht mit einer Kapuze tarnte, einen Kombi benutzte und Cornelia am Montagabend um halb neun besucht hatte. „Haben Sie gehört, dass jemand die Tür im Torhaus geöffnet hat? Wurde geredet?"

„Frau Kommissarin, ich hatte es eilig. Ich habe das nicht weiter verfolgt. Meine zwanzig Schäfchen warteten doch auf mich. Der erste Kursabend ist immens wichtig. "

Da hatten wohl eher die sieben Zwerge ungeduldig mit ihren sieben Tellerchen und Becherchen gescheppert, dachte ich in einem mühsam unterdrückten Anfall von Heiterkeit und stellte klar: „Die Bewohnerin des linken Torhauses hat also vorgestern Abend um zwanzig Uhr dreißig, wenige Minuten plus-minus, weiblichen Besuch bekommen. Können Sie zu dieser Person noch etwas mehr sagen? Größe, Statur, Kleidung? Vielleicht ein Rucksack oder eine Umhängetasche?“ Mein Blick wanderte unwillkürlich zu ihrem Shopper, der von Papieren überquoll. Kursmaterial!

„Es war ja längst dunkel. Und dann so von der Seite gesehen … ich würde mal sagen mittelgroß, eher kräftig, eine dunkle Hose und eine wattierte Jacke mit engem Gürtel. Hohe Stiefel sind mir auch noch aufgefallen.“

„Wo war denn der Kombi geparkt? Wenn es Ihr Stammplatz war, können Sie sich doch bestimmt erinnern.“

„Wenn man zum Schloss guckt, auf der rechten Seite, ziemlich in der Mitte.“

„Und das Modell wüssten Sie auch noch? Vielleicht sogar das Kennzeichen?“ So wie sie auftrat, hatte die professionelle Auseinandersetzung mit dem Märchenwolf ihr die Sinne geschärft.

„Ein Kombi war‘s, und das Kennzeichen? MS, und dann SB, nur an die Zahlen erinnere ich mich nicht.“

Als ich wissen wollte, ob sie ihr Auto später noch auf ihren Stammplatz zurückgesetzt habe, nickte sie. „Der Platz war frei, der Kombi verschwunden. Das war dann gegen zehn Uhr.“

„Ist er noch mal aufgetaucht?“

Sie lachte angriffslustig. „Also, der Frau hätte ich meine Meinung gegeigt!“

„Bleiben Sie bitte noch einen Moment.“ Ich ging in die Lobby und rief in einer Ecke, die noch nicht von der Lärmwoge der Spekulationen überrollt wurde, Berni Wagner an. Er und sein Team befanden sich noch am Tatort, und so ließen wir uns von Frau Bechtold die Parkbucht zeigen, in der ihr blauer Dacia stand. Bereitwillig rollte sie ihn aus der engen Lücke, doch die Reifenabdrücke zeigten nicht viel her. Ich gab ihr meine Visitenkarte. „Möglich, dass wir Sie in den nächsten Tagen noch mal brauchen. Bitte nicht verreisen!“

„Ich bin im Schuldienst, Ferien gibt es erst wieder kurz vor Weihnachten. Dieses Symposium kann ich allerdings unter Fortbildung verbuchen.“

Inzwischen ging es auf Mitternacht zu. Ich kehrte zurück in den Speisesaal, klopfte meine Protokolle an der Tischkante auf und sah, dass auch Lückmann zum Ende kam. Wenn es sein musste, fielen wir überraschend schnell in denselben Arbeitsmodus. Dann schaltete er auf Early Bird und ich auf Nachteule.

‚Max bringt gute Zeichen mit!', dachte ich, als ich seine Miene sah. Wie lange war es eigentlich her, dass Franz und ich den *Freischütz* im Theater Münster gesehen hatten? Mit einem richtig fiesen Kaspar.

Und Max *brachte* gute Zeichen mit! Gut für uns, schlecht für den Betroffenen. Ein Teilnehmer des Märchensymposions hatte nämlich an diesem Morgen einen Kratzer an seinem BMW entdeckt. Ein dicker schwarzer Kratzer auf dem weißen Kotflügel. Ein Ein- oder Ausparkproblem. Da hatte es wohl jemand extrem eilig gehabt, einen der wenigen Parkplätze zu ergattern oder von dort wegzukommen.

„Steht sein Auto noch am selben Platz?"

„Er hat es jedenfalls nicht mehr bewegt."

„Wahrscheinlich wurde der Schaden von einer weiblichen Person verursacht", nickte ich. „Am Montagabend machte eine unbekannte Person auf sich aufmerksam, weil sie sehr ungeschickt einparkte. Mit einem dunklen Kombi. Gegen zwanzig Uhr dreißig hat sie bei Cornelia geläutet." Eigenartig, dass mein Handy sie auch um diese Zeit nicht erreicht hatte. Und was, wenn Challenger sie an der Tuckesburg beobachtet hatte und ihr, als sie frustriert das Handtuch warf, weil sie keinen Code gefunden hatte, hinterher gefahren war? Dann handelte es sich bei unserem Quizmaster um eine Frau mit einem dunklen Kombi.

Ich überredete Max, mit mir vor Ort zu bleiben und für die Nacht eine Unterkunft zu suchen. Hoffentlich nicht nur ein Stall!, fuhr es mir als übermüdungsbedingte Albernheit durch den Kopf. Doch erstens war ich nicht hochschwanger, zweitens waren wir nicht wegen einer Volkszählung hier und drittens war Lückmann kein Tischler und schon gar nicht mit mir verlobt. Er zückte seine Armbanduhr und nickte ergeben: „Die Suche nach Cornelia läuft auf Hochtouren. Und da wir uns als Erstes morgen früh den zerkratzten BMW ansehen müssen, macht es Sinn, hier zu bleiben. Der Fahrer muss sofort nach dem Frühstück los. Aus geschäftlichen Gründen, sagt er."

„Dann sehen wir doch mal, wo wir noch zwei warme Bettchen herkriegen."

Die große Lobby lag wie evakuiert, nur aus der Bar drang polterndes Lachen. Frau Dr. Bechtold war bestimmt nicht daran beteiligt, um ihre These von der dreizehnten Fee loszuwerden. Da an dem Gongseminar kein einziger Mann teilgenommen hatte, vermutete ich, dass da jetzt lauter Kerle zusammen saßen, die im Außendienst Stroh zu Gold spannen und Standuhren, Glassärge oder Küchenmöbel für Zwerge verkauften. Frau Scheuermann stand hinter ihrem Tresen und blätterte in Computerausdrucken. „Kann ich noch etwas für Sie tun?“ Sie zwinkerte nervös. Die Polizei im Haus war für jeden Betrieb Stress pur. Doch für diese Oase, die Energieaufbau und Entspannung vermitteln wollte, war sie schlichtweg eine Katastrophe.

“Hätten Sie vielleicht noch zwei Einzelzimmer für die Nacht?“

„Ein Doppelzimmer wäre noch frei.“ Das wusste sie aus dem Kopf.

„Weil heute morgen jemand überstürzt abgereist ist?“

„Das nicht, aber ich habe mich geirrt. Das Gongseminar war nicht komplett ausgebucht.“ Kurz wanderte ihr Blick von Max zu mir und wieder zurück, und ich hatte den Eindruck, dass wir ihr schrecklich leid taten. Kollege und Kollegin, so mochte sie denken, die tagsüber im dienstlichen Dauerclinch lagen und sich jetzt ein Doppelbett teilen mussten, wenn sie überhaupt zum Schlafen kamen? Die ganze Nacht lang Papierrascheln und Tastaturgeklapper? Und dann sagte sie auch noch: „Aber wenn Sie damit klarkommen?“ Ich ging jede Wette ein, dass sie unsere Eheringe, die unterschiedlicher nicht hätten ausfallen können, längst zur Kenntnis genommen hatte. Auf dem Land herrschten noch Sitte und Anstand. Ganz kurz hatte ich wieder die Mimik jenes bayrischen Jugendherbergsvaters vor Augen, in dessen Almhütte ich mal mit einem Urlaubsflirt Unterschlupf gesucht hatte. Draußen peitschten Blitze, und der Hagel prasselte, doch unser Gastwirt ließ sich viel Zeit, bis die erlösende Antwort kam: „Der Bub in Stube Eins, das Maderl ins Zweier.“

„Das wuppen wir schon“, versuchte ich meinen letzten Charme zu versprühen. „Ich weiß sogar, dass mein Kollege in Dur schnarcht. Aber bevor uns die Augen zufallen, gibt es noch mehrere Skypes ins münstersche Präsidium. Sie haben doch WLAN, oder?“

Sie reichte jedem von uns demonstrativ ein Anmeldeformular und danach die Chipkarten. Zimmer 213 im zweiten Stock. „Frühstück zwischen halb sieben und zehn.“ Der BMW-Besitzer mit dem Lackschaden wäre sicher der Erste am Büffet. Aber Frühaufstehen war ohnehin angesagt.

„Bräuchten Sie vielleicht ein Waschset und Pantoffel?“ Sie wartete unsere Antwort gar nicht erst ab, sondern legte jeweils zwei in

Folie eingeschweißte Frotteepuschen – ein gesticktes goldenes S auf lindgrünem Grund – und zwei flache Stofftaschen im gleichen Farbton auf die Theke und lächelte warmherzig. „Sie haben ja sicher nicht damit gerechnet, bis morgen hier zu bleiben. Aber das geht aufs Haus."

Wir waren schon auf dem ersten Absatz der imposanten Marmortreppe, als sie mich zurückrief. „Frau Züricher, ich habe übrigens den Namen von Frau Hanflangs Freundin herausgefunden, Telefonnummer inklusive. Sie wissen ja, diese Frau, die Anfang September unbedingt den letzten Seminarplatz ergattern wollte. Der Anmeldetermin steht auch dabei. Eine Kollegin hatte alles notiert, für den Fall, dass es eine Absage gab und noch ein Platz frei wurde." Sie wedelte mit einem Briefumschlag, und ich musste plötzlich an Cornelia denken, die diese Nacht vielleicht in einem eiskalten, dunklen Raum eingesperrt war, einen Knebel im Mund, die Hände gefesselt, aber ich verscheuchte das Bild. Cornelia war ein harter Keks. Wer auch immer sie entführt hatte, ahnte garantiert nichts von ihrem physischen Durchhaltevermögen und ihrem Überlebenswillen.

Pyjamas hatten wir natürlich nicht dabei, mein Pullover roch muffig, Lückmanns Sweater schmückte ein großer Kaffeefleck knapp über dem Herzen. Wahrscheinlich am Steuer mit vollem Pappbecher eine enge Kurve geschnitten, dachte ich schadenfroh. Wir befreiten unsere Socken von Kies und Sand und reckten die Zehen. Endlich eine weiche Bettkante! Max fragte, ob ich über ein Deo verfüge. Ich nickte, mein Schminktäschchen war immer komplett. Er las mir eine SMS vor, in der Sabine ihm mitteilte, Luise habe am Nachmittag das *Seepferdchen* bestanden. Jetzt, um halb eins, landete er nur in ihrer Sprachbox, während ich Franz in seiner Schlafkoje hinter den Praxisräumen aus dem Schlaf rüttelte. Ich sagte ihm, dass wir über Nacht in Haus Schewing blieben, im allerletzten Doppelzimmer, was er kommentarlos zur Kenntnis nahm. Aber ich hörte eine Menge Neugier in seiner Stimme, ganz besonders die unausgesprochene Frage: *Wie weit seid ihr?* Obwohl er wusste, dass ich am Handy nie darauf antworten würde. Max ließ mir beim Duschen den Vortritt, weil „nach ihm die Sintflut" käme. Das Bad mit seinem Farbduo Gold und Weiß erinnerte unangenehm an Hardings Wellness-Tempel. Was hatte der Mörder dort gesucht? War das Chaos als mutwillige Zerstörungswut zu verstehen? Als Racheakt? Badezimmer waren sehr persönliche Orte, intimer als die Küche. Sie sagten mehr über die Lebensart und das Naturell eines Menschen aus als alle anderen Räume einer Wohnung.

Zehn Minuten später war Lückmanns Cowboygeruch einem frischen Grapefruitaroma gewichen, auch ich fühlte mich prickelnd wie ein Glas Champagner, obwohl der Zauber nicht lange halten würde. Das Zimmer war völlig überheizt. Wir setzten uns an das kleine Bistrotischchen vor dem Fenster und machten uns an die Arbeit .

Der Raum war für ein Doppelzimmer sehr klein, was ich auf die mächtigen Mauern zurückführte, die die Nutzungsfläche des Gräftenschlösschens einengten, man sah es auch an den dicken Laibungen der Sprossenfenster. Das wirkte sich auf die Bettbreite aus. Höchstens 1.40 m. Und überall die Farbe Lindgrün. In den schick gerafften Leinenvorhängen, den Rahmen der Tulpenbilder von Maria Sibylla Merian und den Sitzkissen auf den beiden zierlichen Eisenstühlchen. Nur der Fernseher, die Fernbedienung und der Holzboden waren schwarz.

Max stapelte seine Protokolle auf der winzigen Tischfläche, ich legte meine erst mal auf den Boden. „Was hat denn dein Franz zu unserem Übernachtungsmodus gemeint? Eifersüchtig?“, fragte er süffisant.

„Mein Mann hatte noch nie Grund zur Eifersucht.“

„Ah! Und umgekehrt?“

„Ist das hier ein Beichtgespräch oder was? Stell dir vor, wir verbrächten diese Nacht im Liegewagen, da gibt es auch nur Unisexmodelle.“

„Aber mit mindestens zwei anderen Personen. Und keine Doppelbetten.“

„Ich würde das hier nicht als Doppelbett bezeichnen.“

„Aber für *zwei* Personen.“

„Also, wenn du lieber im Auto schläfst, sags einfach. Falls du morgen früh geweckt werden möchtest, klopfe ich an die Windschutzscheibe.“

„Okay“, gab er klein bei. „Was haben wir bisher auf dem Schirm? Eine miserable Autofahrerin mit einem für ihre Verhältnisse viel zu dicken Auto und einen Lackschaden, über den wir hoffentlich morgen ...“, er hüstelte und sah auf die Uhr, „hoffentlich heute mehr erfahren.“

„Oder eine *nervöse* Autofahrerin", schlug ich vor und dachte an meine Herfahrt durch Gestrüpp und über holprige Baumwurzeln. „Eine Fahrerin, die sich für miserabel hält oder ein fremdes Auto fährt, hätte die Bundesstraße benutzt und die Ausfahrt Knapprode genommen. Das ist das nächstgelegene Dorf, wo auch einige Seminarteilnehmer übernachten."

„Danke, Frau Oberlehrerin. Es war auch *mein* Weg hierher."

„Die Zeugin Bechtold sagt aus, dass die ominöse Besucherin von Osten kommend auf das Schewing-Gelände eingebogen ist. Das war auch *meine* Route. Das bedeutet, falls sich Challenger tatsächlich an sie drangehängt hat, ist Cornelia die von mir benutzte Strecke gefahren. Warum hat sie nicht bemerkt, dass sie verfolgt wurde? Es war dunkel, da sieht man Scheinwerfer selbst auf kurvenreichen Wegen."

„War sie mit den Gedanken woanders? Weil an der Tuckesburg kein neuer Code lag? Alarmstufe Rot?" Sein Blick war auf meinen Papierstapel am Boden gefallen. „Was hat dir die Frau an der Rezeption eigentlich gerade eben so feierlich überreicht?"

Der Umschlag lag zuoberst. Ich riss ihn auf und traute meinen Augen nicht. „Na, so was! Cornelia ist mit Marie Pohl befreundet? Sie hat versucht, ihr den allerletzten Platz für ein Seminar zu ergattern. Leider vergeblich." Ich erklärte Max, um wen es sich handelte, aber er sagte nur lakonisch: „Warum soll Cornelia nicht mit einer Buchautorin befreundet sein?"

„Frau Pohl könnte uns auf eine heiße Fährte führen. Das Seminar wurde von Jenny Harding geleitet."

„Um sie jetzt noch anzurufen, ist es zu spät."

„Finde ich nicht. Dies ist ein Notfall. Ich muss sie ins Präsidium bestellen."

Ich wählte Pohls Handynummer, die auf dem Anmeldezettel vermerkt war, und ließ enttäuscht mein Telefon sinken. „Diese Nummer ist nicht vergeben. Okay, dann versuche ich es in der Agentur Hennkamp. Die hat ihr Buchprojekt vermittelt und wird ja wohl wissen, wie man sie erreichen kann."

Wir werteten unsere Vernehmungsprotokolle aus. Gegen halb zwei hatten wir alles gesichtet, fürs Erste keine Widersprüche festgestellt, dafür eine Menge wasserdichter Alibis gesammelt. Jeder Seminarteilnehmer und jeder Hausangestellte konnte für die Zeit, als an Cornelias Haustür geschellt wurde, einen Zeugen vorweisen.

Mit vier Ausnahmen: Eine der Küchenhilfen war um acht mit einem der Firmenvans zum Supermarkt in Knapprode geschickt worden, um Schlagsahne zu kaufen, und vom Dessertchef ausgescholten worden, weil sie erst um kurz vor neun zurückgekehrt war. Zwei befreundete Männer aus dem Märchenkurs, die mit einem SUV hergekommen waren, hatten auf die Schlacht am Büffet gepfiffen und bis gegen neun ihre Runden im Keller-Pool des Hauses gedreht, Renate Bechtold hatte ihre Magentabletten geholt. Für ihre Autos musste ein Durchsuchungsbefehl beantragt werden. Alle drei verfügten über einen respektablen Kofferraum. Max, der mit der Küchenhilfe und den beiden Männern gesprochen hatte, zeigte sich unbedenklich, doch mir ging Bechtold nicht aus dem Kopf. Hatte sie nicht ein wenig zu sprachgewaltig von ihrer Beobachtung auf dem Parkplatz erzählt? Um halb neun hatte sie die dreiste Kombifahrerin beobachtet, die ihr den Stammplatz wegnahm. Aber dann? Erst gegen einundzwanzig Uhr hatte sie jemand am Büffet gesehen. Wer brauchte dreißig Minuten vom Parkplatz bis in den Speisesaal, wenn er befürchtete, die Platten seien abgegrast? Sie hielt sich nicht zum ersten Mal in Haus Schewing auf und kannte sich möglicherweise auf dem Gelände gut aus.

Fehlte nur das Motiv.

Wir stellten die Weckfunktion unserer Mobiltelefone auf sechs Uhr und löschten das Licht, doch Max rumorte noch eine ganz Weile herum. Ich verkniff mir ein Lachen, als er unter leisem Fluchen versuchte, aus seinen engen Jeans zu kriechen. Ich hatte das erledigt, während er sich seinem Smartphone widmete. Es folgte das Rascheln von Zellophan, aus dem ich schloss, dass ihm das vom Zimmerservice auf dem Kopfkissen deponierte Betthupferl in den Nacken gepiekst hatte. Doch selbst als das Knacken und Lutschen der Haselnusspraline ein glückliches Ende fand, hoffte ich umsonst auf schläfrige Stille. Stattdessen fuhr mir das Ratschen eines Reißverschlusses durch die Glieder. Das Waschset! Was denn jetzt noch?

„Das Zähne Putzen vergessen?“, fragte ich gähnend. „Nee“ antwortete er rau, „ich hatte vorhin Ohrstöpsel gesichtet. Für den Fall, dass du schnarchst!“ Er fummelte sich die Gummis in die Ohren, schaufelte sich auf den Bauch, und es folgte ein Brummen, das an einen in der Ferne angeworfenen Rasenmäher erinnerte. Dann war Ruhe.

Er hörte nichts mehr von dem Streit, der genau ein Stockwerk unter uns ausbrach, als gingen zwei rollige Katzen aufeinander los. Nichts von dem Mantra einer Alarmanlage, die vom Parkplatz herüberwehte, diskret zwar und doch nervig, weil niemand sie abstellte. Auch die Fassadenbeleuchtung von Haus Schewing wurde nicht gelöscht, und unser Zimmer befand sich in einem unseligen Winkel. Kein Wunder, dass Zimmer 213 schwerer zu vermitteln war als die Reihe 13 in einem Flugzeug. Was sagte eigentlich das Denkmalamt zu einer solchen Verunstaltung einer würdigen Barockfassade?

Kurz vorm Einschlafen fiel mir wieder ein, dass Cornelia versucht hatte, Marie Pohl einen Platz in Jenny Hardings Seminar zum Thema Textpräsentation zu vermitteln. Was für eine merkwürdige Dreierkonstellation! Woher kannte Cornelia Marie Pohl? Und warum hatte Pohl nicht Harding direkt gefragt? Die eine Möglichkeit war, dass Pohl und Harding doch nicht so gut miteinander konnten, wie bisher angenommen, die andere, dass Pohl die Nähe von Cornelia gesucht hatte. Warum ausgerechnet ein Seminar über die Kunst des Vortrags, wenn man solch ein Naturtalent im Vorlesen war? Max knurrte leise, als ich die Nachttischleuchte anknipste und auf meinem Spickzettel, den ich seit ewigen Zeiten ständig am Bett liegen hatte, eine Frage notierte, die ich Bechtold gleich in der Früh stellen würde. Ihre fast gluckenhafte Obhut, was ihre „Schäfchen" betraf, drängte sie mir direkt auf. Wie viel Einfluss hatte ein Dozent, wenn er mit einem bestimmten Teilnehmer nicht einverstanden war? War es denkbar, dass, aus welchem Grund auch immer, Marie Pohl auf Hardings Veranstaltung nicht erwünscht gewesen war? Und hatte sie deshalb auf Cornelias Vermittlung gehofft?

Unser Bett wurde auch über Nacht nicht breiter. Dazu kam, dass Lückmann chronischer Bauchschläfer war, gern mit den Armen zur Seite ruderte und zwei Drittel der Liegefläche vereinnahmte. Immerhin half ihm, nachdem er weitere seismische Erschütterungen unserer durchgehenden Matratze ausgelöst hatte, ein zweites, im Kleiderschrank entdecktes Kopfkissen. Ich hörte seinem regelmäßigen Atmen zu, erinnerte mich mit Dankbarkeit an so manche zielführende Beratung am Schreibtisch, an gemeinsame Beschattungen verdächtiger Personen, an Einsätze mit kugelsicherer Weste. Nur eins hatten wir noch nie gemacht: im selben Bett geschlafen.

Noch vor unseren Handys weckte uns ein Hubschrauber, der

knatternd das Gelände überquerte. Die Suche nach Cornelia lief auf Hochtouren.

Wie erwartet, saß der BMW-Fahrer schon früh im Speiseraum, hockte auf der vorderen Stuhlkante und tippte auf seinem Tablet herum. Sobald er uns entdeckte, leerte er seine Kaffeetasse und forderte uns auf, mitzukommen. Seine weiße Limousine stand links neben Frau Bechtolds Dacia. Er setzte ihn aus der Parklücke, und wir sahen uns die Reifenabdrücke an. Der Wagen war nicht wegbewegt worden, das Laub im Reifenprofil ebenso feucht wie das von Cornelias Fiat. Der rechte hintere Kotflügel hatte einen langen, hässlichen Kratzer in Schwarz oder Dunkelgrau abbekommen. Max sicherte eine Probe, dann konnte der erfolgreiche Geschäftsmann aus Gescher – irgendwas mit Bettwäsche – losdüsen in seinen hektischen Arbeitstag. Ich sah ihm nach, bis seine Bremslichter am schmiedeeisernen Tor aufleuchteten und der linke Blinker gesetzt wurde, und fragte mich, wie viel Nutzen ein solcher Workoholic ausgerechnet aus einem Märchenseminar ziehen wollte. Bis mir Frau Holle und ihre Plumeaus einfielen.

Auch Frau Bechtold ließ sich nicht lange festhalten. Über Seminarteilnehmer erfahre man im Vorhinein rein gar nichts, beteuerte sie auf meine Frage. Sie selbst habe sich auch sehr bedeckt gehalten, als sie sich im Frühjahr zu der Tagung über Traumdeutung anmeldete. Und jemanden auszuschließen, weil er möglicherweise Stunk machte, sei auch nicht üblich. „Das ist nicht wie in einer Gruppentherapie“, bemerkte sie spitz, „wo jeder sein Räppelchen schwingt. Seminarteilnehmer haben eine gemeinsame Liebhaberei, aber ihr Privatleben steht auf einem anderen Blatt.“

Inzwischen leerte sich der Parkplatz. Die letzten Kursteilnehmer drängelten sich an der Rezeption. Das Mittagessen wollte niemand mehr. Unsere Befragung hatte die Stimmung leider auf den Nullpunkt gebracht und die ausgescholtene Küchenhilfe die zwei Liter Sahne für das Dessert ganz umsonst herangeschafft. Ich fand das Mädchen in der Küche. „Und Ihnen ist wirklich am Montagabend nichts aufgefallen?“

„Als ich vom Supermarkt zurückkam, war unser Firmenstellplatz zugeparkt. Es gibt immer Kursteilnehmer, denen die Besucherbuchten zu schmal sind. Ich bin also weitergefahren bis zu den Torhäuschen. Da stand ein Auto, obwohl das nicht erlaubt ist. Ich habe ein

Stück weiter im Gras geparkt, um es nicht zu blockieren. Hätte ja ein Arzt im Einsatz sein können. Und dann war da ein Geräusch."

„Gestern Abend haben Sie nichts davon gesagt."

Sie schniefte. „Ich wollte nicht noch mehr Ärger. Nicht zugeben, dass ich einen Moment gelauscht habe. Ich dachte: Wird das linke Torhäuschen renoviert? Da wurde mit Folie geraschelt, wie Anstreicher sie verwenden. Aber warum machen die dann kein Licht?, denke ich noch. Ja, und dann habe ich was gesehen."

Deshalb also ihre Verspätung, die ihr den Anraunzer in der Küche eingehandelt hatte. „Können wir ungestört reden?"

Wir gingen in den Kühlraum. Eiskalt, aber garantiert ohne Wanzen.

„Was haben Sie gesehen? Und wann genau?"

„Das muss um kurz vor neun gewesen sein. Da wurde ein schwarzer Sack über die Schwelle gezerrt. Bauschutt, wahrscheinlich."

„Bauschutt würde man eher in einen offenen Container kippen. Wie groß war der Sack? Hatte er runde Ecken oder eher scharfe Kanten? War er krumm oder gerade? Wirkte er schwer?"

„Wirklich! Ich habe da nur kurz hingeguckt. Meine Sahne … Ich bin noch in der Probezeit. "

„Hat Sie jemand bemerkt?"

Wildes Kopfschütteln. „Ich habe die Scheinwerfer ausgemacht."

„Wie viele Personen haben Sie gesehen?"

„Zwei", sagte sie, „mit Kapuzen über dem Kopf."

„Und Sie haben oben im Haus nichts davon gesagt?"

Sie schluchzte. „Ich habe doch an Schwarzarbeiten geglaubt. Und in der Küche wurde ich sofort wegen der Sahne in die Mangel genommen."

„Auch Schwarzarbeiten werden bei Licht erledigt. Und Kapuzen engen nur unnötig den Blickwinkel ein. Ihre Handynummer haben wir ja. Falls wir mehr Informationen brauchen."

„War's das?", maulte Max.

„Klar doch, jetzt kannst du nach Hause und mit Luise auf ihr *Seepferdchen* anstoßen."

„Knalltüte."

„Ein schwarzer oder dunkler Kombi mit Kennzeichen MS-SB. Da muss doch was zu machen sein. Selbst wenn die Täter längst über die Grenze sind, den Halter finden wir."

„Was hältst du von einem gefälschten Nummernschild?“

„Erst mal freut sich Hilly auf neue Internetrecherchen, wetten wir?“

* * *

„Hast du noch mal von deinem Unfallgegner gehört?“ Inzwischen war es Freitag, neun Uhr abends. Den größten Teil des Nachmittags hatte eine hektische Pressekonferenz unter Sonnhagens Leitung und Dr. Rottes Beteiligung aufgefressen, an die sich noch eine Teambesprechung im großen Meetingraum anschloss. Die Suchmeldung nach Cornelia lief durch alle Medien, aber selbst Hilly – „Männer haben für so was ja keinen Blick!“ – hatte uns mit Angaben zu der Kleidung unserer vermissten Kollegin nicht weiterhelfen können. Wenn es stimmte, dass die Täter sie abends in ihrem Torhäuschen überfallen hatten, sei sie garantiert in einem ihrer Jogginganzüge zur Tür gekommen, doch was die betrafen, besaß auch Hilly keinen Überblick. Die Lackproben von dem BMW des Fabrikanten aus Gescher waren in Arbeit, für eine Überprüfung der Autos, in denen das Männerpaar und Frau Dr. Bechtold gekommen waren, fehlte noch die Genehmigung der Staatsanwältin. Das Küchenmädchen konnten wir abhaken.

Jetzt saßen Kerstin und ich in unserem winzigen Esszimmer. Da Franz Bereitschaftsdienst hatte und auch die beiden Nächte bis Montag in seiner Handorfer Praxis verbringen würde, hatten wir nur das „kleine Sortiment“ aufgedeckt: Landbrot und Pumpernickel, verschiedene Käsesorten, eine Handvoll Cocktailtomaten, und als Überraschung des Tages ein grüngrauer Dip mit schwarzen Sprenkeln, den Kerstin bei „Messer&Gabel“ ausgetüftelt hatte: pürierte Auberginen, kleingehackte schwarze Oliven, eine ordentliche Prise Pfeffer, das Ganze serviert auf Chicoreeblättern. Jetzt grübelte sie über die passende Bezeichnung nach. Animiert durch Challengers Münster-Codes, arbeitete ich mich durch die Anfangsbuchstaben der Zutaten. „Wie wärs mit PACOS‘s Paste? Paco ist die spanische Kurzform von Francisco.“

„Es soll aber auf einem israelischen Büffet stehen.“

„Dann nenn es doch Grütze in Schwarz-Grau. Das klingt nach Totem Meer.“

„Mama!“

Aber im Grunde war sie brummig, weil „Messer&Gabel“ ihr für das Wochenende überraschend freigegeben hatte, obwohl ein großes Event in Warendorf bevorstand, an dem sie gern beteiligt worden wäre. Frustriert und gelangweilt hatte sie sich für das ganze Wochenende bei uns einquartiert, während Greta an einer Studienreise über Perlen der Barockarchitektur in Süddeutschland teilnahm. Ohne ihre Freundin fühlte Kerstin sich in der exklusiv eingerichteten Dreizimmerwohnung an der Hörster Promenade noch immer wie auf Besuch. „Wieso fragst du ausgerechnet heute Abend nach Felix?“

„Der Gedanke ist mir gerade gekommen.“ Ich zuckte die Achseln, während ich mich an die Einschätzung von Franz erinnerte, Kerstin habe sich in Felix Plassen „auf Anhieb verknallt“. Mich interessierte, ob er damit Recht behalten hatte.

Sie lächelte verlegen. „Bisher haben wir nur E-Mails ausgetauscht. Er hat gefragt, ob mein Auto repariert ist, und ich die Unfallstrecke auch wieder fleißig benütze.“ Ich verdrehte stumm die Augen, fand Plassen juniors Verhalten nicht nur oberlehrerhaft, sondern auch ziemlich verlogen, aber gerade als ich diese Einschätzung anbringen wollte, erzählte Kerstin, er habe ihr am Dienstagvormittag eine SMS geschickt, um sie für morgen Abend zum Essen einzuladen. „Er hat Geburtstag, will aber nicht mit seiner nervigen Clique feiern, sondern mit mir allein.“

„Demnach hat er genug von Feiercliquen? Bemerkenswert! Dabei könnten er und sein Vater sich bei Partys doch die Klinke in die Hand geben. So dicht beieinander, wie die beiden Geburtstag haben.“

Sie wurde rot. „Woher weißt du das mit Peters Geburtstagsparty?“

„Das ließ sich nicht vermeiden, nachdem seine Freundin ermordet wurde. Dass Felix mit dir allein feiern möchte, nenne ich ein Kompliment. Dann brauchst du ein Geschenk für ihn. Hast du dir schon etwas überlegt?“

„Er will überhaupt nichts! Er sagt, dieser ganze Konsumterror kotzt ihn voll an. Sein Vater und er schenken sich nicht mal zu Weihnachten etwas.“

„Das scheint mir eine sehr reife Entscheidung zu sein. Bedanke dich doch mit einer Gegeneinladung. Ins Theater, zum Beispiel. Demnächst gibt es *Othello* von Shakespeare.“ Ich hatte am Morgen im Kulturteil des *Münsterschen Anzeigers* gelesen, dass Plassen den Jago spielte.

„Felix‘ Vater auf der Bühne zu sehen, wäre mir einfach nur peinlich.“

„Wenn er Kieferchirurg wäre, und du sähest ihn bei seiner Arbeit in der Praxis, fändest du das auch peinlich?“

„Nein“, sagte sie fest, „ein Arzt tut, was er muss, aber ältere Schauspieler machen oft so … einen auf sexy. Nur, weil die Regisseure das verlangen.“

„Herr Plassen führt auch selbst Regie. Der wird sich schon durchsetzen, wenn ihm etwas nicht passt. Hast du ihn mal kennen gelernt?“

Sie schüttelte den Kopf, womit unser Gespräch in der Sackgasse endete. Wir räumten ab, und jeder ging an seine Arbeit. Kerstin ließ sich am Küchentisch nieder, um ihre Präsentation für ein Seminar abzuschließen, ich setzte mich auf einen der Barhocker am Tresen. Wenn Kerstin bei uns war, schätzte einer die Nähe des anderen, auch wenn wir nur wenig miteinander redeten. Ich nahm Susanne Küsters Manuskript noch einmal zur Hand. Die überraschende Rückkoppelung zwischen Marie Pohl, Jenny Harding und Cornelia hatte mich ziemlich aus der Spur gebracht. Hatten wir ein Bindeglied übersehen? Doch meine Gedanken kamen auch von Vater und Sohn Plassen nicht los. Möglichst unauffällig betrachtete ich das Gesicht meiner Tochter, die eifrig in die Tastatur hackte, doch sie schien meinen Blick zu spüren, sah schnell hoch und wurde wieder rot.

„Kerstin, du versprichst mir, dass du und dein Freund …, ich meine ...“

„Mama! Er ist nicht mein Freund. Im Übrigen wurde ich im Biounterricht in einem Alter aufgeklärt, als ihr noch Gänseblümchen entblättert habt. Ich gehe morgen Abend mit Felix *essen*, und wenn du lange genug aufbleibst, wirst du meine Rückkehr in mein warmes Bettchen noch miterleben.“

„Schon gut!“

„Außerdem ist er nicht der Typ für einen One-Night-Stand.“

„Kennst du ihn so genau?“

Statt einer Antwort, die es im Grunde auch nicht gab, wollte sie wissen, ob ich selbst in meiner Studienzeit bei Einladungen von wildfremden Studenten keinen Bammel gehabt hätte, den Typen nie wieder loszuwerden. „Ich meine, wenn du ihn dann doch nicht so toll fandest, oder er sich als total schräg entpuppte und an dir hängen blieb wie eine Klette.“

Oha, dachte ich, nach ‚total verknallt' klingt das wirklich nicht! Laut sagte ich: „Eben das meinte ich ja! Dass du dich nicht zu irgendetwas verpflichten solltest, das falsche Hoffnungen weckt."

„Du denkst an Hugo", sagte sie grimmig und weckte auch wieder meine Erinnerung an einen jungen Mann, den Kerstin als Sechzehnjährige bei einem Popkonzert in der Halle Münsterland kennen gelernt hatte. Franz nannte ihn nur den Heiratsschwindler, und tatsächlich hatte unsere Tochter sich völlig vertrauensselig in eine Freundschaft hineinziehen lassen, mit dem Ergebnis, dass Hugo Daten über uns gehackt hatte, die uns leicht erpressbar hätten machen können. Und nicht nur uns. Hugo hatte zu derselben Zeit auch Dates mit den Töchtern einer Büroleiterin im Polizeipräsidium und eines viel beschäftigten Strafverteidigers eingefädelt. Die so gewonnenen Nettigkeiten, so hatte er später großspurig verkündet, hätten ihn weit weniger gereizt als die Möglichkeit, diesen „Tussen echte Rosinchen rauszukitzeln". Noch lange nachdem ihm das Handwerk gelegt worden war, hatte sich Kerstin gegenüber jungen Männern so verschlossen gezeigt, dass wir uns langsam Sorgen machten. Erst in Gretas Clique waren ihre Hemmungen nach und nach verschwunden. Wenn Kerstin uns besuchte, fiel gelegentlich ein neuer männlicher Vorname, aber wir hakten nicht nach, weil wir selbst es auch nicht geschätzt hätten, wenn unsere Eltern sich über unseren Freundeskreis den Kopf zerbrachen.

Sie schwieg, und so setzte ich nach: „Warum nimmst du die Einladung überhaupt an, wenn du nicht weißt, ob du ihn magst?"

„Weil er irgendwie süß ist. Und so ein schlechtes Gewissen hat wegen des Unfalls." Sie grinste plötzlich. „Habt ihr, Papa und du, euch nicht auch bei einem Blechschaden kennen gelernt?"

„Aber wir haben damals nur ein Eis gegessen. Wiederbegegnet sind wir uns erst später durch gemeinsame Freunde."

„Malaga oder Fürst-Pückler?" Diesmal ein verschwörerisches Lächeln. „Das war doch damals Mode, oder?"

„Amerikanische Sundees waren ganz aktuell." Meine Erinnerung war wieder ganz frisch, sie kribbelte in der Magengegend. War nicht jeder Beziehungsanfang ein Kapitel für sich?

„Dann hol Felix aus seinem schlechten Gewissen heraus", sagte ich. „Alles Weitere wird sich finden." Und nach einem kurzen Zögern: „Vielleicht ist er ja doch sehr nett."

„Nett ist nicht genug!“, entschied sie. „Kann ich heute Nacht in eurem Bett schlafen? Papa ist doch nicht da!“

Am Samstagmorgen war das Wetter allen freundlichen Prognosen zum Trotz umgeschlagen. Es stürmte und regnete, und so kippten Kerstin und ich unsere ursprünglichen Shoppingpläne in der Innenstadt und kauften unseren Wochenendbedarf im Kinderhauser Zentrum. Während Kerstin anschließend wieder den Küchentisch für Papers und Laptop beschlagnahmte, mottete ich mich mit dem bisher nur halb gelesenen Manuskript von Susanne Küster in der „Denkstelle“ ein. Zwanzig Jahre war der Fall Anne S. her, aber leider kein bisschen antiquiert. Stiegen nicht noch immer neue Faulblasen aus den Tümpeln hoch? Nicht nur in Ferienlagern oder Jugendheimen, sondern auch bei Festen im Familien- und Freundeskreis, wenn Alkoholkonsum und unanständige Witze alle Hemmungen ausblendeten und die Finger geschmeidig machten? Küster hatte Fallbeispiele aus der Sekundärliteratur hinzugezogen und durch einen theoretischen Teil ergänzt: Kinder, die vernachlässigt, gemobbt, missbraucht worden waren und als Erwachsene mit ihren Gefühlen nicht umgehen konnten. Frau Brendels bis auf weiteres beurlaubte Kollegin aus dem Verlag in der Tuckesburg ging mir wieder durch den Kopf. Ein Fall von Persönlichkeitsstörung. Doch sie war von einem guten Freund aufgefangen worden und hatte sich mit einer eigenen Veröffentlichung auf dem Buchmarkt durchgesetzt. Warum hatte ich nicht nachgehakt, ob diese Frau weiter in Münster arbeitete? Andererseits war ich mir sicher, dass Camilla Brendel ihre Lippen versiegelt hätte. Offensichtlich hatte sie längst entschieden, dass sie schon zu viel ausgeplaudert hatte. Waren ihr überhaupt Fakten aus der Kindheit dieser Kollegin bekannt? Und besaß nicht jeder Fall seine eigene Dynamik? Trotzdem neugierig geworden, gab ich den Namen des Verlags Tintenburg ein, in der Hoffnung, das gesamte Team einschließlich der auf länger beurlaubten Lektorin aufgelistet zu sehen. Doch meine Hoffnung wurde enttäuscht. Es gab weder Fotos noch Namen. Nur die Verlagsgründerin erzählte stolz ihre Erfolgsgeschichte.

Wen hatte Susanne Küster in den letzten Monaten angesprochen, um ihren Text an die Öffentlichkeit zu bringen? In Münster fiel mir dazu nur eine Adresse ein: Julius Hennkamps Agentur mit ihren weit gestreuten Spezialgebieten; im Münsterland angesiedelte Krimis,

Biografien, Fantasyromane und Ratgeber zu den Themen Psychologie und Gesundheit.

„Mit dem sollten wir uns mal unterhalten", hatte Max vorgeschlagen und am vergangenen Abend dann das Protokoll über sein Gespräch mit Hennkamp auf meinen Schreibtisch gelegt.

Ich sah mir seine Vita an und kam zu dem Ergebnis, dass der Begriff Sammelsurium auch auf seinen Werdegang zutraf. Ein paar Semester Germanistik und Philosophie ohne Angabe eines Abschlusses, ein kurzes Gastspiel als Sportreporter für ein Stadtmagazin, danach Barpianist in einem großen Hotel in Hamburg. Zwischendurch die Herausgabe zweier Gedichtbände im Eigenverlag und schließlich, vor fünfzehn Jahren, im Alter von zweiundvierzig, die Gründung der Literaturagentur – sein bisher größter und wahrscheinlich letzter Coup. Kurz blieb mein Blick auch an einer lang zurückliegenden, erfolglosen Bewerbung bei einer Schauspielschule hängen. Damals hatte Hennkamp gerade sein Abitur am Paulinum bestanden und vielleicht kurz vorher bei einer Schüleraufführung in der Aula geglänzt. Ich versuchte mich an seinen Auftritt im *Literaturcafé Weimar* zu erinnern, an diese Mischung aus Manieriertheit und auf jugendlich gebürstete Lässigkeit; diese gespielte Verlegenheit, wenn man improvisieren musste und sich des Überraschungserfolgs sicher sein konnte. Mit welcher Begründung hatte er eigentlich dem Publikum die Doppellesung angekündigt? Jenny Harding hätte in ihrer damaligen Verfassung keine eineinhalb Stunden durchgehalten, so viel war klar. Wahrscheinlich war sie erleichtert gewesen über die unerwartete Verstärkung, ohne zu ahnen, welches Feuerwerk an Vortragskunst ihr den Abend verderben sollte. Das Problem war nur, dass wir ihre Leiche gefunden hatten und nicht die von Marie Pohl.

Zu dem Namen Susanne Küster hatte Hennkamp den Kopf geschüttelt. Ein Manuskript von ihr war nie auf seinem Schreibtisch gelandet.

Dann womöglich ohne sein Wissen bei einem der Mitarbeiter?

Er hatte fein gelächelt. „Glauben Sie mir, Herr Lückmann, wenn ein Text es gar nicht erst in die Teambesprechung schafft, ist er grottenschlecht."

„Oder ein heißes Eisen, an dem sich niemand verbrennen will?"

„Auch für heiße Eisen gibt es interessierte Verlage."

Seine Auskunft zu Jenny Harding, schrieb Max weiter, sei ebenfalls wenig ergiebig gewesen. Große Bestürzung bei allen Mitarbeitern der Agentur, aber nicht die geringste Vorstellung, was den Täter betraf. Laut Hennkamp hatte es seit der Lesung am 23. Oktober keine Kontakte mehr zu ihr gegeben. Harding hatte schon vor längerer Zeit den nächsten Krimi angekündigt, der noch im Konzeptstadium sei. Seine Zuständigkeit, so Hennkamp, wäre erst dann wieder gefragt gewesen, wenn ihr neues Manuskript in der Rohfassung vorgelegen hätte.

Das brachte natürlich die Frage auf, warum wir bei der Durchsicht von Hardings Papieren keinen Hinweis auf dieses neue Romankonzept gefunden hatten.

Welche Berufssparte hätte sie diesmal aufs Kreuz legen wollen? Vielleicht die münsterschen Juristen? Ich überlegte kurz, ob Hennkamp zu der Freundesclique um Adrian Harding gehört haben konnte, vielleicht als Zaungast oder Ehrenmitglied, dann rief ich Marianne Harding an. „Sie meinen den Agenten meiner Tochter? Nein, der war nie dabei."

Ich wollte wissen, wer das Gruppenfoto von ihrem vierzigsten Geburtstag gemacht hatte. Das Foto aus ihrem Garten. „Der Selbstauslöser. Damals war mein Mann noch sehr beweglich." Damit legte sie auf und ließ mich ratlos zurück. Wie hatte sie das jetzt schon wieder gemeint? Zum Selbstauslösen brauchte man bewegliche Finger?

Auch am frühen Samstagabend herrschte Pladderwetter. Der Sturm beutelte die Büsche im Vorgarten und peitschte den Regen über die Fahrbahn. Kerstin, die das Rad hatte nehmen wollen, kramte mit mürrischer Miene nach Busfahrscheinen und schlüpfte in ihre gesteppte Kapuzenjacke. Eine Last-Minute-Absage an Felix wäre unfair gewesen, das fand auch sie. Um diskret herauszufinden, dass sie seine Adresse kannte, fragte ich, ob er vielleicht zu ihrem Date ein Schlauchboot nehme müsse, doch da wiegelte sie direkt biestig ab. Sie habe keine Ahnung, wo er wohne, und ich solle ihn gefälligst nicht *Felix* nennen. „Ich weiß noch nicht mal, ob ich ihn überhaupt mag. Und du tust schon so, als wäre er euer Schwiegersohn." Darauf gab es nichts zu antworten, trotzdem hätte ich ihr gern über die widerspenstigen dunklen Locken gestrichen wie früher, wenn sie unglücklich war und nicht wusste, warum. Sie war ein stämmiges, unsportliches Kind gewesen, ein leichtes Ziel für Mobbing. Sie wandte sich demonstrativ von mir ab, um ihre Schultertasche zu schließen, ich griff zum Regenschirm, schloss das Auto auf und wir fuhren schweigend zur Bushaltestelle nahe Schloss Wilkinghege. Die Wassermassen fluteten die Windschutzscheibe, während wir darauf warten, dass sich die Scheinwerfer des Busses durch die diesigen Schleier bohrten. Was die Rückfahrt betraf, hatte ich Kerstin fünfzig Euro fürs Taxi gegeben, die sie zuerst schnöde abgelehnt, dann aber doch erstaunlich behände eingesteckt hatte. Die Nachtbusse in Münster waren ein Kapitel für sich. Ich stellte den Wagen wieder zurück, rannte durch den Regen ins Haus, doch sobald ich die Tür aufgeschlossen und die Sintflut draußen gelassen hatte, drückte die Stille in meinen Ohren, als wäre ich auf einem anderen Stern angekommen. Die Mäusefüßchen auf Kerstins Laptoptastatur fehlten, Franz fehlte, selbst ein Telefongespräch mit Constanze wäre jetzt keine Lösung.

Ich legte zwei Scheite im Kamin nach, rief Franz an, der sich in seiner Praxis langweilte, und kehrte zurück zu dem Fall eines gequälten kleinen Mädchens, der nie hatte geklärt werden können, weil das Kind nicht offen zu reden wagte. Eine engagierte junge Lehrerin, die etwa so alt war wie das Opfer Anne S. inzwischen sein musste, hatte nach den Zusammenhängen zwischen sexueller Belästigung und einer vielleicht lebenslangen Persönlichkeitsstörung gesucht und damit womöglich ihre Ermordung provoziert.

Aber was, wenn Adrian Harding der kleinen Anne-Maria lediglich einen Dorn aus der Hand entfernt hatte, und sie starr vor Schmerz gewesen war? Vielleicht hatte er sich vor sie hingekniet und die Wunde ausgesaugt. Eine frustrierte Ex-Ehefrau konnte viel erfinden, um sich an ihrem Mann zu rächen. Vor allem, wenn er sich nicht mehr wehren konnte. Und was, wenn Anne S. gar nicht die Schülerin von Margarete T. gewesen war, sondern ein Kind aus ihrer Nachbarschaft? Im Klassenbuch von 1995 hieß eine von Frau Temmlers Schülerinnen Anne-Maria Sanders. Bewiesen war damit gar nichts ...

Irgendwann fuhr ich hoch, weil unser edles Satinbettzeug raschelte. Ich hatte von extrem kleinwüchsigen Einbrechern geträumt, die meine frühere Dachwohnung am Prinzipalmarkt durchwühlten. Woher das fast anstößige Zischen und Zetern der kleinen Biester stammte, erschloss sich mir nur langsam. Draußen klatschte der Regen noch immer gegen die Scheiben. „Oh, sorry!“, hörte ich Kerstins Stimme,

„ich wollte dich nicht erschrecken!“ Sie schlüpfte ins Bett, zog sich den Rest der Decke über die Ohren, aber dann redeten wir doch noch eine ganze Weile über ihren Abend beim *Edel-Spanier*. Plassen junior hatte meine Tochter ganz gentlemanlike bis vor unsere Haustür gefahren. Da konnte ich nur hoffen, dass der Junge weniger getrunken hatte als sie. Ihr Atem roch nach einem süß-scharfen Cocktail, und sie wirkte ziemlich beschwipst.

„Hoffentlich habt ihr nicht zu viel über eure Eltern gemeckert“, stichelte ich, worauf sie konterte, weder Felix‘ Vater noch seine treulose Mutter – „Ja, stell dir vor, er nennt sie treulos!“ – seien ein Thema gewesen. „Stattdessen wollte er alles über deine Arbeit wissen. Er hat mich regelrecht gelöchert. Aber ich bin doch nicht das Bond-Girl.“ Ich wusste nicht, ob ich mich geschmeichelt fühlen sollte, nur eins war ich jetzt nicht mehr: beunruhigt. Wenn Plassen – egal, ob Sohn oder Vater – unsere Tochter zu ködern versuchte, um Polizeiinterna einzufahren, würde er schnell auf Granit beißen, denn in Kerstins Anwesenheit redeten Franz und ich nie über Details meiner Ermittlungen, und das eine oder andere durfte selbst er nicht erfahren. Doch dann sagte sie in eine kurz entstandene Stille hinein: „Wusstest du, dass sein Vater mit Jenny Harding befreundet war? Ich meine: mit allem Drum und Dran?“

Ich umging die Frage. „Umso mehr wundert es mich, dass sie nicht zu seiner Geburtstagsparty gekommen ist. Vielleicht könnte sie noch leben.“

„Felix sagt, sein Vater hätte ein wasserfestes Alibi. Er war die ganze Zeit bei seinen Gästen. Und als der letzte endlich gegangen war, hat Felix ihn nach Hause gebracht.“

„Warum erzählt er dir das? Macht er sich Sorgen, man könnte seinen Vater verdächtigen?“

„Na ja, zwischen ihm und dieser Harding lief es in letzter Zeit nicht so doll. Peter hat am Theater einen Russen rausgeschmissen, der als Dramaturgieassistent engagiert war. Aber das wäre doch nie ein Mordmotiv gewesen. Und überhaupt, dieser Russe ist ja weg, ich meine, ganz aus Münster weg. Aber vielleicht“, sie kaute an ihrem Daumennagel, „hat er mir das wirklich nur gesagt, um herauszukriegen, was die Polizei von seinem Vater denkt.“

„Kerstin? Wenn du Felix magst, solltest du klären, ob er an dir interessiert ist und nicht etwa doch an meinen Ermittlungen.“

„Das ist schon geklärt, Mama. Können wir jetzt vielleicht schlafen?“ Ihre Stimme klang enttäuscht, vielleicht sogar verletzt. *Ich bin doch nicht das Bond-Girl.* Schon bald atmete sie tief und regelmäßig neben mir, während ich noch lange nachdenklich zur Decke starrte, auf der die auf und ab schwankenden Zweige bizarre Muster zeichneten. Sie tat mir leid. Es gab nicht nur körperlichen Missbrauch, sondern auch seelischen.

Sonntag, 15. November

Bevor ich Eibenbrincks Schelle drückte, sah ich mir sein weihnachtlich dekoriertes Schaufenster an. Er hatte einen herrlich abgenudelten Kinderschlitten mit rot- und goldfarbenen Päckchen bestückt und auf eine Wolkenbahn aus weißer Watte gesetzt. Vom oberen Fensterrahmen baumelten jene lackierten, mit Musikinstrumenten ausstaffierten Holzengelchen herab, die das Erzgebirge berühmt gemacht hatten. Auch ein ausgesuchtes Sortiment an Räuchermännchen, zwischen Uhren, mehrere Ohrringe und Kettenanhänger gesetzt, fehlte nicht, und die seitlichen LED-Spots tauchten das Szenario in glänzendes Licht. Ob die Idee von ihm stammte? Hatte er das alles allein hergerichtet, oder war „seine" Frau Bromsma daran beteiligt? Sie schien ein hilfsbereiter Mensch zu sein. Und jetzt kochte sie das Geburtstagsdinner und deckte ihm den Tisch. Ich war gespannt.

Der Türöffner summte, im Treppenhaus roch es ganz wunderbar nach orientalischen Gewürzen und scharf angebratenem Fleisch. Mein Magenknurren hörte sich gleich viel musikalischer an. Da die Gastgeberin in unseren Ermittlungen nicht als Verdächtige, nicht mal als Zeugin, sondern nur als hilfreiche Nachbarin vorkam, hatte ich am Samstag bei einem der Blumenstände unter den *Bögen* ein Adventgesteck gekauft, und Eibenbrincks Augen leuchteten prompt, als er es entdeckte. „Da wird sich Betsy freuen. Das trifft genau ihren Geschmack."

Ein Aftershave aus Tannennadel- und Maiglöckchenduft hing um ihn wie eine Glocke. Er nahm mir den Mantel ab und fragte: „Das zweite Rotkehlchen haben Sie nicht zufällig dabei?"

„Wir brauchen es noch." Sein Drängen ging mir auf die Nerven. Wir hatten ihm den einen Anhänger zurückgegeben, den zweiten würde er erhalten, sobald die Akte Harding geschlossen war. Was er uns noch immer schuldete, war eine genauere Beschreibung jenes Pärchens, das sich zum Zeitpunkt des Überfalls in seinem Laden aufgehalten hatte. Eine Viertelstunde lang hatten sie ihm gegenübergestanden, und er hatte nicht mehr registriert als eine gewisse Ähnlichkeit mit seiner Frau in der Mundpartie? So kurz vor Ladenschluss und mitten in der Innenstadt, die seiner Einschätzung nach immer unsicherer wurde, merkte man sich doch schon jene Personen, die vor der Auslage stehen blieben!

Erst jetzt wurde mir bewusst, dass der Couchtisch näher ans Fenster gerückt und zum Essen gedeckt war. Drei elfenbeinfarbene Teller mit Goldrand, dazu passende Suppentassen, graviertes Silberbesteck, geschliffene Gläser und Stoffservietten. Drumherum drei Klappstühle mit Sitzkissen. Mühsam, das Ganze, weil der Tisch zu niedrig war. Auf einem Sideboard neben der Tür reihten sich Flaschen, weitere Gläser und ein Kerzenleuchter. Auch da alles eng beieinander, aber stilvoll und aufwändig. Ob das ebenfalls sein Werk war? Ein Tête-à-tête mit diesem quirligen Möchtegern-Casanova wäre mir jetzt doch ziemlich unangenehm gewesen. Umso besser, dass wir zu dritt waren. Er schenkte Portwein ein, kam mir dabei sehr nahe und sah mir beim Zuprosten in die Augen. „Und Ihre Nachbarin?“, fragte ich.

„Unsere gute Betsy hatte einen kleinen Unfall. Oh nein …“, er betatschte meinen Unterarm, „kein blutiger Finger! Auch keine Brandblasen. Nur das Lammgulasch hat … äähm, zu viel Farbe angenommen. Deshalb der Vorschlag, dass wir hier unten bei mir essen. Weil oben alles verräuchert ist. Aber“, er setzte das Glas ab und fixierte mich wieder mit fast fiebrigen Augen, „vielleicht möchten Sie ihr zur Hand gehen? Sie ist auch nicht mehr die Jüngste, die steile Treppe, wissen Sie?“

Von angebranntem Essen hatte ich im Treppenhaus nichts bemerkt. Warum erzählte er mir von Frau Bromsmas Missgeschick? Falls es überhaupt eins gab. Mein Herzschlag beschleunigte sich unangenehm. Wer garantierte mir, dass Eibenbrinck mich nicht in eine Falle gelockt hatte? Ich murmelte eine Entschuldigung und ging zur Garderobe, um mein Handy aus der Manteltasche zu ziehen. *Er steht auf der Verdächtigenliste,* flüsterte ein Teufelchen in meinem Kopf. Ich verscheuchte es: *Er hat doch überhaupt kein Motiv.*

„Ist Ihrer Nachbarin das denn recht? Ich kann doch nicht einfach so bei ihr hereinschneien.“

„Sie freut sich über Ihre Hilfe. Das Lammgulasch muss heruntergetragen werden, die Schüssel mit Reis, und vorher gibt es auch noch Suppe. Gehen sie nur!“ Die plötzliche Härte in seiner Stimme goss Öl in die Flammen meines Misstrauens. Waren Küster und Harding nicht vor ihrem Tod betäubt worden? Meinen Portwein würde ich jedenfalls nicht mehr anrühren.

Ich klopfte an der blaugestrichenen Wohnungstür zwei Stockwerke höher: keine Antwort. Ein kalter Hauch strich über meine Arme, gleichzeitig spürte ich in dem engen Treppenhaus einen Anflug von Klaustrophobie. Hatte Frau Bromsma das Küchenfenster geöffnet, oder konnte sie es gar nicht mehr aufmachen? Lag sie mit aufgestellten Zehen zwischen Herd und Küchentisch, während Eibenbrinck sich aus dem Staub machte? Ich pochte fester gegen das Holz, und da stand sie vor mir im Türrahmen, kerngesund, wie es schien, wenn auch mit unnatürlich geröteten Wangen. Immer noch besser als Totenblässe!, dachte ich, während mein Herz weitertackerte wie ein Spechtschnabel am Baumstamm.

„Guten Abend, Frau Bromsma, Herr Eibenbrinck meinte, ich könnte Ihnen beim Servieren helfen. Diese enge Treppe ...“

„Ach, die gehe ich doch jeden Tag.“ Sie stellte die knatternde Dunstabzugshaube ab. „Guten Abend, Frau Züricher. Ich komme gleich.“ Sie zog den Blusenärmel zurecht, der ihr beim Heben des Arms heruntergerutscht war. Die Kratzer auf dem linken Unterarm erinnerten mich an die Blessuren bei Franz, wenn er mit Katzen zu tun hatte, die Junge bekommen hatten. „Da hat aber jemand seine Krallen ausgefahren!“

Sie lachte. „Ich hatte ein paar Tage lang einen Kater zu Gast. Ein Glück, dass ich ihn wieder abgeben konnte.“

„Aber wo ich jetzt schon hier bin, kann ich Ihnen doch helfen! Und darf ich einen Blick aus Ihrem Fenster werfen? Diese Aussicht auf den Prinzipalmarkt habe ich ja so gemocht! Damals, als ich noch da drüben wohnte!“

Sie hielt die Nase schon wieder über ihren Fleischtopf, und so huschte ich durch die offen stehende Tür ins Wohnzimmer. Dabei ging es mir gar nicht um den Blick auf die Straße, sondern um das Bücherregal, das ich dort entdeckt hatte: fünf gleich aufgemachte Exemplare, wie auf dem Präsentierteller mit dem Cover nach vorn: gleich fünf mal „Weißer Mond“. Dabei war Frau Bromsma sicher nicht bei der Lesung gewesen. Während sie nebenan in der Suppe rührte, geräuschvoll in der Besteckschublade kramte und die quietschenden Deckel mehrerer Gewürzgläser auf- und zuschraubte, nahm ich die Bücher eins nach dem anderen herunter und sah mir die jeweilige Vorsatzseite an: sehr persönliche Widmungen an Leser, die Pohl beim Vornamen nannte. Im letzten Band hieß es: „Für meine liebe Mama, die mir durch Dick und Dünn geholfen hat."

Ich nahm der „lieben Mama" die Suppenterrine aus den Händen – „Achtung, heiß!", warnte sie gutmütig – und trug sie nach unten. Die jähe Erkenntnis, die sich in meinem Kopf aufbaute, schien auf den bauchigen Porzellantopf zu drücken. Mit jedem Schritt wurde er schwerer. Das Gruppenfoto aus Hardings Garten in Sudmühle, aufgenommen an Marianne Hardings 40. Geburtstag, steckte in meiner Tasche, seitdem sie es mir ausgehändigt hatte. War ich von der heimlichen Hoffnung besessen gewesen, eins der noch lebenden Cliquenmitglieder in der münsterschen Innenstadt zu entdecken? Jetzt sah mich die zwanzig Jahre älter gewordene Anne-Maria Sander vom Umschlag ihrer Bücher an, selbstbewusst und trotzig. Dieses dicke, dunkle Haar, die Neigung zu Leberflecken und den etwas zu großen Mund hatte sie eindeutig von ihrer Mutter geerbt. Ich balancierte die Terrine zwischen die eng stehenden Essteller, fragte Eibenbrinck nach seinem Badezimmer, schloss ab und setzte mich auf den Badewannenrand. Dann holte ich tief Luft und zog das Gruppenfoto aus dem Innenfach meines Portemonnaies. „Das ist Elisabeth Sander", hatte Marianne Harding mir erklärt und auf die Frau gezeigt, die Betsy Bromsma, selbst wenn man den zeitlichen Abstand berücksichtigte, verblüffend ähnlich sah. Erich Sander war vor zehn Jahren tödlich verunglückt. Hatte Elisabeth danach einen gewissen Bromsma geheiratet und Anne-Maria einen Herrn Pohl? Nannte sie sich Marie, um einen Schlussstrich unter ihre Kindheit zu ziehen?

Als ich wieder zum Tisch kam, redeten Bromsma und Eibenbrinck über die Enkelkinder, die sie nie haben würden. „Marie hat sich im letzten Jahr von ihrem Mann scheiden lassen", teilte sie mir mit, „den Namen Pohl behielt sie bei, weil es einfacher war, als ihren Mädchennamen wieder anzunehmen."

„Und warum jetzt Marie statt Anne-Maria?"

Sie stellte nicht die Gegenfrage, woher ich den früheren Vornamen ihrer Tochter kannte, stattdessen lächelte sie, als wollte sie meine Zustimmung einholen, während sie sagte: „Eltern fragen ihre Kinder ja nie, wenn sie ihnen einen Vornamen zuteilen. Sie hat den Namen Anne-Maria nie gemocht, und als sie vor der Heirat ihre Dokumente ändern musste, machte sie gleich Nägel mit Köpfen." Damit griff sie beherzt zur Kelle und füllte die Suppentassen. Die Suppe schmeckte ausgezeichnet, nach Kürbis, Ingwer, Kokosmilch und etwas Zimt.

Hatte sie beruflich mit Kochen zu tun?

„Nur organisatorisch“, beantwortete sie meine Frage sichtlich geschmeichelt. „Meine Schwägerin stammt aus Nordindien und betreibt ein kleines Restaurant in Arnhem. Mein verstorbener Mann war Holländer, und sein Bruder, ihr Mann, lebt auch schon nicht mehr. Also halten wir zusammen, und ich helfe ihr beim Einkaufen. Sie hat kein Auto.“

Dann fuhr sie sicher ein Auto mit einem großen Kofferraum.

„Dunkle Lackierungen sind ja ganz aktuell,“ legte ich nach. „Unser Kleinwagen ist laubfroschgrün; ein Gebrauchtwagen, da kann man sich die Farbe nicht immer aussuchen. Wir hatten gerade einen Auffahrunfall, der vielleicht durch die aggressive Farbe provoziert wurde. Denn an einem Dreizehnten ist es nicht passiert.“

„Ach, diese Theorien“, winkte sie ab. „Ich fahre grundsätzlich auch am Dreizehnten, und mein Kombi ist dunkel, weil man lediglich den Taubendreck drauf sieht …“

„Und wo parkt man einen Kombi in der münsterschen Innenstadt?“

„Bei meiner Tochter. Sie wohnt in einem der Außenbezirke. Aber ich fürchte, wir langweilen unseren Jubilar.“

Sie hatte Recht. Eibenbrinck wirkte ziemlich verloren angesichts zweier Frauen, die sich über den Themen Autolackierung und Kochkünste immer besser verstanden. Zumindest das erste Thema war mir in den Schoß gefallen wie der sprichwörtliche reife Apfel. Jetzt suchte ich den dazugehörigen starken Ast. „Sie sind eine kreative Familie“, fuhr ich fort und ignorierte Eibenbrincks glasigen Schlafzimmerblick. „Sie kochen grandios, und Ihre Tochter schreibt Bestseller. Ich habe ihr Buch oben, bei Ihnen, gesehen. Die Lesung hat mir gut gefallen. Waren Sie auch dabei?“

Sichtlich gerührt legte sie ihren Löffel zurück. „Leider nicht! Die Einladung der Agentur kam sehr überraschend. Marie musste einspringen, weil Jenny sich der Herausforderung allein nicht gewachsen fühlte. Eine zweite Vorleserin wurde nötig.“

Sie sagte nur Jenny, ohne Nachnamen, das zementierte meinen Verdacht endgültig, dass sie identisch mit Elisabeth Sander aus der alten Clique war. Da hatten wir tagelang nach Anne-Maria Sander gesucht, weil sie bisher das einzige Bindeglied zwischen unseren beiden Mordopfern darstellte, und jetzt saß ihre Mutter neben mir. „Sie hat viel besser vorgelesen als Harding“, lobte ich, „auch wenn man über Tote nichts Negatives sagen soll. Konnten Sie denn Ihre Termine nicht verschieben, um den Vortrag Ihrer Tochter mitzuerleben?“

„Nein, ganz unmöglich! Meine Schwägerin hatte am folgenden Abend eine Hochzeitsgesellschaft zu bekochen. Ohne mich wäre sie aufgeschmissen gewesen.“

„Und dass sich Frau Harding ihre Lesung allein nicht zutraute, gab es dafür irgendeine Erklärung? Für eine routinierte Schauspielerin verhielt sie sich wirklich sehr zerstreut.“

„Sie hatte am Morgen einen Nervenzusammenbruch erlitten. Während einer Probe ist sie total ausgerastet. In der Agentur hat man darüber geredet. Deshalb wusste meine Tochter davon. “

„Kannten sich Jenny und Ihre Tochter näher?“

„Seit ihrer Kindheit. Wir hatten denselben Freundeskreis wie Hardings.“

„Und dann haben sie sich vorübergehend aus den Augen verloren?“

Das sei schon in der Pubertät passiert, erklärte sie. Die enge Freundschaft unter Erwachsenen müsse sich nicht automatisch auf deren Kinder übertragen. Aber der Mord an Jenny und Susanne habe ihr natürlich sehr zu schaffen gemacht.

„Wenn ich richtig verstanden habe, war Dr. Harding in Ihrer Gruppe nicht ganz unumstritten. Er kümmerte sich um den Nachwuchs, machte Programm mit ihnen, war allerdings auch ziemlich dominant und besitzergreifend.“ Ich wandte mich an den Juwelier: „Hat er bei Ihnen mal Kinderschmuck gekauft?“

Eibenbrinck verschluckte sich an dem letzten Löffel voll Suppe, fing sich dank der großen Stoffserviette aber schnell. Als ich meine Frage wiederholte, brummte er, er könne sich nicht erinnern. Frau Bromsma sammelte hastig die Tassen ein, konnte mich aber nicht davon abhalten, ihr nach oben zu folgen, um beim Anrichten des Hauptgangs zu helfen. Ich lehnte mich an ihren Küchentresen aus vernarbtem, herrlich speckigem Eichenholz und sah zu, wie sie Lammgulasch und Reis abfüllte. „Hatte Ihre Tochter ein besonderes Anliegen, als sie ihr Buch schrieb? Bei einer so ungewöhnlichen Geschichte kommt einem diese Frage automatisch.“

Sie dekorierte das Fleisch liebevoll mit Zweigen von frischem

Koriander und entgegnete: „Davon weiß ich nichts. Sie hat beruflich mit Manuskripten zu tun und wollte schon länger ihr eigenes Buch herausgeben. Viele Lektoren wünschen sich das."

„Ist Ihre Tochter bei einem Verlag beschäftigt?"

„Nein", sagte sie so erstaunt, als wüsste das doch jeder. „Sie arbeitet in der Agentur Hennkamp."

„Seit wann?"

„Seit Anfang September. In dem Verlag, dem sie bis dahin angehörte, gefiel es ihr nicht mehr."

„Könnte es sich um den Tintenburg Verlag handeln?"

„Woher wissen Sie das?"

„Reiner Zufall", sagte ich. „Schreiben wirkt manchmal wie eine Therapie, stimmts?"

„Wie meinen Sie das?" Ein Zweiglein verrutschte, ihre Fingerspitzen landeten in der Soße. Sie wusch sie über der Spüle ab, als hätte sie eine giftige Substanz erwischt.

„Man überträgt die eigenen Probleme auf erfundene Personen", fuhr ich fort. „Nicht, dass man sie damit los wäre; aber man kann mit möglichen Lösungen spielen. Der mörderische Troll in ‚Weißer Mond' könnte einem kindlichen Alptraum entsprungen sein. Hat Ihre Tochter früher sehr unter Alpträumen gelitten?"

„Tun das nicht alle Kinder, die eine rege Phantasie besitzen?"

„Und wenn sie gar nicht viel Phantasie besitzen musste, sondern aus Erinnerungen schöpfen konnte?"

Sie lächelte nervös. „Ich weiß nicht, was Sie sich da zusammenreimen. Aus welchen Erinnerungen sollte Marie einen so unheimlichen Stoff geschöpft haben? Sie war ein gut behütetes Kind, wir hatten einen integren Freundeskreis und waren sehr bewusste Eltern, die die Augen offen hielten. Sie konnte über alles reden."

Ihre Realitätsverleugnung verschlug mir die Sprache, aber es war zwecklos, weiterzubohren. Auch Eibenbrinck hatte unter Garantie seine Lippen längst versiegelt. Fragte sich nur, wie weit sein Mitwissen reichte.

„Wir sollten wieder nach unten gehen", Frau Bromsmas Stimme klang gepresst. „Das Rogan Josh wird kalt, dabei hat die Zubereitung viel Zeit beansprucht." Unser Gespräch hatte eine Richtung eingeschlagen, die ihr nicht gefiel. Eibenbrinck hatte inzwischen drei Gläser mit Rotwein gefüllt, jetzt zündete er die Kerzen des Kandelabers an und dimmte das Deckenlicht. Wir widmeten uns dem butterzarten Lamm, doch das Schweigen, das sich über unserem Trio ausbreitete, hatte nichts mit Genuss und Wohlbehagen zu tun. Es lastete schwer und führte dazu, dass wir unser Besteck fast geräuschlos benutzten, jeden Bissen diskret schluckten und die Ellbogen enger an den Körper legten, um uns nicht gegenseitig zu berühren. Der Juwelier löste die Stille auch nur vorübergehend, als er meinte, im Vorweihnachtsverkauf der Buchhandlungen hätte sich bisher das Genre Kochbuch als großer Renner erwiesen. Dabei hatte der Vorverkauf gerade erst begonnen, Prognosen waren verfrüht. Frau Bromsma versuchte uns eine zweite Portion Fleisch schmackhaft zu machen, und als wir dankend ablehnten, stellte sie Teller und Besteck zusammen und stiefelte damit nach oben. Die Reste des Hauptgangs hatte sie vorher in Eibenbrincks Küche gebracht. Sie selbst sei am folgenden Mittag mit ihrer indischen Schwägerin in Arnhem verabredet, „Eulen nach Athen", das ginge nicht, und so sei er gut versorgt.

„Wie lange fährt man mit dem Auto nach Arnhem?", fragte ich, obwohl Franz und ich diese Strecke auch schon gefahren waren und für die hundertachtzig Autobahnkilometer knapp zwei Stunden gebraucht hatten. Aber jetzt, da ich wusste, dass Marie Pohl und Anne-Maria Sander ein- und dieselbe Person waren, musste ich erfahren, ob Maries Mutter der Kombi am nächsten Tag zur Verfügung stand oder vielleicht bei der Entführung meiner Kollegin gute Dienste geleistet hatte – einer Kollegin, die zu viel wusste.

Prompt tappte sie in meine Falle. „Ich fahre mit der Bahn, weil ich derzeit kein Auto habe. Meine Tochter hat sich vor kurzem einen kleinen Lackschaden eingehandelt, aber ästhetisch wie sie veranlagt ist, hat sie es gleich in die Werkstatt gebracht. Der schwarze Lack, wissen Sie ..." In meinem Kopf summte es jetzt wie in einem Bienenstock. Maries Mutter besaß einen schwarzen Kombi und stellte ihn bei der Tochter unter. Und wenn diese ihn überstürzt in die Werkstatt gebracht hatte, konnte von einem banalen Lackschaden keine Rede sein. Der dunkle Kratzer auf dem weißen BMW des Kursteilnehmers sprach für Nervosität und höchste Eile beim Parken, und Dr. Bechtold hatte sich das Kennzeichen des Kombis gemerkt: MS- SB. Falls sich Lackprobe und Nummernschild als zielführend herausstellten, würden wir Bromsmas Wagen konfiszieren. Hoffentlich, dachte ich, nicht schon wieder Perspektiven, die bei näherem Hinsehen zerstäuben wie die Wassertröpfchen eines Springbrunnens!

„Können Sie mir Ihre Werkstatt empfehlen?"

Arglos versprach sie, die Adresse in ihrer Küchenschublade herauszusuchen, und kehrte wenig später mit einem Tablett zurück, auf dem zwei Dessertschälchen standen: Tiramisu mit Mangospalten. „Vom indischen Italiener", wie Eibenbrinck süffisant bemerkte. Auf meinem Unterteller lag das Pappkärtchen einer Werkstatt in einem der nördlichen Stadtteile.

„Und Ihr Nachtisch?"

Sie lächelte mild. „Ich habe Diabetes Typ Zwei, da sind Desserts problematisch. Gottlob bin ich kein Süßschnabel."

„Hoffentlich müssen Sie kein Insulin spritzen."

„Nur im Notfall", klärte sie mich mit demselben duldsamen Lächeln auf. „Wenn der Blutzucker spinnt, geht es leider nicht ohne."

Daraufhin löffelten Eibenbrinck und ich die köstliche Mascarponecreme, als hätten wir geklaute Kirschen vor uns. In mir arbeitete es auf Hochtouren. Insulin hatte auf Nichtdiabetiker eine todsichere Wirkung, ließ sich zwar kurzfristig durch einen unnatürlich niedrigen Blutzuckerwert nachweisen, doch die Leber reagierte selbst zum Todeszeitpunkt noch schnell und brachte den Wert wieder auf Normalniveau. Auch Frau Bromsma hing offenbar weiter den Tücken ihrer chronischen Krankheit nach, während Eibenbrinck, nachdem er sich vom Merlot mehr nachgeschenkt hatte als uns beiden Frauen zusammen, die nötige Bettschwere erreicht hatte. Er setzte sein Schälchen zur Seite, erhob sich wackelig und dankte mit schwerer Zunge für den netten Abend. Da Betsy meine Hilfe beim Abwasch fast panisch ablehnte – bloß keine weiteren Fragen! – , schlüpfte ich schnell in meinen Mantel und ließ mir erklären, wie ich aus der Hochsicherheitstür des Hauses auf die Straße kam.

Erst draußen merkte ich, wie schwül es in der Wohnung des Juweliers gewesen war, das erstickende Amalgam der indischen Gewürze war mir in den Kopf gestiegen. Ich zog die kalte, klare Luft ein, und prompt verflüchtigte sich mein neuester Verdacht, als wäre ein böser Geist in seine Flasche zurückgekehrt. Einmal darüber geschlafen, und ich würde vor dem Scherbenhaufen meiner Theorie aufwachen.

Ernüchterung machte sich breit, während ich über den Rosenplatz weiter zur Münzstraße ging, wo regelmäßig Taxis warteten. Der Stand am Domplatz wäre näher gewesen, doch der Fußmarsch durch die stille Innenstadt war angenehm.

Constanze hatte die Auslage ihrer Galerie umgestaltet, ihre Weihnachtsdekoration beschränkte sich auf einen großen Mispelbusch über dem Türsturz. Obwohl es mich nach Hause drängte, blieb ich stehen, weil mir eingefallen war, dass ich mir von Franz zu Weihnachten ein Bild für unsere Küche wünschte. Ich sollte es mir selbst aussuchen, und jetzt, beim Vorübergehen, war mein Blick an einem Aquarell hängen geblieben: ein großer karpfenähnlicher Fisch mit liebevoll ausgearbeiteten goldenen Schuppen. Das Ganze unspektakulär auf Wellpappe geklebt und entsprechend mittelpreisig. Ich würde einen Glasrahmen suchen müssen, damit die Kochdünste ihm nicht schadeten, und es über unseren kleinen Tresen hängen. Ich zog mein Handy heraus: Noch keine elf Uhr. Constanze wäre garantiert noch wach und nicht verwundert über meinen Anruf. Tatsächlich klang sie erfreut und versprach, das Bild zu reservieren. „Zum Glück habe ich von dieser Künstlerin noch eine andere Arbeit, die ich mühelos ins Fenster hängen kann. Artischocken auf einem Holzbrett. Oder wäre das eine Option für dich?“

„Lieber den Fisch“, sagte ich. „Oder stinkt er in drei Wochen? Ich komme morgen vorbei und hole ihn ab.“

„Was habt ihr eigentlich für Heiligabend geplant? Du weißt, ich bin im Sternzeichen Eichhörnchen geboren und sorge gern vor. Macht ihr einen auf Familie?“

„Kerstin hat am Vierundzwanzigsten Catering-Dienst und freut sich total drauf. Wusstest du, dass immer mehr Leute sich sogar eine Fondue ins Haus liefern lassen?“

„Dann kommt doch raus zu mir in meine Bauernkate.“

Ich versprach, darüber nachzudenken.

Im Taxi setzte ich meinen Kassensturz fort. Ohne den Missbrauch der kleinen Anne S. machte die Botschaft am Hals der beiden Opfer keinen Sinn. Die Vogelanhänger waren in Münster einmalig gewesen, und der Täter hatte gleich zwei davon in seinen Besitz gebracht. Adrian Harding schien ein angesehener Augenarzt gewesen zu sein, bevor er nicht nur jegliches Interesse an seinen Patienten verlor, sondern auch Familie und Freunde zu vernachlässigen begann. Eibenbrinck musste mehr wissen, als er mir gesagt hatte. Warum sonst hätte er sich an der Suppe verschlucken sollen?

Und warum hatte Frau Bromsma darauf bestanden, das Geburtstagsessen an Eibenbrincks Couchtisch zu verlegen, obwohl er für drei Gedecke viel zu klein war, und ihre Wohnung absolut nicht brenzlig gerochen hatte? Was, mochte sie gedacht haben, wollte eine von der Kripo in ihrer Wohnung? Andererseits hätte sie die fünf Buchexemplare ihrer Tochter leicht wegräumen können – nein, es musste bei ihr noch etwas anderes geben, das für die Polizei interessant war.

Frau Dr. Bechtold hatte als Nummernschild des fremden Kombis MS-SB identifiziert, aber es war dunkel gewesen am Montagabend, und wie leicht konnte man ein B so überkleben, dass ein S daraus wurde? Und BB waren nun mal die Inititalen für Betsy Bromsma.

Hatte Eibenbrinck mich hinauf in ihre Wohnung geschickt, damit ich Marie Pohls Roman und damit ihre wahre Identität entdeckte? Hatte er den Fleck der Mitwisserschaft auf seiner weißen Weste nicht mehr ertragen, es aber auch nicht über sich gebracht, Bromsma zu verraten? Er hätte sich denken können, dass organisierte Diebesbanden keinen Blick für sentimentalen Kinderschmuck aufbrachten, der aus etwas Emailpulver und einem Blechplättchen bestand. Und was war von seiner Aussage zu halten, die junge Kundin habe Ähnlichkeit mit seiner Frau gehabt? Was war hier Fallstrick und was Hilfeleistung? Ich blickte nicht mehr durch.

„Alles noch mal auf Anfang!“, orderte Franz, als ich endlich Luft holen konnte. Ich hatte ihn bei meiner Rückkehr in der Bibliothek vorgefunden: ein aufgeschlagenes Buch in der Hand, die kalte Pfeife und ein wahrscheinlich warm gewordenes Bier auf dem Abstelltisch. Jetzt saßen wir nebeneinander auf dem alten Sofa. Sich mit Franz auf einen Schlagabtausch einzulassen, war immer wieder hilfreich, also rollte ich meine Überlegungen noch einmal zurück. Anne-Maria Sander und Marie Pohl waren ein- und dieselbe Person, Elisabeth Bromsma verwitwete Sander, war ihre Mutter. Sie lebte im Haus eines Juweliers, dessen geradezu reliquienartig verehrte Schmuckanhänger am Tatort unserer beiden Opfer gefunden worden waren. Und zwar nicht als zufälliges Utensil, sondern vom Mörder in Szene gesetzt. Marie Pohl hatte durchaus plausible Motive für die Verbrechen an Küster und Harding. Jenny war die Tochter ihres Peinigers, die es zudem als Autorin zu glänzenden Verkaufszahlen gebracht hatte, das war von mehreren Buchhändlern bestätigt worden. Demnach war nicht nur Vergeltung im Spiel, sondern vielleicht auch Neid. Für Harding war ihr Krimi nur eine Fingerübung gewesen, ein Jux, für Marie dagegen harte Arbeit, weil sie darin die einzige Chance gesehen hatte, ihr Kindheitstrauma nicht nur zu verarbeiten, sondern damit auch an die Öffentlichkeit zu gehen. Doch der Ruf nach Rache, den sie in ihren historischen Krimi verpackt hatte, war ungehört verhallt, die Rolle des mörderischen Trolls verpufft. „Weißer Mond“ war hier und da wohlwollend besprochen worden, eine Aufarbeitung des alten Skandals hatte er nicht auslösen können.

„Wie erklärst du dir dann die Verbindung zwischen Küster und ihrem Mörder?“

„Ich vermute, dass sie ihr Manuskript der Agentur Hennkamp angeboten hatte, und es bei Marie Pohl landete. Die erkannte ihre eigene Geschichte wieder und hat Küster offenbar aufgefordert, es zu vernichten. Einen Beweis dafür haben wir nicht. Doch warum sonst hätte Küster ihren USB-Stick so sorgfältig verstecken sollen?“

„Aber Adrian Harding ist längst tot und der Missbrauch verjährt. Warum hat Pohl den Text abgefangen, wenn er ihr bei der Verarbeitung ihres Traumas helfen konnte? Noch dazu, wo er von einer Freundin stammte, die die Gruppe um Harding ebenfalls erlebt hatte?“

„Vordergründig könnte man meinen, das Manuskript wäre für Pohl eine Gelegenheit gewesen, mit ihrer Kindheit abzurechnen. Aber ich habe den Text gelesen: Es gibt da ein wesentliches Missverständnis. Anne S. hatte sich gegenüber Frau Temmler unklar ausgedrückt, weil ihr die Sache peinlich war, und so kam es nur zu einer Anzeige gegen Unbekannt wegen unsittlicher Berührung. Also schreibt auch Küster von sexueller Belästigung. So, wie Jennys Mutter den Vorfall beschrieben hat, war es aber mehr. Küster hätte Annes Geschichte an die Öffentlichkeit gebracht, ohne den schweren Vorwurf des Missbrauchs. Und damit wäre eine Chance vertan worden.“

„Gut“, sagte Franz „ich sehe eine Clique, deren pädophiler Entertainer sich an die Tochter seiner engsten Freunde heranmacht. Aber jetzt ist eure Kollegin verschwunden. Passt das auch in dieses Bild?“

„Cornelia war hinter den Codes des Quizmasters her. Seit Pohl in unser Fadenkreuz gerückt ist, kommt mir eine Verbindung zwischen dem alten Missbrauchsskandal und der Internet-Schnitzeljagd plausibel vor. Cornelia wusste zu viel.“

„Wer ist dann Challenger?“

„Jemand, der Pohl, Küster und Harding so gut kennt, dass er ohne weiteres ihre E-Mail-Adressen in die Hand bekam.“

Eine Weile schwiegen wir beide, dann fragte Franz weiter: „Was macht euch eigentlich jetzt noch so sicher, dass die beiden Ganoven, die auf Eibenbrinck geschossen haben, an dem Kinderschmuck interessiert waren?“

Ich wusste, was er meinte: Und wenn nun Betsy Bromsma den Überfall genutzt hatte, um die Anhänger zu entwenden, weil ihre Tochter es so verlangte? Warum war das Pärchen, das Eibenbrinck nach Trauringen gefragt hatte, nie bei der Polizei erschienen? Nein, die beiden und das Männerduo waren ein verschworenes Team, während Betsy Bromsma die Not der Stunde genutzt hatte.

Durch Dick und Dünn geholfen!

Zugegeben, das war ganz schön kaltblütig gewesen, aber diese Frau wirkte nervenstark, sie hatte die Schusswunde professionell versorgt und bei dem Opfer ausgeharrt, bis Hilfe kam – genügend Zeit, um die letzten Rotkehlchenanhänger aus dem Schrank zu nehmen.

„Und noch eins“, sagte ich, „Pohls Mutter besitzt einen schwarzen Kombi, der in der Wohnanlage ihrer Tochter steht. Angeblich wurde er in eine Werkstatt gebracht, weil er einen Lackschaden hatte. Morgen fahre ich da hin und lass ihn beschlagnahmen.“

„Und wenn er nicht mehr in der Werkstatt steht?“

„Dann geht die Fahndung raus. Irgendwo steht der Kombi.“

„Vorausgesetzt es war so: Könnte Hunte Marie Pohl am Mordabend gesehen haben?“

„Eine Gegenüberstellung von Hunte und Pohl wäre sinnvoll.“ Kurz streifte meine Erinnerung eine gewisse Mary, die sich bei Hunte regelmäßig Computertipps gesucht hatte. *Unterirdisch* hatte Cosmea die Kleidung dieser seltsamen Besucherin gefunden. Aber nach dem Edel-Outfit, in dem die Medizinstudentin mich in ihrer WG empfangen hatte, musste das nichts heißen.

Und noch etwas ging mir durch den Kopf. „Das kleine Ungeheuer in Pohls Landkrimi hinterlässt nach jedem Mord die Botschaft *Nairda*. Das ist ein selten gebrauchter Vorname, doch erst Challengers Vorliebe für Anagramme hat mich auf die Idee gebracht, den Namen rückwärts zu lesen. Und was haben wir: Adrian."

„Adrian, das Monster, reduziert auf einen hässlichen Gnom. Und woran denkst du jetzt?", fragte Franz.

„An dem Montagabend, als Cornelia nicht mehr erreichbar war, hat Ansgar einen Anruf auf sein Handy bekommen. Angeblich von Cornelia, die ihn um ein paar Urlaubstage wegen einer Familienangelegenheit bat. Er hatte Gäste, es war laut, er konnte die Anruferin nicht gut hören. Wenn ich mir überlege, wie professionell die Pohl beim Vorlesen zwischen ihren verschiedenen Romanfiguren wechselte, bin ich mir sicher: Sie war die Anruferin. Da hatte sie Cornelia schon in ihrer Gewalt, kannte ihre Stimme und konnte sie imitieren."

„Und Cornelia hat ihr die Tür aufgemacht?"

„Auch sie kannte die Pohl. Sie hatte versucht, ihr einen Seminarplatz in Haus Schewing für Anfang September zu verschaffen. Möglich, dass sie am Montagabend glaubte, Pohl nähme an dem Märchenseminar teil oder beim Gongworkshop. Es war der erste Abend, und die Kursteilnehmer trudelten ein. Warum sollte nicht eine gute Freundin bei ihr läuten?"

„Schwerer Tobak", nickte Franz.

„Kabot!"

„Was?" Er seufzte. „Welcher Heilige ist eigentlich dafür zuständig, dass du nicht jedes dritte Wort rückwärts liest?"

„Der Heilige Nomis."

Montag, 16. November

Der schwarze Kombi mit dem zerkratzten Kotflügel? Da kommen Sie zu spät, junge Frau, der wurde heute Morgen abgeholt."

„Und wann wurde er gebracht?"

Auf Herrn Kortenschultes Nasenflügeln bildeten sich Schweißtröpfchen, dabei war es zugig in der Montagehalle. „Am Freitagabend."

„Und heute morgen abgeholt."

„Also, wenn Sie jetzt hier verdeckt ermitteln ..."

„Ich komme nicht von der Gewerbeaufsicht", sagte ich schnell.

„Wir reden von demselben Wagen, oder? Ein schwarzer Kombi, MS-SB und drei Zahlen."

„Moment", er schmiss den Lappen auf einen Haufen alter Reifen und stapfte sichtlich genervt vor mir her in Richtung Bürogebäude. Drinnen griff er sich eine große Kladde, und warf einer jungen Rothaarigen, die sich am Schreibtisch langweilte, einen drohenden Blick zu. „Die Übergabe heute Morgen, das war doch der Mercedes-Kombi, oder?"

„Wenn's drinsteht", konterte sie und begutachtete weiter ihre schwarz lackierten Nägel. Als wäre sie früher auf einer Bohrinsel beschäftigt gewesen.

„MS-*B*B", sein Zeigefinger im Partnerlook Schwarz, aber mit Trauerrand *unter* dem Nagel, pochte auf den Eintrag. Ich zog meinen Dienstausweis aus der Tasche.

„Dann eben MS-*B*B. Der Zeuge hat das Auto nur kurz gesehen. Der Name des Kunden?"

„Aber wieso ..." Sein Blick streifte meinen Ausweis, als erwartete er, dass im nächsten Moment ein Springteufelchen durch die Klarsichthülle schießen würde. „Ich kann Ihnen sagen, wie der Halter des Wagens heißt. Das kriegt die Polizei sowieso raus."

„Den Halter kennen wir", bestätigte ich. „Von wem wurde der Wagen abgeholt?"

„Da war eine Frau, so um die dreißig. Sie brachte das Auftragsformular mit."

„Wie lautete der Auftrag?"

Jetzt war die Rothaarige gefragt. „Großer Kratzer im linken vorderen Kotflügel und mehrere kleine an beiden hinteren überlackieren, Komplettreinigung innen und Kofferraum."

Mehrere kleine Kratzer hinten links und rechts? Die Berberitzen vor Cornelias Torhäuschen! „Moment, Sie haben ..."

„Wurde vom Kunden so angeordnet. Wir haben die besseren Reinigungsgeräte, glauben Sie mir."

Bevor sich mein Frust in einem stummen Kraftausdruck entlud, wurde mir klar, wie versifft der Laden wirkte. Das bisschen Staubsaugen würde den Anhaftungen im Kofferraum oder auf der Rückbank nicht viel ausmachen. Sogar jede Menge kleinster Fasern würde Schüller finden.

Blieb nur das Kennzeichen. BB statt SB. Aber es war am Montagabend schon dunkel gewesen, Bechtold hatte sich über die dreiste Fahrerin geärgert, die ihr den verdienten Parkplatz wegschnappte, ihre zwanzig „Schäfchen" warteten im Speisesaal, und ihr Magen revoltierte wahrscheinlich schon jetzt gegen die schwere westfälische Kost. Da konnte man leicht zwei Buchstaben verwechseln. Falls das erste B nicht tatsächlich abgeklebt worden war. Sobald der Kombi vor uns stand, hätten wir Klarheit. Erst jetzt fiel mir ein, dass Marie Pohls Mutter an diesem Morgen nach Arnhem gefahren war, für unsere drängenden Fragen also nicht zur Verfügung stand.

Es summte kurz, die altmodische Holztür mit den schießschartenförmigen Einsätzen aus honigfarbenem Riffelglas schnappte auf, und ich betrat ein Treppenhaus mit Terrazzoböden, einem Geländer in schwarzem Vinyl und olivfarben gestrichenen Wänden. Die Agentur Hennkamp lag im Dachgeschoss, und als ich sie betrat, hatte ich nach dem schäbigen Zwanziger-Jahre-Outfit des Backsteinmonsters, in dem sie untergebracht war, eine echte Überraschung vor mir. Ein Nobel-Architekt hätte nicht luxuriöser residieren können. Die Räume nahmen die gartenseitige Haushälfte ein, die Firsthöhe war voll genutzt worden, so dass man durch bodentiefe Fenster in den Himmel sah. Er war auch an diesem Tag im typischen münsterschen Schmuddelgrau gehalten, trotzdem spiegelte sich das Tageslicht angenehm in dem glänzend schwarzen Boden. Weiß gekälkte Dachbalken bildeten eine reizvolle geometrische Landschaft, und die Rezeption zu meiner Linken, hinter der eine junge Frau mit einem hellblonden, schick geschnittenen Bob telefonierte, war ebenfalls vom Feinsten. Roter, lebhaft gemaserter Granit, auf der Theke eine Orchidee, die ich in diesem Resedagrün noch nie gesehen hatte, dahinter ein großes, in die Wand eingelassenes Regal mit Büchern, deren Cover nach vorn zeigten. Ratgeber zu Psychologie und Wellness, Biographien, Regionalkrimis und historische Romane – Hennkamps aktuelle Hits suchte ich allerdings vergeblich. Hardings Kultroman, zu dessen blutrotem Farbton die berühmten münsterschen Giebelhäuser wie die Borte eines Tortendeckchens kontrastierten, fehlte ebenso wie die Frontseite von „Weißer Mond", in Dunkelgrün und fahlem Weiß.

„Was kann ich für Sie tun?" Das kleine Messingschild neben dem Orchideentopf wies die Bob-Trägerin als Igraine Moser aus. Was Eltern sich manchmal so einfallen ließen, um ihren Nachwuchs exklusiv ins Leben zu schicken!

„Ich hätte gern Herrn Hennkamp gesprochen."

„Haben Sie einen Termin?"

„Muss ich einen Termin haben, wenn ich wegen einer dringenden Personenbefragung hier bin?"

„Das kann ich nicht entscheiden, Tatsache ist, dass Herr Hennkamp bis übermorgen nicht im Haus ist. Aber ich kann Sie gerne vormerken." Jetzt zog sie meinen Ausweis doch heran und schlug eine Kladde auf.

„Eine Vormerkung wäre nett, gleich für übermorgen, wenn es geht. Aber ich müsste noch heute mit Frau Pohl reden, und ich weiß nicht, wie ich sie ..."

Ich fuhr zusammen, weil hinter einer Tür zu meiner Rechten ein Geräusch laut wurde, als klatschte jemand mit einem großen Plastiklineal auf eine Tischkante. Dann splitterte Glas. Unverständliches Tränengestammel und Schluchzen folgten, der Rest war ein kapitaler Wutausbruch, bevor die Tür aufflog und ein menschlicher Feuerwerkskörper an mir vorbei zur Eingangstür zischte. Die Furie riss einen Mantel von der Garderobe und rannte nach draußen. Das war doch ... Frau Moser schnellte von ihrem Sessel. „Ey, Marie! Was ist denn?" Leider verstellte sie mir den Weg ins Treppenhaus, während sie Pohl hinterher rief, sie solle doch bitte zurückkommen. Und so verlor ich Zeit. Als ich dann nach unten hechtete, fuhr mir die Frage durch den Kopf, mit wem Pohl sich bei diesem emotionalen Blizzard gestritten hatte. Und aus welchem Grund. Ein Bus der Linie 2 verbarrikadierte mir die Sicht auf die Warendorfer Straße, doch dann sah ich sie. Sie rannte zwischen fahrenden Autos durch, was ihr wütendes Hupen einbrachte, erst auf der anderen Straßenseite fiel sie in ein strammes Gehtempo. Da die Fußgängerampel gerade auf Grün schaltete, konnte ich ihr nachlaufen, ohne mir den berechtigten Zorn weiterer Autofahrer einzuhandeln. Ich folgte ihr, bis sie eine Teestube betrat, blieb vor der Auslage stehen, doch Pohl war sofort aus meinem Blickfeld verschwunden. Wahrscheinlich zur Toilette, um die Spuren ihres Wutanfalls abzuwaschen. Ich kannte sämtliche, in der Auslage präsentierten Teesorten längst auswendig, als sie drinnen wieder auftauchte und mit dem Rücken zur Tür auf einen Platz am Mittelgang sackte. Warum nahm sie nicht einen der attraktiveren Tische an der Fensterseite, die mehr Tageslicht erhielt und mit Alpenveilchen in praller Blüte prunkte? Keine Frage, sie wollte nicht gesehen werden. Die Bedienung kam, tippte Pohls Bestellung ins Handheld-Gerät, und ich überlegte eine Strategie. So durch den Wind, wie sie momentan war, musste ich sie frontal ansprechen. Also ging ich zur Theke und fragte als Tarnung nach dem nächstgelegenen Drogeriemarkt. Mit dieser Information in der Tasche tat ich so, als entdeckte ich sie zufällig: Typ treue, aber nervige Leseratte: „Marie Pohl! Bitte entschuldigen Sie, wenn ich Sie einfach so anspreche, aber ... Ihr Buch hat mir ja so gefallen. Darf ich mich ganz kurz setzen?“

Sie verzog den Mund zu einem schmalen Strich. „Wenn Sie ein Autogramm abstauben wollen, kommen Sie zur nächsten Signierstunde.“

Ich dämpfte die Stimme. „Ich habe Ihr Buch mit großem Interesse gelesen, aber jetzt bin ich wegen der beiden Mordfälle Jenny Harding und Susanne Küster hier.“ Sie hatte ihre Teetasse gehoben und setzte sie jetzt klirrend ab; dass sie die linke Hand benutzte, überraschte mich nicht. Linkshänder gab es viele, doch bei Pohl fügte dieses Merkmal ein weiteres wichtiges Steinchen in unser Puzzle. Dabei fiel mir ein, dass auch Bromsma die Suppe linkshändig ausgeschenkt hatte. War so etwas erblich? Wie auch immer, die Drosselmarken waren auf der rechten Halsseite der Opfer stärker ausgeprägt gewesen als an der linken. Mir grauste vor Marie Pohls plumpen Fingern, die, wenn unser Verdacht zutraf, die massiven Venezianerketten um die Kehlen gezurrt hatten, bei Küster in zwei, drei Anläufen, die sie ins Schwitzen gebracht haben mussten, ins Keuchen und Schnaufen. Im Fall Harding hatte ein einziger Versuch ans Ziel geführt. Was in doppelter

Weise Sinn machte: die Erfahrung mit Küsters Erdrosselung hatte sie gestählt, die Wut auf den Vater ihrer schärfsten Konkurrentin, neben der sie trotz genialen Romanplots und brillanter Lesung chancenlos geblieben war, auch noch die letzte Hemmschwelle platt gemacht. Das Insulin im Kühlschrank ihrer Mutter fiel mir ein. Bei Nichtdiabetikern genügte wahrscheinlich weniger als eine Viertelstunde, bis der Absturz ins Koma eintrat. Und Bromazepam war ja auch im Spiel gewesen.

Pohl holte Luft, doch bevor sie weiter mauern konnte, fuhr ich fort: „Ich brauche nur eine kurze Auskunft, für die wir Sie sonst leider ins Präsidium bitten müssten. Es geht um Cornelia Hanflang, die seit sieben Tagen verschwunden ist. Vielleicht haben Sie ja eine Idee, wo wir sie finden können. Schließlich kennen Sie sie gut. Sie hat versucht, Ihnen einen Platz in einem Kursus in Haus Schewing zu besorgen. Vortragskunst und Textpräsentation, Anfang September. Leider war die Veranstaltung ausgebucht. “

„Ich kenne keine Cornelia, und ich war auch in keinem Kursus. Verschwinden Sie!“ Am Nachbartisch wurde getuschelt. Blicke streiften uns. Es war besser, aufzugeben, bevor auch hier Glas splitterte.

Ich ging zurück zur Agentur, um Frau Moser mitzuteilen, ich bräuchte den Termin mit Julius Hennkamp nicht mehr. „Ich habe Frau Pohl in einem Café getroffen. Sie hat mich zwar rausgeworfen, aber ein bisschen habe ich doch erfahren.“

Sie lächelte nervös. „Manchmal reagiert unser Shootingstar ziemlich anstrengend. Vor allem, seitdem sie allein im Rampenlicht steht, nachdem Jenny … ach, das wissen Sie ja! Aber das ist nicht immer so. Marie kann richtig euphorisch sein, witzig und originell. Ihre Lesung war eine Glanzleistung, da war sie super drauf.“

„Könnte es sich bei ihrer früheren Arbeitsstelle um den Verlag ‚Tintenburg‘ handeln? Das ist eine Verballhornung der ‚Tuckesburg‘, dort ist er nämlich untergebracht. Eine der Lektorinnen wurde vorübergehend beurlaubt, weil es … Differenzen gab.“

Ihre versteinerte Miene verriet, dass ich richtig geraten hatte. Weitere Fragen erübrigten sich. Von Julius Hennkamp konnte ich ohnehin keine Hilfe erwarten, er würde sich schützend vor seine schwer gestörte Mitarbeiterin stellen und sich sogar noch die harmlosesten Fragen zu ihrer Person verbitten. Wieder fiel mir ein, dass er nicht zu Jennys Trauerfeier gekommen war. Wie gut sich alles fügte!

Zum Schluss legte ich Frau Moser noch ein Foto hin. Ob diese Frau mal hier in der Agentur vorgesprochen habe? „Das ist doch ...", japste sie.

„Susanne Küster. Könnte es sein, dass sie mal ein Manuskript eingereicht hat?"

„Die komplette Eingangspost, Telefonate, alle digitalen Anschreiben gehen über meinen Schreibtisch." Sie sah mich unsicher an. „Ich reiche das nur weiter. Und ich erinnere mich nicht. Aber ich bin natürlich nicht immer am Platz."

„Also könnte sich jemand etwas hier von der Theke genommen haben, weil es ihn persönlich interessierte."

„Ich packe die Manuskripte nicht aus." Sie dachte kurz nach. „Aber es kann natürlich vorkommen, dass einer unserer Mitarbeiter den Absender liest und an dem Verfasser des Textes interessiert ist. Weil er oder sie schon mal von ihm gehört hat. Und wenn ich gerade nicht zur Stelle bin, wird es mitgenommen. Welche Art von Text könnte es denn sein?"

„Ein Sachbuch. Eine Fallstudie über sexuelle Belästigung bei Kindern und ihre Folgen." Ich nutzte ihr Zögern, indem ich schnell nachschob: „Mit Marie Pohl haben Sie offenbar eine absolute Fachfrau für dieses Phänomen."

„Nein", sagte sie energisch, „Marie betreut Fantasy-Autoren, für Fachliteratur ist unsere Frau Kemmerling zuständig. Moment, ich ... schau mal gerade, ob sie da ist." Sichtlich widerstrebend öffnete sie die Tür, aus der vor einer knappen Stunde Marie Pohl herausgestürzt war, dann winkte sie mich weiter.

Lore Kemmerling, knappe vierzig, stabile Statur, Pferdeschwanz, erinnerte sich. „Ein Manuskript zum Thema sexuelle Belästigung? Ja, da hatten wir was. Konnten wir aber nicht übernehmen. Das war eine zu private Sache ohne viel theoretischen Hintergrund. Eine Geschichte, die außerdem schon weit zurücklag und nach persönlicher Abrechnung roch."

„Wurde der Text in Ihrem Team diskutiert?"

„Jeder Neuzugang wird in der Morgenbesprechung kurz vorgestellt, dann beraten wir und beurteilen. Meistens wird *ver*urteilt. Wir sind eine kleine Agentur, da können wir nicht alles weitervermitteln."

„War Frau Pohl schon in Ihrem Team, als dieses Manuskript *verurteilt* wurde?"

Sie musste nicht lange nachdenken. „Ja, stimmt. Aber warum fragen Sie? Es ist nicht ihr Ressort."

„Hieß die Autorin Susanne Küster?"

„Weiß ich nicht mehr." Dann riss sie die Augen auf. „Herrje, dass mir der Groschen nicht gleich gefallen ist, als von dem Mord in der Zeitung stand. Aber wenn das Manuskript von uns nicht übernommen wurde, kann unsere Absage wohl kaum das Mordmotiv gewesen sein. Denn es blieb ja wohl in irgendeiner Schublade liegen. Oder haben wir da etwas nicht mitgekriegt?"

Ich dankte für ihre Auskunft und ging wieder zur Rezeption. Moser beendete gerade ein Telefongespräch. „Brauchen Sie noch was?", fragte sie lahm. Die Polizei war nirgendwo ein gern gesehener Gast. Da machte ich keine Ausnahme.

„Wissen Sie, ob Frau Pohl heute wiederkommt?"

„Müsste sie eigentlich", sagte sie nicht ohne Süffisanz. „Ihr Laptop liegt noch auf ihrem Schreibtisch. Außerdem geht sie nie vor sieben Uhr."

„Tun Sie mir einen Gefallen? Können Sie herausfinden, ob sie heute zügig nach Hause fährt?"

„Aber …"

„Erzählen Sie ihr von einer neuen Vorabendserie um halb acht, die sie auf keinen Fall verpassen sollte." Die Sendung würde sie nicht sehen, dafür aber den Abschleppwagen der Polizei. Die Lizenz zur Beschlagnahmung hatte Dr. Rotte schon am Mittag erteilt.

„Es dürfte schwer sein, sie fürs Fernsehen zu begeistern", Moser hob die fein gezupften Augenbrauen. „Sie schreibt an ihrem neuen Buch, dafür braucht sie ruhige Abende."

Und demnächst eine Einzelzelle, dachte ich grimmig und verkniff mir das dazu passende Lächeln. Es hätte sowieso in den Mundwinkeln wehgetan. „Noch eins: Bitte rufen Sie mich an, sobald sie das Haus verlassen hat. Wenn sie mit dem Fahrrad da ist, dürfte sie bis Gievenbeck eine halbe Stunde brauchen. Danke, die Adresse haben wir."

„Und was dann?", fragte sie fast atemlos.

„Das lassen Sie unsere Sorge sein. Und für den Fall, dass Sie sie warnen sollten: Wir finden das heraus. Also spielen Sie bitte mit."

In ihren Augen funkelte es. „Warum sollte ich sie warnen? Sie haben ja eben erlebt, wie Frau Pohl tickt. Immer wenn sie andere attackiert, behauptet sie, Stimmen in ihrem Kopf hätten ihr das befohlen."

Dann sollte sie wohl besser über Jeanne d'Arc schreiben, die hatte das gleiche Problem gehabt und war dafür verbrannt worden. „Kommt Herr Hennkamp denn damit klar?"

Prompt verschloss sich ihre Miene. „Dazu kann ich mich nicht äußern." Demnach war es Hennkamp gewesen, der Pohl in seine Agentur aufgenommen hatte. *Der gute Freund*, von dem Frau Brendel erzählt hatte. Wie heil die Welt in der Tuckesburg noch gewesen war. Cornelia und ich quasi im Wettrennen um den letzten Code. Bis ich den Zettel auf meiner Windschutzscheibe entdeckte. Eine Warnung aus der Werkstatt des Teufels. Und jetzt wussten wir nicht mal, ob Cornelia noch lebte.

„Hat sie mal von emailliertem Schmuck mit Vogelmotiven erzählt, den sie als Kind getragen hat?"

„Marie redet nicht über ihre Kindheit!"

Auch eine Antwort, dachte ich und ging.

Gegen Pohl hatten wir vorläufig nicht viel in der Hand, dafür war die Beweislage zu dürftig. Ich spitzte Lückmann an, mich auf dem Zugriff in jener Garagenanlage zu begleiten, wo Bromsmas Kombi inzwischen wieder stehen musste, durchgepustet von Kortenschultes Staubsauger, doch garantiert nicht clean genug. Ich spürte einen Kloß in der Kehle. Wie hilflos sich Cornelia fühlen musste. Erst das schlechte Gewissen, weil sie Küster die Teilnahme am Computerspiel nicht ausgeredet hatte, dann die katastrophale Entdeckung ihrer Leiche. Als Nächstes Hardings Tod und als Letztes die zu späte Erkenntnis, dass Pohl keineswegs an ihrem Torhäuschen geschellt hatte, um eine alte Freundin zu begrüßen. Die ganze Zeit über war Cornelia auf der richtigen Fährte gewesen, nur hatten wir sie leider nicht weiterverfolgt. Irgendein Detail fuhr mir durch den Kopf, das bei ihr anders gewesen war als bei den Mordopfern. Richtig: ein alkoholisches Getränk fehlte; etwas zum Feiern. Die Wiedersehensfreude zwischen den beiden war offenbar schnell verraucht. Kannte Cornelia die Komplizen von Marie Pohl? Es bestand kein Zweifel mehr, dass die Mordserie von mindestens vier Händen geplant gewesen war. Wer sonst hätte mir den Zettel an die Windschutzscheibe kleben sollen? *Du kommst zu spät!*

Fast hätten wir Pohl übersehen. Sie düste quer über die Fahrbahn und ließ sich im nächsten Augenblick von dem überdachten Eingang ihres Wohnhauses verschlucken, ihr Rad musste sie im Affenzahn an einem der Ständer gelassen haben. In Münster wurden Fahrräder so professionell und flink geklaut, dass Abschließen sich nur im Einzelfall lohnte. Bevor der Schließmechanismus die Eingangstür zuschnappen ließ, folgten wir ihr und packten sie auf den unteren Treppenstufen. Sie wand sich hin und her, vor allem unter Lückmanns stählernen Pranken, die sie wie im Schraubstock hielten. Dann erkannte sie mich und stieß einen unterdrückten Schrei aus. Als ich ihr den Durchsuchungsbefehl für ihr Auto zeigte, schleuderte sie mit einem wütenden Tritt ihre Beuteltasche zu mir hinüber, und mir blieb nichts anderes übrig als zwischen zerknüllten Tempos, einem Müsliriegel, der sich halb von seiner Umhüllung verabschiedet hatte, und einem klebrigen Lippenstift nach den Schlüsseln zu suchen.

„Sie dürfen Münster in den nächsten Tagen nicht verlassen, Frau Pohl!"

Sie schlug ihre Wohnungstür zu. In der aufkommenden Stille konnte man förmlich die Ohren ausmachen, die sich jetzt an die Innenseiten der Türblätter pressten, wahrscheinlich bis oben im vierten Stock.

Als der Abschleppwagen vorfuhr, zeigte sich der eine oder andere Anrainer am beleuchteten Fenster. Einer machte seins sogar auf, holte ein Kissen und bezog Dauerstellung. Ich dachte an die fiktive Vorabendsendung, mit der Pohl pünktlich nach Hause gelockt werden sollte. Eine Serie mit dem Titel *Die Abschleppprofis* würde sicher eine hohe Quote verbuchen. Max schüttelte den Kopf angesichts so viel geheuchelter Anteilnahme der Hausgemeinschaft. „Wenigstens behindern sie unsere Arbeit nicht." Ich dachte an Igraine Moser und ihre SMS vor einer halben Stunde, mit der sie uns Pohls Aufbruch aus der Agentur gemeldet hatte. Wie würde Hennkamp mit diesem Mangel an Loyalität umgehen, falls er davon erfuhr? Ich sah ihn vor mir mit seinem manierierten Lockenschopf und den wie manikürt wirkenden Händen. Was hatte er an dem Leseabend angehabt? Irgendwas durchgehend Dunkles. War er der advocatus diaboli? Doch wann immer ich mir Challenger vorzustellen versuchte, löste sich sein Bild auf, zerfloss wie Gelatine, zerfaserte sich als dünne Wolke am Himmel.

Dienstag, 17. November

Du rauchst?" Schüller nahm einen letzten hastigen Zug und trat die halb gerauchte Zigarette aus.
„Nein, lass nur", sagte ich, „hier draußen macht es doch nichts. Die Fluppen sind eh so teuer. Mich wundert nur ..."

„Als ich Shahida kennenlernte, habe ich sofort damit Schluss gemacht. Die war ja so was von anti. Aber jetzt wo sie weg ist, fange ich wieder an."

Ich dachte, ich hätte mich verhört. „Deine Frau ist weg?"

Er lehnte sich an die Wand und schloss genervt die Augen. „Ihr Neffe hat irgendein abgewracktes Hotel in Side gekauft. Und nachdem Nevine ihr Tourismus-Studium abgeschlossen hat, möchte sie so schnell wie möglich arbeiten. Leider möchten viele andere das auch. Der Neffe wiederum braucht Tante und Cousine, um den Laden zu wuppen. Die restliche Familie hat offenbar abgewinkt."

„Glaubst du nicht eher, dass er ihr Erspartes braucht?"

„Ihr Erspartes bringt Shahida auf der Bank keinen Cent!"

„Und wenn dieser Neffe die Klitsche in den Sand setzt?"

„Es ist ein solides Haus", gab er widerstrebend zu, „und dieser Neffe kennt angeblich gute Handwerker. Bis Anfang März soll alles fertig sein."

„Okay, dass Nevine weg will, kann ich ja noch nachvollziehen, aber deshalb muss Shahida doch nicht mit. Was wird aus ihrem Laborjob, hier in Münster?"

„Pfff! Geschmissen. War ja nur halbtags. In Side ist sie rund um die Uhr beschäftigt. An der Rezeption, in der Küche, im Strandrestaurant. Sie zerspringt ja förmlich vor ungenutzter Energie. Außerdem hat sie Angst, dass Nevine von ihren Großeltern da unten an irgendeinen Verwandten verheiratet wird."

„Das ist ja noch immer wie im Mittelalter!" Als Ansgar schwieg, tätschelte ich seinen Arm. „Sie kommt zurück", sagte ich. „Das kann's für euch doch nicht gewesen sein. Ihr habt hier euer Leben aufgebaut … Ach, Mist! Ich weiß, das hilft dir jetzt alles nichts."

Er fuhr sich über die Augen. „Ja, Scheiße, ich vermisse die beiden! Immer abends in die leere Bude kommen und keiner da!"

„Seit wann sind sie denn weg?“

Vor zwei Wochen hatte er die Tickets entdeckt. Oneway nach Antalya. Und von wegen Verwandte besuchen zum runden Geburtstag! Nevine hatte sich als Erste verplappert, sich mit Halbwahrheiten herausgeredet. Das hatte ihn besonders getroffen. Wie ein Tölpel war er sich im Nachhinein vorgekommen. Er, der immer noch die kleinste Spur zur Wahrheit aufgedeckt hatte. Aber eben immer nur bei anderen. Der nötige Klartext kam dann von Shahida, in nie gekannter Wucht. Laborarbeit sei auf Dauer gesundheitsgefährdend, außerdem arbeite sie lieber mit Menschen als mit Substanzen, die nicht reden könnten.

„Und wenn ihre künftige Kundschaft unverschämt auftritt? Diese arroganten Deutschen, die ihren Neskaffee mitbringen und über das landesübliche Frühstücksbüffet meckern? Franz und ich haben das in den kleinen Pensionen doch selbst erlebt. Oliven, Gurken und Schafskäse statt Nutella und Honigsmacks! Glaubt deine Frau, die Touristen sind alle nett und geduldig?“

„Shahida ist immer Türkin geblieben“, sagte er müde.

„Und deine Tochter? Die ist immerhin Halb-Münsteranerin.“

„Nevine braucht einen krisensicheren Job.“

„Na toll! Den bekommt sie auf einer Hotelbaustelle! Wie alt ist der Neffe? Und wie jung ist sein Kredit?“

Wir wurden unterbrochen, weil sich Schüllers Handy meldete. Wie immer in jenem so herrlich das Trommelfell zerfetzenden *Ring-Ring*, mit dem in alten Hollywoodfilmen die Telefone schellten. Wie oft schon hatte ich Ansgar fragen wollen, wie ich den Ton auf meinem eigenen Handy installieren konnte, jedesmal war der Augenblick zu unpassend gewesen. Diesmal war der Augenblick zu spannend.

„Es ist Mike“, erklärte Ansgar mit einem plötzlichen Leuchten im Blick. „Er hat was für uns.“

Sobald es an die Auswertung jener Rückstände ging, die sich in den Reifenprofilen von Frau Bromsmas Kombi gesammelt hatten, war Mike Stuttmann als Experte mit ins Boot gekommen. Da waren die Arbeiten an Koffer- und Innenraum schon abgeschlossen, Haare, Fasern, Finger- und Sohlenabdrücke sichergestellt. Auch Blut und Reste von schwarzer Folie hatten sich gefunden. Jetzt lief im LKA die DNA-Analyse. Die Proben häuften sich im Labor und auf den Schreibtischen, auch Cornelias Arbeitsplatte musste eine Menge schlucken. Ich dachte an die schick verschlafene Azubi in der Autowerkstatt und konnte mir ein schadenfrohes Lächeln nicht verkneifen. Von wegen Komplettreinigung! Cornelia selbst blieb weiter stumm, ihr Torhäuschen versiegelt. Ihr Ex-Freund Chris hatte bei unserem letzten Gespräch eine Verzweiflung heraushören lassen, die aufrichtig klang, während sich die Verwandtschaft, der sie angeblich in einem akuten Notfall ein paar Tage Urlaub hatte widmen müssen, hinter Ahnungslosigkeit verschanzte. Von Notfall könne keine Rede sein – der sicherste Beweis, dass der Anruf bei Schüller dreister Betrug gewesen war.

Umso mehr Hoffnung setzte er jetzt in den Pflanzenexperten Stuttmann. Mike arbeitete als Botaniker an der Uni Münster und hatte schon vor längerer Zeit die Anerkennung der Polizeitechniker eingeheimst, als er Blütenreste, die zwischen die Zehen einer weiblichen Leiche geraten waren, einer seltenen Orchidee zuordnen konnte, die nur in Westaustralien vorkam und daher in unserer Gegend zwangsläufig aus dem Botanischen Garten hinter dem münsterschen Schloss stammte. Dadurch hatte sich der Bewegungsspielraum der jungen Frau drastisch eingeengt. Nicht nur sie selbst war als Besucherin der Tropenhäuser aufgefallen, weil sie barfuß unterwegs war, auch ihr Liebhaber hatte sich schnell überführen lassen. Dummerweise steckte eine Quittung des *Schlossgartencafés*, ausgestellt am Todestag, in seiner Manteltasche. Ein Fall von folgenschwerer Sentimentalität! Den Kofferraum seines Hummers hatte er unter der Lupe gereinigt, war gleich zweimal durch die Waschanlage gefahren, hatte beim Ablegen der Leiche in den Rieselfeldern Handschuhe getragen. Das Andenken an ihr letztes Treffen, in Form eines Kassenbons, hatte er vergessen.

So leicht wurde es uns in Cornelias Fall nicht gemacht. Bromsmas Kombi und Cornelias kleiner roter Flitzer hatten am Abend von Cornelias Verschwinden auf dem Parkplatz von Haus Schewing gestanden. Das erste B auf dem Kennzeichen des Kombis trug winzige Reste von weißem Klebestreifen, aber das wars dann auch schon.

Die Asservatentüte mit jenen Blattresten, die ich aus den Reifen von Cornelias Wagen gerupft hatte, lag auf Ansgars Schreibtisch. Leider hatte sich nichts gefunden, das nicht im Münsterland seit langem heimisch gewesen wäre. Ganz egal, aus welcher Richtung unsere Kollegin in den letzten Wochen ihr Torhäuschen angesteuert hatte.

Ob wild überwucherte Schleichwege oder die asphaltierte Fahrbahn mit fauligem Laub am Straßenrand: Die Flora stimmte immer.

Anders sah es bei Bromsmas Kombi aus. Schon die ersten Pflanzenrückstände ernteten Aufmerksamkeit. Auch wenn niemandem diese kleinen, schwarzen, ölig glänzenden Schoten bekannt vorkamen. Zumindest bis heute Abend.

„Der Kombi könnte in der letzten Zeit in Thüringen unterwegs gewesen sein." Mike schien uns nicht zur Kenntnis zu nehmen, obwohl wir ihm über die Schulter sahen. Er redete mit seinem Mikroskop. Seine Haartracht glich einem beatleähnlichen Pilzkopf, über die Ponylänge konnte man nur spekulieren. Seine Brille lag neben ihm. Der altmodische Schildpattrahmen machte weniger Furore als die Linsen, die er einfasste. Wie sah man die Welt durch derart perlmuttfarben versifftes Glas?

Er tat weiterhin so, als wären wir gar nicht da. Brummelte und knurrte. Teilte seine Erkenntnisse der Pinzette mit, dem zerknitterten Stofftaschentuch, mit dem er der Brille auch nicht zu mehr Klarsicht hätte verhelfen können, weil es selbst eine Wäsche brauchte.

„Thüringen?" Herrje, warum ließ sich dieser Märchenonkel denn alles aus dem Hirn angeln? Wir waren doch ein Team, oder? Ein Team unter Zeitdruck, das Ergebnisse abliefern musste. Mein Blick streifte eine Glasschale mit weiteren bräunlichen Fetzen, die auf Begutachtung warteten. Schüller, der unseren Experten seit dem Nachmittag begleitet und betreut hatte, davon redeten auch die fleckigen Kaffeebecher auf der Fensterbank, sinnierte vor sich hin. Von ihm waren keine Vorschläge zu erwarten.

„Es sei denn", Mike hob abrupt den Blick vom Okular und setzte die fleckige Brille auf. „Also ... wir haben durchaus eine Möglichkeit, hier in der Gegend zu suchen."

„Und das wäre?"

„Der Sachsenhof östlich von Greven. Das Erfurter Blau wird auch für Kirchenrestaurierungen genommen. Manche empfehlen einen Aufguss aus Blättern und Wurzeln als Heilmittel gegen Entzündungen. Hier in der Gegend findet ihr es auf dem Sachsenhof, um alte Traditionen wiederzubeleben. Ist aber wohl eher was für Spezialisten." Der Gedanke schien ihn zu elektrisieren. Er griff sich einen dünnen Stapel Ausdrucke. „Hier, Wikipedia lässt grüßen, zur ersten Information. Aber vorher machen wir einen Plan für morgen früh."

„Wenn du meinst, dass wir diesen Sachsenhof auseinander nehmen sollten“, wandte Max ein, „brauchen wir eine richterliche Verfügung.“

Zum ersten Mal, seitdem er uns in sein Blickfeld geholt hatte, lächelte Mike, auch wenn es gequält wirkte. „Mann, das ist kein Vier-Sternehotel, sondern eine Ansammlung von leeren Hütten und Kräuterbeeten. Archäologisches Anschauungsmaterial für Schulklassen. Möglich, dass die Asche in der Feuerstelle etwas Brauchbares hergibt. Sache ist jedenfalls, dass auf dem Sachsenhof Färberwaid gezüchtet wird. Diese Pflanze wuchert unterirdisch und ist stark verwildert. Ist also praktisch nicht kon-tro-llierbar!“ Das letzte Wort hatte er ein bisschen zu laut gesagt, als litte er selbst unter zu vielen Kontrollen.

„Dann sehen wir uns doch mal die Umgebung an“, Schüllers Stimme klang optimistisch. Der Sachsenhof mochte ein allzu spektakuläres Gefängnis für eine Polizeitechnikerin sein, aber wenn sich der Färberwaid unkontrollierbar fortpflanzte, hatten sich seine vertrockneten Schoten vielleicht in den Reifen von Frau Bromsmas Kombi verfangen, als sie oder ihre Tochter durch die nähere Umgebung fuhren. Die Schotenreste in den Reifenprofilen waren nun mal da. Und sie waren eine wichtige Spur: trocken, frisch und sehr exotisch.

Wir steckten die Wikipedia- Ausdrucke ein, als Nachttischlektüre für zu Hause, dann sah Schüller auf die Uhr. „Gehen wir noch auf ein Bier?“ Es klang fast drängend. Klar: Er hatte Zeit, zu Hause begrüßte ihn niemand, auch Mike wirkte nicht so, als wartete bei ihm eine hungrige Kinderschar. Schüller und ich sahen ihn erwartungsvoll an, doch er schüttelte den Kopf. „Ich trinke keinen Alkohol.“

„Dann auf ein Ginger Ale, Mike! Wie sollen wir morgen früh zu Potte kommen, wenn wir uns kaum kennen?“

Immerhin, das ließ er gelten. Und einen Happen essen wäre auch nicht schlecht. Aber kein Wort mehr über den Färberwaid! Der tanzte ihm schon in den Augen. Warum stattdessen nicht ein paar alte Kriminalfälle aufrollen, für die die Pflanzenwelt ebenfalls wertvolle Hinweise geliefert hatte?

Eine Viertelstunde später saßen wir im *Mutabor*, einer der neuen Kneipen im Kuhviertel.

Schüller hatte in der Zeitung darüber gelesen. Selbstverständlich nur Gutes. Und endlich mal ein Wirt, der das „Wildpinkeln“ neben den Kneipeneingängen massiv bekämpfte. Wen der erwischte, der hatte nichts zu lachen.

Die Bedienung trug ein Notenschlüssel-Tattoo im freizügigen Dekolletee, demnach studierte sie wahrscheinlich Musik. Die Speisekarte, die sie uns so feierlich überreichte, als säßen wir bei Krautkrämer, war ein hektografiertes Blättchen Papier, immerhin beidseitig bedruckt. Mike entschied sich schnell für eine Cola, nur was den kleinen Happen betraf, wurde er nicht schlau. „Pasta Rot“, „Pasta Gelb“, „Pasta Weiß“, maulte er. Ob ihm das jemand erklären könne. „Ich bin Veganer.“ Also musste die schöne Tattoo-Trägerin wieder ran. „Vegan geht heute nicht. Unser zweiter Koch ist krank geworden“, klärte sie ihn auf, „aber Sie können beim Speck ja drumherum essen. Das wäre dann einmal die Pasta Weiß, à la Carbonara, für Sie?“

Bei der „Pasta Gelb“, so erfuhren wir weiter, handelte es sich um Linguine mit Curryhähnchen, auch Pasta Rot konnte sich das Fleisch nicht verkneifen: Tomatensoße mit Gehacktem.

Wir gaben uns solidarisch, indem Max ein Brot mit Gouda bestellte und ich die Bruschetta mit Camembert. Vegetarisch, wenn auch nicht vegan. Die Pasta wurde gebracht, und wir sahen eine Weile zu, wie Mike „drumherum“ aß. Er spießte jeden Speckwürfel auf die Gabel und streifte ihn mit kritischer Miene an dem kleinen Brotteller ab, der mit einer Scheibe Bauernstuten gekommen war. Die Pitzelei ging mir auf die Nerven, zumal ein authentischer Veganer auch die Soße nicht gegessen hätte. Trotzdem unterhielten wir uns dabei ganz angeregt und einigten uns auf sechs Uhr an meiner Haustür. Auf Bauernhöfen, die nichts zu verbergen hatten, brannte um diese Zeit schon Licht.

Sie kamen pünktlich mit den PKWs von Schüller und Lückmann. Ich stieg bei Max ein, und er berichtete kopfschüttelnd, wie sehr sich „unser selbsternannter Experte“ über den Einsatz von zwei Fahrzeugen für nur vier Personen aufgeregt habe. Der reine Luxus sei das, wo doch jeder der beiden Wagen sogar fünf Leute hätte aufnehmen können. Da wundere man sich, dass die Eisbären von ihrer Scholle rutschten, wegen Klimaerwärmung und so. Aber nein, beim Autofahren seien immer nur Einzeltäter unterwegs.

„Wo er Recht hat, hat er Recht“, sagte ich, doch Lückmann schüttelte den Kopf. „Und was, wenn wir beide vor Ort bleiben müssen?

Wegen nachhaltigerer Befragungen? Dann kann euer neunmalkluger Botaniker sich an die Straße stellen und den Daumen recken, oder?"

„Ansgar muss dann ja auch zurück."

„Der schmeißt sich in die Ems und schwimmt."

„Falls die nicht zugefroren ist."

Unwillkürlich wandte ich den Blick zum Beifahrerfenster. Über Nacht war es winterlich geworden. Dabei fast Vollmond und klarer Himmel. Sogar die Sterne zitterten, als fehlte ihnen ein warmes Mäntelchen. In dem kalten, blauweißen Licht lagen die gefrorenen Felder wie unter dichten Schleiern. Raureif überzog die kahlen Zweige der vereinzelten Baumgruppen und die Kämme der niedrigen Wallhecken. Es war ein Bild, das an Winterurlaub denken ließ, an Wanderungen über verharschten Schnee und Punsch am Kaminfeuer. Ich verdrängte die Kalenderblattidylle und folgte wieder der weißen Mittelstreifenmarkierung vor uns im Scheinwerferlicht. Meter um Meter fraß sie sich in die Dunkelheit, hoffentlich auf dem richtigen Weg. Dies war schon der achte Tag seit Cornelias Verschwinden. Wenn sie zu Hause überwältigt worden war, trug sie nur leichte Kleidung und fror erbärmlich. Dazu Wassermangel, Dunkelheit, Todesangst. Wie lange überlebte ein Mensch ohne Flüssigkeit?

Max unterbrach meine Grübeleien. Groß sei die Auswahl an Orten, wo Cornelia versteckt gehalten werden könne, ja nicht, meinte er. Noch am Abend hatte er auf einem Messtischblatt die Umgebung des Sachsenhofs nach Gebäuden abgesucht: drei Höfe, das Gelände einer Gärtnerei, ein Ausflugslokal. Ich kannte die magere Ausbeute aus eigener Anschauung.

Als eine Hinweistafel die historische Anlage des Sachsenhofs ankündigte, bremste er ab. Schüller, der mit Mike folgte, hielt dicht hinter uns und stieg aus, um das Procedere ein letztes Mal zu klären: Er und Mike würden sich den nächstgelegenen Hof vornehmen, Max und ich den übernächsten an der gegenüberliegenden Straßenseite. Wenn unsere Befragungen nichts hergaben, war für die beiden das Restaurant an der Reihe, für uns der Gemüsebetrieb. Das Restaurant hatte dienstags Ruhetag, doch die Besitzer wohnten im Haus.

In der Hofanlage Große Berendt wurden die Kühe gemolken. Die Jungbäuerin zuckte auf unsere Fragen hin die Schultern, nichts gehört, nichts gesehen. Kein auffälliges Auto, keine ungewöhnlichen Geräusche. Nicht am letzten Montag, nicht an den folgenden Tagen.

Aber man sei ja nicht neugierig, und ihre drei Kinder hielten sie bis in den späten Abend genug auf Trab. Außerdem lagen die Höfe weit auseinander, und die Wintersaison machte den Landwirten den Aufenthalt im Freien nicht eben angenehm. Sie schob die Hände frierend in die Taschen ihrer wattierten Jacke. „Wenn ich der Polizei ein andern Mal helfen kann, gern!"

Beim Weggehen sah ich das Schild, das zu einer der Scheunen wies. *Hofladen: Käse aus Eigenproduktion, Marmeladen, Johannisbeerlikör,*

Vielleicht ein andern Mal.

Auf dem Gemüsehof vier Kilometer weiter war deutlich mehr Betrieb. Körbeweise wurde Grünkohl in einen Kleinlaster gehievt, Rotkohlköpfe und Weißkraut fanden ihren Weg, Pastinaken und säckeweise Zwiebeln. Als wir unsere Dienstausweise zückten, wich der Bauer hörbar aus. Er müsse zur Markthalle. Höchste Eisenbahn! „Aber meine Frau kann Ihnen zumindest einen Kaffee servieren. Sie sehen durchfroren aus."

„Eine Frage noch. Verkaufen Sie auf dem Wochenmarkt auch Färberwaid?"

„Sie meinen diese Blattrosetten, aus denen man früher Indigo herstellte? Nee, aber manche Ökofreaks bauen ihn wieder an." Er zwinkerte uns zu, verschloss die Ladeklappe, und weg war er. Eines von jenen westfälischen Urgesteinen, wie man sie regelmäßig auf dem Markt am Domplatz sah. Seine Frau blickte dem davonbrausenden Wagen kurz hinterher, zog die grobwollene Strickjacke enger über dem Bauch zusammen und sagte: „Dann kommen Sie mal mit in die Küche. Wir haben die Suchmeldung natürlich gehört. Aber weil der Wohnort Ihrer Kollegin doch ein Stück weit von hier weg liegt, haben wir uns nichts Böses gedacht. Das ist ja schon hinter Altenberge, wo sie entführt wurde. Jetzt gäbe es vielleicht doch etwas zu sagen."

Den Kaffee hielt eine schokoladenbraune, gesteppte „Mütze" warm. Frau Schulte Grömer füllte zwei Becher, die sie offensichtlich auf dem letzten münsterschen Weihnachtsmarkt gekauft hatte, und lud uns zum Sitzen ein, während sie eine Schale im Bürgel-Muster vom Tisch zur Spüle trug. „Haaach!", seufzte sie genervt, „dass mein Mann aber auch immer sein Knabbelkümpken stehen lassen muss. Wenn er zurückkommt, ist das doch nicht mehr essbar!" Sie setzte sich wieder.

„Also, wenn Sie hier die Straße weiter runterfahren, kommen Sie rechts an einer Hofeinfahrt vorbei. Wenn Sie aussteigen und hineingehen, lassen Sie sich von dem Hundegebell nicht abschrecken, das ist eine Toninstallation. Und überhaupt …“, sie machte eine kurze Pause, als wollte sie auf ein ungewöhnliches Schauspiel hinaus. Und tatsächlich fuhr sie dann fort: „Der Mensch, der dort wohnt, ist ein ganz merkwürdiger Typ. Menschenfresser, sagen die einen, ein Genie, die anderen ...“

„Wer sind *die*?“

„Was hier so rundherum wohnt“, sie machte eine ausladende Handbewegung. „Schon sein Vater war ein Eigenbrötler, doch nachdem der gestorben war, hat sein Sohn – Wenner heißt er – die Anlage regelrecht verrotten lassen. Hat die Hühner und Schweine verkauft und stattdessen Schrott gesammelt und zu Kunstwerken zusammengebaut. Wie so'n Da Vinci für Arme. Und als ihn sein letzter Hund gebissen hat, hat er ihn erschossen und diese Lichtschranke mit Gebell eingebaut, zur Abschreckung gegen Unbefugte. Heute gibt es so was beim Elektrodiscounter, mit Batterie. Aber der Wenner fährt ja nie zum Einkaufen, nicht mal zum Supermarkt. Der bedient sich wahrscheinlich immer noch aus den Einmachgläsern seiner Mutter, und für Korn und Bier sorgt irgendein Kumpel. Nicht, dass der Wenner öffentlich randalieren würde, nein, der ist ein ganz Stiller, aber gerade deswegen so unheimlich und unberechenbar. Trotzdem legt ihm die Waltraud vom *Sachsenkrug* ab und zu ein Brot auf den Torpfosten, damit er nicht völlig verkommt. Ja, ja“, sie wiegte den Kopf, „mit Kompott und Schnaps wird man wahrscheinlich steinalt.“

Eine Weile schwiegen wir. Ich überlegte, welches Interesse dieser Wenner daran haben konnte, unsere Kollegin gefangen zu halten. Um die Rolle des Challengers zu spielen, hätte er in die Innenstadt fahren müssen, zum Verteilen seiner gelb-karierten Zettel. Auch ein PC war dabei unabdingbar. Doch wie ich die technischen Verhältnisse auf seinem Hof einschätzte, wusch der Mann seine Unterhosen in der Ems. Ob er ein Auto besaß? Frau Schulte Grömer lachte. „Irgendwo müsste noch der alte Manta seines Vaters stehen, wahrscheinlich längst abgemeldet. Den Wenner habe ich nie mit Auto gesehen.“

Warum war sein Haus nicht auf der topografischen Karte markiert? Wenn es dafür zu klein war, besaß es bestimmt keine Nebengebäude, in denen man jemanden festhalten konnte, ohne das es auffiel.

„Und was macht Sie so sicher, dass unsere Kollegin auf seinem Hof gefangen sein könnte?"

Wieder zog sie ihre grobmaschige Jacke zusammen, dabei war es warm in der Küche. „Also, das war so. Am Mittwochabend gegen halb neun bin ich mit unserem Hund los. Nicht, dass wir beide zu wenig Bewegung hätten, aber die Stille tut immer so gut. Wenn das Wetter danach ist, und das wars am Mittwoch, mache ich den großen Rundweg, der zurück auch beim Wenner vorbeiführt. Und was sehe ich? Alles stockfinster. Nicht mal die müde Funzel in der Küche brennt."

„Und sonst brannte immer Licht bei ihm?"

„In der Küche schon. Die geht zur Straße, und manchmal kann man ihn sehen, wie er am Tisch sitzt und Fernsehen guckt. Das Haus liegt nicht weit von der Hofeinfahrt entfernt. Na, jedenfalls dachte ich, er wird was getrunken haben und schon ins Bett gegangen sein. Aber jetzt, wo Sie sagen, dass Ihre Kollegin am Montagabend verschwunden ist, könnte es ja sein, dass man sie dorthin gebracht hat. Licht im Haus wäre dann verdächtig …"

„Ein fremdes Auto ist Ihnen nicht aufgefallen?"

Sie zögerte. „Der Hof ist unübersichtlich, es gibt einen plattierten Weg, der hinter das Haus führt ... Warum glauben Sie überhaupt so fest, dass sie hier in der Gegend ist?"

„Das können wir leider nicht sagen, solange die Ermittlungen nicht abgeschlossen sind", Max stand auf. „Gut, dann sehen wir uns diesen Wenner mal an." Er nahm den letzten Schluck aus seinem Becher, bevor er fragte: „Könnte es nicht sein, dass ihm der Strom von den Elektrizitätswerken abgestellt wurde? Vielleicht hat er seine Rechnungen nicht mehr bezahlt."

„Ja", nickte sie, „möglich ist das durchaus. Das merken Sie sofort, wenn Sie die Einfahrt betreten. Diese Gebellanlage wird elektrisch betrieben, die würde dann ja auch nicht mehr funktionieren." Als wir nach Wenners Familiennamen fragten, entgegnete sie: „Jelling. Aber ob er das weiß? Der war nie die hellste Kerze auf der Torte."

* * *

Wir hielten am Straßenrand und näherten uns vorsichtig der offenen Hofeinfahrt. Das Haus lag auch jetzt in kompletter Dunkelheit. Wir nahmen unsere Taschenlampen, steckten die Pistolen ins Holster und betraten das Grundstück wie vermintes Gelände. Doch an Gebell kam nicht mal ein müder Versuch. Vielleicht hatte Jelling in seinem Rausch auch noch den virtuellen Wachhund erschossen.

Durchs Küchenfenster sah man nicht viel, meine Stablampe erfasste nur eine Spüle mit schmutzigem Geschirr und dahinter eine Tischkante. Erst beim Blick durch das Seitenfenster deuteten sich in einem schwachen Lichteinfall, der weiter hinten im Raum, wie aus einem Kellerabgang, heraufschien, die Umrisse eines menschlichen Rumpfs an. Dann ein Kopf, gegen die Stuhllehne gesackt, ein Profil mit scharf vorspringender Nase. Demnach gab es Strom, falls nicht jemand eine alte Petroleumlampe aufgestellt hatte.

Jetzt konnten wir nur hoffen, dass die Fensterriegel ebenso marode waren wie das Haus selbst. Max tastete die Rahmen ab, Kitt knirschte unter seinen Nägeln, im nächsten Moment hatte er das Seitenfenster ausgehebelt.

Der Mann im Armsessel war tot, die Verwesung in dem schlecht gelüfteten Raum schon fortgeschritten. Sein Kopf wurde durch die obere Kante der Rückenlehne gehalten, der Oberkörper war in sich zusammengesunken; eine massige Gestalt. Beide Hände umklammerten die Armlehnen, als hätte er zum Sprung ansetzen wollen. Es gab keine Blutspuren, auf den ersten Blick auch keine äußeren Verletzungen. Vor ihm auf der Tischplatte standen eine leere Bierdose und ein Teller mit vor Trockenheit gewelltem Brot und Hartkäse.

Während Max einen Notarzt anforderte und danach mit Schüller telefonierte, der noch in der Nähe sein musste, zog ich Latexhandschuhe und Überschuhe an und schlich zur Kellertreppe. Das schwache Licht stammte von einer Taschenlampe, die auf der obersten Stufe liegen geblieben war. Ein offen stehender Vorratsraum enthielt die legendären Einmachgläser von Mutter Jelling – demnach hatte sie bis zu ihrem Ableben für mehrere Reisebusse eingekocht – ,dazu kistenweise Bierflaschen und Münsterländer Korn. Die nächste Tür öffnete sich bereitwillig, wenn auch mit durchdringendem Quietschen: dahinter Brennholz, Hundetrockenfutter in einem großen Sack, Streusalz für den Winter und eine Schneeschaufel. Erst die Eisentür vor Kopf gab nicht nach, also hechtete ich noch mal nach oben und suchte im Taschenlampenlicht das entsprechende Schutzgitter an der Hauswand ab. So sehr Jelling das Haus vernachlässigt hatte, so konsequent hatte er auch die Kellerfenster verrotten lassen. Das aggressive Gebell seiner Pseudohunde im Ohr, hatte er sich um nichts mehr gekümmert und den Marktwert seiner Blechmonster für Räuber als vernachlässigenswert eingestuft. Eins der Fenster stand offen, das Gitter ließ sich bewegen, sogar in seiner Angel herausheben, doch der Schacht darunter war zu eng für meine reife Statur. Auch Cornelia hätte kaum durchgepasst. Aber meine Stimme passte durch. Ich rief ihren Namen und endlich, beim dritten oder vierten Mal, hörte ich eine schwache Antwort. Ein Stöhnen oder Schaben. Ich rief hinunter, sie solle aushalten, wir seien gleich bei ihr, doch dann dauerte es noch eine Stunde, bis Ansgars Techniker mit einem Schweißbrenner anrückten und die Eisentür öffneten. Cornelia saß, den Rücken an der Wand, in einem trüben See, der von Urin und einem undichten Kran in der Wand stammte, an dem sie angekettet war. Reste von Paketkleber an Nase und beiden Mundwinkeln zeigten, dass in den letzten Tagen jemand bei ihr gewesen war, um sie vor dem Verdursten zu bewahren. Wozu diese Barmherzigkeit? Weil sie noch jemandem nützlich sein konnte? Fuß- und Handfesseln hatte man ihr nicht erspart, dabei lag sie in einem Raum, der früher als Waschküche benutzt worden war und absolut nichts bereithielt, was ihr zur Flucht hätte verhelfen können. Noch bevor Jelling von einem Beerdigungsunternehmen abgeholt wurde in Richtung Gerichtsmedizin, war Cornelia im Notarztwagen mit Sauerstoff und Kochsalzlösung versorgt und befand sich auf dem Weg zur Uniklinik. Wir vier, einschließlich Mike, blieben zurück, um den Tatort zu sichern. Es war eine Aufgabe, die uns den ganzen Vormittag abforderte. Jelling hatte in einem unbeschreiblichen Chaos gehaust, das nicht selten die Brechreiznerven aktivierte. Damit es nicht so weit kam, zog ich mir meinen Schal über Mund und Nase.

Später saßen wir im *Sachsenkrug* und redeten mit der Inhaberin Waltraud Essmann. Sie schüttelte den Kopf zu Jellings Tod. Von einer chronischen Erkrankung hatte sie nichts gehört, obwohl: gesund habe der nicht gelebt. Zu viel Schnaps, zu wenig Bewegung, der sei ja kaum vor die Tür gegangen. Und wie er denn jemanden habe entführen können, wenn er kein Auto besaß? Noch dazu, wo es sich bei dem Opfer um eine Polizistin handelte, die doch bestimmt gut trainiert war und sich wehren konnte gegen so einen schlaffen Sack. Viel glaubwürdiger schien ihr, dass Wenner Jelling überrumpelt worden war, nachdem der Entführer herausgefunden hatte, dass sein Hof verschwiegen war wie ein Grab. Gesehen hatte sie ihn am Montagmittag letzter Woche, als sie ein Brot und ein Stück Käse auf den Torpfosten legen wollte. „Da stand er plötzlich vor mir, jenseits des Zauns, und ich hätte fast geschrien, so hat er mich erschreckt. Aber im Grunde war er ängstlich, menschenscheu und abergläubisch."

Marie Pohl saß in aller Gemütlichkeit an ihrem Schreibtisch in der Agentur und tat verblüfft, als wir sie aufforderten, mitzukommen. Sonnhagen würde sich im Präsidium diesem harten Brocken widmen, doch zuerst stand die Durchsuchung ihrer Wohnung an. Mürrisch, aber ohne Protest schloss sie uns und dem Vertreter der Staatsanwaltschaft ihre Eingangstür auf, stellte sich in den Türrahmen zur Küche und sah uns mit verschränkten Armen bei der Arbeit zu. Ihre Wohnung war klein und gerade mit dem Nötigsten eingerichtet. Die wenigen Möbel waren schnell durchsucht, weil wir alles, was uns weiterführend schien, mitnahmen. Als Schüller sich auch ihr Badezimmer ansah, wurde sie sichtlich nervös. Kamen da unschöne Erinnerungen hoch: Küsters Bad als Tatort, Hardings als Spielwiese hemmungsloser Zerstörungswut? „Kann ich jetzt wieder ins Büro?", fauchte sie mich an. „Ich habe momentan tierisch viel Arbeit."

„Das kann ich mir lebhaft vorstellen, nachdem Sie in der letzten Woche so viele Freistunden nehmen mussten. Wo waren Sie am Montag, dem 9. November, ab achtzehn Uhr?"

„Hier, zu Hause."

„Ihre Kollegin hat ausgesagt, Sie gingen nie vor neunzehn Uhr nach Hause. Was war an diesem Tag denn so anders?"

„Ich hatte Zahnschmerzen. Julius … ääh, Herr Hennkamp hat mich gehen lassen."

„Hat Sie hier im Haus jemand gesehen? Vielleicht noch mit dicker Backe? Sie haben doch so viele neugierige Nachbarn." Verächtliches Kopfschütteln.

„Wie dumm für Sie. Und Ihr Komplize? Wo war der am Montag?"

„Ich weiß nicht, wen Sie meinen."

Wir folgten dem Streifenwagen, der Marie Pohl ins Präsidium brachte, wo Sonnhagen schon auf sie wartete. Biologie, so seine launige Antwort auf die Pflanzenreste in den Reifen des Bromsma-Kombis, sei ja in der Schule ein Non-Go für ihn gewesen. „Aber wer lernt nicht gern dazu?"

„Vor allem, wenn es nicht mehr darum geht, Gänseblümchen zu entblättern."

Er antwortete mit genau jenem anzüglichen Grinsen, das man von ihm erwarten konnte. „Bringen Sie mir das Laborergebnis doch nachher mal vorbei."

Während ich mich jetzt an das Gespräch mit ihm erinnerte, fiel mir ein, dass wir dringend auch Betsy Bromsmas Wohnung durchsuchen mussten. Garantiert hortete Maries Mutter dort mehr als nur die Bücher ihrer Tochter. Doch Lückmann zog die Augenbrauen hoch. „Was erhoffst du dir bei ihr?"

Ich erzählte ihm von dem Geburtstagsessen des Uhrmachers, von Betsy zubereitet und dann doch bei Eibenbrinck serviert, am Couchtisch mit Ellbogenenge und lastendem Schweigen. „Als sie erfuhr, dass der dritte Tischgenosse eine Polizistin ist, hat sie offenbar die volle Panik gekriegt."

„Wer hat schon gern die Kripo an seiner Festtafel?"

„Max, warum hat Eibenbrinck mich eingeladen? Der wollte was zur Sprache bringen."

„Das hat er doch auch gemacht. Jetzt weißt du, dass Pohl Bromsmas Tochter ist. Darauf wärest du allein nie gekommen, wetten?"

„Ihre Bücher hätte sie leicht wegräumen können, also muss es etwas in ihrer Wohnung geben, das sich nicht gut verstecken ließ. Und deshalb brauchen wir jetzt den Durchsuchungsbeschluss."

„Wo du Recht hast, hast du Recht."

Hatte ich das wirklich erst heute Morgen über Mike gesagt? Was für ein furchtbarer Tag, auch wenn Cornelia befreit werden konnte. Jetzt lag sie auf der Intensivstation, völlig entkräftet, unterkühlt und dehydriert, aber stabil. Den Blutverlust verdankte sie einem Schlag auf den Hinterkopf, wahrscheinlich hatte sie sich kurz abgewandt, um ihre Besucherin hereinzulassen. Für uns war er ein untrüglicher Beweis, dass sie in ihrem Häuschen überfallen worden war.

Und wenn Pohl noch ein zweites Handy besitzt?, überlegte ich, während ich ihr Smartphone aus seiner Asservatentüte zog. Ein simples Prepaid, das nur für Gespräche reicht? Dieses hier war eingeschaltet gewesen, so dass ich die eingespeicherte Adressenliste gleich lesen konnte.

„Hmmm!"

„Was ist?", fragte Max, ohne den Blick von der Straße zu lösen. Der Abendverkehr war dicht, die Ampeln sehr kurz geschaltet. Ein risikoreiches Stop-and-Go.

„Diese Nummer", wunderte ich mich, „kommt mir bekannt vor. Typische Konstellation für Dumpfbacken. Nur vier Ziffern, die sich abwechseln."

„Typisch für Promis", grinste Max, „Sonnhagen hat schließlich auch so eine."

„Plassen senior!", erinnerte ich mich jetzt. „Auf dieser Nummer habe ich ihn angerufen. Ich habe nur keine Ahnung, wer sie mir damals herausgerückt hat. Jemand vom Theater, nehme ich mal an. Heißt das, Plassen soll Challenger sein? Nee, Max, das geht mir nicht hinters Pony. Unter dem Quizmaster stelle ich mir einen jungen Menschen vor, der extrem kindisch ist, Freude am Manipulieren hat und absolut keine Skrupel. Aber warte mal ..."

Ich holte mein eigenes Smartphone aus der Tasche und wählte Kerstins Nummer. Sie ging nicht dran, und da ahnte ich schon, dass ich sie aus der Verfertigung eines hochsensiblen Schmankerls aufschreckte, das auch nicht die kleinste Unachtsamkeit vertrug. Bloß nicht die Sprachbox!, flehte ich stumm, während die Ungeduld an mir nagte wie die Maus an einem Stück Speck.

Endlich hörte ich ihr gehetztes „Was ist, Mama?"

„Tu mir einen Gefallen. Wenn du die SMS von Felix Plassen noch nicht gelöscht hast, du weißt schon, seine Einladung neulich zu seinem Geburtstag, dann gib mir bitte die Nummer durch."

„Mama, weißt du, was hier los ist? Ich mache meine erste Sauce Béarnaise, und du … das ist jetzt aber wirklich voll daneben!"

„Dann ruf mich an, sobald deine Sauce in Sicherheit ist."

Fünf Minuten später hatte ich selbst Sicherheit.

„Felix hat unter dieser Nummer meine Tochter angerufen", gab ich Kerstins Antwort an Max weiter.

„Was?" Max musste scharf abbremsen, weil direkt vor uns ein Mann über die Fahrbahn lief, um den Bus auf der anderen Straßenseite zu erwischen. Prompt hatte ich Pohl wieder vor Augen, ihren gehetzten Blick und ihren lebensmüden Sprint quer über die Warendorfer Straße. War das wirklich erst gestern passiert? Und vor wem oder was war sie geflohen? Vor ihrer Unfähigkeit, mit den eigenen Stimmungen umzugehen? Vor ihrem Team, das mit diesen Schwankungen angeblich so gut fertig wurde? Unmöglich konnte ihr jemand gesteckt haben, die Mordkommission sei im Anmarsch, niemand wusste von meinem Besuch in der Agentur.

„Pohl", klärte ich den ungeduldigen Lückmann auf, „ist in den letzten zwei Wochen mehrmals von Felix Plassen angerufen worden, allerdings nicht von seinem Handy, sondern von diesem Prepaid-Anschluss, der seinem Vater gehört. Demnach stehen Plassen junior und Marie Pohl ehemalige Sander nach zwanzig Jahren des Schweigens wieder in Kontakt."

„Heißt das: Er soll in den Mord an der Freundin seines Vaters verwickelt sein? Er verstand sich doch gut mit Harding."

„Eifersucht als Motiv?", überlegte ich. „Das hatten wir schon mal, als Hunte unter Verdacht geriet, Susanne Küster erdrosselt zu haben. Da haben wir diese Vermutung problemlos geschluckt. Patrick der Loser, der Eifersüchtige! Und jetzt? Felix war der Jüngste der Kindergruppe, schüchtern und verklemmt. Wahrscheinlich auch böse gehänselt, weil er lieber Märchenkassetten hörte, als Fußball zu spielen."

Der lebte in seiner eigenen Welt! O-Ton von Frau Harding.

„Der kleine Märchenfreak und die Schneewittchenschönheit Jenny, die ihm die Haare zerwuselt, ihn wie ein Kleinkind behandelt, obwohl sie nur sechs Jahre älter ist. Und die dreizehn Jahre später mit seinem Vater ins Bett geht. Sag mir nicht, dass das keine scharfe Munition ist."

„Du hast keinen Beweis, dass er eifersüchtig auf seinen Vater war. Und überhaupt: Wie kommt die Pohl dabei ins Spiel? Woher soll er wissen, dass es sich bei ihr um Anne-Maria Sanders handelt?"

„Weil sie ihn angerufen hat? Er steht im Telefonbuch. Sie hatte Küsters Manuskript gelesen und nur noch ein Ziel: Das Buch über ihr Kindheitstrauma gab es nur über Küsters Leiche, also gar nicht. Deshalb hat sie sich das Internetspiel ausgedacht und Küster dazu eingeladen. Und die „Schlampe" Jenny Harding gleich mit. Aber allein war sie dazu nicht in der Lage. Also bittet sie Felix, ihr den Chatroom einzurichten, und er macht mit."

Als Lückmann skeptisch mit dem Kopf wackelte, setzte ich nach: „Ich habe noch ein As in der Tasche, und das spiele ich in den nächsten zehn Minuten aus."

Im Büro suchte ich die Nummer des Prüfungsamts der Medizinischen Fakultät heraus. Ob am vergangenen Mittwoch, dem 4. November, um 14 Uhr eine Prüfung über Stoffwechselerkrankungen gehalten worden sei? Es dauerte eine Weile, bis ich meine Auskunft bekam, dafür war sie eindeutig.

„Warum hat Plassen mich auf dem Friedhof belogen? Und warum hatte er es so eilig?", fragte ich Max, nachdem ich den Hörer zurückgelegt hatte. „Ich habe ihn am Coesfelder Kreuz abgesetzt, obwohl er wahrscheinlich zum Sachsenhof musste, um Cornelias Unterbringung bei Jelling vorzubereiten. Wir sehen uns seinen Wagen an", entschied ich. „Um genauer zu sein, die Profile der Reifen. Färberwaid, wohin ich blicke ..."

Er pfiff irgendeine Westernmelodie, während er zur Herrentoilette verschwand.

In der Hoffnung auf weitere Erfolgsmeldungen rief ich bei der Rechtsmedizin an. Ob schon ein Befund für Wenner Jelling vorläge. „Können Sie kurz vorbeikommen?", fragte Meinertz, und sein Blick leuchtete quasi durchs Telefon. Trotzdem war ich erleichtert, als unser Weg nicht zu den Sektionsräumen im Keller führte, sondern an seinen Schreibtisch. Fünfundvierzig Jahre alt war Jelling gewesen, kein auffallender Beau, aber ein stattliches Mannsbild, bevor ihn Menschenscheu und mangelndes Organisationstalent in den Abgrund geführt hatten. Mit einem „Wicht", wie man im Münsterland die jungen Frauen nannte, wäre sein Leben vielleicht nicht so aus der Bahn gelaufen, hätte es vielleicht einen Hofladen gegeben wie bei Große Behrend und Kinder, die ihn bis spät abends auf Trab hielten. So, wie die Dinge gelaufen waren, hatte ihn seine Eigenbrötelei zur leichten Beute gemacht.

Das Foto, das Meinertz mir vorlegte, sah nicht unbedingt ästhetisch aus, drehte mir allerdings auch nicht den Magen herum. Offen gesagt, hatte ich eine spektakulärere Verletzung erhofft. Was ich sah, war der Teil eines entblößten Rumpfs mit viel Bauchfett und einem verdreckten Nabel. Links daneben ein Hämatom, in der Größe einer Zwei-Euro-Münze und gelb-bräunlich, also schon ein paar Tage alt. Meinertz griff zur Lupe. „Sehen Sie mal genauer hin?"

„Ein Einstich“, sagte ich, „mit dem ein Blutgefäß getroffen wurde. Man hat ihm etwas gespritzt, an dem er gestorben ist. “

Meinertz nickte vergnügt. „Die Gewebeproben laufen noch. Im Blut haben wir nichts gefunden.“ Er hob die Augenbrauen und lächelte provokant. *Na? Kommen Sie drauf?*

„Wie wär‘s mit Insulin?“ Fragte sich nur, wem Jelling die tödliche Dosis verdankte. Schließlich lernte jeder Zivi im Krankenhaus, eine Spritze subkutan zu verabreichen. Andererseits, korrigierte ich mich sofort, war diese Kenntnis absolut kein Beweismittel.

„Es gibt zwar bisher keinen Hinweis darauf, dass Jelling zuckerkrank war. Aber eine unserer Verdachtspersonen hat Diabetes Typ Zwei mit der Verordnung, sich falls erforderlich Insulin zu spritzen. Das geht, zum Beispiel, durch die Bauchdecke.“

Meinertz nickte. „In welcher Position haben Sie ihn gefunden?“

„Im Sessel zusammengesackt, Kopf an der Rückenlehne. Beide Hände auf den Armlehnen, wie zum letzten Sprung. Allerdings war er voll bekleidet. Wird Insulin nicht subkutan gespritzt, bei freigelegter Haut?“

Er winkte ab. „Eine Pennadel geht sogar durch Jeans. Und wenn Sie zum Töten die höchste Dosis möchten, stellen Sie das Ding einfach auf Durchmarsch und drücken zu!“

„Sie würden sagen, das kann jeder Laie?“

„Wenn das Opfer sich nicht wehrt, ganz bestimmt.“

„Die Beschlagnahmung des SUVs von Felix Plassen kann ich ja noch befürworten, schließlich hatte er erklärungsbedürftige Kontakte zu der Hauptverdächtigen Marie Pohl, aber“, Staatsanwältin Dr. Renate Rotte sah mich über den Rand ihrer Lesebrille an, „warum auch noch ein Durchsuchungsbeschluss für …“ , sie blätterte in den Unterlagen, „Elisabeth Bromsma? Ich denke, Frau Pohl lebt in ihrer eigenen Wohnung.“

„Bromsma ist die Mutter der Hauptverdächtigen.“

„Auch Hauptverdächtige haben Mütter.“

„Und wenn nicht Felix Plassen, sondern Bromsma Marie Pohls Komplizin ist? Und Plassen nur das Internetspiel organisiert hat? Das ist im Prinzip nicht strafbar.“ Ganz kurz stellte ich mir auch Betsy Bromsma beim Erstellen eines Chatrooms vor. Ob die nordindische

Schwägerin ihr dabei hatte helfen können? Schließlich redeten wir ständig von den hochwillkommenen Computerindern.

Rotte lächelte säuerlich. „Wir haben *drei* Tote!"

„Küster und Harding fielen dem Spiel zum Opfer. Jelling besaß keinen Computer, folglich hat er sich nicht beteiligt. Wir haben lediglich eine elektrische Hundebellanlage gefunden, das war der einzige technische Luxus, außer dem Fernseher. Demnach ist der Mann ein Kollateralschaden, um es zynisch auszudrücken."

„Um bei Frau Bromsma einen PC zu finden, müssen Sie nicht die Wohnung auf den Kopf stellen." Sie lehnte sich vor und verströmte ein Parfum, das entfernt an Cilantro erinnerte; ein wanzenartiger Geruch, den ich noch nie ausstehen konnte. Sonnhagen, der sie stur den „Rottweiler" nannte, hätte wahrscheinlich den Duft von Chappy erschnuppert. „Suchen Sie in den bei Pohl sichergestellten Dokumenten einen Hinweis auf den Komplizen, der Ihrer Meinung nach ja unabdingbar ist. Dann sehen wir weiter."

„Damit vergeht viel kostbare Zeit."

Sie funkelte mich an, doch an der Tür rief sie mich zurück. „Wenn ich richtig informiert bin, kennen Sie diese Frau Bromsma persönlich und waren in ihrer Wohnung. Warum besuchen Sie sich nicht in aller Freundschaft und schauen sich ein wenig um?"

„Nachdem ihre Tochter heute in Untersuchungshaft gekommen ist? Da hört Freundschaft schnell auf, und ganz nebenbei sind wir nicht befreundet."

Ein Rottweiler hätte jetzt geknurrt. Bei Frau Dr. Rotte schellte das Telefon.

Mittwoch, 18. November

Verflixt und zugenäht!“ Sonnhagen zog die Tür des Meetingraums hinter sich ins Schloss und ließ sich auf den Stuhl am oberen Tischende fallen. Die Protokollmappe landete mit dem gleichen frustrierten Schwung neben ihm auf der Tischplatte.

„Hat sie gestanden?“, Lückmanns Stimme klang atemlos.

„Weder die Morde, noch die Entführung von Frau Hanflang.“ Er blickte in die Runde wie ein Pubertierender, der gerade am Kickertisch haushoch verloren hatte.

„Aber sie hat geredet?“, hakte Max nach.

„Ich habe ihr gesagt, dass Frau Hanflang sie an der offenen Tür des Torhäuschens zweifelsfrei erkannt hat. Dass ich noch gar nicht mit Frau Hanflang reden konnte, wusste sie natürlich nicht.“

Wir warfen einander Blicke zu: Ein Chef, der es mit der Wahrheit nicht genau nahm? „Und wie begründet sie die Verschleppung?“ Das war noch einmal Max.

„Leute, habt ihr eigentlich Watte in den Ohren? Angeblich sind Pohl und Hanflang sich gleich an der Eingangstür in die Haare geraten. Cornelia sei gestürzt, habe sich den Kopf angeschlagen und das Bewusstsein verloren. Wie hat denn unsere Spusi gearbeitet?“

„Gegen was ist sie gestürzt?“, stellte Ansgar die Gegenfrage. „In Cornelias Eingangsbereich steht ein großer Kleiderschrank. Aber Blutspuren haben wir nur auf der Türschwelle gefunden.“

„Und vor dem Abtransport zu Jelling hat Pohl noch schnell Cornelias Häuschen durchwühlt, auf der Suche nach der Ursache ihres Streits“, klinkte ich mich ein. „Was mag das wohl gewesen sein? Wieder ein Stick? Oder ein Tablet? Oder ein Handy?“

„War Jelling einverstanden mit der vorübergehenden Einquartierung? Oder konnte er den Mietvertrag gar nicht mehr unterschreiben?“ Das war wieder Max. Das magere Ergebnis von Marie Pohls Vernehmung hatte unsere Stimmung auf Kellerniveau gedrückt, nur eine Tatsache bewahrte uns vor dem völligen Knockout. Cornelia war in Sicherheit, ihre Entführung geklärt. Fragte sich nur, welche Helfer Pohl gehabt hatte.

„Woher kannte Pohl überhaupt Herrn Jelling? Hat er seine Memoiren verfasst und das Manuskript bei Julius Hennkamp eingereicht?“

„Das werdet ihr alles in den nächsten Tagen klären“, entschied Sonnhagen. „Wir haben gegen Marie Pohl eine Anklage wegen Freiheitsberaubung und Körperverletzung. Ob vorsätzlich oder unbeabsichtigt, das reicht, um sie noch an diesem Abend in die JVA zu überstellen.“

Ich lächelte: „Da wird sogar Frau Dr. Rotte ein Lämpchen aufgehen. Der Durchsuchungsbeschluss für Bromsmas Wohnung liegt noch nicht vor. Aber jetzt muss sie ihn bewilligen.“ Als er die Augenbrauen hochzog, fuhr ich fort: „Es scheint in ihrer Wohnung etwas zu geben, das die Polizei nicht unbedingt entdecken sollte. Walter Eibenbrinck hat mich mit einer Wortgewalt zur ihr geschickt, als ginge es nicht nur darum, die Suppenterrine runterzutragen. Jetzt redet der alte Bär nicht mehr. Er ist süchtig nach Bromsmas Rouladen und wird alles tun, damit sie nicht in der Zelle landet.“

Wir wurden von Wagner unterbrochen. Auch im Reifenprofil von Felix Plassens Wagen waren Rückstände des Färberwaids gefunden worden. Plassen selbst hatte bei der Übergabe in der Garage seines Vaters vehement bestritten, den SUV in der vergangenen Woche gefahren zu haben. Sein Vater habe zur Zeit Besuch von Regisseurkollegen. Der Sachsenhof wurde als Freilichtbühne in Erwägung gezogen, da war ein fahrbarer Untersatz gefragt. Sonnhagen sah auf seine Armbanduhr und gähnte. „Wie gehen wir morgen weiter vor? Ich empfehle mich, weil ich heute Abend noch Gäste erwarte.“ Ob es Sinn machte, ihm *Messer&Gabel* zu empfehlen? Solch einen Partytiger hatten wir als Chef ja noch nie gehabt.

„Ich werde gleich morgen früh mit Plassen junior reden,“ schlug ich vor, „Terminabsprache noch heute Abend. Was heißt schon, er hat den SUV nicht *gefahren?* Er kann ja drin gesessen haben. Mögliche Bühnenschauplätze interessieren auch einen Medizinstudenten, wenn er die Schauspielgene seines Vaters geerbt hat.“

Lothar nickte. „Schaffen Sie das bis um zehn? Dann wäre das nächste Meeting fällig.“

Auf dem Weg zurück in mein Büro ging mir ein Gedanke auf wie ein weit entfernter Feuerwerkskörper. Ein schwaches Leuchten, aber zwingend. Ich gab den Namen „Arnhem“ in das Suchfeld, den

Link „Gastronomie“, als weiteren Filter „indisch“ und fuhr gleich vier Adressen ein. Dann zog ich mir das Telefon heran und klapperte die Nummern ab. Immer mit dem gleichen Ergebnis: Es gab keine Restaurantinhaberin, die Usha Bromsma hieß. Niemand in den vier indischen Restaurants trug diesen Namen. Es gab in Arnhem nicht mal einen entsprechenden Telefoneintrag.

Durch Dick und Dünn gegangen. Und für mich gelogen. Danke Mama!

Wie weit konnten Elternstolz, Liebe, Sorge um eine Tochter gehen, damit man sich um Kopf und Kragen flunkerte? Betsy Bromsma hatte uns an der Nase herumgeführt, das sah Frau Dr. Rotte genauso. Der Durchsuchungsbeschluss für die Dachwohnung in Eibenbrincks Haus war eine Sache von Minuten.

Peter Plassen erwartete mich in der Theatercafeteria. „Keine Ahnung, wo mein Sohn steckt“, erklärte er überraschend sanft. „Der Junge ist volljährig und führt ein unruhiges Leben. Er hat harte Prüfungen zu bestehen. Wie alle Studierenden.“

„Prüfungen, die er uns zwar genannt hat, die aber nie stattgefunden haben. Trotzdem können wir dieses Gespräch kurz abwickeln. Wenn Sie mir präzise auf meine Fragen antworten.“

„Fragen Sie.“

„Könnte es sein, dass Ihr Sohn in den letzten Tagen in Greven und Umgebung war?“

Er nickte auch jetzt auffällig gelassen. „Er hat ein paar Regisseurkollegen in meinem Auftrag zum Sachsenhof begleitet. Gefahren ist ein Kollege.“ Er grinste selbstgefällig. „Wollte gern mal einen SUV ausprobieren. Die Gruppe war nicht nur an einer Bühne unter freiem Himmel interessiert, sondern auch auf der Suche nach einem Setting für einen Landkrimi. Sie stießen auf Jellings Klitsche und kriegten sich vor Lachen nicht mehr ein. Ein echter Öhm anne Mür, Hundegebell aus der Steckdose und schräge Blechmonster. Wie ist dieser arme Teufel ums Leben gekommen?“

„Vielleicht fragen Sie Ihren Sohn. Wir haben Fingerabdrücke am Tatort gefunden. Und an meiner Windschutzscheibe. Dort klebte am letzten Montag ein Zettel mit einer Drohung.“

Er lächelte ungläubig. „Was macht Sie so sicher, dass Felix damit zu tun hat?“

„Nach der Trauerfeier für Frau Harding habe ich ihn mit in die Stadt genommen. Er musste zu dieser wichtigen Prüfung, die aber gar nicht gehalten wurde. Beim Aussteigen blieben seine Fingerprints an der Beifahrertür. Dummerweise trug er keine Handschuhe. Warum lügt er?“

„Das … weiß ich nicht. Keine Ahnung.“

„Und wo steckt er?“ Er schwieg.

„Ihr Sohn studiert Medizin, kennt sich also mit Spritzen aus. Selbst an Insulin käme er mit einigen Hindernissen heran, oder?“

„Sie meinen, dass er diesen Jelling …?“

„Woher wissen Sie, dass Wenner Jelling an einer Injektion gestorben ist?“

Keine Antwort.

„Wenn Sie mir nicht antworten, geben wir eine Fahndung raus. Nicht sehr gemütlich für Ihren Sohn.“

„Wollen Sie behaupten, er wäre ein Mörder?“

„Verwendet Ihr Sohn manchmal gelbe Post-its? Format 4,7 mal 4,7, mit Karomuster?“

„Den Zettelblock gibt es bei Buschmann.“

Eine Weile schwiegen wir einander an, dann packte ich mein Notizbuch ein. Ich verließ das Theater und ärgerte mich, dass ich Plassen nicht mehr hatte entlocken können. Die Nachricht, wir hätten die Fingerprints seines Sohns auf meiner Beifahrertür gesichert, hatte ihn kalt erwischt. Bevor ich mein Rad aufschloss, tastete ich nach dem Durchsuchungsbefehl in meiner Tasche und schlug dann die Richtung zu Frau Bromsmas Wohnung ein. Dort erwartete mich Lückmann.

Zu unserer Überraschung gab sie sich honigsüß, machte den Weg frei in ihr Wohn-Schlafzimmer, um sich dann am Küchentresen aufzupflanzen: Typ kooperative Mutter, die nichts zu verbergen hatte und für ihre Tochter die Hand ins Feuer legte. Dass sich draußen im Treppenhaus eine uniformierte Kollegin postiert hatte, war ihr offenbar entgangen. Ich dachte an unser Gespräch über Maries kindliche Alpträume als mögliche Grundlage für ihren Gruselroman. Welcher Elternteil konnte schon Alpträume beim eigenen Nachwuchs so apodiktisch ausschließen? Aber ihr das Lügen auf den Kopf zuzusagen, würde uns nicht weiterbringen, wir hatten genug andere heikle Themen.

„Woher kannten Sie Herrn Jelling?“

„Wer behauptet, dass ich ihn kannte? Ich kenne auch Frau Hanflang nicht. Marie ist mit ihr befreundet, hat sich an jenem Abend von ihr attackiert gefühlt und sie völlig unbeabsichtigt verletzt. Sollte sie sie in ihrem Häuschen liegen lassen?“

„Wenn Ihrer Tochter schon die Hand ausrutschte, hätte sie einen Krankenwagen rufen können.“

„Meine Tochter hat sie auf diesem Bauernhof da draußen gut versorgt. Der Zwangsaufenthalt war notwendig, weil diese Schnüffelnase zu viel wusste.“

„Ich weiß nicht, wer hier die eigentliche Schnüffelnase ist. Frau Hanflangs Laptop und ihr Handy sind verschwunden. Was soll ich Ihnen denn noch glauben, Frau Bromsma? Ihre Schwägerin führt jedenfalls kein Restaurant in Arnhem.“

„Nicht offiziell“, sie zwinkerte nervös. „Sie kocht für Freunde oder Nachbarn. Wo liegt der Unterschied? Wollten Sie mich neulich abends etwa ins Verhör nehmen, als wir bei Herrn Eibenbrinck über meine Schwägerin sprachen? Herrschen bei der Polizei so schlechte Manieren, dass man eine private Geburtstagsfeier missbraucht, um die anderen Gäste auszuhorchen? Das ist ungeheuerlich. Aber tun Sie, was Sie nicht lassen können. Sie werden nichts finden, was mich oder Marie belastet.“

Wir wurden durch Max unterbrochen. „Frau Bromsma, da klemmt eine Schublade, wir brauchen Ihre Hilfe.“ Es handelte sich um eine bauchige Kommode mit vier großen Laden, in die eine komplette Aussteuer gepasst hätte. Lückmann hatte die oberste einen Spalt breit herausgezogen, jetzt saß irgendetwas quer. Frau Bromsma ließ sich nicht aus der Ruhe bringen. „Ach die! Die klemmte schon, als ich die Kommode erbte. Vielleicht finde ich mit Ihrer Hilfe endlich den Familienschmuck.“

„Dazu müssten wir das Ding aufstemmen“, konterte Max grimmig.

Prompt brachte sie eine effektvolle Blässe zustande. „Diese Kommode wurde auf über tausend Euro geschätzt. Ich wüsste kein einziges Erbstück, das einen solchen Vandalismus rechtfertigen könnte.“

„Wenn die Schublade schon klemmte, als Sie sie aufstellten, wissen Sie doch gar nicht, was drin ist.“

Sie winkte ab. „Erbtantchens Tischwäsche, die Familienalben und eben ein bisschen Schmuck. Stand alles im Testament, wurde aber nie gefunden. Bei ihrer Vorliebe für Schachteln und Schatullen ist es kein Wunder, dass sich da etwas verschoben hat. Aber Gewalt ist nicht mein Ding und der Schmuck wahrscheinlich billiger Klunker, die Tischwäsche längst stockfleckig. Das Möbel ist dagegen reinstes Chippendale. Das kriegen Sie nicht bei Finke."

Ihr Gefasel nervte, und so griff Lückmann sich einen schmalen Spachtel, schob ihn durch den Spalt und drückte den Schubladeninhalt hinunter. Dann zog er unter Rucken und Rütteln die Lade heraus. Das Sammelsurium an Kartons und Blechdosen schien Frau Bromsmas Aussage zu bestätigen, auch wenn keine Alben dabei waren. Doch Lückmann beließ es nicht bei einer oberflächlichen Begutachtung, er nahm den Inhalt heraus, und bald häuften sich vor uns zwei Handys und Tablets, wie wir sie schon länger suchten. Eine kleine silberfarbene Pappschachtel kam zum Vorschein, wie ein Ei jenen Schachteln ähnelnd, in denen Eibenbrinck die Emailanhänger aufbewahrte. Als alles ausgeräumt war, zeigte sich, was dieses an sich schon heiße Beweismaterial verdeckt hatte. Es war ein Plan der münsterschen Innenstadt, fast so groß wie der Schubladenboden, aufgeklebt auf einen festen Pappkarton und mit vier roten Markierungen versehen: das Landesmuseum, das Lackmuseum, das Stadtmuseum und die Tuckesburg. Am nördlichen Planrand wies ein roter Pfeil in Richtung Kinderhaus.

Frau Bromsma funkelte mich an. „Ist es vielleicht strafbar, einen Plan von Münster zu besitzen?"

„Wenn dieser Plan von Ihrer Erbtante stammt, dann natürlich nicht. Bei Ihnen und Ihrer Tochter liegen die Dinge etwas anders. Diese markierten Punkte sind die Stationen des Internetspiels, über die Susanne Küster und Jenny Harding in die tödliche Falle gelockt wurden." Mir ging die Möglichkeit durch den Kopf, dass Bromsma, als Eibenbrinck vorschlug, das Geburtstagsessen hier oben stattfinden zu lassen, die volle Panik gekriegt und den Stadtplan in dieser Schublade versteckt hatte. Vollgestopft wie sie gewesen war, hatte sie sich hoffnungslos verklemmt. Daraufhin erfand sie das Malheur mit dem angebrannten Lammfleisch und verlegte das Essen an Eibenbrincks Couchtisch. Wozu sonst der ganze Rummel?

Eine schnelle Bewegung scheuchte mich aus meinen Überlegungen auf. Bromsma flüchtete zur Wohnungstür, doch die Polizistin draußen reagierte schnell. Dann klickten die Handschellen.

„Wir haben Spuren Ihrer DNA gefunden. In Küsters Badezimmer, in Hardings Küche und am Gürtel von Wenner Jelling."

Die DNA in den Verletzungen auf ihren Unterarmen stammt von Susanne Küster. Sie hatten keinen Kater bei sich einquartiert!

„Kann ich eine rauchen?"

Ich schob ihr das Päckchen und den Aschenbecher hin. Kaffee hatte sie abgelehnt. Sie atmete den Rauch aus, als wollte sie ihr komplettes Geständnis auf einmal loswerden.

„Marie arbeitete erst zwei Wochen bei Hennkamp, und zwar gern und willig, als sie eines Abends zu mir kam. Sie tobte, schrie, weinte. Am Morgen war ein Manuskript in der Agentur angekommen: die Geschichte ihrer eigenen kaputten Kindheit, verfasst von ihrer ehemaligen Spielkameradin Susanne Küster. Die wiederum berief sich auf Fakten, die Maries ehemalige Lehrerin ihr zugespielt hatte. Verharmlost zu einem Fall von unsittlicher Berührung, der, nach allem, was in kirchlichen Einrichtungen, Jugendheimen oder Schwimmbädern passiert war, niemanden mehr kratzte. Danach stürzte Marie wieder in eine ihrer schrecklichen Krisen. Reagierte entweder völlig apathisch oder flippte aus wie eine Besessene."

„Frau Temmler hat damals mit Ihnen geredet", erinnerte ich. „Warum haben Sie nichts getan, um Adrian Harding zu stoppen?"

„Ich hatte damals ja keine Ahnung, was mit Marie passiert war. Erst als das Manuskript auftauchte, hat sie es mir gesagt. Ich war wie vor den Kopf gestoßen: der nette, lustige Adrian, der sich mit den Kindern beschäftigte, wenn wir unsere Ruhe haben wollten …"

„Und damals mit Marie zu einer Ärztin zu gehen? Sind Sie darauf nie gekommen?"

„Es wäre mir … peinlich gewesen. Und Maries Aussagen kamen mir wie Hirngespinste vor. Bei welcher Gelegenheit hätte sie ein Mann belästigen sollen? Sie hatte keinen langen Schulweg, und bei unseren Cliquentreffen … ? Es war doch alles so harmonisch und nett!"

„Am Ende aber nicht mehr. Hat Harding Ihre Clique auseinander getrieben?"

„Er sagte immer häufiger ab, hatte keine Lust mehr. Und irgendwie war er ja eine Art Triebfeder gewesen."

Sie besaß ein Händchen für zutreffende Bezeichnungen, das musste man ihr lassen!

„Wer hatte die Idee, Küster und Harding übers Internet in eine Falle zu locken?“

„Marie und ich. Eine vordergründig harmlose Schnitzeljagd sollte es werden. Sie fand jemanden, der ihr einen Chatroom einrichtete und geeignete Orte für die Codes austüftelte. Wir luden die beiden über ihre E-Mail-Adressen ein, und sie bissen sofort an. Als Prämie eine Talkshow am Stadthafen!“ Sie lachte hämisch. „Als wenn Harding das nicht auch so hätte haben können.“ Als sich unerwartet eine dritte Mitspielerin anmeldete, fand Marie heraus, dass sie diese Cornelia Hanflang kannte. Dummerweise hatte Hanflang einen topaktuellen Decknamen verwendet: R*umpelstilzchen* in Anlehnung an das Märchenseminar, das eine Woche später in Haus Schewing stattfinden sollte. Dort waren Marie und sie mal ins Gespräch gekommen, und Marie hatte erfahren, dass Hanflang bei der Polizei arbeitet.“

„Susanne Küster hat ausgesagt, dass die drei Schnellsten an der Talkshow beteiligt werden sollten. Wer war denn noch in Ihrem Visier?“

„Niemand! Es sollte nach reger Beteiligung aussehen.“

„Und dann ist Ihre Tochter am Montagabend zu Frau Hanflang rausgefahren und hat sie entführt. Es gibt Zeugen, die sie gesehen haben. Ihre Tochter und Ihren schwarzen Kombi.“

„Lassen Sie meine Tochter aus dem Spiel! Einer Fremden hätte diese Hanflang niemals die Tür geöffnet. Deshalb musste Marie bei ihr schellen. Und das ist schließlich kein Verbrechen.“

„Wer hat den Chatroom eingerichtet?“

„Das weiß ich nicht. Ist das etwa auch strafbar?“, schnappte sie zurück.

„Wenn es zum Nachteil einer Person ist, schon. Trauen Sie Ihrer Tochter die drei Morde zu? Jelling bekam eine Überdosis Insulin. Das kann man nicht einfach so in der Apotheke kaufen.“

Sie drückte die Zigarette aus und atmete tief durch. „Ich habe am 20. Oktober bei Küster geschellt, nachdem ich mich telefonisch angemeldet hatte – als jene Lektorin, die das Manuskript gelesen hatte. Marie hatte es abgelehnt, also tat ich so, als hätte sie es sich anders überlegt. Das war für Küster Grund genug, mich ohne weiteres in die Wohnung zu lassen. Sie war nicht nur selbstverliebt in ihr zukünftiges Buch, sondern auch scharf darauf, Maries Kindheit mit einem Bestseller zu Geld zu machen."

„Bei welchem der Codes fiel das Todesurteil?"

„Bei jenem, für den ein Tipp notwendig wurde. Wer die Kombination nicht erriet, hatte verloren." Sie lachte hämisch. „Bei allen dreien war es die Tuckesburg."

„Zum Thema Alkohol. Haben Sie Frau Küster den Rotwein aufgedrängt?"

„Das musste ich gar nicht. Das Bromazepam wirkte flott. Um seine Wirkung noch zu verstärken, brauchte es nur ganz wenig Wein."

„Frau Küster war schwanger. Auch ihr Kind musste sterben."

„Geht mich das was an? Auch ich habe mein Kind verloren, mein pädophiler ‚Freund' Adrian, diese Drecksau", sie spuckte das Wort über den Tisch, „hat es mir genommen."

„Sah Küsters Wohnung aus, als hätte ein Kampf stattgefunden?"

„Keine Ahnung, wie es sonst bei ihr aussah. Das Bad wirkte aufgeräumt."

„Und dort ist es dann passiert."

Sie pflückte einen Tabakkrümel von der Unterlippe und schwieg.

„Und bei Harding?"

„Jenny war gerade auf dem Sprung zu der Party ihres Freundes, als ich anrief. Sie war ein kluges Kind, sie erinnerte sich sofort an den Namen Sander. Ich erzählte ihr von einem Leseangebot in dem Restaurant meiner Schwägerin in Arnhem. So nahe zur Grenze verstehen viele Holländer Deutsch, und Krimis mit einem bösen Seitenhieb auf den deutschen Kulturbetrieb laufen dort gut. Nebenbei: So viele Lesungen hatte Harding nicht, schon gar nicht mit einem Galadiner, umrahmt von indischer Musik. Ein Glas Champagner besiegelte unser Abkommen. Sie ging kurz in die Küche, und ich hinterher. Man muss sich einen Mord nur oft genug vorgestellt haben, dann ist es ganz leicht." Ihr kaltes Lächeln schickte mir einen Schauer über den Rücken.

„Und warum dann dieser Vandalismus in ihrem Bad? Und die Zurschaustellung der beiden in Unterwäsche? Wollten Sie ein Sexualdelikt vortäuschen?"

„Nutten!", wieder sprühte sie Speicheltropfen über den Tisch. „Die eine mit einem Drogensüchtigen im Bett, die andere mit einem, der ihr Vater sein könnte, so ein Schweinkram! Marie kam mit ihrer

Sexualität nicht zurecht, weil Hardings Vater sie kaputt gemacht hatte. Und Küster bagatellisierte ihr Problem auch noch! Als hätte Adrian meiner Tochter lediglich die Schulter getätschelt und ihr dafür Rotkehlchenanhänger geschenkt."

„Die sie dann weggeworfen hat. Aber Sie wussten, dass noch zwei in Eibenbrincks Schränkchen lagen. Kommen wir zum dritten Fall. Jelling. Wann haben Sie ihn umgebracht?"

„Am Samstagabend bin ich rausgefahren. Meine Tochter machte sich Sorgen, ihre Freundin könnte verdursten. Sie hätte sie ja bald freigelassen, es sollte nur eine Lehre sein, dass man Freundinnen nicht nachspioniert. Als Jelling sich mir in den Weg stellte und mir meine Taschenlampe aus der Hand schlug, habe ich ihn in den Sessel gedrückt und ihm das Insulin verpasst. Meinen Pen habe ich ja immer bei mir. Bis es wirkte, musste ich ihn fesseln, sonst hätte er mich erschlagen. Morgen muss ich mir dringend ein neues Rezept schreiben lassen."

„Keine Sorge, Sie kriegen Ihr Insulin in der Haftanstalt."

Unvermittelt begann sie zu schluchzen. „Gehen Sie behutsam mit Marie um. Sie ist so sensibel. Wenn sie nach mir fragt, sagen Sie, ich bin eine Weile bei meiner Schwägerin. Das glaubt sie."

Donnerstag, 19. November

Tust du mir einen Riesengefallen?"

„Sag, was ich machen soll. Cornelia wirkte verloren in dem großen Krankenhausbett. Dabei war ihres nicht größer als das ihrer Zimmernachbarin, die diese Fläche aber wesentlich besser ausfüllte und genug Vitalität besaß, um eine Telenovela über Kopfhörer zu verfolgen. Cornelias Nase wirkte spitz, ihre Lippen waren rissig, und die Venen auf dem hager gewordenen Handrücken bildeten bläuliche Schlangenlinien. Tropfenweise mühte sich eine Infusion, ihr das zurückzubringen, was während der Gefangenschaft in Jellings Keller verloren gegangen war. Die eingefallenen Augen versprühten dagegen schon wieder Unternehmungsgeist, vielleicht auch Rachedurst. Der stand manchmal auch Kripobeamten ganz gut. Ich stellte die Schale mit Muskattrauben auf den Nachttisch, dabei wusste ich: Die größte Freude machte man Cornelia mit den allerneuesten Ergebnissen unserer Recherchen.

Zu den Morden an Küster und Harding hob sie die Augenbrauen. Also doch nicht Pohl?

„Wir gleichen noch Fingerprints ab, jetzt wo wir auch die Abdrücke von Bromsma haben."

Pohl, sagte Cornelia, habe sich in Haus Schewing an sie herangemacht, um einen Platz in einem Seminar zu ergattern, sie seien immer so früh ausgebucht. Am Montagabend war sie gerade von ihrer vergeblichen Suchaktion am Tor der Tuckesburg zurückgekehrt, als es an ihrem Torhäuschen schellte. Marie! Sie wolle sich bedanken für all die Mühe. Dabei hatte es mit dem Seminarplatz doch gar nicht geklappt. Als dann auch noch ihre Mutter auftauchte, hatte sie geahnt, dass da etwas nicht stimmte. Und dann der Schlag auf den Hinterkopf! An den Rest erinnerte sie sich nur noch schemenhaft. Irgendwann das Aufwachen in der Waschküche, in Kälte und Dunkelheit. Sie schickte ihren Blick zur Decke und sagte: „Was du für mich tun könntest? Als diese beiden Schlampen mich in Jellings Keller zerrten, muss meine Kette gerissen sein. Ein Bergkristall in Form einer Kugel. Das Gelände ist doch sicher noch versiegelt. Also, wenn du sowieso ...?"

„Mach ich, Cornelia, gleich morgen früh fahre ich hin..“

Sie wischte eine Träne weg. „Chris hat sie mir geschenkt, als wir mal in Kopenhagen waren. Wenn du sie finden könntest, fiele es mir leichter, einiges zu vergessen.“

„Vergessen solltest du gar nichts. Wenigstens nicht bis zum Prozessbeginn.“

„Ich meine doch die Sache mit Chris.“

„Morgen Abend bringe ich sie dir mit, wetten?“

Es war dann doch schon früher Nachmittag, als ich endlich zum Jellingshof rausfahren konnte. Das Absperrband flatterte im frostigen Wind, alles wirkte unberührt, weder frische Fußabdrücke noch Reifenspuren in der dünnen Schneedecke. Trotz der offensichtlichen Ruhe war mir ungemütlich. Es wurde an diesem Tag ungewöhnlich früh dunkel, die Böen jagten Schneewolken vor sich her, und das verwitterte, ins Violette spielende Backsteinhaus baute sich wie eine Festung auf. Ich entfernte das Siegel und trat in eine Kältekammer, in der sich der Verwesungsgeruch erstaunlich zäh gehalten hatte: Myriaden von abgestorbenen Zellen auf der mit Efeu gemusterten Tapete, Körperflüssigkeiten, die sich ins rissige Linoleum gerettet hatten. Aber mein Weg war zielstrebig. Die Kellertreppe im Licht meiner Taschenlampe runter und gleich nach rechts in Mutter Jellings Einmachparadies. Den Bergkristall fand ich schnell unter einem der Regale, das zerrissene Kettchen war praktischerweise gleich mitgeflogen. Jetzt interessierte mich Cornelias Gefängnis. Das Strafmaß für Bromsma würde davon abhängen, wie viel Überlebensspielraum sie ihrem Opfer eingeräumt hatte. Als wir Cornelia entdeckten, hatte ihre Rettung viel zu sehr im Vordergrund gestanden, um die Zustände in ihrem Versteck einzuschätzen.

Der große, gebogene Wasserkran, an dem sie festgebunden gewesen war, leckte auch jetzt. Das betonhohle *Plingpling* hatte Cornelia möglicherweise vor dem tödlichen Tiefschlaf gerettet. Das Kellerfenster, durch das ich mit ihr gesprochen hatte, stand weit offen. Tropfenweise Flüssigkeit und frische, wenn auch eiskalte Luft – das hatte Bromsma ihr zugestanden. Die Platzwunde am Hinterkopf war inzwischen verschorft.

In diesem Augenblick hörte ich die Hunde-Alarmanlage. Pohl und Bromsma saßen in Untersuchungshaft, ohne dass wir ihnen bisher den Namen des Quizmasters hatten entlocken können. War jetzt Challenger gekommen, um sich die dritte Mitspielerin zu holen? Dann wusste er nicht, dass Cornelia befreit worden war.

Männerschuhe gruben sich in den Kies vor dem Kellerfenster. Ich riss das Handy aus der Tasche. „Max, bist du hier auf Jellings Hof?"

„Soll das ein Witz sein? Wir haben Lagebesprechung und warten auf dich."

„Ja, Herrschaftszeiten! Wer ist denn auf dem Gelände, das ist doch abgeriegelt! Moment, jetzt rieche ich Benzin. Max! Da fackelt jemand den Hof ab."

„Ruf die Feuerwehr! Ich bin sofort da."

Ich setzte meinen Notruf ab, drückte die von der Spurensicherung gewaltsam geöffnete Waschküchentür so fest wie möglich zu und riss meinen Schal in Streifen. Zum Glück bestand er nicht aus Wolle, sondern aus gewebtem Leinen, trotzdem musste ich die Zähne zur Hilfe nehmen. Ich hielt die Streifen unter den Hahn, wo sich das feste Gewebe unter dem geringen Wasserdruck nur quälend langsam vollsaugte, während es um mich herum brenzlig und verqualmt zu riechen begann. Ich band den Stoff vor Mund und Nase, meine Zähne klapperten, mein Blutdruck pumpte sich in die Ohren. Ein heftiges Fauchen am Fenster war das untrügliche Zeichen, dass der Brandstifter das Benzin auch hier verteilt hatte. Wäre es besser gewesen, in den Vorratskeller zu flüchten, wo ich mit dem Inhalt der Einmachgläser löschen konnte? Das Glas konnte der Hitze nicht lange standhalten. Vergammelte Bohnen, Kompottkirschen, Hochprozentiges – wie in einer gigantischen Feuerzangenbowle würde das Haus in die Luft gehen. Mir wurde übel, als mein Kopfkino Jellings flammenfreundliche Einrichtung erfasste, und ich mir vorstellte, wie das Feuer sich über das Erdgeschoss ausbreitete, den filzigen Belag der Treppe erfasste, die billigen Vorhänge, das dünne Holz in der Küche … Die Dämpfe waren immer das Schlimmste.

Mein Atem stockte, als ich in der Ferne ein Martinshorn hörte. Aber warum kam es nicht näher, warum blieb es auf der Stelle? Irgendwo vorn an der Straße. Ich hatte klar und deutlich den Jellings-Hof genannt, und man musste den Widerschein der Flammen doch sehen!

Wenig später schallten Kommandos über den Hof, Löschwasser spritzte durch offene Fenster, jemand rief meinen Namen. Im Nu hatten sie das Fenster ausgehebelt und mich durch die enge Öffnung gezogen. In eine Decke gewickelt, sah ich dem Hölleninferno zu.

„Vorn in der Kurve, bei Große Behrend, hat sich ein SUV in den Eichenstamm gebohrt.“ Ich hatte Max nicht bemerkt, jetzt stand er neben mir und japste. „Der Notarzt ist da, aber …“

Mich beschlich ein ungutes Gefühl. „Ist es Plassens SUV?“

Er nickte. „Nichts mehr zu machen.“

„Felix kannte meine Autonummer, weil ich ihn nach Hardings Beerdigung in die Stadt mitgenommen habe. Der Zettel unter meinem Scheibenwischer stammt auch von ihm. Wahrscheinlich ist er eben noch mal vorbeigekommen, so wie viele Täter, die es zum Tatort zurückzieht. Dabei erkannte er mein Auto am Straßenrand. Benzinkanister und Streichhölzer gibt es auf jedem Hof.“ Die kalte, klare Luft reinigte meine Lungen wie ein Staubsauger, ich konnte gar nicht genug davon bekommen. Doch dann musste ich schlucken. Felix also ...

„Challenger ist tot“, sagte Max.

DANK

Auch an diesem Buch waren wieder einfallsreiche und kritische „Geister“ beteiligt.

Zunächst geht mein herzlicher Dank an Frau Dr. Ursula Heckel vom Waxmann Verlag, die das Manuskript wohlwollend aufgenommen, mit Verbesserungs- und Kürzungsvorschlägen sehr hilfreich begleitet und sprachlich geglättet hat.

Die Idee zum Titel stammt von meiner Tochter Angela, meiner stets scharfsinnigen und kritischen Erstleserin. Auch meine Tochter Alexa hat mit ihren Überlegungen so manche Ungereimtheit beseitigt und mir bei Recherchefragen zur Seite gestanden. Die endgültige Fassung, die dem Leser, so hoffe ich, Spannung und Unterhaltung beschert, wäre ohne euch beide, die ihr selbst schreibt und mit Texten arbeitet, nicht in dieser Form entstanden. Eure Anregungen geben mir immer zu denken, ohne zu entmutigen. Danke auch für eure Geduld.

Ein ganz besonderes, wehmütiges Dankeschön gilt meinem unvergesslichen Mann Hans-Friedrich, der noch nach Ausbruch seiner schweren Erkrankung viel Interesse und Freude an meiner Arbeit gezeigt hat. Sein unermüdlicher Einsatz bei Nachforschungen und Ortsbesichtigungen in seinem geliebten Münsterland war großartig.

Ihm ist dieses Buch gewidmet.
Wien, im Juni 2018